헐리우드 키드의 20세기 영화 그리고 문학과 역사

동양의 빛과 그림자

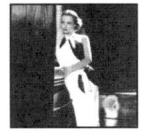

헐리우드 키드의 20세기 영화 그리고 문학과 역사

동양의 빛과 그림자 ⓒ 안정효 2003

초판 1쇄 발행일 ｜ 2003년 8월 30일

지 은 이 ｜ 안정효
펴 낸 이 ｜ 이정원

펴 낸 곳 ｜ 도서출판 들녘
등록일자 ｜ 1987년 12월 12일 ｜ 등록번호 10-156
주   소 ｜ 서울시 마포구 합정동 366-2 삼주빌딩 3층
전   화 ｜ 편집 (02) 323-7366 / 마케팅 (02) 323-7849 / 팩스 (02) 338-9640
홈페이지 ｜ www.ddd21.co.kr

ISBN 89-7527-382-2 (03810)

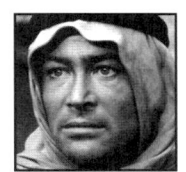

헐리우드 키드의 20세기 영화
그리고 문학과 역사

동양의 빛과 그림자

안정효 지음

들녘

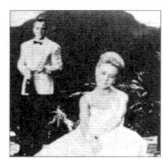

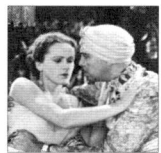

동양의 빛과 그림자

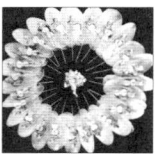

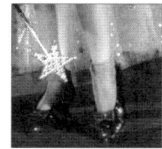

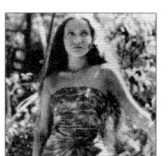

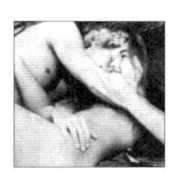
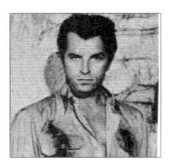
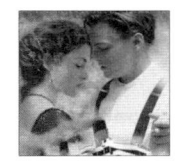
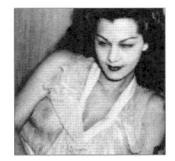
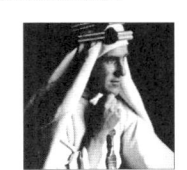
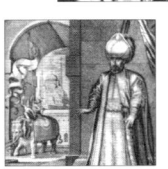
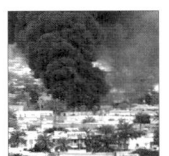

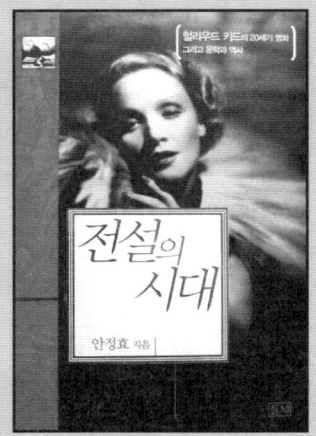

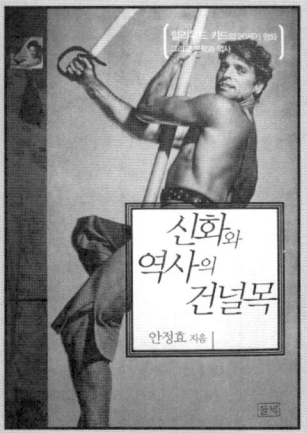

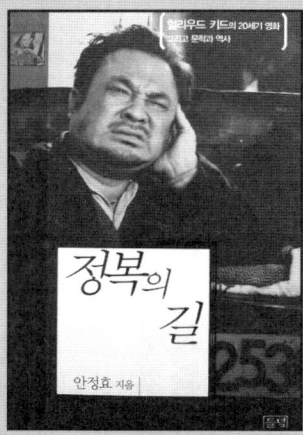

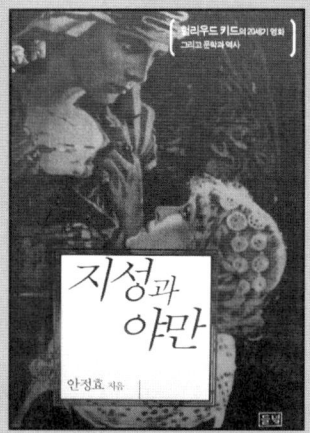

전세계의 역사와 문학을 살펴보는 영화 여행은, 동서양의 설화와 전설로 시작해서, 로마와 그리샤를 비롯한 유럽의 신화와 고대사를 거쳐, 러시아의 문학사상을 생각해 본 다음, 아프리카와 오스트렐리아를 둘러보고, 이제는 동양으로 들어와 마무리를 앞두게 되었다.

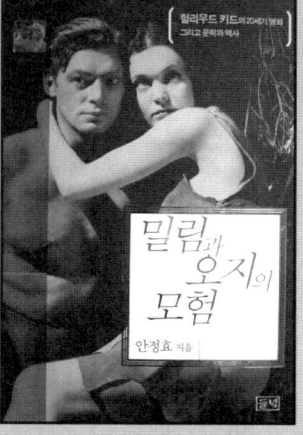

바다에서 인도로 가는 길

전세계를 찾아다니며 역사와 문학을 살펴보는 영화 여행은 동서양의 설화와 전설이 어떻게 영화에 반영되었는지를 살피는 "전설의 시대"로 처음 길을 나섰고, 「천일야화(The Arabian Nights)」, 로빈 후드, 아더왕과 원탁의 기사, '검과 마법'의 시대, 일각수와 니벨룽겐, 춘향과 신데렐라, 그리고 마릴린 몬로의 전설까지를 산책하는 식으로 훑어보았다.

이어서 "신화와 역사의 건널목"에서는 그리샤와 로마의 신화가 역사로 이어지면서 인간과 제신들의 관계가 어떻게 달라졌는지를 생각해 본 다음, 이탈리아 사극에서 해양 문학과 영화로 넘어가며 보물섬과 해적이 등장하는 낭만적인 모험의 세계를 부각시켰고, 후반부에서는 영국과 프랑스를 중심으로 어떤 문예 영화가 나왔는지를, 그리고 그런 영화에서는 여성의 삶이 어떻게 재현되었는지를 잠시 생각해 보기도 했다.

세 번째 책인 "정복의 길"에서는 우리나라 최초의 '국민배우'라는 칭호를 들었던 김승호의 몇몇 영화를 통해서 시대극의 의미가 무엇인지를 알아본 다음, 에스파냐를 위시한 유럽의 열강이 식민지 전쟁을 벌이는 과정에서 남 아메리카에서 짓밟히고 멸망한 문명과 문화와 민족을 우리는 어떻게 봐야 하겠는지, 제국주의를 보는 양면적 시각이 발생한 과정을 따졌다. 그리고는 19세기 영국 문학으로부터 영화로 전입(轉入)된 시대상도 집중해서 조명했다.

다음 책인 "지성과 야만"에서 '지성'은 러시아의 찬란한 문학과 대문호들의 사상을 뜻하고, '야만'은 아프리카 원주민들의 세계에 대한 백인들의 정의(定意)를 차용한 표현이다. 전반부에서는 러시아를 중심으로 고전 문학과 영화의 관계를 비교적 무겁게 다루었으며, 뒷부분에서는 그와 대조적으로 아프리카를 무대로 삼은 모험과 탐험의 얘기를 살펴보았다. 여기에서는 또한 이집트를 동양으로 보는 서방의 시각으로부터 시작하여, 줄루전쟁과 독립을 위한 '마우마우단(團)'의 투쟁을 현대의 역사적인 시각으로 되새기면서, 헐리우드의 편파적인 영화가 우리들에게 이념적으로 어떤 영향을 주었는지도 언급했다. 이어서 사막의 아름다움과 외인부대의 영웅화, 그리고 혹독하게 서양에 시달린 흑인들의 고통 또한 공감의 각도에서 다루려고 시도했다.

다섯 번째 책 "밀림과 오지의 모험"에서는 수많은 타잔 영화를 통해서 헐리우드가 영화사 주도 체제(studio system)를 동원하여 영상 예술을 어떻게 분업화하고 산업화했는지를 잠시 설명하고 나서, 아프리카의 오지를 무대로 한 작품들을 소개했고, 암흑 대륙 식민지에서 유럽인의 문화가 어떤 모양을 취했는지도 살펴보았다. 그리고는 무대를 오스트렐리아로 옮겨 그곳 오지(Outback)를 개척한 백인들의 역사를 알아보았고, 앞으로 다시 오스트렐리아를 집중해서 조명할 기회가 없을 듯싶어, 호주가 제2의 헐리우드로 부상했던 이유가 무엇인지, 인적 교류를 통해 호주 영화 산업의 역사를 요약해서 소개했다.

이제 여섯 번째의 책인 "동양의 빛과 그림자"에서는 '거대한 섬' 오스트렐리아를 다룬 "밀림과 오지의 모험"에 이어, 전세계의 섬들을 무대로 한 영화들부터 소개하겠으며, 다음에는 아시아로 눈을 돌려 중동에서부터 환태평양 여러 국가 가운데 서호(西弧) 지대를 찾아가기로 하겠다. 일곱 번째이며 마지막 책이 될 "영화 삼국지"에서는, 우리들과 가장 가까운 곳에 위치한 이웃 나라이면서도, 정치적으로 오랫동안 이념상의 '적'으로 대치하며 살아왔던 까닭에 문화적으로는 교류가 가장 극렬하게 차단된 상태로 반 세기를 지내온 중국과 일본의 '생경한' 영화, 그리고 우리나라의 역사가 담긴 사극을 아울러 정리하게 된다.

지정학적 모순의 대표적인 상징이 되어 버린 중국 본토와 일본의 영화예술은 지금까지도 한국의 일반인들에게는 쉽게 접근하지 못하는 장벽의 뒤에 숨어 있어서 전체적인 본체를 파악하기가 힘들기는 하지만, "세 개의 중국(과거의 '중공,' 통합 이전의 홍콩, 타이완)"과 일본이 세계 영화 역사에서 차지하는 비중은 이른바 '제3 영화'에서 대단히 두드러진 위치를 차지하기 때문에, 우리로서는 꼭 공부해 두고 알아야만 하는 대상이다.

중국만 하더라도, 리샤오룽(李小龍)의 쿵푸로 서양을 공략하기 시작한 영화가 본토의 제5 세대 작가들의 예술성으로 다시금 두각을 나타내고는, 이제 다시 청룽(成龍)의 활극이 조지 루카스와 스티븐 스필버그의 아성을 잠식하게 된 과정을 살펴보면, 한 마리 용(李小龍)의 활극이 다른 용(成龍)의 활극으로 이어지는 역사를 보는 듯 묘한 느낌이 들기도 한다.

또한 헐리우드에서 그들의 영상 제품을 통해 구성했던 "잔혹한 일본인"의 모습이, 전쟁의 종식과 더불어 어떻게 감성의 예술인으로 바뀌게 되었는지를 알아보면, 통신과 정보의 엄청난 발달로 인해서 인간이 잉태하고 발전시키는 온갖 개념 역시 세계화 현상에 얹혀 공간적으로 좁아지는 현상을 실감하게 된다.

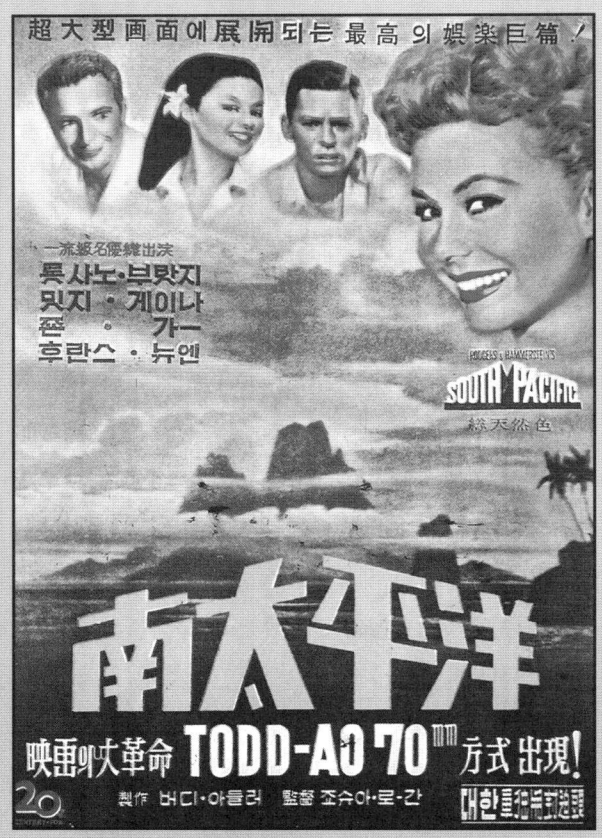

토드(Todd)-AO 방식에 70mm 필름으로 촬영하여 한국에서 당대 최고의 음향시설을 자랑하던 대한극장에서 개봉한 「남태평양」은 서양 백인들이 "지상의 낙원"에서 노래하고 춤추며 살아가는 모습을 화려하게 보여주지만, 본디 낙원의 주인이었던 동양인들의 고통에 대해서는 전혀 얘기하지 않는다.

'발리 하이'의 진실

아프리카의 밀림과 오스트렐리아의 오지는 모험과 공포가 담긴 영화를 위해 무대 노릇을 하는 반면, 섬이라고 하면 은막에서는 아무래도 평화롭고 낭만적인 휴식을 위한 낙원과 은둔처로 자주 그려지고는 한다. 그리고 이런 여성적 분위기를 담은 섬영화에서 가장 매혹적으로 부각되는 곳이 적도 이남의 모든 섬을 뜻하는 남해(the South Sea)이다. 그러나 카리브 해와 남태평양과 인도양 가운데에서도 사람들은 '남해'라고 하면 흔히 '남태평양'과 동의어라고 생각한다.

그리고 남태평양 영화라면 아예 제목이 「남태평양」인 음악극이 가장 먼저 머리에 떠오른다.

전세계의 이국적인 곳들을 배경으로 삼아, 어떤 특정한 지역의 역사에다 모험과 낭만을 가미한 소설을 써서 제2차 세계대전 이후 미국에서 가장 인기있는 작가들 가운데 한 사람이 된 제임스 미치너(James A(lbert) Michener, 1907~1997)가, 그가 전시에 겪은 경험을 살려 마흔이라는 나이에 발표한 첫 작품인 『남태평양 이야기(Tales of the South

Pacific, 1947)』는 책이 나오자마자 당장 베스트셀러가 되었고, 퓰리처상도 받았으며, 유명한 리처드 로저스(Richard Rodgers)와 오스카 해머스타인(Oscar Hammerstein) 그리고 조슈아 로간 감독이 무대극으로 만들었는가 하면, 이것은 다시 영화 「남태평양」의 중간 원작 노릇을 했다.

세월이 흐르는 사이에 '남태평양 이야기'는 목록과 주제가 이렇듯 다양하게 늘어났으나, 연극과 영화로 우리들이 지금까지 접했던 작품은 물론 소설에서 일부만 발췌한 내용이다. 영화 「남태평양」은 우리나라에서도 대성공을 거두었던 스탠리 도넨(Stanley Donen)의 대표적 음악극 「7인의 신부(Seven Brides for Seven Brothers, 1954)」에서 도끼를 휘두르며 부르던 "외로운 족제비(polecat)" 노래를 연상시키는 남성 합창 "여자가 최고야(There Is Nothing Like a Dame)"로 시작되고, 요즈음에도 오끼나와를 비롯하여 강간과 폭력을 자행하는 바람에 세계 각처에서 원성을 사는 미군들로부터 원주민 여자들을 보호하려고 숨겨 놓았다는 신비와 금단의 섬 발리 하이(Bali H'ai)를 소개하는 노래가 뒤따른다.

적지로 들어가 일본 함대의 동태에 관한 정보를 수집하라는 임무를 받고 방금 섬에 도착한 해병 소위 조 케이블(Lt. Joseph Cable, USMC)에게 원주민 여인 블러디 메어리(Bloody Mary)는 구름이 허리에 걸린 가파른 산으로 이루어진 신비의 '발리 하이'가 "특별한 섬"이라는 뜻이라고 알려주며, "한 점 작은 섬"이라고 노래한다. 하지만 인도네시아에 가서 보면 '발리 하이'의 '하이'는 "멋지다"고 하는 감탄사라는 설명을 듣게 되고, 자와(Java, '자바'는 영어식 발음임)의 동쪽 끝에 위치한 발리(Bali) 또한 한 점 작은 섬이 아니라, 웬만한 나라만큼이나 크다는 사실을 알게 된다.

한때 우리나라에 많았던 '미제 물건 장수'와 비슷한 신분의 등장인물 블러디 메어리는 "발리 하이" 노래를 부른 직후에 해군 사령관 (Commander Harbinson, USN)에게 "섬의 경제를 혼란시킨다"는 이유로 "해군 사유지"인 바닷가 모래밭에서 쫓겨난다. 프랑스인들의 농장에서 주는 임금의 열 배를 주고 블러디 메어리가 원주민들에게 풀치마를 만드는 일을 시켰기 때문이다. 투실투실한 블러디 메어리는 품삯을 너무 적게 주는 서양인들이 나쁘지 내가 무슨 죄냐고 불평하며 온갖 원시적인 상품을 챙겨 가지고 물러간다. 미국의 제국주의적 논리에 맞서 힘없이 저항하는 원주민의 모습이라고 하겠다.

인도네시아 사람들이 이렇게 자기 땅에서 서양 사람들에게 쫓겨나며 살아온 역사는 무척 길다. 인도양과 태평양 사이 적도지대에 위치한 1만 3천7백 개 가량의 섬으로 이루어졌으며 3천여 민족이 함께 살아온 인도네시아는 미국만큼이나 영토가 넓은 국가로서, 서기 860~1000년에는 동남 아시아 대부분을 지배했고, 1350년에는 동남아 최대의 나라가 되었다. 그러나 1511년 포르투갈이 말라카를 점령한 이후, 1619년 네덜란드가 지금의 자카르타인 바타비아를 건설하고는 동인도회사를 통한 침략을 진행시켰으며, 1811년 영국이 인도네시아 군

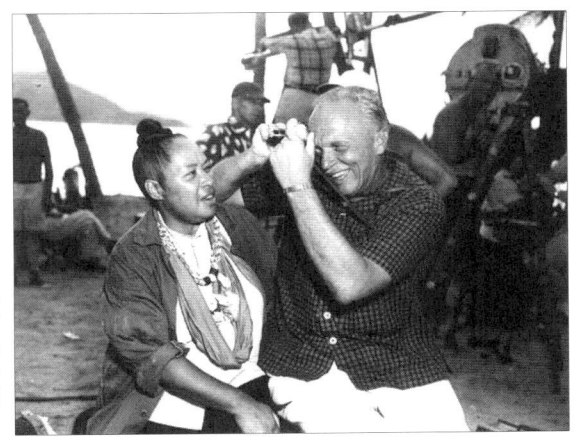

풀치마를 생산하던 블러디 메어리는 "섬의 경제를 혼란시킨다"는 죄목으로 "해군 사유지"가 되어 버린 바닷가의 "미국 땅"으로부터 쫓겨난다. 사진은 블러디 메어리 역을 맡은 화니타 홀(Juanita Hall, 왼쪽)에게 연기 지도를 하는 조슈아 로간 감독(오른쪽)

도를 일시 점령하기는 했지만, 1816년 결국 네덜란드의 영토가 된다.

서 수마트라와 자와에서 네덜란드에 대한 저항 전쟁이 일어나지만, 결국 서양의 통치를 430년 동안이나 받은 다음 1941년 네덜란드군을 항복시킨 일본의 군정이 실시된다. 1945년 일본이 패망하면서 수카르노는 인도네시아 독립 선언을 하고 네덜란드와의 전쟁을 계속했으며, 1949년 마침내 네덜란드는 인도네시아의 독립을 승인한다.

그리고 네덜란드가 인도네시아를 식민지로 원했던 가장 중요한 이유는 그곳에서 생산되는 질 좋은 후추 때문이었다고 한다. 유럽인들이 즐겨 먹는 소시지에 들어가는 후추 말이다. 인도네시아는 전세계 진주의 70 퍼센트를 생산하는 국가이고, 다른 여러 자연 자원도 풍부하며, 발리 섬의 남단 누사 두아(Nusa Dua)에서 두 시간 뱃길인 누사 뻬니다(Nusa Penida) 섬이나 자카르타 북쪽 뿔라우 스리부(Pulau Seribu, the Thousand Islets) 산호섬을 다녀온 사람이라면 잘 알겠지만, 그야말로 경치도 좋고 살기도 좋은 낙원이다. 그런 낙원을 사람들은 후추 때문에 몇백 년 동안이나 빼앗긴 채로 백인들로부터 식민 통치를 받았다.

「남태평양」에서 케이블을 적지(敵地) 마리 루이스 섬으로 안내해서 데리고 들어가야 할 사람은 그러나 네덜란드인이 아니고 프랑스에서 온 에밀 드 베끄(Emile De Becque)이다. 그는 영화에서 어느 날 백마를 타고 '브와나(bwana)'의 사냥복 차림으로 바닷가 백사장에 나타나, 몇 주일 전 무도회에서 만나 사랑하게 된 간호장교에게 청혼을 하며, "모든 사람이 자유스럽게 살아야 한다"는 '정치 철학'을 밝히고, "모든 사람은 평등하게 태어났다"는 미국 사상에도 공감이 간다고 말한다. 이어서 그는 22살 혈기왕성한 청년으로서 프랑스의 어느 마을에서 살던 시절, 폭력을 일삼는 악당을 죽이고 "평등과 자유를 찾아서 이곳으로 왔다"고 부연하면서, "내가 찾던 천국이 여기니까, 다시는

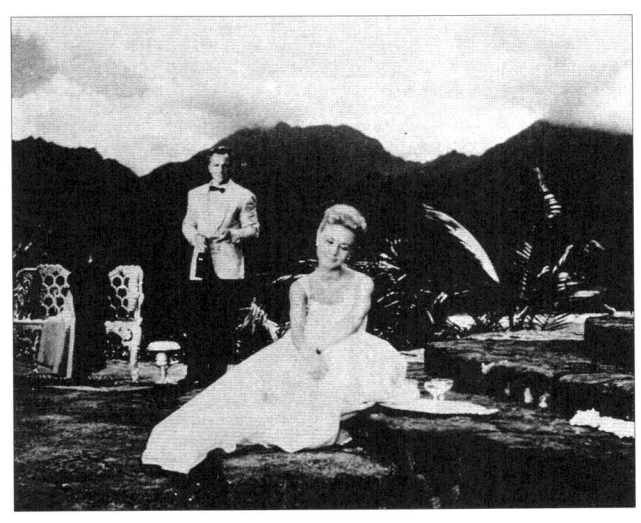

프랑스인 에밀이 왕국처럼 만들어 놓은 백인의 저택에서 미국인 간호장교는 풍족하고 아름다운 미래를 상상하며 흐뭇한 미소를 짓는다.

이곳을 떠나지 않겠다"고 선언한다.

　이러한 에밀의 사상은 백인 정복자의 철학이다. 그가 부르짖는 자유와 평등은 원주민에게는 해당되지 않는다.

　마르쎌 프루스트와 아나똘 프랑스를 읽으며 정의를 실현하는 영웅으로 그려진 「남태평양」의 영웅적인 주인공 에밀은 15년 전에 알몸으로 프랑스를 떠났지만, 지금은 농장을 경영하고 여름마다 오스트렐리아로 휴가를 갈 만큼 부유하며, 야자수가 살랑거리고 꽃이 만발한 언덕 위에다 바다를 굽어보는 저택을 지어 놓고, 인도네시아인을 하인으로 쓰면서 멋진 삶을 살아간다. 그를 사랑하는 미국의 시골뜨기 "반편이 넬리(Ensign Nellie Forbush, USN)" 간호장교가 은근히 열등감을 느낄 정도이다.

　그와는 반대로 원주민 대다수는 21세기로 들어선 오늘날까지도 낮은 임금과 가난에 시달려서, 한국이 돈벌기에 좋은 나라라면서 극기 훈련을 거친 다음 몰려오는가 하면, 자카르타 시내의 고급 호텔 식당에서는 참으로 기막힌 광경도 목격하게 된다.

부유층 인도네시아 사람들이 외식을 하러 비싼 호텔 식당에 갈 때는 대부분의 경우 아기를 돌보는 하녀를 동행하는데, 다른 가족은 모두 진수성찬을 먹지만, 하녀에게는 음식을 시켜 주지 않는다. 웨이터들도 하녀에게는 물 한 잔도 갖다 주지 않는다고 한다. 구알띠에로 야꼬뻬띠(Gualtiero Jacopetti) 감독이 만든 「잘 있거라 엉클 톰(Addio zio Tom, 영어 제목 Goodbye Uncle Tom)」에서 백인들이 만찬을 벌이는 동안 무표정한 얼굴을 하고 한쪽 옆으로 비켜 앉아 은촛대를 반들반들 닦고 앉아 있는 흑인 하녀를 방불케 하는 장면이다. 그러려면 차라리 하녀더러 집이나 보라면서 데리고 오지나 말든지 해야겠지만, 아기를 보게 하려니 어쩔 수가 없다는 설명이다. 이렇듯 인도네시아는 빈부의 격차와 더불어 인간 차별이 심하기로 유명하다.

이런 현상은 아마도 1830년 네덜란드의 강제 재배법 실시로 민중이 빈곤화했고, 독립이 된 다음에도 우리나라의 정치 지배 계급이나 마찬가지로 그곳 정치 지도자들이 국가를 개인기업화하면서 우민정책을 썼기 때문이 아닌가 생각된다.

영화 「남태평양」에서는 멋쟁이 중년(37세) 프랑스인과 미국 '촌뜨기' 간호장교의 사랑보다는 젊은 해병 장교 케이블과 '리아트(Liat)'라는 프랑스 이름의 원주민 아가씨의 사랑이 훨씬 더 흥미를 유발한다. 18세의 프랑스 뉴엔이 그 역을 맡은 리아트는 엄마인 블러디 메어리나 마찬가지로 "통킹 여자"로 통한다. 그리고 그녀는 영어를 전혀 못하면서도 프랑스어는 '조금(un peu)' 할 줄 안다. 그래서 궁금증이 생긴다. 수백 년 동안 네덜란드의 식민지였던 나라의 어린 아가씨가 영어나 네덜란드어는 알지 못하면서 어떻게 프랑스어를 한다는 말인가?

그것은 '통킹(Tonkin)'이 남태평양에 위치한 '폴리네시아인'들의 '발리 하이' 어디쯤이 아니고, 남지나 해(the South China Sea)에 접한

베트남의 북부 지역이기 때문이다. 베트남은 프랑스의 식민지였고, 효과적인 식민 통치를 하기 위해 프랑스인들이 도로를 좁게 만들었기 때문에 지금까지도 하노이와 호치민 시를 연결하는 제1번 도로는 차량 통행이 아주 불편하다. 이른바 '통킹만 사건'은 미국과 베트남의 전쟁이 확전되는 실질적인 도화선 노릇을 했다.

인도네시아는 베트남과 오스트렐리아 중간에 위치했지만, 통킹에서 발리를 가려면 비행기로 적어도 세 시간은 걸리고, 그러니 '발리 하이'가 영화에서처럼 통킹 바닷가에서 저만치 빤히 보일 리는 없다. 그런데도 조 케이블은 작은 배를 타고 발리 하이를 찾아가서 리아트를 만난다.

그리고 조의 일행이 섬에 도착하면 수많은 원주민 청춘 남녀가 꽃다발을 들고 와글와글 몰려나와 그들을 환영한다. 북을 치고, 춤을 추고, 통돼지구이를 대접하며 정말로 열렬히 환영한다. 그러려면 애초에 동네 처녀들은 왜 숨겨두었는지 알 길이 없어지고, 그런 설명은 전혀 나오지도 않는다. 또 다른 제임스 미치너 소설을 영화로 만든 「하와이」 도입부에서도 정복자 백인들을 환영하기 위해 꽃을 실은 쪽배를 타고 폴리네시아 원주민들이 몰려나오는 똑같은 장면이 되풀이된다. 독립 투쟁이나 백인에 대한 저항은 이렇듯 헐리우드 영화에 나타나는 백인의 시야와 시각에서는 보이지를 않는다. 「남태평양」은 서양의 백인이 인식하는 아시아의 모습이기 때문이다.

그러나 이것은 백인들만의 착각은 아니리라고 여겨진다. 인도네시아에서는 정복자에 대한 적개심이 지금까지도 별로 발견되지 않기 때문이다. 필자가 만난 어떤 북 유럽 사람들은 식민지 정치를 한 국가들 가운데 네덜란드가 가장 '인간적'이었고 그래서 피지배자들의 반발이 적었다고 주장한다.

필자가 발리를 찾아갔던 2001년 12월은 뉴요크의 쌍둥이 건물이

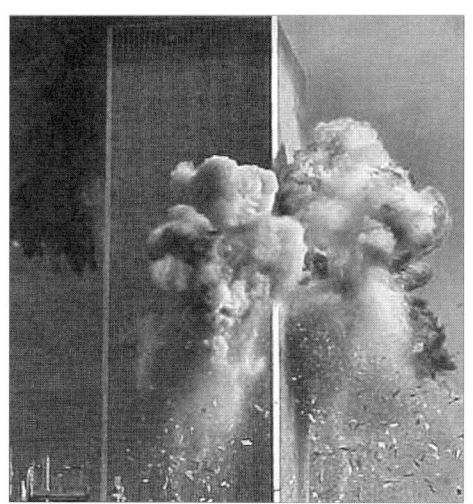

미국이 오사마 빈 라덴의 공격을 받았을 때, 전세계에서 가장 열광적으로 환호했던 나라는 「남태평양」의 인도네시아였다. 사진은 알 카에다의 자살 공격을 받은 뉴요크의 무역 센터(the Trade Center)

공격을 받은지 3개월 가량 지난 다음이었다. 이 무렵, 오사마 빈 라덴(Osama bin Laden)의 9·11 공격 직후 전세계에서 가장 열렬히 오사마를 지지하며 가두 시위를 벌였던 이슬람 세력은 인도네시아에서 나타났고, 연말에 발리로 놀러 오기로 했던 미국 관광객이 적어도 10만 명은 예약을 취소했다고 한다. 그래서 어디를 가나, 심지어는 그랜드 하얏트 발리(Grand Hyatt Bali) 호텔이나 엄청난 인파가 들끓던 신비의 보로부두르(Borobudur) 사원에서도 그 흔한 미국인과 다른 카프카즈 인종의 얼굴(Caucasian faces)은 전혀 눈에 띄지를 않았다. 그러나 고급 국제 호텔에 달린 전용 해수욕장에는 어디를 가나 네덜란드인들이, 인도네시아 사람들을 전혀 두려워하지 않으며, 지금까지도 정복의 뒷맛을 유유히 누리는 듯 한가하게 헤엄을 치고 놀았다.

일본 제국의 논리에 의하면 인도네시아를 네덜란드의 오랜 식민지 통치로부터 일본군이 해방시켜 주었다는 주장인데, 그럼에도 불구하고 인도네시아 사람들이 백인보다 일본인을 훨씬 싫어하는 까닭은 무엇일까? 비록 겨우 3 년 동안이기는 했지만, '정복자'가 같은 피부의 동양인이었기 때문이었을까? 어쨌든 인도네시아의 독립기념일이 되면 자카르타의 모든 일본 상점은 "아예 알아서" 문을 닫는다고 한다.

다시 영화 「남태평양」 얘기로 돌아가자면, 필라델피아의 '파란 눈(blue eyes)' 백인 처녀와 약혼한 사이이면서도 미국 청년 장교 조는 발리 하이로 가서, 전쟁통에 돈을 많이 번 블러디 메어리의 딸 리아트를 숲 속의 오두막에서 만나, 미리 차려 놓은 신방에서 1분쯤 후에 다짜고짜 입을 맞추고, 전혀 양심의 가책도 없이 곧 성행위로 돌입한다. 월매가 양반 자제에게 춘향이를 바치듯이, 블러디 메어리는 처녀의 몸인 어린 딸을 제물처럼 바치면서 백인의 장모가 되는 기회

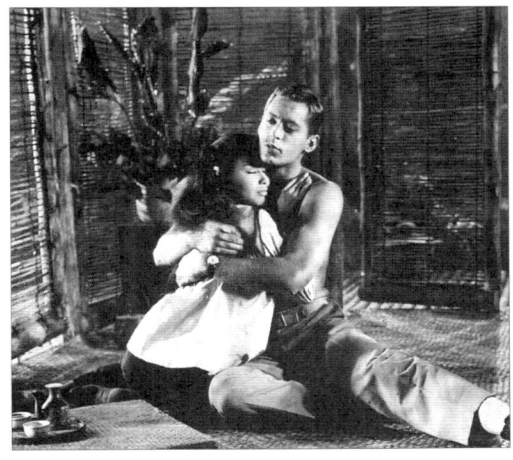

미국인 장교의 품에 안긴 동양의 처녀는 아무런 미래를 약속받지 못한 채로 몸을 바치며 불안한 행복을 맛본다.

를 마련하고 은근히 신분상승을 바란다.

그러나 미국인 장교는 물 속에서 같이 헤엄을 치고 성적 유희의 대상으로는 손색이 없지만, 필라델피아 아가씨와는 달리 대화도 안 통해서 기껏해야 "즐거운 대화(Happy Talk)" 노래에 맞춰 손가락춤밖에 출 줄 모르는 원주민 처녀와는 결혼할 수가 없다고 돌아선다. 참으로 "전설의 시대" 이몽룡 얘기 그대로이다.

찾아보기 ●--

▌「남태평양(South Pacific, 1958, 미국, 151분)」, 감/Joshua Logan, 출/Rossano Brazzi, Mitzi Gaynor, John Kerr, Ray Walston, Juanita Hall, France Nuyen, Tom Laughlin, (John Gabriel, Ron Ely, Doug McClure, James Stacy)

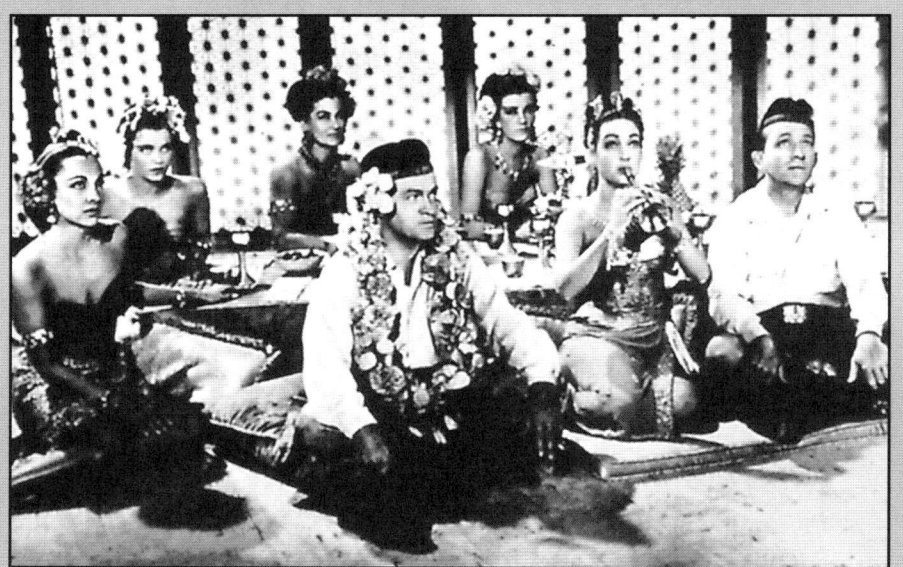

'방랑영화(road movies)'의 원조격인 바브 호프와 빙 크로스비의 연작물 "방랑기(road-to movies)" 가운데 유일한 색채 영화인 「발리로 가는 길」은 철저한 오락물이면서도 「남태평양」보다는 훨씬 정확한 고증적인 시각을 보인다.

발리로 가는 길, 발리에서 돌아오는 길

제임스 미치너의 「남태평양」말고도 환상의 섬 발리를 무대로 삼은 헐리우드 영화는 오래 전부터 선을 보였었다.

빙 크로스비와 바브 호프가 노래하고 춤추며 방랑을 계속하는 2인 조 떠돌이 연예인으로 나오는 '방랑기 연작물(the road-to movies)' 일 곱 편 가운데 여섯 번째 작품이며 유일한 테크니칼라 색채 영화인 「발 리로 가는 길」역시 음악극이지만, 인도네시아의 발리와 베트남의 통 킹을 착각하는 「남태평양」보다는 의상과 소품뿐 아니라, 산호 바다의 회색 물빛에서부터 발리 섬의 주요 종교인 힌두교에 관한 보충적인 정보에 이르기까지, 현지에 대한 고증이 훨씬 성실하다.

서로 이용하고 골탕을 먹이기에 바쁘면서도 사이좋은 두 친구인 빙 과 바브는 '방랑기'에서 지리적인 배경이 달라질 때마다 등장인물로 서의 이름이 달라지는데, 늘 그렇듯이 「발리」에서도 여자 문제로 말썽 이 생겨 오스트렐리아의 멜번으로부터 도망쳐야 하는 궁지에 몰리고, 그래서 "여자가 많은 천국과 같은 나라"라는 소리를 듣고 잠수부로 취직하여 발리 섬으로 간다.

그리고 거의 모든 다른 '방랑기'에서나 마찬가지로 「발리」에서도 같은 여자를 놓고 두 남자가 티격태격 경쟁을 벌이지만, '사롱 영화 (sarong movies)'의 단골 여배우 도로티 라무어는 마지막에 빙을 선택 한다. '방랑기'에서는 여주인공의 마지막 선택이 공평하게 영화마다 교대로 빙과 바브 사이를 오간다.

「발리」는 다양한 희극 장치를 제대로 갖추어서, 사랑의 삼각관계말 고도 거대한 「해저 2만리」 오징어가 지키는 보물 상자를 건져낸다는 섬 영화의 단골 주제를 밑에 깔았고, 천일야화적인 춤과 분위기, 무인 도에로의 표류, 인도양 영화에서 자주 터지는 화산 폭발의 종결 장면, 호랑이에게 남편을 잃고 사람을 사랑하게 되는 암컷 고릴라를 위시한 온갖 동물의 출몰, 회전하는 총탄, 자 자 가보르가 좋아했을 만한 두 남자와의 동시 결혼식 따위가 부담없이 앉아서 무책임하게 즐기기에 만만한 영화를 만들어낸다.

물론 이런 희극의 감초인 깜짝출연도 빠지지 않아서, 두 주인공 남 자와 연애를 했던 오스트렐리아 여자로 나오는 글리니스 존스, "아프

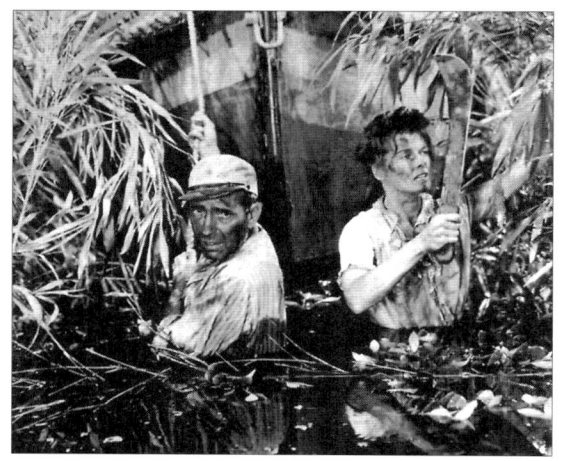

이것은 「아프리카의 여왕」이 아니라 「발리로 가는 길」의 한 장면이다. 믿거나 말거나.

리카의 여왕"을 끌고 다니는 험프리 보가트, 라무어의 꿈에 나타나는 딘 마틴과 제리 루이스, 두 편의 "쌍권총 미인(the Paleface)" 서부극에서 바브 호프와 공연하여 무척이나 웃겼던 제인 럿셀, 그리고 아무 이유도 없이 "한집안 식구여서 그냥 출연시켰다"는 빙 크로스비의 동생 바브 크로스비에 이르기까지, 반짝 기다림의 재미도 만만치 않다.

또한 이 영화에서는 등장인물이 관객에게 직접 내용을 설명하는 곁말(aside, 傍白)을 자주 사용하는데, 괴물 오징어한테서 어떻게 탈출하여 살아났느냐고 빙이 물으니까 설명을 하려다가 관객의 시선을 의식하고 멈칫하더니 "다른 사람들이 듣지 못하게" 저만치 끌고 가서 바브가 빙에게 귀엣말을 하는 장면은 정말 일품이다.

「발리에서의 신혼여행(Honeymoon in Bali)」이라는 제목으로도 알려졌던 「내 사랑 그대에게」는 일밖에 알지 못해서 결혼은 아예 접어버린 직업여성이, 모든 냉담한 방어 체제를 무너뜨리는 남자 프레드 맥머리를 만나서 결국 힘없이 무너진다는 진부하고도 전형적인 줄거리를 풀어내는 사랑의 희극영화다.

'발리 하이' 나라 인도네시아의 또 다른 섬 수마트라를 무대로 오스트렐리아에서 최근에 제작한 제2차 세계대전 포로수용소 영화 「패러다이스 로드」를 보면 동서양 제국주의가 드러내는 시각차가 우리들로 하여금 잠깐 착잡한 생각에 잠기게 만든다.

영화의 도입부에서는 1942년 2월 10일 싱가포르 래플스 호텔(Raffles Hotel) 무도장에서 오스트렐리아인을 포함한 대영제국 소속의 백색 인종 군인들과 부자들과 여자들이 춤을 추고, 술을 마시고, 연애를 하면서 전쟁 얘기를 나누는데, 차를 경작하는 농장주가 이런 호언장담을 한다.

"일본놈들은 모두 사팔뜨기여서 조준도 제대로 못한답니다. 밤엔 전혀 앞도 못 보고요. 눈이 워낙 나빠서 이만큼 두꺼운 안경을 쓰잖아요. 일본놈들이 만들 줄 아는 건 양철 장난감이나 작동도 안 되는 사진기뿐이죠."

유색인에 대한 백인 정복자의 시각은 흔히 이런 식으로 동양을 야만시했기 때문에 지식층 아시아인들의 불쾌감을 자극하기가 보통이었다. 정보통신의 발달과 세계화에 힘입어 미국 국내 시장보다는 해외에서 더 많이 돈을 벌어들이게 되자 헐리우드 영화가 요즈음에는 수출 대상국의 눈치를 보느라고 '야만국'들의 역사 및 문화 그리고 소수인종적 배려를 하는 쪽으로 전략을 바꾸었기 때문에 훨씬 완화되기는 했지만, 헐리우드 영화의 백인우월주의(white supremacy) 시각은 늘 그렇게 오만하고 편파적이었으며, 그래서 언젠가 필자와 잘 알고 지내던 인디언 혈통의 어느 미국인은 이런 얘기를 했었다. 서부영화를 보면 늘 "나쁜 야만족(savage bad guy)" 취급을 받고 날마다 싸움에서 백인 기병대한테 패배하기만 하던 인디언이 1970년대 이후 수정주의 서부극에서 가끔 승리하는 장면을 보면 속이 후련해진다고.

어쩌면 바로 그런 이유에서였는지도 모른다. 「패러다이스 로드」에

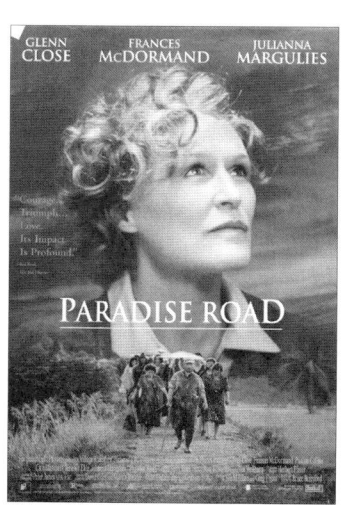

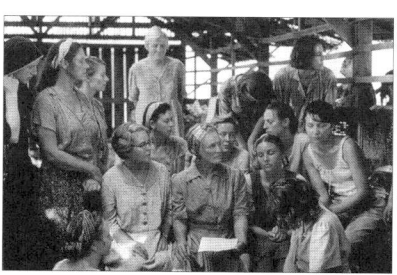

「패러다이스 로드」에서는 일본의 제국주의와 침략이 서양의 제국주의를 혼내주는 듯 묘한 뒷맛이 느껴진다.

서 잠시 후, 백인 여자들이 일본군의 공격을 받고 파선하여 수마트라에 겨우 상륙한 다음, 흙탕길에서 헤매는 그들을 차에 태워 준 고마운 일본군 헌병에게 글렌 클로스는 별로 고마워하는 기색도 없이, 제네바 협정을 준수해 달라고 요구한다. 참으로 오만하기 이를 데 없는 말이다. 그래서 헌병은 이렇게 대답한다.

"일본은 제네바 협정에 가입한 적 없습니다."

수용소로 끌려가는 길에도 '네까짓 동양놈들'이 우리를 붙잡다 어쩌겠느냐는 듯, 어느 백인 여자는 "우리가 언제까지 이런 구역질나는 곳에 있어야 하느냐?"고 대들었다가 호되게 두들겨 맞는다.

그리고 수용소에 도착하자 히로타 소장이 백색 여자들에게 쏟아내는 첫 연설은 이런 내용이다.

"영국, 독일, 화란이 이곳을 지배하던 시대는 끝났다. 지난 시절에는 당신네 유럽인들이 자만심과 우월감을 가지고서 동양인들을 열등하다고 무시했다. 그러나 이제는 모두가 역전되었다."

물론 한국인들은 '대동아 공영'이라는 일본의 논리가 어째서 모순이요 위선인지를 잘 안다. 그러나 버마(지금의 미얀마) 정부와 일부 인도네시아인들은 지금까지도 일본을 백인의 식민 통치로부터 그들을 해방시켜 준 고마운 동양 나라라고 믿는다. 이렇게 「남태평양」을 위시한 헐리우드의 수많은 전쟁영화에서 '주적(主敵)'으로 부각되던 일본은 이렇게 미묘한 모습으로 우리에게 나타난다.

「패러다이스 로드」를 만든 브루스 베레스포드 감독은 1970년대 오스트렐리아 영화의 부흥기를 이끌었던 대표적인 인물로서, 피터 위어나 마찬가지로 헐리우드로 진출하여 「미스터 존슨(Mister Johnson, 1991)」 같은 영화를 발표했다. 그가 1970년대에 만든 대표적인 영화 「선거」는 데이비드 윌리엄슨(David Williamson, 1942~)의 희곡이 원작으로서, 득표 결과를 지켜보기 위해 모인 사람들 사이에서 이루어

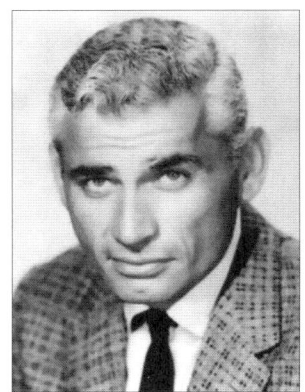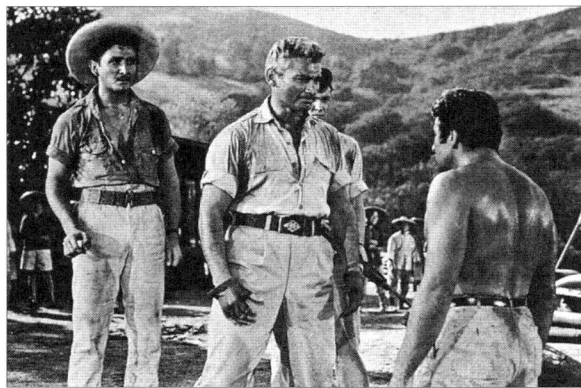

희끗희끗한 새치머리로 유명했던 활극배우 제프 챈들러(왼쪽)가 전성기에 만든 활극 「수마트라의 동쪽」에서는 백인 광산 기술자가 원주민들의 봉기를 진압하는 '영웅'으로 그려진다.

지는 여러 관계를 통렬하게 추적한 흑색 희극이다.

「패러다이스 로드」가 위치했던 수마트라의 동쪽에서 광산 기술자가 원주민들의 반란을 막아내는 줄거리의 영화를 위한 원작 노릇을 했던 소설 『수마트라의 동쪽』을 쓴 작가 루이 라무어(Louis L'Armour)에 관해서는 서부영화에서 자세히 소개하겠다.

찾아보기 ●--

▌「발리로 가는 길(Road to Bali, 1952, 미국, 90분)」, 감/Hal Walker, 출/Bob Hope, Dorothy Lamour, Bing Crosby, Myrvyn Vye, Ralph Moody, (Humphrey Bogart, Carolyn Jones, Dean Martin, Jerry Lewis, Bob Crosby, Jane Russell)

▌「내 사랑 그대에게(My Love for Yours, 1939, 미국, 95분)」, 감/Edward H. Griffith, 출/Fred MacMurray, Madeleine Carroll, Allan Jones, Osa Massen, Helen Broderick, Akim Tamiroff

▌「패러다이스 로드(Paradise Road, 1997, 미국-오스트렐리아, 115분)」, 감/Bruce Beresford, 출/Glenn Close, Pauline Collins, Cate Blanchett, Frances McDormand, Juliana Margulies, Jennifer Ehle, Elizabeth Spriggs, Tessa Humphries, Johanna Ter Steege, Wendy Hughes, Susie Porter, Sab

Shimono

▌「선거(Don's Party, 1976, 오스트렐리아, 91분)」, 감/Bruce Beresford, 출/John Hargreaves, Pat Bishop, Graham Kennedy, Veronica Lang, Candy Raymond, Harold Hopkins

▌「수마트라의 동쪽(East of Sumatra, 1953, 미국, 82분)」, 감/Budd Boetticher, 출/Jeff Chandler, Marilyn Maxwell, Anthony Quinn, Suzan Ball, Peter Graves

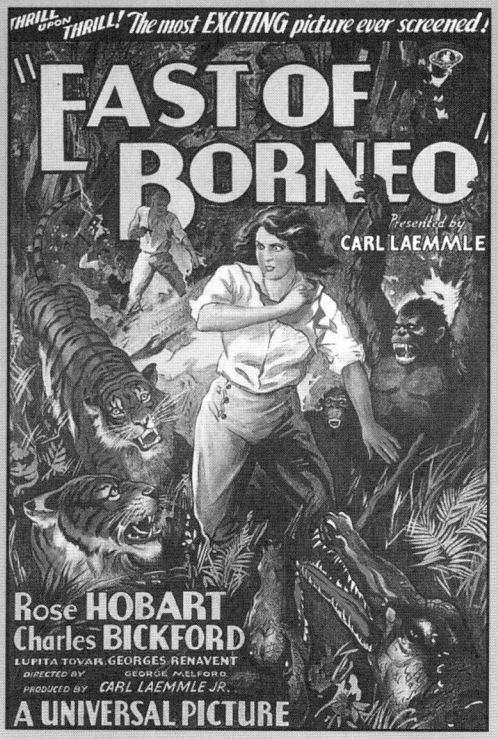

인도네시아의 '동쪽' 영화로는 「수마트라의 동쪽」말고도 「보르네오의 동쪽」과 「자바의 동쪽」도 있는데, "자바의 동쪽"은 "자바의 서쪽"이 맞는다. "보르네오의 동쪽"을 찾아가는 여주인공은 남편에게서 명예를 회복하기 위해 포스터의 그림에서처럼 온갖 맹수가 들끓는 밀림으로 들어간다.

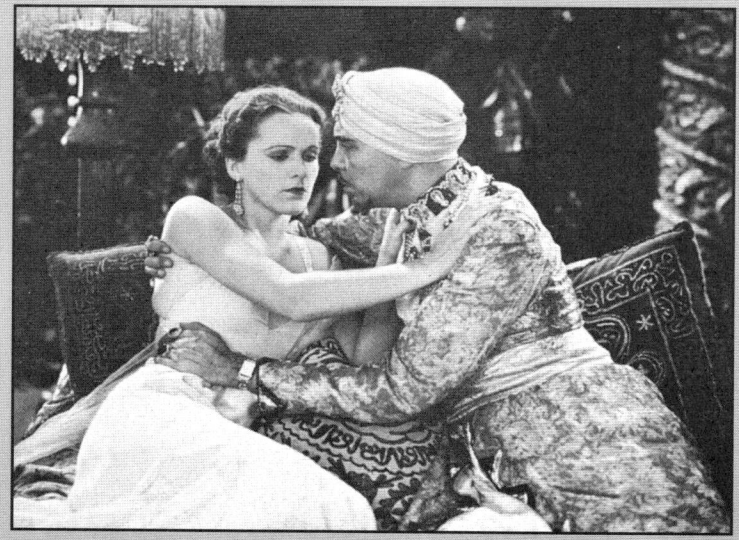

보어인들이 남쪽으로 간 까닭은

　영화 제목을 보면 「에덴의 동쪽」과 「킬리만자로의 동쪽」에서부터 「상하이의 동쪽」과 「수단의 동쪽」 그리고 「달마가 동쪽으로 간 까닭은」에 이르기까지, 동서남북 네 방위 가운데 동쪽이 들어간 경우가 퍽 많은데, 동남아를 지리적인 무대로 삼은 「코끼리바위의 동쪽」이 있는가 하면, 앞에서 살펴보았듯이 인도네시아에서만 하더라도 「수마트라의 동쪽」이라는 영화에 이어 「보르네오의 동쪽」이 선을 보였다.

　「보르네오의 동쪽」에서는 아내가 부정한 여인이라고 오해해서 냉소적인 알코올 중독자가 되어 버린 의사 남편을 찾아 밀림으로 들어가는 여자가 주인공이고, 「지옥에서 보르네오로」에서는 못된 악당들과 밀수꾼들로부터 섬을 지키려는 남자가 주인공이고, 희극영화 「보르네오의 야성적인 사나이」에서는 별로 야성적이지 못한 사나이가 주인공이며, 역시 보르네오가 무대인 「테네시 버크의 또 다른 모험」은 돈 많고 못난 남편과 아름답고 관능적인 아내를 안내하며 사냥에 나서는 멋진 미혼 남자가 주인공인 전형적 '사파리' 영화로서, 홀랑 벗은 사진으로 〈플레이보이〉 잡지를 통해 얼굴이나 이름보다 알몸부터 알려진 여자가 여주인공 역을 맡았다.

자와(＝자바)로 넘어가면, 남해로 보물을 찾아가는 선장과 원주민 여자의 사랑에 화산 폭발까지 곁들인 활극 「자바의 순풍」, 그리고 청교도적인 심성의 선장이 동양 원주민 공주와 맺어지는 내용을 담은 조세프 허지샤이머(Joseph Hergesheimer)의 베스트셀러가 원작인 「자바 갑(岬)」이 나온다.

얀 드 하르토크(Jan de Hartog)의 소설이 원작인 「정글지대」는 자와를 무대로 삼아 사랑과, 나병과, 정신적인 갈등이 얽히는 지적인 영화이다. 주인공인 안톤 드라거(Dr. Anton Drager)는 과학을 신봉하는 의사로서, 신의 존재에 대한 회의를 느끼고는, "만일 신이 존재한다면 지금 나에게 벼락을 내리라"고 소리치고는 겁에 질려 한참 꼼짝도 않고 기다렸다는 고백을 하는 장면이 지금까지도 기억에 생생하다.

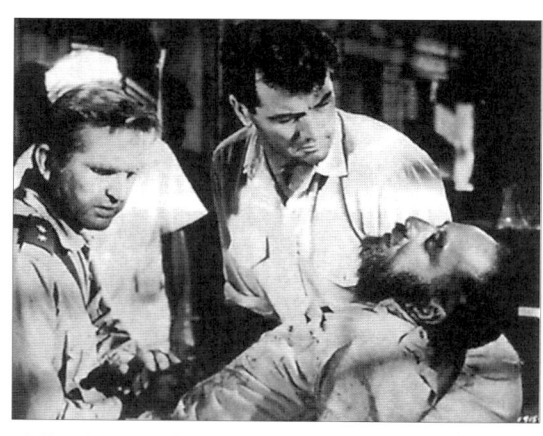

자와(Java)가 무대인 「정글지대」는, 모험극 같은 인상을 주기 쉬운 제목과는 달리, 종교 문제로 갈등하는 의사를 등장시킨 지적인 고급 문예물이다. 감독 로버트 멀리간은 하퍼 리(Harper Lee)의 퓰리처상 수상작을 영화로 만든 「알라바마에서 생긴 일(To Kill a Mockingbird)」, 우리나라에서도 무대극으로 공연되었던 버나드 슬레이드(Bernard Slade)의 희곡을 영화화한 「내년 이맘때(Same Time, Next Year)」 그리고 감동적인 성장영화 「1942년 여름(Summer of '42)」 같은 작품도 만든 사람이다.

그리고 동쪽이라면 물론 「자바의 동쪽」도 빠질 리가 없다. 독일의 막시밀리언 셀에서 이탈리아의 로싸노 브라찌 그리고 살 미네오에 이르기까지, 다양한 국적의 출연진만 봐도 한눈에 알겠듯이, 다채로운 등장인물을 동원하여 대단히 큰 규모로 만든 영화 「자바의 동쪽」은 침몰한 배에 가득 실린 보물을 찾아나선 사람들에 관한 모험극으로서, 역시 화산 폭발

과 해일로 마무리를 짓는다. 그러나 원제에 나오는 지명 크라카토아
(Krakatoa 또는 Krakatau)는 자바의 동쪽이 아니라 서쪽에, 수마트라
로 가는 바닷길에 위치한 화산섬이다. 로싸노 브라찌가 주연한 「남태
평양」에서 발리가 북쪽 베트남으로 갔는가 하면, 로싸노 브라찌가 찾
아간 「자바의 동쪽」 크라카토아는 달마와 함께 동쪽으로 가 버린 모
양이다.

「붉은 마녀」도 네덜란드의 식민지였던 동인도(East Indies, 현재의 인
도네시아)가 무대인데, 갈란드 로아크(Garland Roark)의 소설을 원작으
로 삼아서 존 웨인의 이름과 걸맞게 만든 흔해 빠진 활극이다. 영화 속
의 존 웨인은 모험을 즐기는 선장(Captain Ralls)으로서, 식민지에서 돈
을 긁어모으는 데 혈안인 무자비한 네덜란드인 반 슈리벤(Harmenzoon
Van Schreeven)과 한 여자를 놓고 치열한 경쟁을 벌인다. 존 웨인이 차
렸던 영화사의 이름 바트작(Batjac)은 이 영화에서 주인공이 소속했던
해운회사의 이름이었다.

「붉은 마녀」의 가장 극적인 장면은 거대한 문어가 지키는 해저의

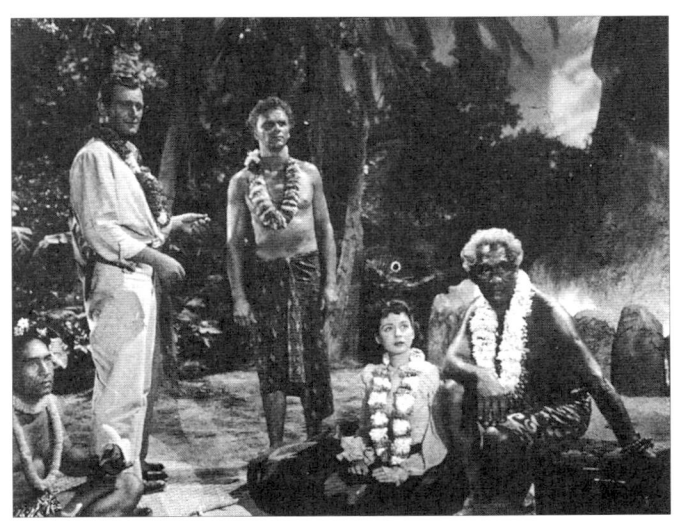

「발리로 가는 길」에서 해저
에 숨겨진 보물을 지키던 거
대한 오징어 주제는 존 웨인
의 활극 「붉은 마녀」(사진)
에서 문어가 되어 진주를 지
킨다.

보물(진주)을 건져내기 위해 주인공이 깊은 바다로 잠수하는 대목인데, 이런 상황은 빙 크로스비와 바브 호프의 방랑기「발리로 가는 길」뿐 아니라 다른 여러 영화에서 양념 노릇을 하며, 이미 소개한 본격적인 해양영화나 아프리카 모험극 못지않게 낭만적인 섬영화에서도 보물찾기는 열심히 계속된다.

「막스 하벨라르」역시 동인도가 무대이고, 인도네시아가 19세기에 어떤 착취를 당했는지를 고발하는 '의식'이 담긴 영화이다. 과거의 정복자와 피지배자였던 두 국가가 이런 합작 영화를 만들었다는 사실은 전세계에서 식민지 정치를 한 국가들 가운데 네덜란드가 가장 '인간적'이었다는 주장을 상기시킨다.

하지만 네덜란드는 아프리카에서도 정말로 그렇게 인간적이었을까? 예를 들어 마르띠니끄 출신의 최초 흑인 여성 감독이 만든 미국 영화「백색의 계절」("밀림과 오지의 모험 196~7쪽 참조)을 보면, 정말로 그랬을까 하는 의구심이 생겨난다. 참으로 다각적인 시선에서 해석이 가능한「백색의 계절」을 이해하기 위해서는 네덜란드와 영국 그리고 흑인 원주민이라는 삼각(三角)으로 이루어진 남 아프리카 공화국의 복잡한 역사를 알아야 한다.

남 아프리카로 백인들이 내려가기 시작한 시기는 17세기였는데, 지금은 '아프리카너(Afrikaner)'라고도 불리는 네덜란드 이주민 보어인(Boer)들은 초기에는 주로 아프리카인들의 토지를 빼앗고 입주지를 확대해 나가면서 백색 역사를 시작했다. 그러다가 나뽈레옹 전쟁 중에 케이프 식민지가 프랑스의 손으로 넘어갈까 봐 염려한 영국이 두 차례 침공을 거쳐, 전후인 1814년 정식 영국령으로 접수했다. 영국의 지배를 피해 북쪽으로 올라간 보어인들은 결국 영국과 전쟁을 벌이지만, 다이아몬드가 발견되면서 영국은 점점 세력을 강화하고, 흑인자치구역 체제를 운영하여 5백만의 백인이 3천만의 흑인을 지배하기 위해 노골적인 차별 정책을 벌이기에 이른다. 자치구(Homeland)는 미국에서 백인이 인디언 원주민을 보호지로 몰아넣어 서서히 고사시킨 과정을 그대로 복제한 정책이었다.

1976년 소웨토(Soweto) 자치구의 봉기를 배경에 깔고 시작되는 영화「백색의 계절」에 등장하는 주요 인물들은「야성녀」("지성과 야만" 260~5쪽 참조)의 남자 주인공이나 마찬가지로 이렇게 영국의 통치를 받으면서 흑인을 탄압하는 네덜란드계 사람들이다. 아이들에게 남 아프리카 공화국의 백인과 흑인이 거쳐온 역사를 가르치는 선생님으로 설정된 아프리카너 벤 두또이트(Benjamin Dutoit)는 손자까지 둘 나이가 되도록 '평생'을 남 아프리카에서 살았으면서도, 15 년 동안 그의 집 정원사로 일해 온 고든 누베네(Gordon Noubene)의 어린 아들 조나단(Jonathan)이 경찰에 끌려가 태형(笞刑, caning)을 당했다는 말을 듣고 이런 무감각한 반응을 보인다.

"별일도 아니잖아. 그냥 잊게. 상처에 약이나 발라줘. 어쩔 도리도 없으니까."

잔디밭에서 하얀 가족과 풍족한 시간을 즐기며 살아가는 '두또이트 선생님'이 어쩌면 그렇게까지 역사와 현실 의식이 없을까 싶기는 하지만, 앙드레 브링크(André Brink)의 소설을 원작으로 삼은「백색의 계절」은 아무리 흑인 여성의 작품이라지만 역시 "남의 얘기"를 하는 듯한 각도가 뚜렷하다. 그리고 지나치게 의식이 강한 정원사의 두 아들이 아버지에게 하는 항변은 너무나 초등학생답지를 않아서, 영화의 현실감 자체를 무너뜨린다.

"우린 아프리카어가 아닌 영어를 배우고 싶

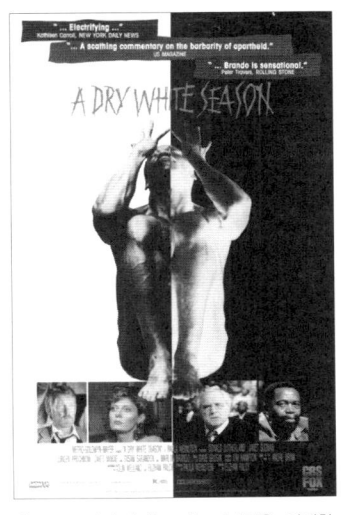

「백색의 계절」에서는 아프리카인을 이해한다고 자처하는 주인공까지도 얼마나 진실을 외면한 채로 살아왔는지를 잘 보여 준다.

어요. 백인들은 우리에게 교육을 안 시키려는 거예요. 아프리카어로 공부를 하면 우리에게 미래가 없어요."

아프리카가 당연히 영어로 말하는 백인의 땅이라는 듯한 두 아들의 이런 시각은 두또이트 선생의 아내가 섬기는 신념과도 일치한다.

"여긴 우리나라예요. 우리가 가꾸고 키웠어요. 흑인들이 강해지면 우리가 평화롭게 살도록 그냥 내버려둘 것 같아요?"

언어를 상실하게 만들고 문화적으로 종속시켜 유색 인종과 빈부의 격차를 더욱 벌여 놓는 국제화 움직임을 확산시키겠다는 백인들의 다 단계 정복 전술에 대해서 흑인 지도자가 우민정책을 써서 살아남기 위해 소극적으로나마 저항하는 기묘한 모습을 보여 준 영화도 있었 다. 「아웃 오브 아프리카」에서 여주인공 카렌 블릭센(Karen Blixen) 이 선교사를 설득하여 원주민 아이들을 교육시키려고 학교를 세우려 하자, 백성을 우월한 백인처럼 만들려는 노력에 저항하는 추장이 찾 아와서 학교 설립 계획에 반대한다. 자신은 정복당한 추장으로 남아 있는 상태에서 백성만 선진 교육을 받아 개화하면, 상대적으로 자기 만 몰락하리라는 두려움 때문에 추장은 그가 죽을 때까지는 도전해 올 인물이 생겨나지 않도록 요만한 아이들서부터만 학교에 다니도록 키를 지정해 주기까지 한다.

그리고 다시 「백색의 계절」로 돌아가면, 영어로 평등한 백인 교육 을 받고 싶다면서 도전하던 아이들은 봉기하는 줄루족의 율동에 맞춰 소웨토에서 시위를 벌이고, 곤봉을 휘두르고 개를 앞세워 진압에 나 선 백인 경찰은 조무래기 아이들에게 무차별 조준사격을 가해 학살을 시작한다.

이런 와중에서 누베네의 아들 조나단은 경찰에 붙잡혀 가 무자비하 게 고문을 당해서 목숨을 잃고, 폭동 진압 과정에서 아들이 사망했다 는 경찰 발표를 믿지 못하는 아버지 고든이 선반에 줄줄이 늘어놓은 어린아이들이 피투성이 시체들 중에서 조나단을 찾아내지 못하자, 정부 폭력의 진실을 알아내려고 변호사를 동원하여 여러 사람으로부터 진술서를 받아내는 '반정부 활동'을 벌이고 그러다가 적발되어 한밤중에 들이닥친 경찰에게 역시 체포된다.

정원사 고든 누베네를 공산주의자로 몰아 우리나라 사람들에게도 익숙해진 통닭구이, 전화기를 이용한 전기고문, 물고문을 자행하는 경찰 특수부(special branch)의 총지휘를 맡은 백인 단장(Colonel Viljoen)과 그의 직속 수사반장(Stoltz)은 두 사람 다 네덜란드계 아프리카너이다.

가혹한 고문으로 눈알이 빠지고 온몸이 만신창이가 되어 죽은 누베네가 창살에 목을 매고 자살했다는 경찰의 조작 발표에 화가 난 럭비선수 출신의 두또이트가 드디어 정신을 차려 "법의 힘으로 정의를 찾겠다"며 변호사 이언 매켄지(말론 브란도)를 동원하여 경찰의 만행을 밝히려 하지만, 미국의 남북전쟁에서처럼 흑인을 결국 백인의 힘으로 해방시키려는 노력은 처음부터 아예 승산이 없는 싸움이다. 백인의 정의는 인종 불평등에 적용되지 않는 개념이기 때문이다.

두또이트는 흑인을 위한 싸움에서 패하고는 동족 백인사회로부터 배반자로 낙인이 찍혀 고립되기 시작하고, 정말로 깊은 생각을 하게 만들던 「백색의 계절」은 여기서부터 싸구려 말랑드라마로 넘어간다.

"흑인들에겐 땅을 줘서 자기들끼리 살게 하면 충돌도 없고 불만도 없어진다"며 자치구 개념을 신봉하던 딸은 배반자가 된 아버지의 활동을 아프리카너 슈톨츠 수사반장에게 밀고하여 백인으로서의 양심을 살려 나가고, 주인공이 언론에 진실을 고발한다는 판에 박힌 결론에 앞서, 슈톨츠가 두또이트 선생을 차로 밀어 죽이고, 슈톨츠는 흑인의 총에 맞아 죽는다는 황급한 종결이 맺어지면서, 결국 영화는 '남의 얘기'로 끝나고 만다.

▌「보르네오의 동쪽(East of Borneo, 1931, 미국, 76분)」, 감/George Melford, 출
/Rose Hobart, Charles Bickford, Georges Renavent, Lupita Tovar, Noble
Johnson

▌「지옥에서 보르네오로(From Hell to Borneo, 1964, 미국, 96분)」, 감/George
Montgomery, 출/George Montgomery, Julie Gregg, Torin Thatcher, Lisa
Moreno

▌「보르네오의 야성적인 사나이(The Wild Man of Borneo, 1941, 미국, 78분)」, 감
/Robert B. Sinclair, 출/Frank Morgan, Mary Howard, Billie Burke, Donald
Meek, Marjorie Main, Connie Gilchrist, Dan Dailey

▌「테네시 버크의 또 다른 모험(The Further Adventures of Tennessee Buck,
1988, 미국, 88분)」, 감/David Keith, 출/David Keith, Kathy Shower, Brant van
Hoffman, Sydney Lassick, Tiziana Stella, Patrizia Zanetti

▌「자바의 순풍(Fair Wind to Java, 1953, 미국, 92분)」, 감/Joseph Kane, 출/Fred
MacMurray, Vera Ralston, Victor McLaglen, Robert Douglas, Philip Ahn

▌「자바 갑(Java Head, 1934, 미국, 70분)」, 감/J. Walter Ruben, 출/Anna May
Wong, Elizabeth Allan, Edmund Gwenn, John Loder, Ralph Richardson,
Herbert Lomas

▌「정글지대(The Spiral Road, 1962, 미국, 145분)」, 감/Robert Mulligan, 출/Rock
Hudson, Burl Ives, Gena Rowlands, Geoffrey Keen, Will Kuluva, Neva
Patterson

▌「자바의 동쪽(Krakatoa, East of Java, 또는 Volcano, 1969, 미국, 101분 또는 136
분)」, 감/Bernard Kowalski, 출/Maximilian Schell, Diane Baker, Brian Keith,
Barbara Werle, John Leyton, Rossano Brazzi, Sal Mineo

▌「붉은 마녀(Wake of the Red Witch, 1948, 미국, 106분)」, 감/Edward Ludwig, 출
/John Wayne, Gail Russell, Luther Adler, Gig Young, Adele Mara, Eduard
Franz, Henry Daniell, Paul Fix

▌「막스 하벨라르(Max Havelaar, 1976, 네덜란드-인도네시아, 167분)」, 감/Fons
Rademakers, 출/Peter Faber, Sacha Bulthuis, Elang Mohanad, Adenan
Soesilanigrat

▌「백색의 계절(Dry White Season, 1989, 미국, 107분)」, 감/Euzhan Palcy, 출

/Donald Sutherland, Janet Suzman, Zakes Mokae, Jürgen Prochnow, Susan Sarandon, Marlon Brando, Winston Ntshona, Thoko Ntshinga, Susannah Harker, Rowan Elmes

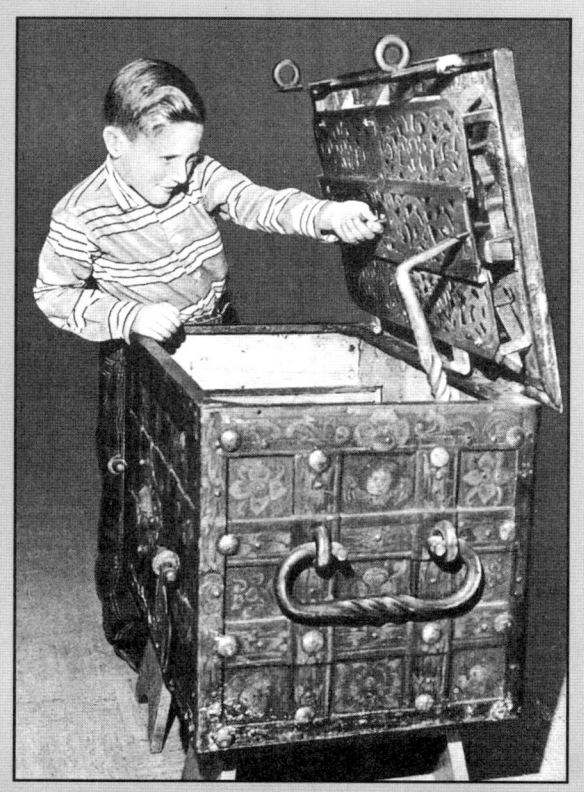

해적선장 토마스 티유(Thomas Tew)가 보물을 담아두었던 궤짝을 미국 캔사스 주 위치타 시립
도서관에서 어린 소년이 신기해하며 들여다보고 있다. 보물찾기는 여러 영화에서 늘 좋은 소재거
리가 된다.

횡재영화 찾기

이른바 보물찾기를 주제로 삼은 횡재영화가 비슷비슷한 줄거리로 아무리 많이 나와도 늘 관객이 모여드는 까닭은 아마도 대박을 꿈꾸는 인간의 망상이 동서양 어디에서나 건재하기 때문인지도 모르겠다. 보물과 떼돈을 손에 넣는 주인공들을 통해 얻는 대리 만족이란 아무리 여러 번 반복되더라도 물리지를 않는 모양이다.

우선 해저로 내려가면, 「붉은 마녀」에서는 거대한 문어가 보물을 지키고, 「발리로 가는 길」에서는 거대한 오징어가 같은 역할을 맡았었는데, 「상어다!」에서는 제목에 밝혀 놓았듯이 상어가 임무 교대를 한다. 「상어다!」를 촬영하는 동안에는 보물을 찾아 바다 밑으로 잠수하던 대역 배우 한 사람이 상어에 물려 목숨을 잃는 사고도 일어났다.

「상어의 보물」에서는 주인공이 보물을 찾아 카리브 해 밑바닥으로 내려가고, 역시 카리브 해를 배경으로 삼은 「자마이카 항로」에서는 주인공이 사랑하는 여자의 가족을 위해 인양 작업을 하느라고 바다 밑으로 내려간다. 「자마이카 산호초의 보물」 또한 카리브 해 밑바닥에서 황금을 찾아 헤매는 내용을 담았는데, 이 영화에 출연한 셰릴 스토플무어는 훗날 텔레비전 연속물 「미녀 삼총사(Charlie's Angels)」로 유명해진 셰릴 래드(Cheryl Ladd)이다.

「마루 마루」는 해저 보물을 차지하기 위해 경쟁을 벌이는 두 남자가 모험과 사랑을 신나게 엮어내는 활극이고, 과학을 연구하다가 영화계로 들어선 존 패로우 감독이 배우로 출연한 「금단의 섬」에서는 해저의 보물을 놓고 주인공이 악당들과 경쟁을 벌인다. 「해저의 여인」은 바다 밑바닥의 보물과 살인이 얽힌 활극이다.

브루크 쉴즈가 세 명의 남자와 함께 물 속에서 건져 올리는 「젖은 황금」은 산에서 보물찾기를 하던 「시에라 마드레의 황금(The Treasure of the Sierra Madre, 1948)」을 베껴먹은 영화이고, 「해저의 황금」 또한 「마루 마루」처럼 쿠바 근해에서 3백 년 전에 침몰한 배에 실린 해저 보물을 차지하기 위해 두 남자가 벌이는 모험과 사랑을 엮어내는 내용이지만, 길버트 롤랜드와 리처드 이간의 활극적 대결보다는 수영복 차림의 제인 럿셀과 제인 맨스필드의 몸매 대결이 훨씬 더 볼 만하다.

「밀수꾼의 섬」에서도 해저에 가라앉은 황금을 찾아 주인공이 바다 속으로 내려간다. 이 영화의 주연을 맡았던 제프 챈들러는 1950년대의 대표적인 활극 배우 가운데 한 사람으로서, 미남은 아니지만 희끗

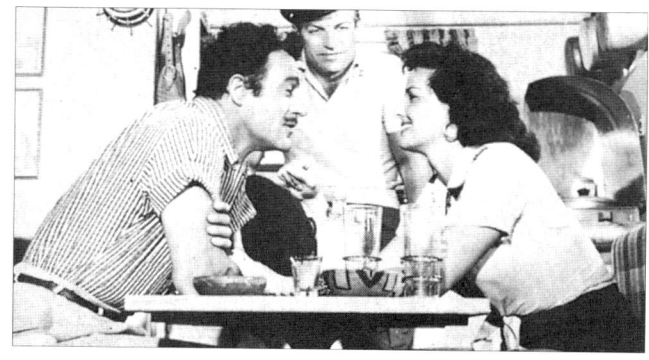

「해저의 황금」에서는 보물선을 찾는 두 남자 길버트 롤랜드(왼쪽)와 리처드 이간(가운데)의 대결보다는 제인 럿셀(오른쪽)과 제인 맨스필드의 몸매 대결이 훨씬 볼 만한 구경거리이다.

희끗한 머리에 강인한 인상이 대단히 사나이다웠다. 하지만 1940~50년대 '수중 발레(water ballet)' 영화의 여왕이었던 그의 아내 에스터 윌리엄스(Esther Williams)가 언젠가 공개한 바에 의하면 챈들러는 여자 속옷을 즐겨 입는 도착적인 인물이었다고 한다. 정말로 겉 다르고 속 다른 남자였던 모양이다.

「유령 잠수부」는 황금이나 보물상자 정도가 아예 보물의 도시를 물 속에서 찾아 헤매고, 초호화 배역진을 자랑하는 드밀 감독의 대작 해양활극 「절해(絶海)의 폭풍」에서는 1840년대 미국 플로리다 키 웨스트의 두 남자가 남부 아가씨를 놓고 사랑의 경쟁을 벌이는 틈틈이 산호초에 침몰한 화물선을 놓고 악당과 대결한다. 선장 존 웨인이 화물선을 조사하다가 목숨을 잃고 별로 대단치 못한 배우 경력의 레이 밀란드에게 여자를 빼앗긴다는 종결을 보면 참으로 옛날 영화로구나 하는 생각이 절로 든다. 「절해」는 보물을 건져 올리는 영화라고 분류하려면 약간 무리가 가기는 하지만, 뛰어난 수중촬영으로 특수효과 분야에서 아카데미상을 건져 올리기는 했다.

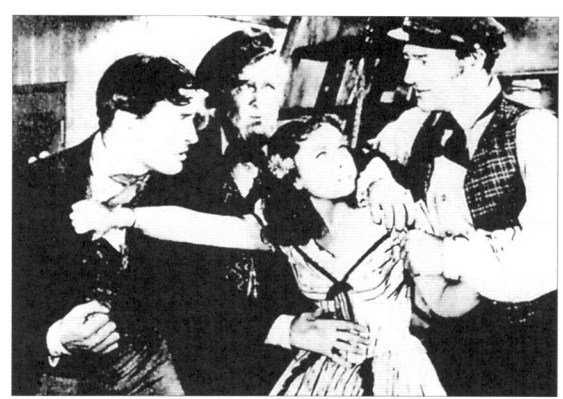
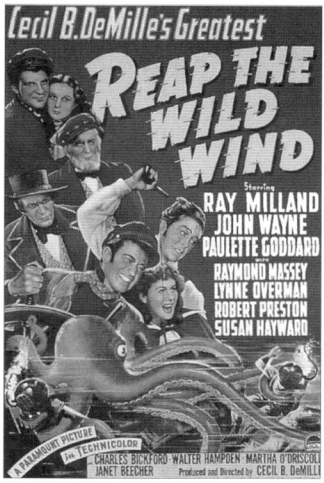

세실 B. 드밀 감독이 만든 「절해의 폭풍」은 산호초에 침몰한 화물선을 인양하는 과정에서 주인공이 악당과 대결을 벌이다가 아카데미 특수효과상을 건져 올렸다.

「황금의 꿈」은 플로리다의 키 웨스트에서 17세기에 침몰한 에스파냐 범선(galleon)을 건져 올려 2억 달러에 달하는 보물을 찾아내는 데 성공한 멜 피셔의 실화를 바탕으로 해서 만든 영화이다.

뭍으로 올라와서 벌이는 보물찾기를 찾아보면, 「이상한 여로」에서는 무인도에서 보물 지도를 놓고 사람들이 싸움을 벌이고, 「용감한 일곱 아가씨」는 스위스 신부학교 출신으로서, 작은 섬에서 오도가도 못하게 된 처지에 황금을 찾아 헤매는 악당들을 만나 곤욕을 치른다.

긴박감이 넘치는 흑색 영화의 명장 필 칼슨이 만든 「지옥의 섬」에서는 존 페인이 도둑맞은 보석과 정직하지 못한 옛 애인을 되찾으려고 열심이며, 제2차 세계대전의 격전지였던 필리핀의 작은 섬 코레기도어(Corregidor)를 무대로 삼은 「막다른 골목」에서는 숨겨 놓은 황금을 찾아 버트 레이놀즈와 그의 친구들이 여기저기 헤매고, 「바다의 사나이들」은 마라카이보(Maracaibo)에서 황금을 찾아다닌다.

프릿츠 랑의 「격노(The Big Heat)」와 같은 해에 선보인 「태양의 약탈자」에서 글렌 포드는 멕시코에서 보물찾기를 벌이면서 살인사건에도 얽혀 들고, 「작은 보물」에서는 나체춤을 추는 여자가 오래 전에 행방이 묘연해진 아버지를 만나러 멕시코로 갔다가 아버지의 유언에 따라 보물찾기를 시작한다.

무대를 뉴 멕시코로 옮기면, 「지옥의 욕정」의 주연배우 태브 헌터와 대부분의 다른 등장인물들이 지옥 같은 곳에서 땅에 묻힌 보물을 찾아 헤매는 동안 디바인은 술집 가수가 되려는 꿈을 실현하기 위해 정진한다. 신성한 이름의 소유자인 디바인(Divine, 본명 Harris Glenn Milstead, 1945~88)은 제프 챈들러처럼 여자 옷 입기를 좋아했던 변태(transvestite)에다 비만증 환자로서, 「홍학(Pink Flamingos, 1972)」에서 개똥을 먹어치워 악명을 날린 미국의 영화 예술인이다. 「쓰레기 세상(Mondo Trasho, 1969)」 같은 영화에서 즐겨 얼굴을 내밀었던 디바인

이 주연을 맡았다는 사실 하나만
으로도 「지옥의 욕정」이 지닌 엽
기성은 쉽게 짐작이 가리라고 생
각한다.

태브 헌터의 형 제프리 헌터가
주연한 매장된 보물찾기 영화는
아예 제목이 「황금을 찾아가는
길」이고, 그 길로 가면서 보물찾
기 영화를 더 찾아보면, 노련한
탐정이 바베이도스에서 보물찾
기를 하는 「살인 허가」, 영적인
초능력을 자랑하는 씬디 로퍼가
에콰도르의 안데스 산 속에서 황
금의 도시를 찾겠다고 나서는 희
극영화 「감각」, 그리고 척 노리스
최악의 작품으로 꼽히는 희극영
화 「불을 밟고 걷는 사나이」도 있

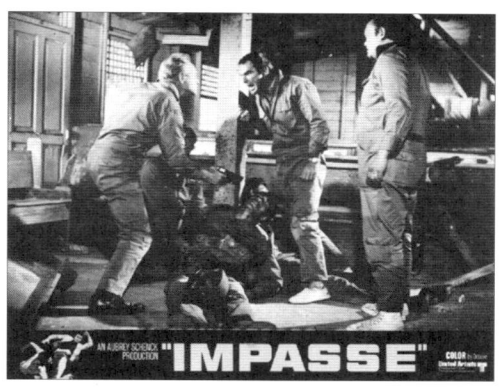

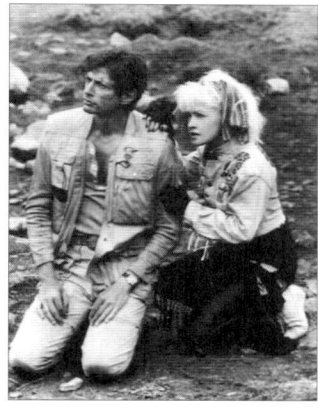

버트 레이놀즈의 「막
다른 골목」(위)과 씬디
로퍼의 「감각」은 주연
배우들의 수준에 맞춰
부담없이 봐도 되는
보물찾기 영화이다.

다. 「불사나이」에서는 흑백의 두 사나이가 여자에게 고용되어 보물찾
기에 나선다.

「플로리다 해협」은, 존 F. 케네디의 미국 정부가 카스트로를 제거하
기 위해 1961년 CIA의 조종을 받던 반카스트로 병력을 '돼지의 만(the
Bay of Pigs)'에 상륙시켰다가 침공에 실패했을 때, 쿠바의 밀림 속에
다 파묻었던 2백만 달러 상당의 금화를 찾아오기 위해 20 년 후 다시
잠입하는 남자의 얘기를 담았다. 감독과 출연진이 모두 쟁쟁한 「모래
밧줄」에서는 노련한 도둑이 그가 숨겨 놓은 보물을 되찾기 위해 잡다
한 인물들과 머리싸움을 벌인다.

스티븐 스필버그가 줄거리를 내놓은 아동용 「구니스」도 아이들이 떠들썩하게 보물찾기를 나서는 내용이다.

바다 속에서는 오징어와 문어와 상어가 보물을 지키지만, 「날아다니는 뱀」에서는 1519년 에스파냐의 꼬르떼즈에게 정복당한 아즈텍(Aztec)의 보물을 보호하는 임무가 박쥐를 닮은 선사시대의 새에게 주어진다.

그리고 두 명의 모험가와 한 명의 아름다운 여인은, 흥미진진한 보물찾기를 벌이는 「최후의 모험(극장 제목은 "大冒險"이었음)에 나선다.

비행(飛行) 교관인 알랭 들롱과 경주용 자동차 개발에 열심인 리노 방뛰라는 모험을 찾는 우정의 사나이들인데, 아프리카 바다로 추락한 비행기에 실려 수장된 돈과 보석 얘기를 듣고는 젊은 여성 조각가와 어울려 함께 보물을 찾아 떠나면서 지극히 당연한 삼각관계를 만든다.

몇 차례의 시행착오 끝에 2남 1녀는 추락한 비행기의 탑승원으로서 유일한 생존자로 남은 사람을 만나 보물찾기에 성공하지만, 대박형 범죄자들이 들이닥치는 바람에 총격전이 벌어지고, 두 남자의 사랑을 받던 1녀는 유탄을 맞고 죽는다. 살아남은 두 남자는 죽은 여자의 고향인 섬으로 찾아가 그곳에서 호텔 사업을 벌이려는 계획을 세우지

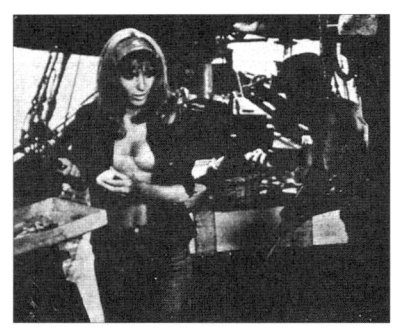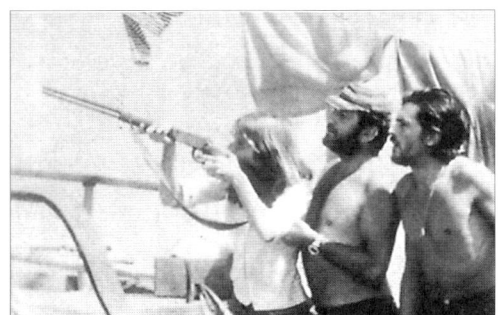

「최후의 모험(극장 제목 "大冒險")」은 알랭 들롱과 리노 방뛰라가 아름다운 여인과 함께 보물찾기에 나서는 프랑스 영화이다.

만, 그 꿈 또한 대박을 노리는 악당들 때문에 수포로 돌아가고, 알랭 들롱도 목숨을 잃는다.

이렇게 해서 대박을 쫓던 그들의 '마지막' 모험 또한 별로 행복하지 못한 마지막을 맞는다.

찾아보기 ●--

▎「상어다!(Shark! 또는 Maneater, 1969, 미국-멕시코, 92분)」, 감/Samuel Fuller, 출/Burt Reynolds, Barry Sullivan, Arthur Kennedy, Silvia Pina, Enrique Lucero, Charles Berriochoa

▎「상어의 보물(Shark's Treasure, 1975, 미국, 95분)」, 감/Cornel Wilde, 출/Cornel Wilde, Yaphet Kotto, John Nelson, Cliff Osmond, David Canary, David Gilliam

▎「자마이카 항로(Jamaica Run, 1953, 미국, 92분)」, 감/Lewis R. Foster, 출/Ray Milland, Arlene Dahl, Wendell Corey, Patric Knowles

▎「자마이카 산호초의 보물(The Treasure of Jamaica Reef 또는 Evil in the Deep, 1974, 미국, 96분)」, 감/Virginia Stone, 출/Stephen Boyd, Chuck Woolery, Roosevelt Grier, David Ladd, Cheryl Stoppelmoor

▎「마루 마루(Maru Maru, 1952, 미국, 98분)」, 감/Gordon Douglas, 출/Errol Flynn, Ruth Roman, Raymond Burr, Richard Webb, Nestor Paiva

▎「금단의 섬(Forbidden Island, 1959, 미국, 66분)」, 감/Charles B. Griffith, 출/Jon Hall, Nan Adams, John Farrow, Jonathan Haze, Greigh Phillips

▎「해저의 여인(Undersea Girl, 1957, 미국, 75분)」, 감/John Peyser, 출/Mara Corday, Pat Conway, Dan Seymour, Florence Marly, Myron Healey

▎「젖은 황금(Wet Gold, 1984, 미국, 100분)」, 감/Dick Lowry, 출/Brooke Shields, Burgess Meredith, Tom Byrd, Brian Kerwin, William Bronder, David Kass

▎「해저의 황금(Underwater!, 1955, 미국, 99분)」, 감/John Sturges, 출/Jane Russell, Gilbert Roland, Richard Egan, Lori Nelson, Jayne Mansfield

▎「밀수꾼의 섬(Smuggler's Island, 1951, 미국, 75분)」, 감/Edward Ludwig, 출/Jeff Chandler, Evelyn Keyes, Philip Friend, Marvin Miller

▎「유령 잠수부(Ghost Diver, 1957, 미국, 76분)」, 감/Richard Einfeld, 출/Merrill G. White, James Craig, Audrey Totter, Nico Minardos, Lowell Brown

▎「절해의 폭풍(Reap the Wild Wind, 1942, 미국, 124분)」, 감/Cecil B. DeMille, 출/Ray Milland, John Wayne, Paulette Goddard, Raymond Massey, Robert Preston, Susan Hayward, Charles Bickford, Hedda Hopper, Louise Beavers, Martha O' Driscoll, Lynne Overman

▎「황금의 꿈(Dreams of Gold : The Mel Fisher Story, 1986, 미국, 100분)」, 감/James Goldstone, 출/Cliff Robertson, Loretta Swit, Scott Paulin, William Zabka, Steven Williams

▎「이상한 여로(Strange Journey, 1946, 미국, 65분)」, 감/James Tinling, 출/Paul Kelly, Osa Massen, Hillary Brook, Bruce Lester

▎「용감한 일곱 아가씨(Seven Daring Girls, 1960, 독일, 62분)」, 감/Otto Meyer, 출/Jan Hendricks, Adrian Hoven, Ann Smyrner, Dorothee Glocklen

▎「지옥의 섬(Hell's Island, 1955, 미국, 84분)」, 감/Phil Karlson, 출/John Payne, Mary Murphy, Francis L. Sullivan, Eduardo Noriega, Paul Picerni

▎「막다른 골목(Impasse, 1970, 미국, 100분)」, 감/Richard Benedict, 출/Burt Reynolds, Anne Francis, Vic Diaz, Jeff Corey, Lyle Bettger, Rodolfo Acosta

▎「바다의 사나이들(Musketeers of the Sea, 1960, 이탈리아, 116분)」, 감/Massimo Patrizi, 출/Robert Alda, Pier Angeli, Aldo Ray

▎「태양의 약탈자(Plunder of the Sun, 1953, 미국, 81분)」, 감/John Farrow, 출/Glenn Ford, Diana Lynn, Patricia Medina, Francis L. Sullivan

▎「작은 보물(Little Treasure, 1985, 미국, 95분)」, 감/Alan Sharp, 출/Margot Kidder, Ted Danson, Burt Lancaster, Joseph Hacker, Malena Doria, John Pearce

▎「지옥의 욕정(Lust in the Dust, 1985, 미국, 85분)」, 감/Paul Bartel, 출/Tab Hunter, Divine, Lainie Kazan, Geoffrey Kewis, Henry Silva, Cesar Romero, Gina Gallego, Woody Strode, Pedro Gonzales-Gonzales

▎「황금을 찾아가는 길(The Way to the Gold, 1957, 미국, 94분)」, 감/Robert D. Webb, 출/Jeffrey Hunter, Sheree North, Barry Sullivan, Neville Brand, Walter Brennan

▎「살인 허가(Murder on Approval 또는 Barbados Quest, 1956, 영국, 90분)」, 감

/Bernard Knowles, 출/Tom Conway, Delphi Lawrence, Brian Worth, Michael Balfour

■ 「감각(Vibes, 1988, 미국, 99분)」, 감/Ken Kwapis, 출/Cyndi Lauper, Jeff Goldblum, Julian Sands, Googy Gress, Peter Falk, Michael Lerner, Ramon Bieri, Elizabeth Pena, Bill McCutcheon, Karen Akers, Park Overall

■ 「불을 밟고 걷는 사나이(Firewaker, 1986, 미국, 104분)」, 감/J. Lee Thompson, 출/Chuck Norris, Lou Gossett, Melody Anderson, Will Sampson, Sonny Landham, John Rhys-Davies, Ian Abercrombie

■ 「플로리다 해협(Florida Straits, 1986, 미국, 97분)」, 감/Mike Hodges, 출/Raul Julia, Fred Ward, Danel Jenkins, Jamie Sanchez, Victor Argo, Ilka Tanya Payan, Antonio Fargas

■ 「모래 밧줄(Rope of Sand, 1949, 미국, 104분)」, 감/William Dieterle, 출/Burt Lancaster, Paul Henreid, Corinne Calvet, Claude Rains, Peter Lorre, Sam Jaffe, John Bromfield, Mike Mazurki

■ 「구니스(The Goonies, 1985, 미국, 114분)」, 감/Richard Donner, 출/Sean Astin, Josh Brolin, Jeff Cohen, Corey Feldman, Kerri Green, Martha Plimpton, Ke Huy Quan, John Matuszak, Anne Ramsey, Joe Pantoliano

■ 「날아다니는 뱀(The Flying Serpent 또는 The Devil Bat, 1946, 미국, 59분)」, 감/Sherman Scott (Sam Newfield), 출/George Zucco, Ralph Lewis, Hope Kramer, Eddie Acuff, Milton Kibbe

■ 「최후의 모험 또는 "대모험"(Les Aventuriers, 영어 제목 The Last Adventure, 1967, 프랑스, 102분)」, 감/Robert Enrico, 출/Alain Delon, Lino Ventura, Joanna Shimkus, Hans Meyer

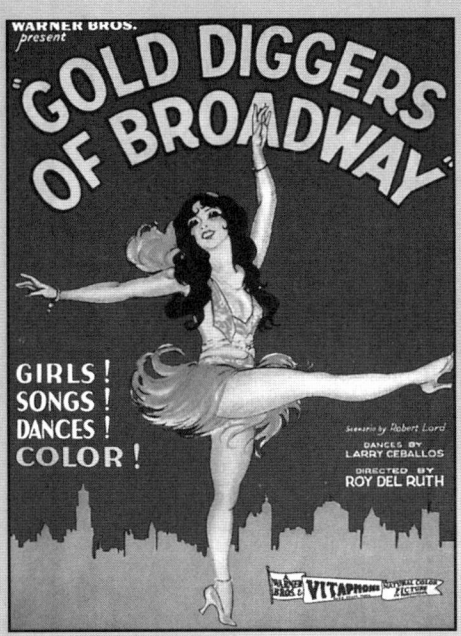

"시집 한 번 잘 가서 팔자를 고치자"며 노골적으로 돈 많은 남자를 사냥하러 다니는 여자를 영어로 "황금을 캐는 아가씨(a gold digger)"라고 표현하는데, 이런 염치없는 여자들이 1930년대부터 1950년대에 이르기까지 헐리우드 영화에서는 하나의 전형(典刑, stereotype)을 이루기도 했다. 포스터는 '대박 아가씨' 영화로 유명한 워너 브라더스에서 1929년에 만든 「브로드웨이의 황금을 캐는 아가씨」이다.

"황금을 캐는 아가씨"

프랑스에서 「최후의 모험」이라는 영화가 만들어졌다고 해서 대박과 횡재를 바라는 인간의 꿈과 모험이 정말로 "최후"를 맞았을 리야 없는 노릇이고, 그 전이나 이후에도 다양한 형태와 내용을 갖춘 보물찾기 영화는 계속해서 얼굴을 내밀었다.

왕년에 명성을 날렸던 정구선수에게 전처가 찾아와서 재혼한 남편이 죽기 전에 횡령해서 숨겨 놓은 금괴를 찾아 달라고 부탁하자 두 사람은 살인 사건의 가능성에 대한 「수수께끼」를 풀면서 보물찾기를 벌이는 오스트렐리아 영화가 나왔는가 하면, 「일곱 마리 매의 집」에서는 선장 로버트 테일러가 선상 살인 사건의 수수께끼를 풀면서 오랫동안 행방이 묘연한 나찌의 보물을 찾아다닌다. 어떤 뜨내기 사진작가는 낯선 사람에게서 열쇠를 건네받고 나서 중국 「황제의 보물」을 찾아 나선다.

횡재를 주제로 삼아서 디즈니가 만든 희극영화 「백만불짜리 오리」는 '진짜로' 황금알을 낳는다.

황금알을 낳는 오리를 진짜로 손에 넣으려는 생각이야 누구에게나 언감생심(焉敢生心)이겠지만, 1970년대 서울에서 언젠가 점심을 먹던 남자가 짬뽕에서 진주가 나오는 바람에 횡재를 했다는 기사가 신문에 두어 번 난 다음 갑자기 중국 음식점을 부지런히 드나들었던 순진한 사람들처럼, 크고 작은 대박을 꿈꾸는 현상은 우리 주변 사람들에게 아주 자연스러운 생리이겠다. 혹시나 하는 마음에 복권을 사는 서민이나 한탕을 바라며 정선 카지노나 심지어는 라스 베이거스로 원정을 가는 사람들은 물론이요, 시집 한 번 잘 가서 평생 팔자를 고쳐 보자며 촉망되는 남편감 사냥에 열심히 나서는 여자들도 적지 않으리라는 생각이다.

그리고 결혼을 잘 하는 것이 인생의 첫 번째 목표라고 널리 알려졌던 20세기 전반기에는, 여자라면 남자의 판단력을 무력하게 만들 만큼 예쁜 얼굴에 잘 빠진 몸매가 밑천이요, 남자는 여성의 이지적인 계산을 무색하게 만들 정도로 두툼한 지갑이 밑천이라는 논리를 앞세운 짝짓기 영화가 우리나라뿐 아니라 헐리우드에서 많이 나왔는데, 그런 유형의 희극이나 음악극에서 무작정 돈많은 남편을 찾아 다니는 여자 역으로는, "전설의 시대"에 살펴보았듯이, 마릴린 몬로가 특히 유명하다.

「백만장자와 결혼하는 방법」과 「뜨거운 것이 좋아」에서의 마릴린 몬로처럼 노골적으로 인간 대박을 찾아 다니는 여자를 영어로 '노다지를 찾아 다니는 사람'이라는 뜻으로 "황금을 캐는 아가씨(gold digger)"라고 하는데, 영화에서 이런 대박 아가씨 역으로 유명한 여배우는 마릴린 몬로보다도 조운 블론델(Joan Blondell, 1909~79)부터 손꼽아야 되겠다.

뜨내기 연예단(vaudeville) 가족으로 태어나 생후 14개월에 처음 무대에 섰던 그녀는 열 살 때부터 이미 본격적인 활동을 시작하여 미국

과 유럽은 물론이요 중국과 오스
트렐리아까지 순회 공연을 했으
며, 1926년 미스 달라스 미인대회
에서 우승하고 지역 극단(stock
company)에 들어갔다가, 1930년
헐리우드로 진출하여 과보호 성
향이 강한 오락실 여주인을 주인
공으로 삼은 사랑과 살인 얘기
「죄인의 휴일」이 영화로 제작될
때 무대에서 맡았던 역을 그대로

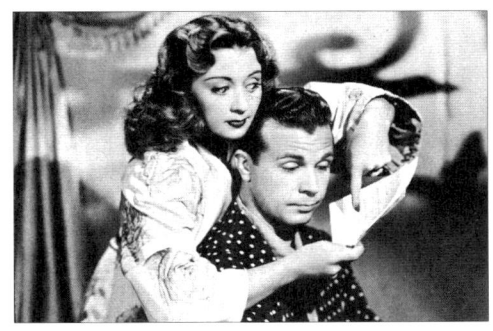

"황금을 캐는 아가씨" 역으로 마릴린 몬로보다 훨씬 먼저, 그리고
훨씬 유명했던 조운 블론델이 「이혼합시다」라는 희극영화에서 결
혼한 지 얼마 안 되는 남편과 이혼을 하겠다고 설친다. 남편 역을
맡았던 딕 파월은 실제로 블론델의 남편이었다.

되풀이하여 주목을 받았다. 이때 같은 조연급으로 그녀의 상대역을
맡았던 제임스 캐그니와 함께 워너 브라더스와 같은 날 전속계약을
맺은 이후 블론델은 거의 1백 편에 달하는 영화에 출연했고, 다양한
연기력을 보이기는 했지만 역시 가장 유명한 역은 머빈 리로이 감독
의 영화 「1933년의 황금을 캐는 아가씨」의 주인공 캐롤 킹(Carol
King)이었다.

　여자들을 잔뜩 출연시킨 호화판 음악극을 주로 만들어 1930년대 초
브로드웨이에서 헐리우드로 진입한 버스비 버클리(Busby Berkeley, 본
명 William Berkeley Enos, 1895∼1976)의 손을 거쳐 탄생한 「황금을 캐
는 아가씨」에서 블론델이 눈부시게 해낸 역할을 훗날 율 브리너는 이
렇게 비꼬았다고 한다.

　"여자들은 남자에 비해 한 가지 불공평한 이점을 누린다. 머리가 똑
똑하지 못해 구하지 못하는 것이 있으면 그들은 멍청함을 내세워 얻
는다.(Girls have an unfair advantage over men. If they can't get what
they want by being smart, they can get it by being dumb.)"

　헐리우드 영화에 등장하는 대박 아가씨 중에서도 '멍청한 금발 아

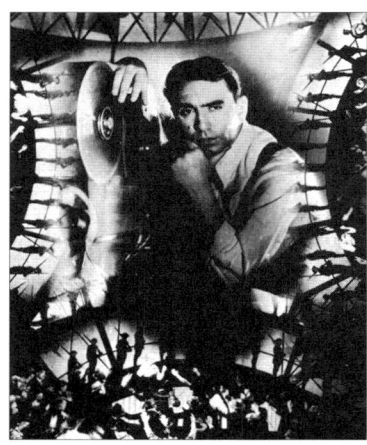

'대박 아가씨' 영화를 즐겨 만든 버스비 버클리는 워너 브라더스가 아끼던 안무가요 연출자로서, 1930년대 "노래극의 귀재"라는 찬사를 받았었다.

가씨(dumb blond)'는 이제 흔하디흔한 하나의 전형이 되어 버렸지만, "뻔뻔스럽고 앞뒤를 모르는 금발의 대박 아가씨" 블론델은 아예 이름조차도 '금발의 아가씨(Blond-ell)'라는 연상 작용을 일으키고, 대박 아가씨 블론델의 인기는 정신없이 치솟아서, 블론델이 빠졌어도 버스비 버클리가 직접 나서서 춤과 음악을 감독한 「1935년의 황금을 캐는 아가씨」, 보험회사 판매원이 연예계로 나서는 「1937년의 황금을 캐는 아가씨」 같은 후속작을 탄생시켰다.

영어 원제가 「황금을 캐는 아가씨」 영화와 비슷한 「베어 마운틴의 비밀」은 가정 환경이 불행한 두 소녀가 오래 전 동굴 속에 숨겨 놓았다는 보물에 관한 전설을 믿고 꿈을 키워 나가는 내용으로서, 정통 보물찾기 영화의 계열에 훨씬 가깝다.

한편, 블론델에 관한 얘기를 마무리짓자면, 엘리자베드 테일러보다 앞서서 마이크 토드와 결혼했었던 그녀는 워너 브라더스와의 전속 기간 중에 50 편 가량의 영화를 만든 다음, 끝내 '멍청한 금발'의 차원을 벗어나지 못했던 마릴린 몬로와는 달리, 여러 다른 작품에서 보다 진지한 성격파 연기자로 "놀랄 만큼 수준 높은(astonishingly high level of quality – Frank Thompson의 평)" 연기력을 인정받아서, 백혈병으로 1979년 성탄절에 사망한 후, '재발견' 작업이 이루어져야 한다는 견해가 대두되기도 했다.

노다지를 찾아 다니는 사람들에 관한 영화 중에는 집단 보물찾기도 심심치 않게 등장한다. 훔친 돈을 숨겨 놓은 국립공원으로 찾아 나서는 사람들이 탐욕과 살인 사건에 휘말리는 「옐로우스톤」은 「황금을

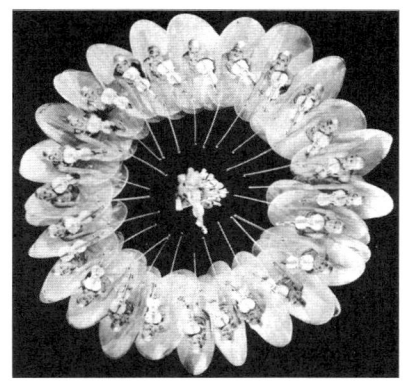
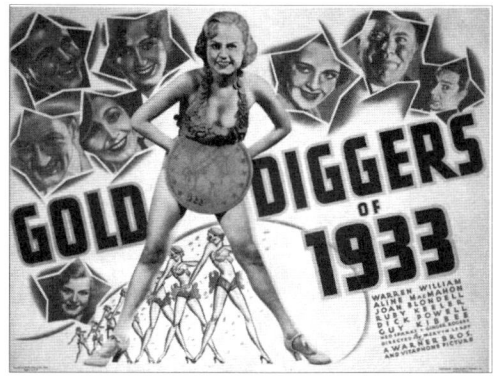

남편 딕 파월과 함께 조운 블론델이 출연했던 「1933년의 황금을 캐는 아가씨」는 대박 아가씨 영화의 대표작으로 꼽힌다. 이 영화의 한 장면(왼쪽)을 보면 버클리의 안무가 얼마나 화려했는지 쉽게 짐작이 간다.

캐는 아가씨」만큼이나 오래된 영화이고, 애리조나 황야의 도로변 식당에서 어떤 사람이 죽기 직전에 근처 어디엔가 4백만 달러를 숨겨 놓았다는 비밀을 털어놓자 식당 주인과 아홉 명의 손님이 너도나도 돈을 찾기 위해 미쳐 날뛰고 이런 대소동에 FBI까지 끼어든다는 와자지껄 영화 「백만달러짜리 비밀」은 「매드 매드 대소동」을 어찌나 노골적으로 베껴먹은 해적판인지, 일본에서는 두 영화의 제목을 아주 비슷하게 붙이기까지 했다.

"미치고, 미치고, 미치고, 또 미친 세상"이라는 뜻의 원제가 붙은 「매드 매드 대소동」은 출연진을 보면 가히 헐리우드 희극영화의 역사 박물관이라고 해도 손색이 없겠다. 그들 가운데 몇 명의 관록을 살펴보자면, 21세기 초에 이르러서야 세상을 떠난 밀튼 벌(Milton Berle, 본명 Mendel Berlinger, 1908~2002)은 "텔레비전의 아버지"라는 칭호를 들었고, 시드 씨저(Sid Caesar, 1922~)는 1950년대 텔레비전 희극에서 두드러진 존재였으며, 버디 해케트(Buddy Hackett, 본명 Leonard Hacker, 1924~)는 로빈 윌리엄스의 초기 텔레비전 연속물 「모크와 민디(Mork and Mindy)」의 외계인 인사법("나누나누")으로 중국의 정치

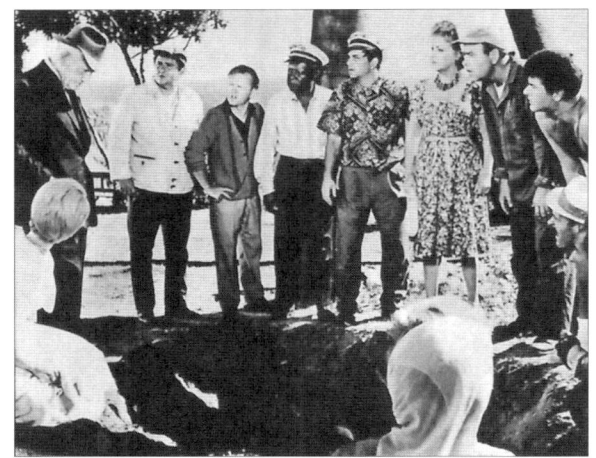

「매드 매드 대소동」에서 W 밑에 묻힌 돈을 둘러싸고 늘어선 이 사람들은 누구 하나 빠지지 않을 만큼 대단한 헐리우드의 인기배우들이다.

가들까지 웃긴 경험을 자랑하고, 영화를 조금이라도 아는 사람이라면 악역배우로 일대를 풍미한 미키 루니(Mickey Rooney)를 모를 리가 없겠고, 조나단 윈터스(Jonathan Winters, 1925~)는 「모크와 민디」에 고정 출연을 했을 뿐 아니라, 자신의 이름을 내세운 텔레비전 쇼("The Jonathan Winters Show," 1956~7, "The Wacky World of Jonathan Winters," 1972~4)도 둘이나 되었고, 「길리건의 섬」에 고정 출연자였던 짐 바커스(Jim Backus, 1913~89)와 「형사 콜롬보」 피터 포크(Peter Falk), 무성영화 시대의 위대한 희극배우 "무표정한 말대가리" 버스터 키튼(Buster Keaton, 1895~1966), "대머리 촌뜨기 아저씨" 역을 단골로 했던 돈 낫스(Don Knotts, 1924~), 그들을 주인공으로 삼은 전기영화가 얼마 전에 따로 나왔을 정도이니 따로 설명이 필요없는 '세 얼간이(The Three Stooges),' 악역 전문의 찰스 매그로우(Charles McGraw), 수많은 텔레비전 연속물에서 늘 불쌍한 샌님 노릇을 했던 노먼 펠(Norman Fell, 1924~98), 주먹코 원로 희극배우 지미 듀란테(Jimmy Durante, 1893~1980), 라디오에서 시작하여 텔레비전과 영화에 걸쳐 왕성하게 활동한 잭 베니(Jack Benny, 본명 Benjamin

Kubelsky, 1894~1974), 그리고 잭 베니의 영화를 다시 만든 「화가와 모델(Artists and Models, 1955)」뿐 아니라 「요절(腰折) 하바나 소동 (Scared Stiff, 1953)」 따위의 여러 희극영화에서 딘 마틴과 짝을 지어 출연하여 우리나라에서도 오랫동안 대단히 유명했던 제리 루이스 (Jerry Lewis)에 이른다.

희극영화로서는 보기 드물게 「아라비아의 로렌스」와 거의 비슷한 시기에 복원 작업을 하려다가 원판이 남아 있지를 않아 실패했던 「매드 매드 대소동」은 미결로 남은 참치공장 강도사건의 범인 스마일러 그로간(Smiler Grogan, 풀이 · "비틀거리며 미소짓는다"는 말을 연상시킴) 이 출옥하여 해안도로를 과속으로 질주하다 교통사고를 일으켜 "kick the bucket"을 하며 시작된다. "Kick the bucket"란 속어로 "죽는다" 는 뜻이며, 스마일러 역을 맡은 지미 듀란테는 마지막 순간에 진짜로 물통을 걸어찬다.

교통사고를 목격하고 그를 구하러 내려온 사람들에게 스마일러는 숨을 거두기 전에 이곳에서 3백 킬로미터 떨어진 곳 산타 로시타의 공원에 가면 커다란 W 밑에 35만 달러를 묻어 두었다는 정보를 제공한다. 이때부터 치과의사와 트럭 운전수 등 어중이떠중이 여덟 명의 인물이 먼저 목적지에 도착하여 돈을 차지하려는 광란의 질주를 시작한다. 비행기와 훔친 차까지 동원하여 서로 진로방해와 견제를 하며 경주가 계속되는 동안 정보는 점점 퍼져나가 나중에는 열다섯 명이 삽과 곡괭이를 챙겨 들고 경쟁에 참여하지만, 막상 돈을 찾아낸 다음에는 은퇴를 앞둔 경찰관 컬페퍼 경위(Captain C. G. Culpeper)가 가방을 가로채어 달아난다.

생활에 쪼달리다 범죄자가 되는 고참 경찰관 역을 맡은 배우는 스펜서 트레이시였다.

▌「수수께끼(Puzzle, 1978, 오스트렐리아, 90분)」, 감/Gordon Hessler, 출/James Franciscus, Wendy Hughes, Sir Robert Helpmann, Peter Gwynne, Gerald Kennedy, Kerry McGuire

▌「일곱 마리 매의 집(The House of the Seven Hawks, 1959, 미국, 92분)」, 감/Richard Thorpe, 출/Robert Taylor, Nicole Maurey, Linda Christian, Donald Wolfit, David Kossoff, Eric Pholmann

▌「황제의 보물(The Corrupt Ones, 1966, 프랑스-이탈리아-서독, 92분)」, 감/James Hill, 출/Robert Stack, Elke Sommer, Nancy Kwan, Christian Marquand, Werner Peters

▌「백만불짜리 오리($1,000,000 Duck, 1971, 미국, 92분)」, 감/Vincent McEveety, 출/Dean Jones, Sandy Duncan, Joe Flynn, Tony Roberts, James Gregory, Lee H. Montgomery

▌「이혼 합시다(I Want a Divorce, 1940, 미국, 75분)」, 감/Ralph Murphy, 출/Joan Blondell, Dick Powell, Gloria Dickson, Frank Fay, Dorothy Burgess, Jesse Ralph, Harry Davenport, Conrad Nagel

▌「죄인의 휴일(Sinner's Holiday, 1930, 미국, 60분)」, 감/John G. Adolfi, 출/Grant Withers, Evalyn Knapp, James Cagney, Joan Blondell, Lucille LaVerne, Noel Madison

▌「1933년의 황금을 캐는 아가씨(Gold Diggers of 1933, 1933, 미국, 96분)」, 감/Mervyn LeRoy, 출/Joan Blondell, Ruby Keeler, Aline McMahon, Dick Powell, Guy Kibbee, Warren William, Ned Sparks, Ginger Rogers, Sterling Holloway

▌「1935년의 황금을 캐는 아가씨(Gold Diggers of 1935, 1935, 미국, 95분)」, 감/Busby Berkeley, 출/Dick Powell, Adolph Menjou, Gloria Stuart, Alice Brady, Glenda Farrell, Frank McHugh, Winifred Shaw

▌「1937년의 황금을 캐는 아가씨(Gold Diggers of 1937, 1936, 미국, 100분)」, 감/Lloyd Bacon, 출/Dick Powell, Joan Blondell, Glenda Farrell, Victor Moore, Lee Dixon, Osgood Perkins

▌「베어 마운틴의 비밀(Gold Diggers: The Secret of Bear Mountain, 1995, 미국, 94분)」, 감/Kevin James Dobson, 출/Christian Ricci, Anna Chlumsky, Polly Draper, Brian Kerwin, Diana Scarwid, David Keith

▎「옐로우스톤(Yellowstone, 1936, 미국, 65분)」, 감/Arthur Lubin, 출/Henry Hunter, Judith Barrett, Andy Devine, Alan Hale, Ralph Morgan, Monroe Owsley, Raymond Hatton, Paul Harvey, Paul Fix

▎「백만달러짜리 비밀(Million Dollar Mystery, 1987, 미국, 95분)」, 감/Richard Fleischer, 출/Eddie Deezen, Penny Baker, Tom Bosley, Rich Hall, Wendy Sherman, Rick Overton, Mona Lyden, Kevin Pollak

▎「매드 매드 대소동(It's a Mad, Mad, Mad, Mad World, 1963, 미국, 190분 또는 153분)」, 감/Stanley Kramer, 출/Spencer Tracy, Milton Berle, Sid Caesar, Buddy Hackett, Ethel Merman, Mickey Rooney, Dick Shawn, Phil Silvers, Terry-Thomas, Jonathan Winters, Edie Adams, Jim Backus, Peter Falk, Buster Keaton, Don Knotts, The Three Stooges(Moe Howard, Larry Fine, Joe DeRita), Charles McGraw, Norman Fell, Jimmy Durante, Jack Benny, Jerry Lewis

「매드 매드 대소동」의 포스터에서 지구를 가득 덮고도 넘쳐나는 수많은 사람들이 돈가방(대박)을 잡으려고 너도나도 야단이지만, '노다지(No Touch)'는 어느 누구의 손에도 닿지를 않는다.

노다지를 만난 사람들

 '대작(大作)'이라는 말이 전혀 어색하지 않은 희극영화「매드 매드 대소동」이 세상에 나왔을 때만 해도 "돈을 갖고 튀어라"는 주제가 퍽 생소했었다. 그래서 경찰관 컬페퍼가 현금 가방을 압수한 다음 중간에서 가로채려는 마음으로 뺑소니를 치고, 여태까지 음주비행사까지 동원해 가면서 헛고생을 했던 수많은 사람들이 그를 추적하기 시작하면서 소동이 벌어지자, 서울의 극장 안은 그칠 줄 모르는 폭소로 가득했다.

 그리고 철거작업을 막 시작하려는 건물로 수많은 유명 희극배우들이 떼거리로 몰려들어가 비상계단에서 서로 가방을 차지하려고 난투극을 벌이는 장면에 이르러서는, 정신없이 웃는 사이에도 인간의 어두운 탐욕에 대해서 섬뜩한 기분이 들기도 한다. 하지만 그들은 아무도 돈을 차지하지 못하고, 유명한 소방사다리 장면에 이르러 가방을 떨어뜨리는 바람에 돈이 바람에 날려 구경꾼들이 줍느라고 아우성을 치기에 이른다. 화면 가득히 돈이 펄럭이며 날리는 광경도 이때까지는 아직 현실에서는 물론이요 영화에서도 보기 드문 장면이었다.

마침내 모든 사람이 여기저기 다친 몸으로 병실에 줄지어 누운 마지막 장면에서, 켈페퍼는 자신의 고달픈 인생에 대한 진실을 털어놓는다. 아내와 이혼하고, 장모로부터 고소를 당하고, 딸은 법원에 개명 신청을 하고, 경찰에서 파면되어 연봉도 취소를 당했다고.

한 가지 더 눈여겨봐 둬야 할 사실은 컬페퍼 형사 역을 맡은 스펜서 트레이시가 「무법지대(Bad Day at Black Rock, 1955)」에서 대단히 인상적인 외팔이 매크리디(John J. Macreedy) 역을 맡았을 때의 의상을, 낡은 모자까지도 그대로 「매드 매드 대소동」에서 다시 입었다는 점이다. 심지어 처음 얼마 동안 그는 한 손을 호주머니에서 꺼내지를 않아 이 영화에서도 외팔이로 나오는 모양이라고 착각을 주기까지 한다. 실제로 등장인물 한 사람도 그가 외팔이인 줄 알았다는 말을 한다. 아마도 이것은 다른 영화와 연결을 지어, 그토록 영웅적이던 인물이 얼마나 타락하게 되는지를 보여 주려는 하나의 색다른 영화 언어인지도 모르겠다.

어쨌든 「매드 매드 대소동」에서는 모두들 미친 듯 돈가방을 쫓아다녔어도 어느 누구 하나 횡재나 대박의 환상과 공상을 충족시키지를 못한다. 대박의 꿈은 수포로 돌아가기 십상이라는 결론이다. 그러나 현실에서는 실제로 대박이나 노다지를 만나는 사람들이 없지도 않다. 대

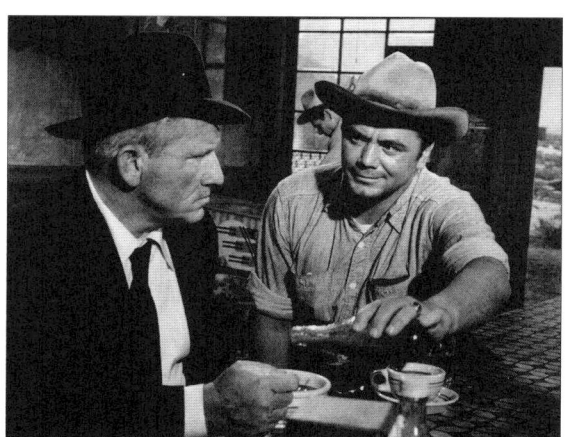

「무법지대」에서 입었던 이 옷을 그대로 다시 입고 출연한 스펜서 트레이시는 「매드 매드 대소동」에서도 왼팔이 없는 사람으로 오해를 받는다. 영화 「무법지대」의 이 장면에서는 외팔이에게 시비를 붙이느라고 어니스트 보그나인이 커피에다 캐첩을 부었다가 보기좋게 혼이 난다.

표적인 예가 거액의 복권에 당첨되는 경우이다.

하지만 복권에 당첨되어도 인생이 그렇게 행복하지만은 않다는 사실 또한 우리는 텔레비전의 시사 특집을 통해서 익히 들어왔다. 돈을 달라고 꼬여 드는 사람들, 조금만 언론을 통해서 알려졌다 하면 눈독을 들이는 범죄자들, 억울하게 죽어 간 산골 소녀 영자의 아버지, 「집으로」라는 영화에서 얼굴이 알려진 죄로 집을 떠나야 했던 할머니도 모두가 호사다마(好事多魔)의 예증 노릇을 한다.

그렇다면 실제로 노다지를 만난 사람들은 어떻게 되는지, 미국과 한국과 멕시코를 무대로 한 세 편의 영화를 잠시 살펴보기로 하자.

첫 번째 작품은 우리나라에서 「위험한 행운」이라고 알려진 희극영화이다. 원제는 "공돈"이라는 뜻인데, 필라델피아에서 실제로 일어난 사건을 바탕으로 만들었으며, 그냥 웃어 넘기기에는 「매드 매드 대소동」보다 훨씬 더 개운치 않은 뒷맛을 남긴다.

필라델피아의 부두에서 하역 노동자로 일하지만 고지식한 형 때문에 두 주일이나 그냥 놀아야 했던 조이 코일은 은행의 현금 수송 차량의 뒷문 걸쇠가 고장나서 땅으로 떨어진 현금 120만 달러를 길바닥에서 줍는다. 1백 달러짜리로만 두 자루에 가득한 현금이다. 그는 뜻밖의 노다지를 만났으니 이제는 인생이 쉽게 풀리려나 보다 생각하지만, 현실은 전혀 그렇지가 못하다.

떼돈이 생기기는 했지만, 분실한 정부 재산을 찾아 주면 1만 달러를 주겠다는 현상금이 당장 내걸려 함부로 쓸 수가 없어진다. 돈자랑을 하고 싶어 몸이 근지러워진 조이는 경마에서 딴 돈이라고 거짓말을 하며 술집에서 그동안 밀린 외상값을 갚고 친구들에게 술도 잔뜩 사지만, 1백 달러짜리의 출처를 의심하는 사람들은 돈을 주운 꼬리가 보이자 보상금을 입에 올리며 은근히 협박해서 자꾸 돈을 뜯어가기 시작한다.

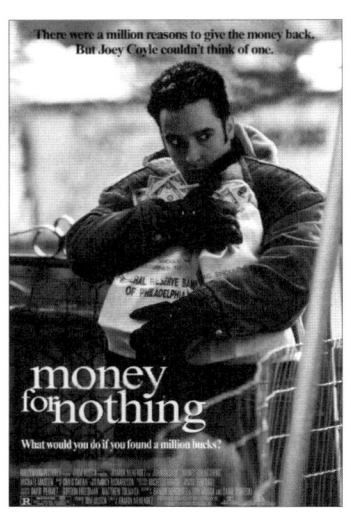

「위험한 행운」은 상상하기도 힘든 일이 실제로 벌어졌던 사건을 토대로 한 영화인데, "공돈"을 너무 좋아하는 사람들에게는 좋은 교훈이 되겠다.

조이의 경솔함은 거지들에게 1백달러짜리를 나눠주는 데서 그치지 않고, 마땅히 감춰둘 만한 곳이 없는 현금을 세탁하기 위해 비밀 경매 도박장을 운영하는 지역 폭력배들과 접촉을 시작한다. 쉴새없이 방송되는 분실 사건 뉴스를 보고 사람들은 그 돈을 내가 주으면 무엇을 할까 몽상에 빠지지만, 돈세탁이 마음대로 되지 않자 조이에게는 점점 더 무서운 악몽이 시작된다.

경찰의 수사망이 자꾸만 좁혀지고, 현상금이 2만 달러를 거쳐 5만 달러로 오르면서 조이는 더욱 심각하게 위험을 의식하고, 결국 단서가 잡혀 지명수배를 당하자 친구까지도 그를 경찰에 넘기려고 화장실에서 총질을 한다.

투자신탁회사에 근무하는 조이의 애인 모니카(Monica)는 변심하여 그와 헤어진 사이였지만, 남자가 돈을 주었다는 사실을 눈치채고 다시 돌아오는데, 시간이 흐르면서 경찰이 압박해 오자 주인공과 함께 해외 탈출을 시도한다. 조이가 이름을 바꾸고, 남의 여권을 구하고, 머리를 노랗게 염색하고, 팬티스타킹 속에 돈을 잔뜩 쑤셔넣고, 공항에서 비행기를 타기 직전에 민완 형사 로렌찌(Lorenzi)에게 정체가 발각되자, 모니카는 혼란을 야기하기 위해「매드 매드 대소동」의 마지막 장면에서처럼 돈을 뿌려 대며 조이에게 소리친다.

"도망쳐, 조이, 도망쳐!"

돈을 주으려고 미친 듯 날뛰며 소동을 벌이는 군중의 한가운데 서서, 조이가 난감한 표정으로 소리친다.

"어디로?"

경찰에 체포된 조이는 기자들에게, 다시 똑같은 노다지를 만나면 역시 돈을 갖고 튀겠느냐는 질문을 받고는, 잠시 생각해 본 다음, 다음 번에는 덜 경솔하게 잘 해보겠다고 말한다.

이 사건의 실제 주인공 조이 코일(Joey Coyle)은 영화가 개봉되기 얼마 전에 자살을 했다.

한국에서 노다지를 만난 김승호는 그렇게까지 비참한 말로를 맞지는 않았다.

임권택이 조감독 일을 했던 「노다지」는 한국적인 '인생살이'를 고스란히 담아서, 만일 의식적으로 노력만 했더라면 자연주의 고전영화가 될 만한 내용이었다. 좀 유치한 설정이지만, 김승호는 사랑하던 술집 여자 윤인자를 돈많은 사장에게 빼앗기고, 조미령과 애정도 없는 결혼을 하여, 세상의 멸시를 받아 가며, 술이 없으면 살지를 못하는 남자이다. 그러다가, 잠시 후에 살펴볼 「시에라 마드레의 황금」과 비슷한 설정이지만, 대폿집에서 만난 '형님' 허장강의 노다지 얘기를 듣고는 가족을 버리고 일확천금을 찾아 나선다. 가난의 원한에 사무친 나머지, 괄시받던 세상으로 부자가 되어 돌아오겠다는 생각에서였다.

"남들은 모두 재미를 보며 사는 동안" 두 사람은 5 년이 넘도록 산속을 헤매고 돌아다녀도 황금은 눈에 띄질 않고, 굶기를 밥먹듯 하던 아내 조미령은 먹고 살기 위해 기찻길에 나가 석탄을 줍는다. 당시에는 기관차에서 떨어진 석탄이 철길에 가끔 떨어져 그것을 주워 모아다 살림에 보태는 사람도 적지 않았다. 그러던 어느 날, 한국 영화의 필수적인 요소 가운데 하나인 우연한 필연성에 의해, 조미령은 철로에 발이 끼어 기차에 치어 죽고, 어린 딸 전영선은 셋방 주인집의 '부엌 강아지(어린 식모)'가 된다.

아내가 죽은 줄도 모르고 지내다가 몇 년 만에 집에 들른 김승호는 어린 딸을 데리고 다시 산으로 들어가 허장강과 함께 계속해서 황금

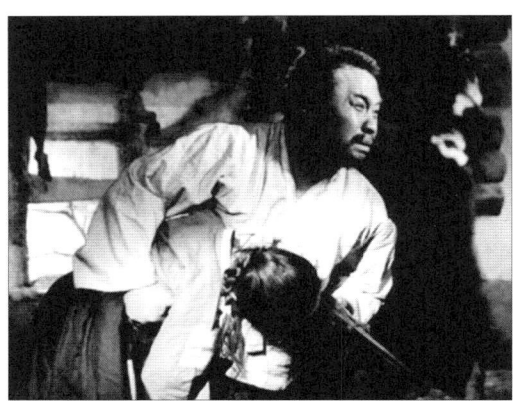

김승호의 「노다지」는 당시의 시대상을 잘 반영한 영화로 알려졌지만, 요즈음의 시각으로 보면 참으로 순진한 서술체(narrative)라고 여겨진다.

을 찾아 헤매는데, 시간이 흐름에 따라 점점 거추장스러운 존재가 되어 버린 전영선을 구박하다 못해 나중에는 엽총으로 쏴 죽이려고 하다가 차마 그러지도 못하고 산 속 나무에 묶어 놓고는 떠나 버린다.

이렇듯 20 년에 걸친 천신만고 끝에, 허장강은 두 다리가 동상으로 불구가 되고, 김승호 역시 동상으로 두 손가락을 잃은 다음, 그들은 노다지를 찾아내고, 황금에 눈이 먼 그들은 갑자기 서로 의심하고, 탐욕에 휘말려 총질까지 하기에 이른다. 그러다가 병든 허장강이 자기 몫의 사금(砂金)을 여태까지 소홀히 했던 아들에게 전해 달라며 숨을 거둔다.

배낭으로 하나 가득 사금을 짊어지고 하산하여 혹시 살았을지도 모르는 딸을 찾아 부산으로 내려온 김승호는 사금을 한 자루 팔아 현금을 한아름 받아들고 '삐아홀'과 고급 호텔을 거점으로 삼아 가난에 대한 한풀이를 하고, '사금왕'이라고 신문에서 소개한 그의 주변에는 사기꾼과 정치가와 폭력배가 구더기처럼 꼬여 들고, 그를 배반하고 돈을 찾아 떠나갔던 대박 여인 윤인자도 돌아와서 간드러진 배경 음악과 함께 그의 호텔 침대에 요염하게 눕는다.

이쯤에서 끝났다면 자연주의 걸작은 못될지언정 세태 풍자극으로도 훌륭했겠지만, 「크라잉 게임」 식으로 한 영화에 여러 영화를 쑤셔넣는 해물탕 끓이기가 하나의 전통을 이루었던 당시 한국 영화의 타성에 「노다지」도 발목이 잡힌다. 지금처럼 기술이 아니라 이야기 (narrative)로 승부하던 시절에는 수많은 영화가 저마다 한 편에 온갖 얘기를 골고루 섞어 넣고는 했기 때문에, 한 편의 영화를 보면 모든 영화를 보는 셈이었고, 역으로 모든 영화를 봐도 다 똑같은 단 한 편의 영화를 보는 셈이었다.

작품에서 논리성을 따지지 않았던 그때 영화의 두드러진 특징 하나가 우발적인 필연성이었다. 그리고 「노다지」 또한 우발적 필연성이 줄거리의 바탕을 이룬다.

예를 들면, 20년 만에 산에서 내려와 김승호가 부산에 도착하던 바로 그날, '마도로스' 황해가 무역선을 타고 반 년 만에 귀향하고, 하고 많은 사람들 가운데 이들 두 사람이 길에서 부딪쳐 시비가 벌어진다. 그런데 우발적 필연성에 의해서, 황해는 김승호가 찾아 황금을 주기로 약속한 허장강의 아들이다.

건달 생활을 청산하고 안정된 직업을 찾은 황해는 배를 타기 전에 지방 조폭에서 일했었는데, 어느 날 밤 하필이면 같은 조직의 박노식 밑에서 일하는 여깡 엄앵란에게 강도를 당한다. 그래서 고달픈 인생에 대해 공감하는 두 사람이 사랑하게 되고, 두어 차례 바닷가에서 "나 잡아 봐라"를 한 다음 나중에 알고 보니, 역시 우발적 필연성에 의해, 엄앵란은 김승호의 딸 전영선이 식모살이를 거치며 성장하여 사회의 뒷골목으로 진출한 동일 인물로 밝혀진다.

도대체 지도가 왜 필요한지는 모르겠지만, 김승호가 사금광 위치를 그려 놓은 보물 지도를 만들었는데, 몇 겹의 우발적 필연성에 따라 그 지도를 차지하기 위해 박노식은 엄앵란을 시켜 김승호에게서 그것을 훔쳐 오게 하고, 이들 악당들과의 싸움에서는, 당시 영화에 익숙한 사람이라면 쉽게 짐작이 가겠지만, 황해가 맹활약을 한다. 전형적인 한풀이 영화에서는 황해가 이런 기능의 인간 소도구 노릇을 하고는 했었다. 「노다지」에서도 그는, 다른 영화에서 여러 번 그랬듯이, 폭력배들에게 끌려가 불쌍하게 한 차례 심한 뭇매를 맞지만, 종결 부분에 이르러서는 그 작은 체구로 박노식을 통쾌하게 때려눕혀, "고려대학교 차범근 선수의 축구차기"만큼이나 당시 관객의 속을 시원하게 해준다.

그밖에도 수많은 우발적 필연성을 거치고 나서 영화가 종결 부분에 이르면, 어디서 구했는지 모르지만 너도나도 권총 한 자루씩을 들고 산에서 총격전을 벌이고는, 악인은 모두 지옥으로 가고, 김승호와 엄앵란과 황해가 감동의 화해를 잠깐 도모한 후에 나란히 팔짱을 끼고 언덕을 내려오면, 어디선가 여성 합창곡이 울려 퍼진다.

이렇듯 빈번한 우발적 필연성을 동원해서라도 한국 영화가 고진감래(苦盡甘來)의 주제를 살리기 위해 '행복한 결말(happy ending)'을 악착같이 매듭지어야 했던 까닭은 당시 우리의 사회적 및 정서적 필요성 때문이었다고 헐리우드 키드는 생각한다. 그때는 왜 우리 영화가 그랬어야 했는가 하는 점은 확실한 학술적 연구 대상으로서도 마땅하지만, 우선 사회적인 시대상을 보면, 우리의 영화는 그 시절 예술이기에 앞서서 공익적인 기능에 훨씬 충실했던 듯싶다.

어쩌면 헐리우드 키드 시대의 사람들은 예술을 감상할 여유가 없었고, 문화 활동을 위해서가 아니라 너무나 어려운 삶으로부터 위안을 얻기 위해 극장으로 찾아갔는지도 모른다. 한국 영화의 황금기가 우리 민족의 물질적인 궁핍과 일치한다는 시각에서도 영화의 참된 필요성이 무엇이었는지를 해석하는 읽기가 가능하기 때문이다. 못된 시어미와 착한 며느리를 내세운 최루성 영화와 더불어, "서민들의 애환"을 선전문구로 내걸었던 1950년대와 1960년대의 '국산 영화'는 예술성이나 논리성보다 한풀이를 위한 집단 정신적 치료제 노릇을 톡톡히 했다.

따라서 어떤 면에서는 한때 홍수를 이루었던 최루성 영화는 현실에 참여하는 매체였는지도 모른다. 어디론가 가서 함께 모여 마음놓고

울어도 되는 공감대와 핑계와 장소를 마련해 주었으니까 말이다. 그래서 고진감래의 천편일률(千篇一律)적 결말도 당연했다. 어쩌면 '천편'으로서도 각박한 현실을 살아가는 너무나 많은 사람들에게는 한풀이가 충분하지 못했을 테니까 말이다.

워낙 빤한 줄거리에 종결인데도 「춘향전」처럼 관객이 일률적인 천편의 영화에 싫증을 내지 않았던 까닭은, 우리 영화에서 기대하는 위안과 결론을 미리 알기 때문에 마음이 편했다는 분석도 가능하겠지만, 영화가 유치했던 까닭은 과거 우리들의 현실이 유치하게 가난하고, 유치하게 고통스러웠기 때문이라는 고집도 부릴 만하겠다. 그리고 관객의 유치함은 아직 사람들이 영화 속 가상 현실에 익숙하지 못했던 시절이라는 핑계에서도 비롯한다. 어느 애국적인 영화를 보던 관객이 무대로 뛰어올라가 영사막에 비친 이등박문의 얼굴을 칼로 찢은 사건, 그리고 이화여자중고등학교 학생들이 그들의 선배 유관순이 일본인들에게 고통을 받는 장면을 보고 극장 안에서 모두들 단체로 대성통곡했던 사건을 상기한다면 말이다.

「노다지」에서는 김승호와 허장강을 "사람 축에 들지도 못하는 금쟁이"라고 표현한다. 그리고 '금쟁이'는 복권 당첨자의 발표문이 나붙

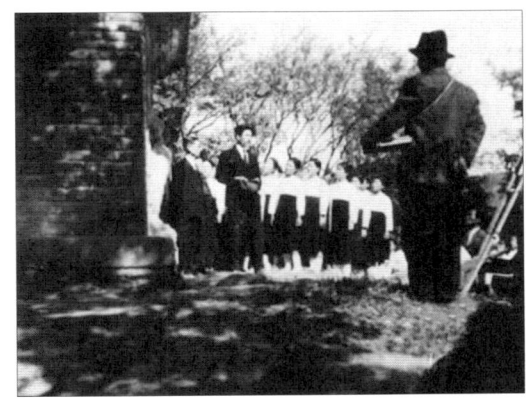

「노다지」를 위시한 김승호의 "서민영화"가 쏟아져 나오던 시절에는 극장이란 한과 눈물을 단체로 쏟아내던 도피처였다. 이화여자중고등학교 학생들은 윤봉춘 감독의 「유관순」(사진)을 단체로 구경갔다가, 단체로 펑펑 울었다고 한다.

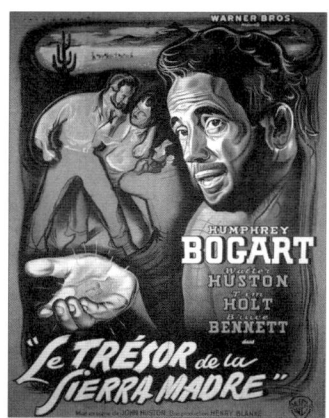

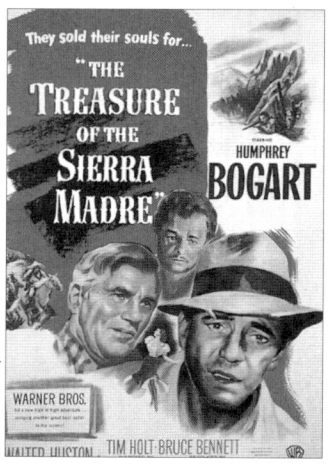

「시에라 마드레의 황금」은 인간의 탐욕을 파헤친 최고 걸작 영화 가운데 하나로 꼽힌다. 포스터를 보면 미국에서 제작한 것보다 프랑스 판(위)이 훨씬 더 작품의 주제를 실감나게 그려놓았다.

은 게시판으로 영화가 시작되는 「시에라 마드레의 황금」이 본격적으로 탐구하는 인간형이다.

1925년 멕시코의 탐피코에서 같은 관광객(존 휴스턴 감독 특별출연)에게 하루에 세 차례나 담배값, 술값, 밥값을 구걸하며 살아가는 미국인 뜨내기 도브스(Fred C. Dobbs)는 길거리 벤치에서 만난 다른 미국인 뜨내기 커틴(Curtin)과 함께 건설 공사장에서 막노동을 하다가 캐나다, 콜로라도, 캘리포니아, 온두라스 등지로 노다지를 찾아 헤매던 금쟁이 하워드(존 휴스턴 감독의 아버지 월터 휴스턴)를 만나 황금을 찾으러 시에라 마드레 산으로 들어간다.

처음에는 사이좋게 없는 돈을 모두 털어 장비 구입에 투자하던 세 사람이지만, 천신만고 끝에 금맥을 찾은 다음부터는 "황금이 인간의 영혼을 바꿔놓는다"던 하워드의 경고대로 서로 의심하고 경계하기 시작한다. 의견 충돌을 없애기 위해 처음부터 나눠 가진 사금을 서로 감추느라고 신경전이 계속되고, 황금은 "저주가 아니라 축복"이라고 믿었던 도브스가 가장 흉악한 인간으로 돌변한다.

몇 달 동안 수천 달러에 달하는 사금을 파낸 다음 금맥이 거의 바닥날 즈음에 강도들의 습격을 받고, 식량을 구입하러 내려간 마을에서 노다지를 찾은 모양이라고 눈치챈 다른 미국인 금쟁이 코디(Cody)까지 끼어들자 세 사람은 하산을 결정한다. 그러나 남들이 황금을 가로챌까 봐 잠도 못 자며 공포감에 시달리다가 정신이상 직전에 이른 도브스는 커틴을 살해한 다음 자신이 오히려 세 사람의 금을 모두 가로채 도망치다가 강도단을 만나 목숨을 잃는다.

도둑들은 노새만 탐을 내서 사금을 보고도 무엇인지 몰라 모두 사막에다 쏟아 버린다. 도브스의 총을 맞고도 겨우 목숨을 건진 커틴과 하워드는 모래바람에 날아가 버린 사금이 "하느님이나 자연이나 어떤 다른 힘의 장난(joke of God or nature or whatever)"이라면서 웃어 넘기고는 헤어져 고향으로 돌아간다.

이 영화의 원작소설『시에라 마드레의 보물』을 1935년에 발표한 작가 B. 트레이븐(Traven)은 하워드 휴스보다도 더 신비한 인물로 알려졌다.『베네트 문예사전(Benét's Reader's Encyclopedia)』에 의하면 그는 말년을 멕시코에서 여러 해 보낸 다음 1969년에 사망했다고 하지만, 진짜 이름이 무엇인지, 언제 어디에서 태어났는지, 그리고 과거에 어떤 인물이었는지는 전혀 알 길이 없다. 그는 1890년 시카고에서 출생한 베릭 트레이븐 토르스반(Berick Traven Torsvan)이라는 추측도 나돌고, 1882년 독일에서 태어난 레트 마루트(Ret Marut)라는 설도 있다. 심지어 그가 미국의 유명한 자연주의 작가 잭 런던(Jack London)

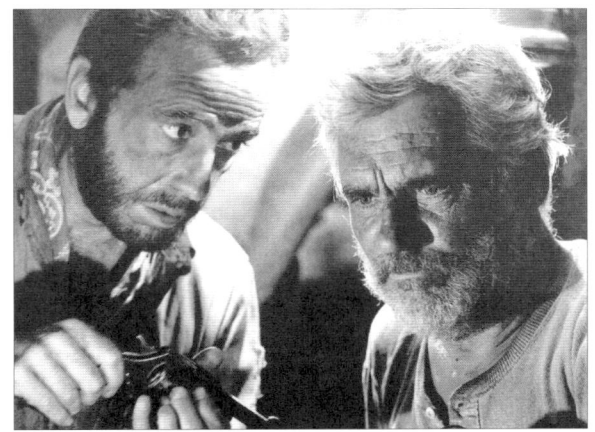

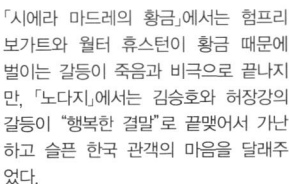

「시에라 마드레의 황금」에서는 험프리 보가트와 월터 휴스턴이 황금 때문에 벌이는 갈등이 죽음과 비극으로 끝나지만, 「노다지」에서는 김승호와 허장강의 갈등이 "행복한 결말"로 끝맺어서 가난하고 슬픈 한국 관객의 마음을 달래주었다.

이라거나 독일 빌헬름 황제(Kaiser Wilhelm)의 사생아라고 주장하는 사람들도 나왔다. 뿐만 아니라 그의 작품들이 처음에 어느 나라 말로 발표되었는지조차도 확실치가 않다.

『영화 인명사전(Halliwell's Who's Who in the Movies)』에서는 그가 1882년 오스트리아 태생으로 이름이 페이게(H.A.O.M. Feige)이며, 배우 출신으로 한때 레트 마루트라는 이름으로 무정부주의자로서 활동했다고 추측한다. 멕시코에서 그는 노동자 선동가로 활약했으며, 정부는 그를 적으로 간주했다.

그는 본격적인 프롤레타리아 소설을 많이 발표했으며, 1910년 멕시코 혁명을 촉발시킨 참담한 현실을 담은 여섯 권짜리 『까오바 이야기(Caoba Cycle)』가 그의 대표작으로 꼽힌다.

찾아보기 ●--

▌「위험한 행운(Money for Nothing, 1993, 미국, 100분)」, 감/Ramon Menendez, 출 /John Cusack, Debi Mazar, Michael Madsen, Benicio Del Toro, Michael Rapaport, Maury Chaykin, James Gandolfini, Fionnula Flanagan

▌「노다지(1961, 한국, 127분)」, 감/정창화, 출/김승호, 황해, 엄앵란, 조미령, 허장강, 박 노식, 장동휘, 김희갑, 구봉서, 양훈, 주선태, 윤인자, 남미리, 정애란, 전영선, 최성호, 김칠성, 장혁

▌「시에라 마드레의 황금(The Treasure of the Sierra Madre, 1948, 미국, 124분)」, 감/John Huston, 출/Humphrey Bogart, Walter Huston, Tim Holt, Bruce Bennett, Barton MacLane, Alfonso Bedoya, A. Soto Rangel, Bobby Blake, (Ann Sheridan, John Huston)

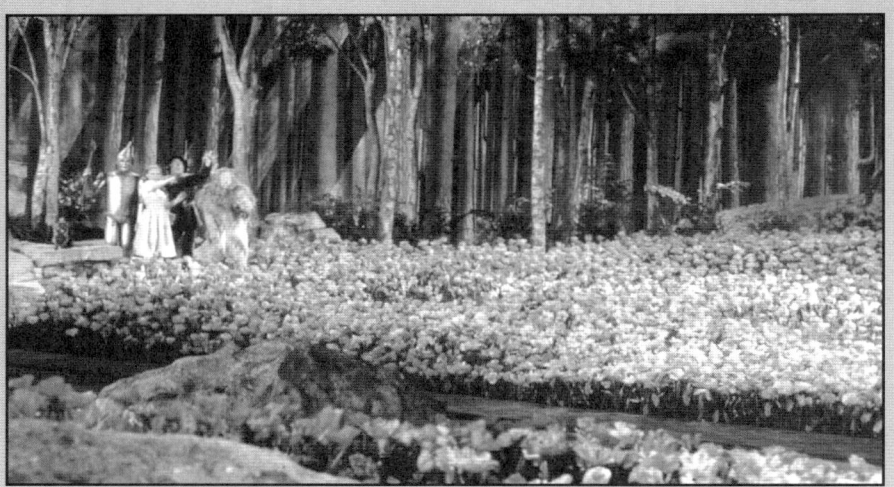

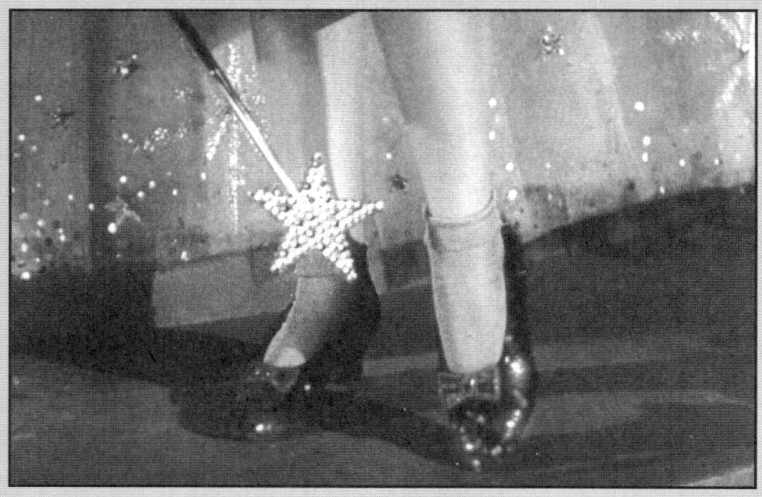

「오즈의 마법사」에 나오는 위 장면은 '에머랄드 나라'에 가득한 모험과 환상을 화면에서 넘쳐날 정도로 만발한 꽃밭으로 보여 준다. 하지만 여주인공 도로티를 위한 행복이 기다리는 곳은 무지개 너머의 꿈같은 세상이 아니라 캔사스의 작은 집이다. 아래 사진은 「오즈의 마법사」에서 주디 갈란드가 신었던 빨간 구두인데, 서기 2000년 5월의 경매에서 66만 6천 달러에 팔려 "환상의 값"이 얼마나 비싼지를 잘 보여 주었다.

'금쟁이'의 영화, 미치너의 하와이

주디 갈란드의 대표적인 노래극(musical) 「오즈의 마법사」는 비록 보물찾기 영화는 아니지만, 보물보다 훨씬 소중한 무엇을 찾아 헤매는 소녀 도로티(Dorothy Gale)의 이야기다. 이 영화는 당연히 환상극(fantasy)으로 분류가 되겠지만, 독해(reading) 방법에 따라서는 인생에 대한 가르침을 주는 교훈극(didactic drama)으로 읽히기도 한다. "어디를 가 봐도 내가 쉴 곳은 나의 집뿐(East or west, home is best 또는 Home home sweet home)"이라는 메테를링크적인 결론이 담겼기 때문이다. 『파랑새』의 남매가 행복의 새를 찾아 헤매다가 결국 그들의 집에서 발견하게 되듯이, 도로티는 '에메랄드 나라(the Emerald City)'를 한참 헤매고 다니다가, 마침내 캔사스의 시골 마을 집으로 돌아가서야 마음의 평화를 찾으며 영화가 끝난다.

도로티의 성 게일(Gale)은 여자 이름 'Abigail'의 애칭인 'Gail'과 발음이 같지만, 'gale'이라는 말은 본디 '강풍'이나 '질풍' 또는 '폭풍'을 뜻하는 단어이다. 그래서 영화가 처음 흑백으로 시작하여 힘든 현세를 담아내다가, 선풍(旋風, tornado)이 휘몰아쳐 여주인공이 집과 함께 회오리바람에 날아가 버린다. 그리고 도로티가 '강풍'으로 인해서 환상의 세계로 들어가자 화면의 그림은 화려한 색채로 뒤덮인다. 하지만 환상의 나라에서 도로티가 쫓아가는 아름다운 길은 꿈이나 대박을 찾으려는 여로가 아니고, 흑백의 고향집으로 되돌아가기 위한 방황과 모험의 험난한 고난이다.

도로티는 고향으로 돌아가는 길을 가르쳐 주리라고 믿어서 오즈의 마법사를 찾아가지만, 온갖 고생 끝에 만난 마법사는 가짜임이 밝혀진다. 이런 결말은 (보물찾기와 같은) 헛된 꿈이란 역시 도로(徒勞, 헛수고)로 끝난다는 교훈인지도 모르겠다. 흔히 '무지개'로 상징되는 비현실적인 꿈, 비논리적인 대박의 꿈은 아무리 "하면 된다"거나 "안 되면 되게 하라"고 우기는 군대식 억지 신화로도 실현이 불가능하고, 그래서 아마도 영화나 문학 같은 예술적 서술체(narrative)에서는 인생의 모든 전제조건에 대해서 상반되는 두 개의 해답을 나란히 내놓는지도 모르겠다.

도로티는 강아지 토토(Toto)를 데리고, 허수아비와 깡통 인간과 겁쟁이 사자를 길동무로 삼아서, 고향으로 가는 길을 가르쳐 줄 마법사를 찾아가는 동안 "무지개 너머 어디에서인가(somewhere over the rainbow)" 얌전히 기다리는 '해답'에 대한 노래를 부른다. 하지만 무지개는 '허황된 꿈'이고, 그 너머에는 해답이 있을 리가 없다.

서양 사람들의 동화나 설화에서는 행복을 가져다 줄 해답, 즉 '대박(보물단지, a pot of gold)'이 무지개 너머가 아니라 무지개의 끝, 그러니까 무지개의 한쪽 다리가 닿는 자리에 묻혀 있다고 한다. 하지만 인간은 무지개의 끝(뿌리)에 다다르기가 과학적으로 불가능하다. 가짜인 오즈의 마법사도 물론 길을 가르쳐 주거나 도와줄 수가 없으려니와, 무지개라는 것이 물방울 때문에 빛이 굴절하는 현상으로 인해서 나타나는 것이고 보니, 가까이 가면 자꾸 물러나다가 결국 사라지는 신기루나 마찬가지여서, 보물단지가 묻힌 자리에는 절대로 다다를 수가 없다.

결국 도로티 게일은 (허황된 무지개빛 꿈에서 헤어난 다음에야!) 스스로 흑백 세상인 캔사스의 집(=행복=해답=보물단지)을 찾아가게 되지만, 그래도 세상사람들은 대박의 꿈을 버리지 못해서 "최후의 모험"을 영원히 되풀이하고, 우리나라에서도 보물선 인양 사업이라는 사기사건이 벌어지고, 영화에서 사람들은 보물을 찾아 자꾸만 바다 밑으로 내려간다.

「계절풍」에서도 두 명의 잠수부가 선장과 대결을 벌이며 황금을 찾으러 바다 밑으로 내려가고, 「남해의 노래」에서는 바다 밑에서 섬사람들이 건져 올린 진주를 백인들이 빼앗아 가려고 혈안이다.

바다의 보물 진주를 캐내는 사람들의 얘기로는 존 스타인벡의 1947년 중편소설을 원작으로 삼은 「진주」가 으뜸이겠다. 멕시코인이 연출하고, 역시 멕시코인(Gabriel Figueroa)이 촬영했으며, "멕시코의 존 웨인" 뻬드로 아멘다리즈가 주연을 맡

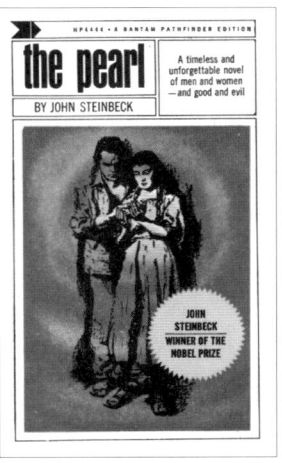

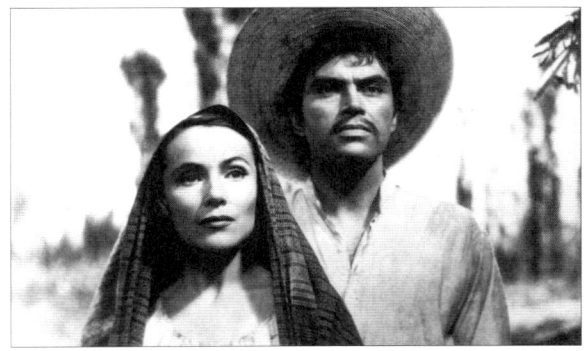

존 스타인벡의 중편소설 「진주」는 선량한 어부가 대박을 만났을 때, 자신뿐 아니라 마을 전체에 어떤 재앙이 찾아오는지를 핍진하게 그린 작품이다. 영화 「진주」에서 주연을 맡았던 뻬드로 아멘다리즈는 멕시코의 존 웨인으로 알려져 나중에 헐리우드 영화에도 다수 출연했다. 사진은 멕시코 영화 황금기의 대표작으로 알려진 「마리아 깐델라리아(Maria Candelaria, 1943, 감/Emilio Fernández)」에서 돌로레스 델 리오(Dolores Del Rio, 왼쪽)와 공연한 젊은 날의 아멘다리즈

은「진주」는 전갈에 물린 아들의 치료비조차 없어서 의사에게 멸시를 당하던 순박한 진주잡이 키노(Kino)가 캘리포니아 만(灣)에서 엄청나게 큰 진주("the Pearl of the World")를 건져 올리면서 한 마을이 탐욕과 질시로 물들어 비극을 맞는다는 내용인데, 소설에서는 마을 전체의 반응을 그린 대목(제3장)의 묘사가 절묘하다.

'남해 영화'의 걸작으로 꼽히는 F. W. 무르나우의「타부」또한 진주잡이 청년이 주인공으로서, 신들로부터 모든 남자에게 금기로 낙인이 찍힌 여인과의 비련을 그린다. 민족지학적 기록영화(ethnographic documentary)와 서술체 극영화를 절묘하게 배합한 이 영화는 남양의 풍물을 화면에 담는 작업을 공동 감독 로버트 플래어티(Robert Flaherty, 1884~1951)가 맡았었다.

구리 광산에서 일하던 아버지와 함께 광산촌에서 성장한 플래어티는 본디 금광을 찾아 헤매던 '금쟁이'였다가, 캐나다 철도와 광산협회를 위해 측량과 조사를 다니는 탐험가로 일했으며, 미국 기록영화의 개척자로 자리를 굳히게 된다. 그는 1910~16년 사업가 윌리엄 매킨지(William MacKenzie)의 위촉을 받아 캐나다 북부 허드슨 만에서 철광을 찾아 다니는데, 동사진 촬영기와 현상 및 편집 장비까지 갖추고 탐험에 나선 첫 인물이 된다. 이때 그는 에스키모 문화와 접하고는 깊은 관심을 갖지만 당시에 촬영한 필름은 편집실 바닥에 떨어뜨린 담배꽁초로 인해서 발생한 화재로 거의 다 타 버리고, 1920년 허드슨 만으로 다시 돌아가 훗날 기록영화의 교과서가 될 유명한 무성영화「북극의 나누크」를 만들어 큰 성공을 거둔다.

1939년에 음향을 보충하고 65분으로 복원된

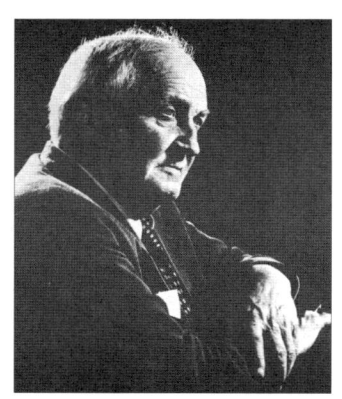

존 그리어슨이 "기록영화(documentary)"라는 말을 만들어낸 것은 로버트 플래어티(사진)의 '여행기(travelogue)' 작품에 대한 정의를 내리기 위해서였다.

「나누크」는 에스키모의 생활을 담은 기록영화이지만, 촬영을 위해 반쪽짜리 이글루를 만들고, 현재가 아니라 과거의 상황을 부분적으로 극화한 재현까지 곁들여 가면서, 자연과 맞서 투쟁하는 인간이라는 뚜렷한 주제를 내세웠다. 영화가 완성된 지 얼마 후에 주인공 나누크는 혹독한 환경 속에서 굶어 죽었다고 한다.

「나누크의 나라(Nanook/Kabloonak, 1994, 감/Claude Massot, 출/Charles Dance)」는 플래어티의 북극지방 탐험에 관한 영화이다.

바이얼린 연주를 즐길 만큼 예술적인 감각이 풍부했고, 오지를 탐험하느라고 혼자 외롭게 지내는 수많은 시간에 일기를 적으면서 발달시킨 관찰력에 힘입어, 그는 독특한 영상 언어를 만들어냈고, 다시 폴리네시아로 간 그는 사모아의 사바이이(Savaiʼi) 섬에서 20개월에 걸쳐 「모아나」를 완성한다. 폴리네시아인 청년 모아나와 그의 가족을 중심으로 남해의 삶을 사실적이면서도 시적으로 포착한 이 영화도 고전

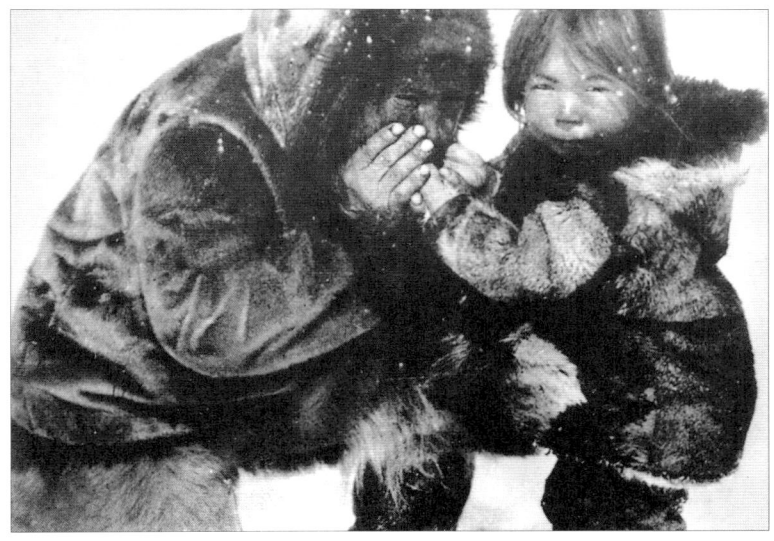

「북극의 나누크」에서 아들과 함께 '주연'을 맡았던 나누크(왼쪽)는 영화가 완성된 다음 몇 달 후에 굶어 죽었다.

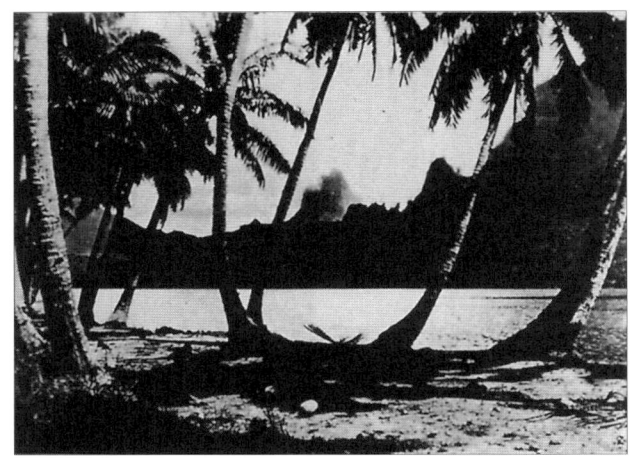

「모아나」는 이 장면에서처럼 지나치게 영상미를 추구하다가 사실성을 잃었다는 평을 들었다.

이 되었지만, 아름다운 영상을 지나치게 추구한 나머지 사실성이 결여되었다는 비난을 받기도 했다. '여행기(travelogue)'를 뜻하는 프랑스어 'documentaire'로부터 파생한 '기록영화(documentary)'라는 말이 처음 사용된 것은 「모아나」에 대한 존 그리어슨(John Grierson)의 영화평을 통해서였다.

이어서 그는 MGM의 어빙 톨버그(Irving Thalberg)로부터 위촉을 받아 「남해 바다의 하얀 그림자(White Shadows in the South Seas, 1928)」를 만들지만, 헐리우드의 제작 방식에 불만을 느껴 "헐리우드를 겪고 보니 유리 바닥인 배를 타고 하수도 관광을 한 기분"이라는 말을 남기고 '꿈의 공장'을 떠나, 독일의 표현주의 감독 무르나우와 손을 잡고 「타부」에 착수했다. 그러나 감독과의 불화로 플래어티는 「타부」에서 손을 떼고, 무르나우는 완성된 영화의 시사회 직전에 교통사고로 세상을 떠난다.

단편 기록영화 몇 편을 완성한 다음 그는 에이레의 외딴 섬으로 들어가 「아란의 사나이」를 만든다. 생존을 위해 하루하루 투쟁해 나가는 어부의 모습은 플래어티에게 가장 익숙한 주제이며, 바다에서 촬영한

장면들이 핍진하여 비평가들로부터 크게 호
평을 받았다. 그러나 영화의 주인공 타이거
킹(Tiger King)은 어부가 아니라 대장장이였
으며, 그래서 이 유명한 장면에서는 배를 저
을 줄 몰라 실제로 타지도 않았고, 세 명의
노련한 어부가 '대역' 노릇을 했다고 한다.

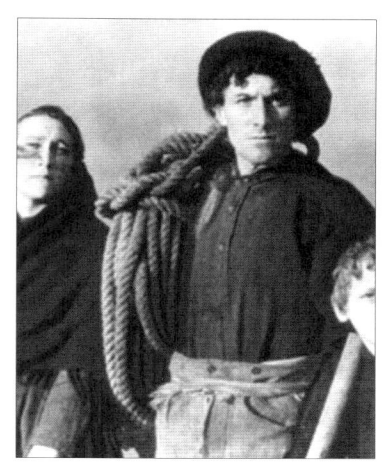

「아란의 사나이」에서 '주인공'으로 나오는 어부 타
이거 킹은 어부가 아니라 대장장이여서 실제 바다
장면 촬영에서는 대역을 썼다고 한다.

스탠다드 석유회사의 위촉을 받아서 만들
었으며 플래어티의 최고의 걸작으로 꼽히는
「루이지애너 이야기」는 유전에서 일하는 사
람들의 모습을 너구리와 함께 낚시를 즐기
는 어린 소년의 눈으로 관찰한 내용인데, 음
향과 영상의 조화가 절묘하여 어느 비평가
는 "시청각 교향악(audiovisual symphony)"이라고까지 극찬했다.

문필가로서도 손색이 없어 많은 저서를 남기기도 한 플래어티는 세
상을 떠났을 무렵 미국의 새로운 주(州)가 된 하와이에 관한 기록영화
를 만들 준비를 끝낸 상태였다고 한다.

『남태평양』의 작가 제임스 미치너는, 사실적이어야 하는 기록영화
에 극화한 허구적 재현 장면을 가미하던 플래어티와는 반대로, 소설
에다 특정 지역의 역사적인 사실을 열심히 수록하는데, 하와이가 50
번째 주로 '승격'된 이후 1959년에 발표한 소설『하와이』가 그런 대표
적인 예이다. 1940년대 공산주의자로 몰려 활동을 못 했던 이른바
"헐리우드의 10인(the Hollywood Ten)" 가운데 한 사람이었던 시나리
오 작가로서 「로마의 휴일」, 「스파르타쿠스」, 「탈옥(Lonely Are the
Brave, 1962)」, 「빠삐용」으로 유명한 달톤 트럼보(Dalton Trumbo, 1905
~76)가 각색을 맡은 영화 「하와이」는 1800년대 미개한 땅 하와이에
서 선교사가 기독교 전파를 위해 갖가지 역경과 싸워 나간다는 내용

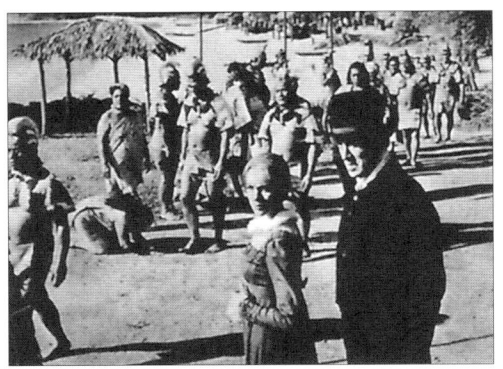

제임스 미치너의 원작을 영화로 만든 「하와이」는 선교사를 앞세운 백인의 '개척' 이야기를 담았다.

이다.

도입부에서 수많은 폴리네시아 처녀들이 젖가슴을 드러낸 채로 화면을 가득 채우는가 하면, 대단히 열심히 만든 대작임에도 불구하고 「하와이」가 너무 길어서인지 지루함을 주는 반면에, 찰톤 헤스톤이 묵직하게 주연으로 들어선 속편인 「하와이 사람들」은 서사시적인 면모를 잘 갖추었다.

제임스 미치너는, 어딘가 어니스트 헤밍웨이의 문학 이론을 두고 빈정거리는 듯한 인상이 없지는 않지만, 자신의 작품세계에 대해서 이런 말을 했다.

"나는 문체 따위는 알지 못한다. 나는 부족한 면이 굉장히 많다. 나는 대화체에 크게 신경을 쓰지 않는다. 나는 경쾌한 간결함에도 익숙하지 않다. 나는 인간 심리에 대해서도 별로 아는 바가 없다. 하지만 나는 이야기를 잘 꾸며내고 독자의 흥미를 유발하는 방법만큼은 잘 안다."

한 권의 소설 『하와이』에서 태어난 두 번째 영화 「하와이 사람들」을 보면, 우리는 미치너 서술체(narrative)의 묘미를 실감나게 체험한다. 그리고 독해 방법에 따라서 「하와이 사람들」은 동양과 서양의 만남에서 나타나는 역학에 대한 한 가지 독특한 해석으로 간주할 만한 영화이다.

중국인 노동자들을 가득 태운 배를 끌고 긴 항해 끝에 호놀룰루로 돌아오는 남주인공 혹스워드 선장(Captain Whipple Hoxworth)은 서양을 대변하는 인물로서, 집안의 골칫거리(the black sheep in the family)인 그

는 별로 존경을 받지 못하는 '뱃놈' 이
요, 애칭조차도 '채찍(Whip)' 이다. 할
아버지가 사망하자, 가족회의의 결정
에 따라 해운회사를 넘겨받으려던 꿈
이 수포로 돌아간 그는 유언장에 따라
쓸모없는 땅 8만 5천 에이커를 물려받
고, 농사와 사업에 문외한이면서도 적
극적으로 농장 개발에 나선다.

2년에 걸쳐 우물 굴착 공사를 벌
이고, 다시 1년 동안 해적을 규합하
여 뉴기니로 항해하여 살인을 저질러
가면서까지 섬으로 잠입하여 파인애
플 묘목을 훔쳐다 제국(帝國) 만들기
에 평생을 바치고, 거기에는 희생도
따른다. 오랜 시간을 떨어져 살아야
했던 아내는 원주민 피가 섞인 혼혈

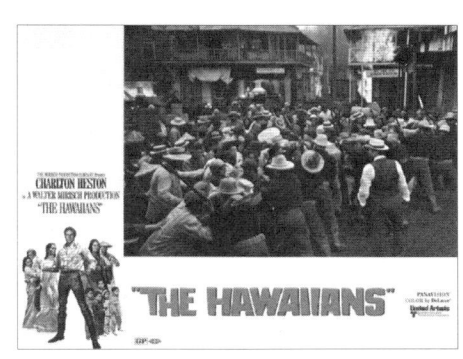

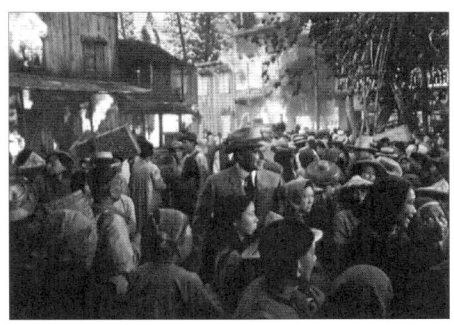

「하와이 사람들」은 서사시적인 면모를 갖춘 영화이며, 아래
사진은 질병이 만연하자 중국인 거주지역을 불지르려는 당국
(백인)과 이에 항거하는 동양인들의 대립을 보여 준다.

녀로서, 이름이 '순결(Purity)' 이며, 병약하여 아이를 낳지 못하다가
겨우 아들 노을(Noel) 하나를 낳고는, 정신이상 증세를 보이며 남편과
의 성생활을 거부하더니 급기야는 가출하여 하와이 사람들의 마을로
돌아간다.

대농장주가 된 휘프는 남녀 혼탕에서 만난 일본 여자(Fumiko)와 두
번째 가정을 이루어 새 삶을 시작하고, 하와이의 여왕 릴리우오칼라
니(Queen Liliuokalani)가 자주권을 강화하려 하자 혁명을 선동하다가
옥살이도 하고, 그러나 결국 하와이는 미국의 영토로 합병된다.

한편 남자로 변장하고는 노예선이나 마찬가지인 혹스워드 선장의
배를 타고 하와이로 건너온 산골 출신의 중국 여자 뉴 친(Char Nyuk

Tsin)은 호놀룰루의 사창굴로 팔려 온 몸이지만, 아내를 고향에 두고 돈벌이를 하러 온 케이 문 키(Kee Mun Ki)와 배 안에서 인연이 맺어지고, 우여곡절 끝에 선장 집에서 하인과 하녀로 함께 살기 시작한다.

마당 한쪽 장작 헛간에다 돗자리 한 장을 깔고 타향살이를 시작한 중국인 남녀는 악착같이 돈을 모으고 땅을 사들이며 한평생을 보내고, 왕성한 번식력과 지칠 줄 모르는 생명력으로 그들 나름대로의 개척자 시대를 보낸다. 그러다가 남자가 나병에 걸리고, 두 사람은 전세계 다섯 대륙의 이름을 딴 다섯 아들을 남에게 맡긴 채 미국의 소록도나 마찬가지인 몰로카이(Molokai) 섬으로 들어간다. 강탈과 겁탈이 자행되는 약육강식의 무법천지 몰로카이에서 그들이 나병과의 싸움을 계속하는 동안, 다섯 아이는 잡초처럼 씩씩하고 왕성하게 자라며 그들 나름대로의 왕국을 이루어 나가고, 뉴 친은 딸 메이 리(Mei Li)를 하나 더 얻는다.

남편이 죽은 다음 집으로 돌아온 뉴 친은 전염병 선페스트(bubonic disease)가 창궐하고 계엄령이 선포되는 등 계속해서 역경과 위기를 맞지만 끈질기게 가족을 이끌고 나가서 9만 6천 달러라는 큰 재산을 모은다. 그리고 딸 메이 리는 배를 타고 나갔다가 중국에서 황제의 호위병으로 일하다 돌아온 혹스워드 선장의 아들 노을과 사랑하여, 동서양의 두 집안은 하나로 엮어진다.

이 영화에서는 두 마디의 대사가 인상 깊게 남는다. "처음에는 하와이 사람들, 그리고 이제는 중국인들을 짓밟으며 아메리카가 일어선다"며 아버지 세대의 세계관을 반박하는 노을의 성난 비판이 그 한 마디요, 다른 한 마디는 백인들의 세계에서는 동양인이 제대로 교육을 받아 출세하기가 불가능하다고 좌절하는 아들의 말을 듣고 미래를 계획하는 가족회의에서 뉴 친이 반박하는 내용이다.

"Impossible come back from Molokai.(불가능은 몰로카이에서도 살아서 돌아왔어.)"

찾아보기

▌「하와이 사람들(The Hawaiians, 1970, 미국, 134분)」, 감/Tom Gries, 출/Charlton Heston, Geraldine Chaplin, John Phillip Law, Tina Chen, Alec McCowen, Keye Luke, Mako, Lyle Bettger, Naomi Stevens, Harry Townes

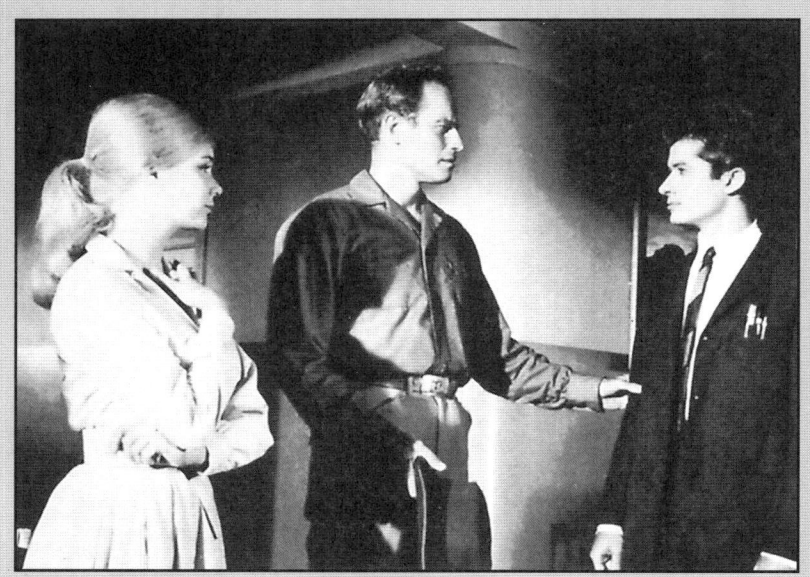

「다이아몬드 헤드」에서도 찰톤 헤스톤은 「하와이 사람들」에 이어 역시 지배적인 어느 한 가
문(dynasty)을 내세운 영화의 '족장' 역을 맡았다.

섬나라의 사랑

　「하와이 사람들」에서 가부장적인 대농장주로 나왔던 찰톤 헤스톤은 피터 길먼(Peter Gilman)의 소설이 원작인 「다이아몬드 헤드」에서도 비슷한 역을 했었다. 자신의 왕국을 이룩하고 상원의원에 입후보하겠다는 야망까지 굳힌 리처드 하울랜드(Richard "King" Howland)는 집안에서 독재자로 군림하여 세대간의 갈등을 일으키면서 주변 사람들을 파멸로 몰고 간다. 이 영화가 수입될 당시에는 'stone head(돌대가리)' 보다도 더 공부를 못하는 아이들을 '다이아몬드 헤드' 라고 불렀었는데, 제목에 나오는 지명은 하와이의 오아후 섬 남쪽 끝에 위치한 산의 이름으로서, 와이키키 해변에서도 산봉우리가 가깝게 보인다.

　역시 하와이를 무대로 한 대작 「피와 난초」는 1930년대 실제로 발생했던 강간 및 폭행 사건의 재판 과정에 얽힌 인종적 편견과 사회적인 신분 체제를 비판적으로 다루고, 로저 콜만의 「벌거벗은 낙원」에서는 악당들이 유람선을 이용하여 농장들을 털 계획을 추진한다.

　로저 콜만 영화사에서는 몇 년 후에 「벌거벗은 낙원」을, 도망치는 강도단과 거미처럼 생긴 괴물과 프랭크 시나트라의 조카를 등장시켜, 「동굴의 야수」라는 제목으로 다시 만들었다. 바다의 괴물에 대한 소문을 퍼뜨려 공포 분위기를 자아냄으로써 범죄자가 무사히 위기를 넘기려고 했더니 진짜 괴물이 나타난다는 내용을 담은 희극영화 「바다의 괴물」도 역시 같은 영화의 재탕이다.

「섬사람」에서는 은퇴한 변호사가 호텔 운영을 하려고 하와이로 갔다가 갖가지 범죄자들과 접하게 된다. 「섬사람」에서 주연을 맡은 데니스 위버는 「건스모크(Gunsmoke, 1955~63)」와 「형사 매클라우드(McCloud, 1970~6)」 같은 텔레비전 연속물로 유명하며, 텔레비전 영화 「진주(Pearl, 1978)」에도 출연했다. 「섬사람」 역시 텔레비전 연속물의 맛보기(pilot)로 제작된 영화이다.

「메이미 스토버의 반란」은 호놀룰루를 근거지로 삼아 1941년에 엄청나게 많은 수의 군인들을 상대하여 큰 돈을 모은 다음 가게 문을 닫고는 미시시피로 은퇴했다는 창녀의 실화를 바탕으로 화려한 색채와 제인 럿셀을 동원한 음악극이지만, 물론 주인공은 몸팔기보다는 노래를 더 많이 파는 '술집 가수(saloon singer)'로 재현된다.

역시 음악극인 「블루 하와이」는 메이미 스토버의 얘기와 입장이 거

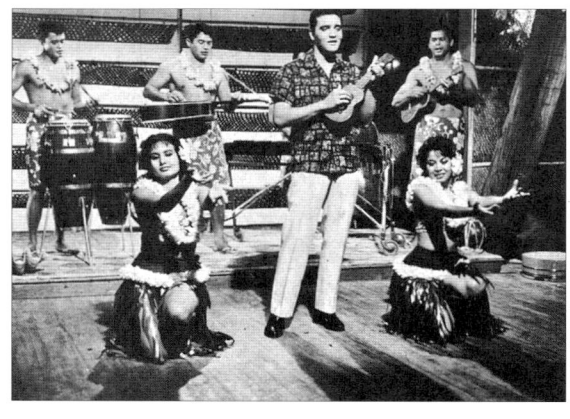

「블루 하와이」는 예쁘고 젊은 여자들과 노래와 하와이의 낭만적인 배경을 곁들여 만든 전형적인 엘비스 프레슬리 영화이다.

꾸로 바뀌어서, 영화의 주인공 엘비스 프레슬리는 군에서 제대하고 하와이로 돌아와 관광회사에 취직하여 예쁘고 젊은 여자들을 안내하고 돌아다니며 노래를 불러대는 상팔자이다. 5년 후에 프레슬리는 「하와이의 낙원」에서 관광 유람선의 사장으로 승격되어 예쁘고 젊은 다른 아가씨들과 "푸른 하와이"에서의 즐거운 인생을 되풀이한다.

하와이라면 무려 13년(1968~80) 동안이나 인기리에 방영되었으며 우리나라에서는 (전두환 정권하고는 전혀 아무런 관계가 없지만) 「5-0 수사대(Hawaii Five-O)」라는 제목으로 방영되었던 텔레비전 수사물도 유명하다. 한국인 코미디언 자니 윤도 범죄자로 출연한 바 있던 이 연속물을 보면 매주일 호놀룰루에서 심각한 범죄가 벌어져 마치 범죄의 온상 같은 인상을 주기가 쉽지만, 오아후 섬은 너무 작아서 범죄자가 도망가 숨을 곳이 별로 없기 때문에 사실은 그다지 위험하지 않은 곳이다. 관광객이 너무 많아 노상강도가 함부로 칼이나 총을 들이대지 못하는 뉴요크와 더불어 미국 땅에서 가장 안전한 곳이 하와이라고 한다.

「5-0 수사대」의 반장 역을 맡았던 잭 로드(Jack Lord, 본명 John Joseph Ryan, 1928~98)는 FBI 수사극("The Untouchables," 1959~62)에서 엘리어트 네스 수사관 역으로 유명한 로버트 스택(Robert Stack)만큼이나 웃음이 어색한 연기였는데, 브룩클린 태생인 그는 화가로도 유명하여, 전세계의 35개 미술관이 그의 작품을 소장하고 있다.

그러나 하와이라면 「다이아몬드 헤드」의 갈등이나 「하와이 사람들」의 고난, 또는 「5-0 수사대」의 범죄라는 그림자보다 역시 햇빛 찬란한 낙원을 연상하게 되고, 제임스 미치너의 남태평양 이야기를 원작으로 삼아 사모아에서 촬영한 「낙원으로 돌아가다」는 1929년 남해로 가서 모험과 낭만과 사랑을 펼치는 백인 남자를 주인공으로 삼는다.

훗날 프랑스 화가 뽈 고갱의 낭만적인 예술 모험으로 인해서 남태

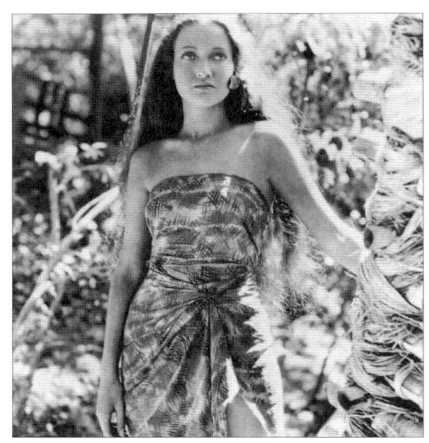

「야만의 백인」에서 사롱 차림의 모습을 과시한 마리아 몬테즈는 연기를 못할 뿐 아니라 공주병으로도 명성을 드날렸다.

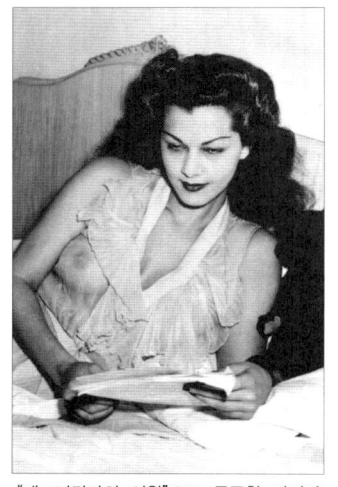

"테크니칼라의 여왕"으로 등극한 마리아 몬테즈는 인기 관리를 위해서 그녀에게 편지를 보내는 사람들에게 젖꼭지가 살짝 보이는 이 유명한 사진을 보내주고는 했다.

평양에서 가장 잘 알려진 '낙원' 타히티를 1800년대 말 프랑스가 합병하려고 했을 때 이에 맞서 대항하던 섬나라의 여왕을 미국인이 도와주느라고 맹활약을 벌이는 입체영화가 「타히티의 북소리」이고, 「타히티의 남쪽(South of Tahiti, 1941, 감/George Waggner)」에서 네 명의 표류자를 도와 주는 아름다운 원주민 처녀 역을 맡았던 마리아 몬테즈(본명 Maria Africa Vidal de Santos Silas, 1920~51)는 도로티 라무어만큼 성공하지는 못했어도, 이미 앞에서 소개한 「야만의 백인(White Savage, 1943)」 따위의 현실도피용 오락물을 통해, 나름대로 아류 사롱(sarong) 영화에서 '명성'을 얻었던 여배우이다.

도미니카 공화국에서 에스파냐 영사의 딸로 태어난 몬테즈는 이국적인 미모가 빼어나기는 했지만, 연기도 할 줄 모르고 노래도 못 부르고 춤도 못 추는 여배우였다. 그래서 그녀가 전속했던 유니버설 영화사에서는 그녀를 위해 화려한 의상을 곁들인 환상극이라는 전문분야를 따로 만들었다. 아슬아슬한 옷차림으로 길게 누워 남자를 유혹하는 자태를 보이고는 했던 몬테즈는 곧 "테크니칼라의 여왕(The Queen of Technicolor)"이나 "카리브 해의 선풍(The Caribbean Cyclone)"이라는 별명으로 알려졌고, 그녀에게 편지를 보내는 사람들에게는 야릇한 모습의 사진을 보내주어 인기 관리를 했다.

몬테즈는 '공주병'으로도 유명해서, 언젠가는 이런 말도 했다. "난 거울을 볼 때마다 막 소리를 지르고 싶어요. 내 모습이 너무나 아름다워서 말예요." 그러나 몸에 살이 붙기 시작하자 그녀는 남편 장—삐에르 오몽(Jean-Pierre Aumont)과 함께 유럽으로 가서 프랑스와 이탈리아 영화에 출연하기 시작했으며, 1951년 목욕을 하다가 심장마비를 일으켜 겨우 서른을 넘긴 젊고 아까운 나이에 세상을 떠났다.

채굴권을 노리는 악당들과 상어 사냥꾼들 때문에 고생이 심한 섬나라의 미녀 공주(Princess Tahia) 역을 맡은 몬테즈의 영화 「야만의 백인」과 같은 계열의 영화로는 존 홀이 원주민 처녀와의 사랑을 통해 그 늘진 과거를 청산한다는 「사모아 섬에서」, 혼혈의 여인과 백인 사이에서 벌어지는 슬픈 사랑의 이야기 「남해의 여인」, 그리고 백인이 추장의 딸과 결혼하여 원주민들의 봉기를 촉발시키는 「남해의 겁화(劫火)」가 있다. 마지막 영화는 1932년에 킹 비도어 감독이 한 번 만들었던

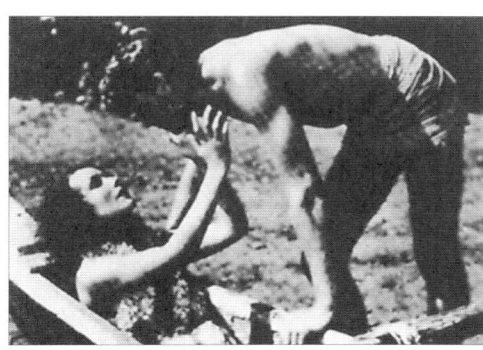

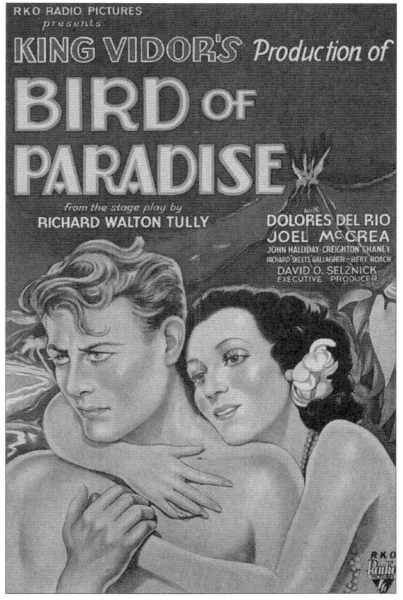

1932년 판 「남해의 겁화」는 「마리아 깐델라리아」에서 주연했던 멕시코 출신 미녀 배우 돌로레스 델 리오의 이국적인 매력을 한껏 살린 헐리우드 영화였다. 60대에도 20대에나 마찬가지로 매혹적이었던 그녀에게 아름다움의 비결을 물었더니, "하루에 열여섯 시간을 자고, 술과 담배를 멀리하라"는 명답이 나왔었다. 그리고 이런 말도 했다. "여자의 눈이 반짝이면(twinkles) 남자의 눈에는 여자의 주름살(wrinkles)이 보이지 않는다." 위는 영화의 한 장면

작품이다.

　1950년대에는 외화의 경우 거의 모든 제목을 일본에서 그대로 들여다 썼고, 그래서 제목의 뜻을 모르면서 관객이 영화를 봐야 했던 경우가 가끔 있었는데, 「사스카치완의 낭화(Saskatchewan, 1954)」와 더불어 「남해의 겁화」가 그런 대표적인 예였다. 아마도 당시에 영화구경을 부지런히 다니던 관객 가운데 낭화(狼火)와 겁화(劫火)가 도대체 어떤 불(火)인지를 아직까지도 모르고 살아온 사람들이 적지 않으리라는 생각이다. 그리고 요즈음에도 이런 사정은 마찬가지여서, 구태여 우리말 제목을 지어 붙이지 않고 일본사람들 흉내를 내어 영어를 그대로 한글로 표기해 놓아, 극장에 들어가 앉아서 지금 보는 영화의 제목이 무엇인지조차 몰라 사람들이 혼란스러워 하는 현상은 전혀 변함이

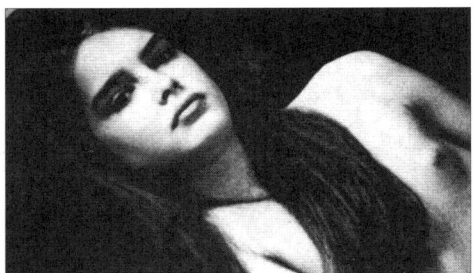

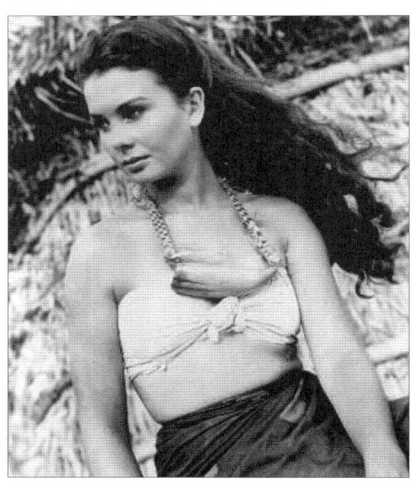

남해의 고도에서 아름답게만 얘기가 펼쳐지던 진 시몬스의 영국 영화 「비운(悲運)」(왼쪽)은 미국으로 넘어가 브룩 쉴즈의 「블루 라군」(오른쪽 아래, 위)에서 이렇게 천박한 작품으로 몰락하는 '비운'을 맞는다.

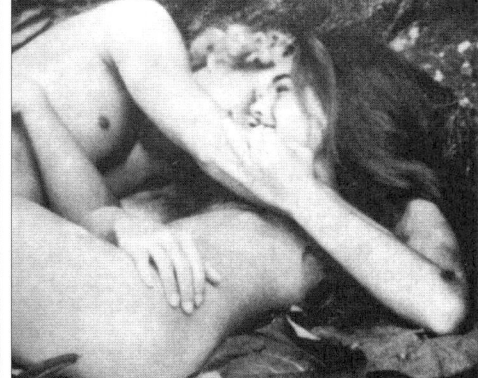

없다. 영화는 단순한 소비 상품이기 이전에 예술 작품이며 문화의 산물이라는 생각을 하면, 제목 하나만큼은 제대로 붙여놓는 양식과 성의가 대단히 아쉬운 현실이다.

남해 고도에서 벌어지는 가장 낭만적인 사랑이라면 「비운(悲運)」의 주제를 이루는 상황이겠다. 20세기 초, 배가 불이 나서 침몰하는 바람에 무인도로 표류한 소년과 소녀가 단둘이서 몇 년을 같이 살다가 사춘기로 들어서며 사랑에 눈뜬다는 얘기인데, 미국에서 다시 영화로 만들었을 때는 낭만적인 환상보다 눈요기 쪽에 더 신경을 썼다.

"푸른 산호초"에 표류하여 「비운」을 만든 남녀가 죽으며 뒤에 남긴 두 살배기 아들이 지나가던 배에 의해서 구조되기는 하지만, 전염병 때문에 어느 미망인과 그녀의 한 살배기 딸과 함께 또 다른 무인도로 올라간다는 내용의 속편은 차라리 만들지 않았어야 한다는 견해가 지배적이다.

찾아보기 ●--

▌「다이아몬드 헤드(Diamond Head, 1962, 미국, 107분)」, 감/Guy Green, 출/Charlton Heston, Yvette Mimieux, George Chakiris, France Nuyen, James Darren, Aline MacMahon, Elizabeth Allen, Philip Ahn, Kam Fong Chun

▌「피와 난초(Blood & Orchids, 1986, 미국, 200분)」, 감/Jerry Thorpe, 출/Kris Kristofferson, Jane Alexander, Sean Young, Jose Ferrer, Susan Blakely, Richard Dysart, James Saito, William Russ

▌「벌거벗은 낙원(Naked Paradise, 또는 Thunder Over Hawaii, 1957, 미국, 68분)」, 감/Roger Corman, 출/Richard Denning, Beverly Garland, Lisa Montell, Richard (Dick) Miller, Leslie Bradley

▌「동굴의 야수(Beast From Haunted Cave, 1960, 미국, 64분)」, 감/Monte Hellman, 출/Michael Forest, Sheila Carol, Frank Wolff, Richard Sinatra, Wally Campo

▌「바다의 괴물(Creature From the Haunted Sea, 1961, 미국, 74분)」, 감/Roger Corman, 출/Antony Carbone, Betsy Jones-Moreland, Edward Wain, E. R. Alvarez, Robert Bean

▌「섬사람(The Islander, 1978, 미국, 100분)」, 감/Paul Krasny, 출/Dennis Weaver, Sharon Gless, Peter Mark Richman, Bernadette Peters, Robert Vaughn, Sheldon Leonard

▌「메이미 스토버의 반란(The Revolt of Mamie Stover, 1956, 미국, 92분)」, 감/Raoul Walsh, 출/Jane Russell, Richard Egan, Joan Leslie, Agnes Moorehead, Jorja Curtright, Jean Willes, Michael Pate

▌「블루 하와이(Blue Hawaii, 1961, 미국, 101분)」, 감/Norman Taurog, 출/Elvis Presley, Joan Blackman, Angela Lansbury, Roland Winters, Iris Adrian, Nancy Walters, John Archer, Hilo Hattie, Tiki Hanalie

▌「하와이의 낙원(Paradise, Hawaiian Style, 1966, 미국, 91분)」, 감/Michael Moore, 출/Elvis Presley, Suzanna Leigh, James Shegeta, Donna Butterworth, Marianna Hill, Irene Tsu, Julie Parrish, Philip Ahn, Mary Treen

▌「낙원으로 돌아가다(Return to Paradise, 1953, 미국, 100분)」, 감/Mark Robson, 출/Gary Cooper, Roberta Haynes, Barry Jones, Moira MacDonald

▌「타히티의 북소리(Drums of Tahiti, 1954, 미국, 73분)」, 감/William Castle, 출/Dennis O' Keefe, Patricia Medina, Francis L. Sullivan, George Keymas

▌「사모아 섬에서(On the Isle of Samoa, 1950, 미국, 65분)」, 감/William Berke, 출/Jon Hall, Susan Cabot, Raymond Greenleaf, Henry Marco

▌「남해의 여인(Lady of the Tropics, 1939, 미국, 92분)」, 감/Jack Conway, 출/Hedy Lamarr, Robert Taylor, Joseph Schildkraut, Frederick Worlock, Natalie Moorehead

▌「남해의 겁화(Bird of Paradise, 1951, 미국, 100분)」, 감/Delmer Daves, 출/Louis Jourdan, Debra Paget, Jeff Chandler, Everett Sloane

▌「남해의 겁화(Bird of Paradise, 1932, 미국, 80분)」, 감/King Vidor, 출/Joel McCrea, Dolores Del Rio, John Halliday, Skeets Gallagher, Lon Chaney, Jr.

▌「비운(The Blue Lagoon, 1949, 영국, 101분)」, 감/Frank Launder, 출/Jean Simmons, Donald Houston, Noel Purcell, Cyril Cusack, Maurice Denham

▌「블루 라군(The Blue Lagoon, 1980, 미국, 104분)」, 감/Randal Kleiser, 출/Brooke Shields, Christopher Atkins, Leo McKern, William Daniels

■ 「블루 라군 2(Return to the Blue Lagoon, 1991, 미국, 100분)」, 감/William A. Graham, 출/Brian Krause, Milla Jovovich, Lisa Pelikan, Garette Patrick Ratliff, Courtney Barilla

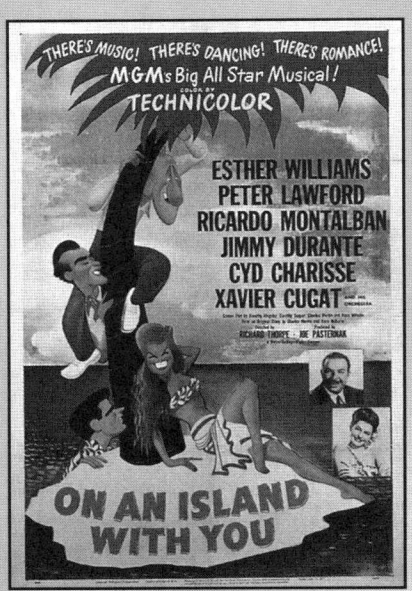

수영선수 출신으로서 '수중 발레(water ballet)'라
는 고유분야(genre)의 독보적인 존재가 된 에스터
윌리암스의 즐거운 영화 「고도에서 그대와 함께」는
헐리우드의 오락물이 무엇인지를 표본적으로 잘 보
여 준다.

고도에서 그대와 함께

 전형적인 미국 남자배우를 꼽으라면, 생김새가 정말로 기분나쁠 정도로 판박이 미국인 전형을 연상시키는 톰 크루즈와 케빈 코스트너가 되겠다. 그렇다면 한참 빨아먹다 보니 아무것도 남지 않는 솜사탕 같으면서도 포장이 잘된 판박이 헐리우드 영화는 무엇일까?

 만일 지상의 낙원 하와이를 지리적인 무대로 삼아, 그곳의 풍물을 눈요기로 활용하기 위해 아름다운 테크니칼라로 주워담고, 흥행에 성공할 만한 모든 원료(ingredients)를 합성한 다음, 헐리우드 상업주의 공식에 완벽하게 들어맞는 전형적인 오락영화를 하나 완제품으로 만들어 내라고 한다면, 그 정답은 「고도(孤島)에서 그대와 함께」가 되리라.

 '꿈의 공장' 황금기에 유쾌하고 경쾌한 음악극을 전문으로 만들었던 헝가리인 제작자 조 파스테르나크(Joe Pasternak, 1901∼91)가 만들고, 화려한 사극과 활극 같은 오락물의 대가 리처드 도프가 연출하고, '수중 발레 영화'라는 독특한 고유분야를 만들어 독보적인 존재가 됨으로써 연기력과는 관계없이 인기배우로 대성공한 에스터 윌리엄스가 주연을 맡아 계속 큼직한 미소를 지으며, '쥐떼(the Rat Pack)'의 한 사람인 피터 로포드와 정열적인 남미의 상징 리카르도 몬탈반을 상대로 사랑의 삼각관계를 이루고, 양념으로는 희극계의 거목 지미 듀란테를 동원하고, 그래도 안심이 안 된다는 듯 헐리우드 최고의 각선미를 자랑하는 씨드 샤리쓰에다 1940년대 MGM 음악극에서 자주 얼굴을 보이던 자비에 쿠가와 그의 악단까지 가세했으니, 줄거리는 아예 없더라도 당연히 '볼 만한' 영화가 되고도 남는다.

전쟁 중 위문공연을 왔을 때 여배우 에스터 윌리엄스를 보고는 사랑에 빠진 해군 비행사 피터 로포드 대위가 춤 한 번 같이 추기 위해 그녀를 비행기로 납치해서 외딴 무인도로 간다는 지극히 단순한 얘기이지만, 몬탈반과 샤리쓰의 눈부신 춤과 윌리엄스의 수영에 쿠가의 음악에 이르기까지, 구경거리는 한없이 많다. 그리고 「매드 매드 대소동」에서 물통을 걷어차고 죽는 듀란테의 보드빌(vaudeville) 공연은 미국 유랑극단 시대의 문화 견학에도 크게 도움이 된다. 보드빌이란 춤과 노래에 만담까지 곁들인 공연 형태이다.

영화 속에서 영화를 촬영한다는 핑계로 인도 영화처럼 아무 데서나 풀치마춤과 물춤과 탱고와 폴리네시아 민속춤과 노래와 경음악과 원색 사롱 차림의 수많은 여자와 열대의 환상적인 숲으로 이어지는 이 영화에는 "남의 것을 탐내느라고 짧은 인생 낭비하지 말자"는 철학적인 대사도 등장한다.

남해를 무대로 삼았으며 「고도에서 그대와 함께」 못지않게 노골적인 오락물로는, 타히티에서 진주를 양식하느라고 바다를 이용하는 사람들과 소년과 상어가 얽히는 「산호초 너머」, 원주민 여자와 결혼하여 아이를 셋이나 낳은 아버지를 찾아온 딸이 남해의 고도에 도착하면서 전개되는 호쾌한 남성들의 세계를 그린 존 포드—존 웨인의 마지막

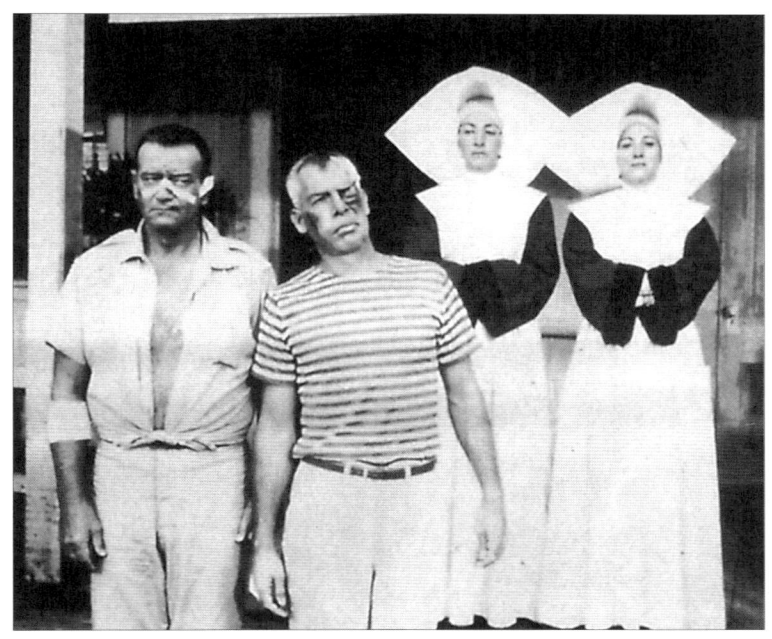

존 포드와 존 웨인이 함께 만든 영화로서는 마지막이었던 「도나반」은 남태평양 산호초에서 떠들썩하게 웃고 주먹질을 주고받는 오락성 활극이다.

영화 「도나반」, 태평양에서 구조 작전에 나선 용감한 세 비행사의 이야기 「순간에서 순간으로」, 그리고 1912년 남태평양에서 원주민들의 분쟁을 해결하려고 나섰던 영국 식민청 관리 아더 그림블(Arthur Grimble)에 관한 실화를 영화로 만든 「운명의 태평양」도 있다.

「凹凸 보물섬 소동」은 두 명의 버스 운전사가 남해의 이국적인 섬으로 표류하여 사원의 보석을 노리는 못된 도둑들과 엎치락뒤치락 소동을 벌이는 코스텔로와 애보트의 일곱 번째 판박이 희극영화이고, 「클리퍼 섬의 표류자」는 리퍼블릭사에서 제작한 '클리프행어' 연속물 「클리퍼 섬의 로빈손 크루소(Robinson Crusoe of Clipper Island)」를 편집한 영화로서, 연방 수사관들이 남해에서 외국의 공작원들을 쓸어낸다는 내용이다.

「바다는 말하리라」는 사회로부터 배척을 받는 히피 남녀가 요트 여행을 즐기는 돈많은 부부를 남태평양의 어느 섬에서 살해한 사건과 이어지는 재판 과정을 얘기하고, 「바다의 맹호」는 뉴기니 섬에서 벌어진 살인 사건에 얽힌 활극이고, 「원시인 재판」은 뉴기니에서 착하디착한 트로피족(the Tropi)을 개발업자들이 원숭이라면서 몰살시키려고 하자 주인공 남녀가 그들을 구하기 위해 법정에서 인간임을 증명하겠다고 나선다. 아카데미상을 받은 「하늘과 땅」은 네덜란드령 뉴기니에서 발견되는 다양한 원시 생활을 담은 기록영화이다.

영국 작가 알렉 워(Alec Waugh)의 소설이 원작인 「양지(陽地)의 섬」은 서인도제도에서 영국 영토로 설정된 가공의 아름다운 섬을 무대로 삼았는데, 주민 가운데 90 퍼센트가 흑인인 산타 마르타에서 백인 지

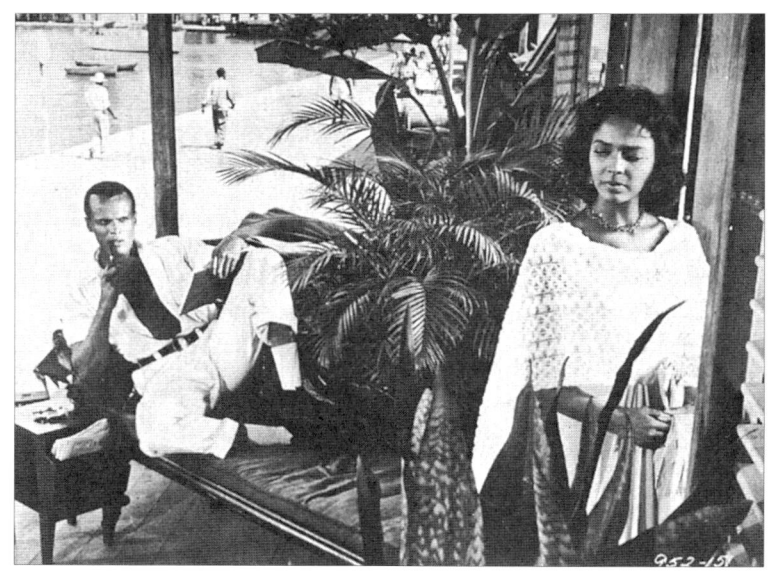

당시로서는 다루기 힘들었던 흑백 불륜의 주변을 넘보는 「양지의 섬」에서는 흑인 가수 해리 벨라폰테(왼쪽)가 훗날 덴젤 워싱턴과 비슷한 역을 맡는다. 오른쪽의 도로티 댄드릿지는 흑인판 '칼멘 영화' 「칼멘 존스(Carmen Jones)」로 각광을 받고 훗날 그녀의 전기영화(「Introducing Dorothy Dandridge」)가 나올 만큼 두드러진 활약을 했으나, 인종차별의 벽을 끝내 넘지 못했다.

배충에 속하는 제임스 메이슨의 아내 조운 폰테인은 감수성이 강하고 젊은 흑인 변호사 해리 벨라폰테와 정사를 벌이고 싶어한다. 하지만 남자가 응하기를 거절한다. 식민지의 인종 문제가 복잡하게 얽힌 영화이다.

「바하마 항로」는 아름다운 풍경 속에서 이루어지는 사랑의 얘기이고, 술집 가수가 여러 남자와 사랑을 나누는 「카리브의 연인」에서도 역시 풍경이 큰 몫을 하고, 카리브 해의 세인트 킷스(St. Kitts) 섬의 「뜨거운 피서지」에서는 아름다운 풍경과 예쁜 아가씨들이 주로 구경거리 노릇을 하는 천박한 희극영화로, 여름 동안 호텔에서 일하며 기회를 노리는 젊은 남자들이 얘기를 이끌어 간다. 「아가씨 구하기」는 영국의 바닷가 호텔에서 못된 장난을 벌이고 사랑도 하는 불량 청년들을 사실적으로 잘 그려낸 영화이다.

「바나나 보트」는 상황이 복잡한 바나나 공화국(banana republic)에서 배를 끌고 탈출하려는 얼간이 청년이 주인공인 희극이다. '바나나 공화국'이란 과일을 수출하고 외자(外資)로 경제를 이끌어 나가는 중남미의 작은 나라를 비하시킨 명칭이다.

「처녀보호작전」은 섬에다 기지를 세우는 미군 병사들로부터 딸들을 보호하기 위해 애쓰는 아버지가 주인공인 희극이다. 북 아메리카의 노드 캐롤라이나 근처 「영웅의 섬」에서는 18세기 주민들이 해적과 싸움을 벌인다.

헤밍웨이의 중편소설을 영화로 만든 「킬리만자로의 눈(The Snows of Kilimanjaro, 1952)」에서 주인공 해리(Harry)는 "비행기가 말보다 빠르다고 해서 더 좋은 세상이 되었다는 얘긴 아니지"라는 문명비판적인 말을 하는데, 서머세트 모옴의 작품이 원작인 「바닷가의 부랑자」는 그런 "느리게 살기 철학"을 온몸으로 실천하며 말레이의 낙원 같은 섬에서 살아가는 영국인 진저 테드(Ginger Ted)가 주인공이다. 술과 원

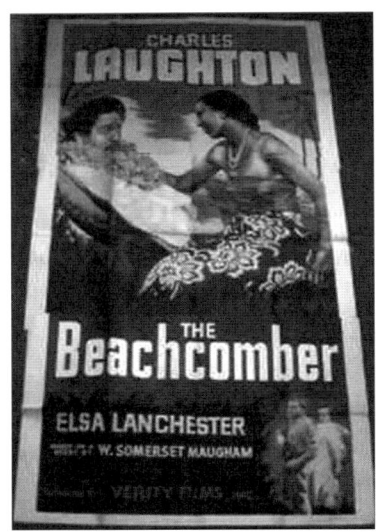

「바닷가의 부랑자」는 "느리게 살기 철학"을 추구하는 주인공을 소개한다.

주민 여자들을 좋아하는 건달 테드는 여선교사와 늘 골치를 썩이며 다투는 인물인데, 밀림에서 전염병이 돌자 함께 일을 하는 사이에 서로 참된 인간성을 이해하여 결혼한 다음에 영국으로 돌아가 술집을 차린다는 내용이다.

이 작품은 조연을 맡았던 로버트 뉴튼이 주연을 맡아 17년 후에 다시 영화로 만들어졌다.

서양에서는 「바닷가의 부랑자」가 "남태평양의 섬"을 무대로 한 영화라고 분류하지만, 인도양을 자주 남태평양과 혼동하는 흔한 경우의 하나이다. 말레이나 마찬가지로 환태평양 지역에서 서쪽의 아시아에 속하는 태국의 외딴 섬이 무대인 「어둠 속에서」는 밤이면 출몰하는 표범 때문에 공포감을 느끼는 작가가 주인공이다.

대단히 남성적인 주인공이 등장하는 「어둠 속에서」가 별로 무섭지 않은 공포물인 반면에, 무인도가 배경이며 어린아이들이 주인공이어서 별로 무섭지 않아야 마땅하지만 그렇지 않은 영화도 있다. 「파리대왕」이 문제의 작품이다.

1983년에 노벨 문학상을 받은 영국 작가 윌리엄 골딩(Sir William 「Gerald」 Golding, 1911~)의 처녀작인 『파리대왕(Lord of the Flies, 1954)』은 에덴과 원죄라는 기독교적 사상을 바탕에 깔고 인류학적인 통찰력까지 동원하면서 인간의 본성을 탐구하여 출판되자마자 영국에서 대단한 인기를 끌고 곧 미국에서도 엄청난 성공을 거두며 대뜸 현대 고전이 되었다. 그보다 3년 전에 출판된 J. D. 샐린저의 성장소설 『호밀밭의 파수꾼(The Catcher in the Rye)』과 더불어 1950년대의 전설적인 '사건'으로 기록된 소설이었다.

1940년 해군에 입대한 윌리엄 골딩은 순양함, 구축함, 소해정(掃海艇, mine-sweeper)에서 근무했고, 전쟁이 끝날 무렵에는 소함정(rocket ship)의 함장이 되었다. 잠수함과 항공기와의 전투뿐 아니라 유명한 비스마르크호와의 해전 그리고 노르망디 상륙작전까지 두루 경험한 그는 전후에 학교(Bishop Wordsworth's School) 교장을 지내며 어린아이들을 많이 접했고, 이러한 경험이 『파리대왕』에 담긴 그의 사상을 형성하는 데 큰 영향을 주었다.

골딩은 자신의 작품들을 '우화(fables)'라고 불렀으며, 인간의 어두운 본성에 대한 풍유(諷諭, allegory)를 주로 다루는 독특한 작가로 알려졌다. 생소하고도 특이한 상황을 구사하며 신화적인 상징과 기독교적인 암시가 담긴 글을 쓰는 골딩은 "취미가 희랍어"라고 한다.

「파리대왕」은 비행기가 추락하여 산호초로 둘러싸인 무인도로 표류한 십여 명의 소년이 처음에는 야자 열매와 바나나를 따먹고 헤엄을

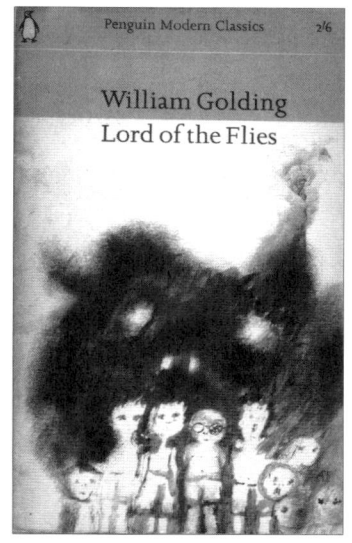

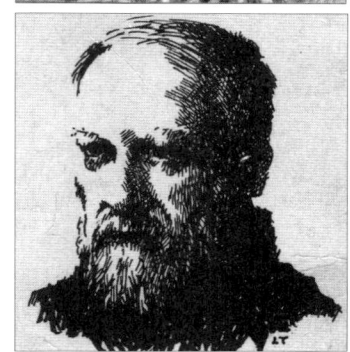

윌리엄 골딩(인물 그림)의 대표작 『파리대왕』 (표지)은 1950년대에 전세계를 경악케 하며 엄청난 성공을 거두었던 짧은 소설이다.

치며 모험을 즐기지만, 무사히 살아남고 구조를 받기 위해 공동체(assembly)를 구성하고 랄프(Ralph)라는 소년을 지도자로 선출하면서부터 차츰 변화를 겪는 과정을 그려 나간다. 발언권과 권위를 상징하는 큰소라(conch) 나팔을 만들고, 집도 짓고, 뚱보(Piggy)의 돋보기 안경으로 불을 지펴 봉화를 올리고는 지킴이를 배정하는 등 처음에는 그들끼리의 정치 활동이 순조롭게 진행된다.

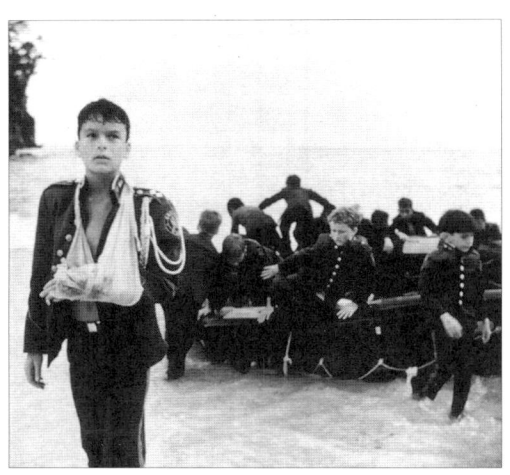

「파리대왕」은 아이들이 야만적인 잔혹성을 드러내는 과정을 세밀하게 해부한다. 사진은 1990년 미국에서 만든 작품

도마뱀 따위를 잡아먹다가 나뭇가지를 깎아 창을 만들어 멧돼지를 사냥하기 시작하면서 아이들은 점차 야수성을 드러내고, 사냥을 즐기는 아이들을 이끌던 잭 메리듀(Jack Merridew)는 랄프의 지시를 받지 않겠다고 맞서다가 부하들을 이끌고 독립하여 나간다. 두 집단은 문명의 이기인 칼 따위를 차지하기 위해 끊임없이 전쟁을 치르고, 사냥을 즐기며 고기를 마음껏 먹게 해주는 잭의 진영으로 나머지 아이들도 하나 둘 넘어가 랄프의 밑에는 뚱보와 사이먼(Simon)만이 남는다.

잭의 전사들은 아프리카 토인처럼 벌거벗고 얼굴에는 칠을 한 채로 광란의 사냥춤을 추는가 하면, 점점 약자 괴롭히기(왕따)에 열중한다. 사이먼은 야수 같은 사교(邪敎) 집단으로 바뀌어 가는 아이들을 지켜보면서 인간성의 몰락을 의식하고, 그래서 인간의 죄를 알았기 때문에 예수 그리스도가 못박혔듯이, 선량한 사이먼은 사냥하는 아이들에게 무참히 살해된다.

뚱보는 살인 집단이 되어 버린 아이들에게 이성을 찾으라고 호소하다가 절벽에서 굴러내린 바위를 맞고 즉사한다. 소설에서는 뚱보 소년의 죽음이 가장 소름끼치는 장면 가운데 하나이다. 그리고 혼자 남은 랄프를 사냥하여 죽이기 위해 잭의 전사들은 창을 들고 총출동하여, 그를 숲에서 몰아내기 위해 사방에 불을 지르자 그 연기를 보고 근처를 지나가던 영국 해군의 순양함이 섬으로 찾아온다.

Dominique Gaisseau, 해설/William Peacock

▌「양지의 섬(Island in the Sun, 1957, 영국, 119분)」, 감/Robert Rossen, 출/James Mason, Joan Fontaine, Dorothy Dandridge, Joan Collins, Michael Rennie, Diana Wynyard, John Williams, Stephen Boyd, Harry Belafonte

▌「바하마 항로(Bahama Passage, 1941, 미국, 83분)」, 감/Edward Griffith, 출/Madeleine Carroll, Sterling Hayden, Flora Robson, Leo G. Carroll, Mary Anderson

▌「카리브의 연인(Flame of the Islands, 1955, 미국, 90분)」, 감/Edward Ludwig, 출/Yvonne De Carlo, Howard Duff, Zachary Scott, Kurt Kasznar, Barbara O' Neil

▌「뜨거운 피서지(Hot Resort, 1985, 미국, 92분)」, 감/John Robins, 출/Tom Parsekian, Michael Berz, Bronson Pinchot, Daniel Schneider, Frank Gorshin, Marcy Walker, Debra Kelly, Samm-Art Williams, Victoria Barrett, Dana Kaminsky, Mae Questel

▌「아가씨 구하기(The Girl-Getters, 또는 The System, 1966, 영국, 79분)」, 감/Michael Winner, 출/Oliver Reed, Jane Merrow, Barbara Ferris, Julia Foster, David Hemmings

▌「바나나 보트(The Banana Boat, 또는 What Changed Charley Farthing, 1974, 영국, 82분)」, 감/Sidney Hayers, 출/Doug McClure, Hayley Mills, Lionel Jeffries, Warren Mitchell, Dilys Hamlett

▌「처녀보호작전(The Girls of Pleasure Island, 1953, 미국, 95분)」, 감/F. Hugh Herbert, 출/Alvin Ganzer, Leo Genn, Don Taylor, Gene Barry, Elsa Lanchester, Audrey Dalton

▌「영웅의 섬(Hero's Island, 1962, 미국, 94분)」, 감/Leslie Stevens, 출/James Mason, Kate Manx, Neville Brand, Rip Torn, Warren Oates, Brendan Dillon, (Harry) Dean Stanton

▌「바닷가의 부랑자(The Beachcomber, 또는 Vessel of Wrath, 1938, 영국, 92분)」, 감/Erich Pommer, 출/Charles Laughton, Elsa Lanchester, Tyrone Guthrie, Robert Newton, Dolly Molinger

▌「바닷가의 부랑자(The Beachcomber, 1955, 영국, 82분)」, 감/Muriel Box, 출/Glynis Johns, Robert Newton, Donald Sinden, Michael Hordern, Donald Pleasance

▌「어둠 속에서(Night Creature, 또는 Out of the Darkness, 1978, 미국, 83분)」, 감

/Lee Madden, 출/Donald Pleasance, Nancy Kwan, Ross Hagen, Lesly Fine, Jennifer Rhodes

▐ 「파리대왕(Lord of the Flies, 1963, 영국, 90분)」, 감/Peter Brook, 출/James Aubrey, Tom Chapin, Hugh Edwards, Roger Elwin, Tom Gaman

▐ 「파리대왕(Lord of the Flies, 1990, 미국, 90분)」, 감/Harry Hook, 출/Balthazar Getty, Chris Furrh, Danuel Pipoly, Badgett Dale, Edward and Andrew Taft

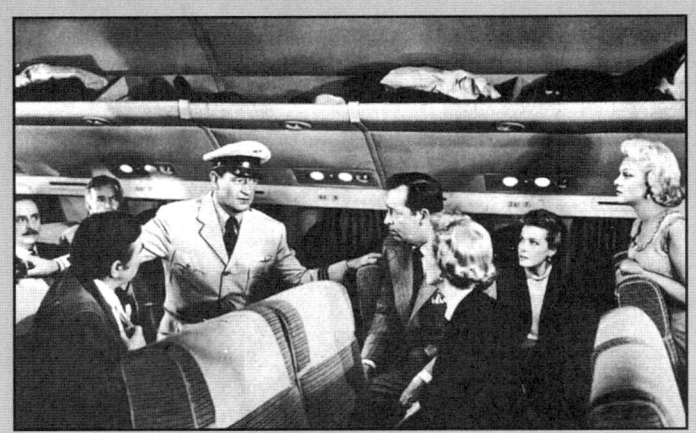

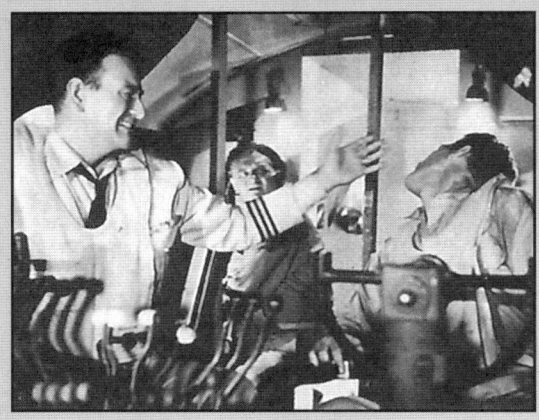

어네스트 K. 간의 소설을 영화로 만든 「진홍의 날개」는 유명한 인기
배우 여러 명을 하나의 위기 속에 배치해 놓고 그들의 다양한 반응
을 그리는 재난영화의 전형적인 틀을 마련한 원조로 꼽힌다. 위 사
진에서 존 웨인 부기장과 단체로 얘기를 나누는 사람들만 하더라도,
캐나다 태생의 노르웨이 배우로서 「수색자」를 위시하여 존 웨인과
함께 여러 서부극에서 공연했던 존 퀘일런(왼쪽 끝)과 「보물섬」의
롱 존 실버 역으로 유명했던 영국 배우 로버트 뉴턴(세 번째, "신화
와 역사의 건널목" 188~92쪽)의 낯익은 얼굴이 보이며, 오른쪽 끝
의 금발 여인은 "무릎을 꿇으면 나일론 스타킹이 늘어나기 때문에
교회에 가지 않는다"는 이 영화의 대사로 유명한 잰 스털링이다. 아
래 사진에서는 주인공이 겁먹은 기장으로부터 지휘권을 빼앗아 영
웅의 자리에 오른다.

포세이돈 호와 타이타닉 호의 최후

　"헐리우드 키드의 20세기 영화"를 집필하기 위한 수집과 준비작업은 여러 해에 걸쳐서 이루어졌고, 1999년에 마지막으로 분류 및 정리를 하는 데만도 거의 반 년이 걸렸다. 그리고 이때 목록을 만드는 과정에서 필자는 비행기 추락 사고와 관련된 영화만 해도 책 한 권을 넉넉히 채울 만큼 많다는 사실을 알고 은근히 놀랐었다. 그런데도 사람들이 겁도 내지 않고 계속해서 비행기를 타고 돌아다닌다는 사실이 이상할 지경이었다. 「파리대왕」 역시 비행기 추락사고로 인해서 벌어진 상황이었다.

　항공 사고는 분명히 재난이고, 하늘을 무대로 한 재난영화(diaster movies)라면 「진홍(眞紅)의 날개」가 원조격으로 꼽힌다. 모험소설 중에서도 항공기와 관련된 소설을 즐겨 쓰던 어니스트 간(Ernest K. Gann, 1910~91)의 원작을 시원스럽게 시네마스코프로 제작한 이 영화는 하와이에서 미국 본토로 향하던 여객기가 고장을 일으키면서, 태평양 한가운데서 추락하느냐 아니면 무사히 샌프란시스코에 도착하느냐 하는 극한 상황 속에서 다양한 인간 군상이 보이는 반응을 여러 각도로 조명한다.

비행기 내부라는 제한된 공간에서 갖가지 갈등이 벌어지는 동안, 겁을 먹은 설리반 기장 대신 "늙은 펠리칸(ancient pelican)" 취급을 받던 부기장 댄 로만(Dan Roman)이 조종간을 잡고, 한 쪽만 남은 엔진을 가지고 목적지까지 여객기를 끌고 가는데, 금문교(the Golden Gate Bridge) 밑으로 아슬아슬하게 곡예 비행을 해서 겨우 착륙한 다음, 애타게 기다리는 가족의 품으로 돌아가 모든 승객이 환희하는 동안, 아무도 마중 나올 사람이 없는 존 웨인 부기장 혼자 쓸쓸히 걸어나가는 뒷모습은 악당을 처치하고 홀로 떠나가는 서부극의 영웅 총잡이를 연상시킨다.

「진홍의 날개」도 마찬가지이지만, 재난영화의 가장 두드러진 특성은 유명한 배우를 대거 투입하여 여러 등장인물을 차례로 선보이며 서서히 '재난'을 준비하고, 영웅과 겁쟁이들이 따로 집단을 이루어 맞서는 가운데, 구세주 같은 주인공이 최후의 위기를 해결한다는 공식이다.

「진홍의 날개」에서 재난영화의 구색을 맞추기 위한 호화 배역진 가운데 이 영화로 아카데미상 후보에 올랐을 만큼 돋보였던 조연 여배우 클레어 트레버는 브로드웨이 무대로부터 영입한 연기파로서, 사회에서 버림받고 고달픈 변두리 여인을 단골로 그려냈다. 그녀가 맡은 역인 메이 홀스트(May Holst)는 세상살이가 너무 고달퍼 죽음 따위는 두려워하지도 않으면서 이런 신세한탄을 한다.

"나 같은 년들이 따로 모여서 살 집이 필요해. 아무렴, 우리도 뭉쳐야 한다구. 어딘가 외딴 곳에서, 거울이 하나도 없는 집에서, 젊은 년들을 안 보고 살아도 되는 그런 집 말야."

존 포드의 서부극 「역마차(Stagecoach, 1939)」에서도 트레버는 어느

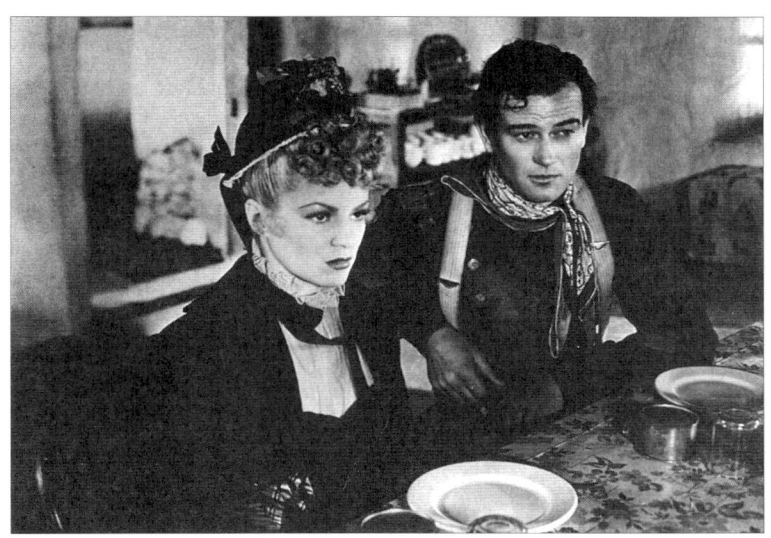

클레어 트레버는 존 포드-존 웨인의 서부극 「역마차(Stagecoach, 1939)」에서 팔자가 사나운 여자의 역으로 이미 명성을 굳혔다.

마을에서 쫓겨나는 술집 여자 달라스(Dallas)의 역을 맡았었다. 그리고 존 웨인과 클레어 트레버가 함께 출연한 「역마차」와 「진홍의 날개」는 두 작품 모두 제한된 공간(비행기와 역마차)에서 다양한 인간 군상이 고립된 채로 위기(항공 사고와 인디언)를 맞아 광활한 공간(태평양 상공과 서부의 황야)을 횡단하느라고 함께 이동하는 재난영화의 얼개를 충실하게 따른다.

하늘의 재난영화 「에어포트」, 불타는 고층건물 「더 타워링 인페르노」, 그리고 화산 폭발과 지진, 전염병과 자연 재해 등을 다루는 각종 영화는 나중에 따로 모아서 다루기로 하고, 여기에서는 "포세이돈 호의 모험"이라는 뜻인 「더 포세이돈 어드벤처」를 위시한 해양 재난영화만 우선 살펴보기로 하자.

교육용 영화를 만들다가 재난극을 주로 만든 어윈 앨런(Irwin Allen, 1916~91)이 폴 갤리코(Paul Gallico, 1897~1976, "Pride of the Yankees,"

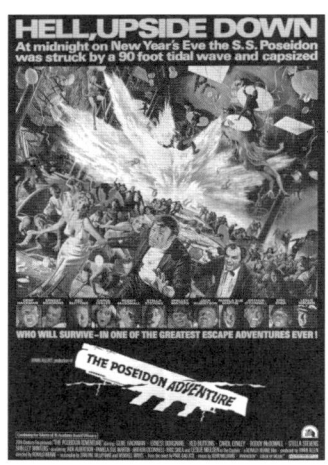

화려하고 요란하며 볼거리는 많아도 생각
거리는 별로 없는 대표적인 재난영화 「더
포세이돈 어드벤처」는 포스터부터가 이 영
화의 특징을 웅변적으로 잘 집약해서 보여
준다.

"Lili" 등 많은 작품이 영화의 원작으로 쓰였음)의 소
설을 영화로 만든 「더 포세이돈 어드벤처」는 이
동은 하면서도 제한된 공간으로서 뉴요크를 출
발하여 그리스로 가려고 대서양을 횡단하는 여
객선을 동원했다. 선상 송년회가 열려 떠들썩한
분위기 속에서 크레타의 지진으로 인해 발생한
엄청난 해일(海溢)이 다가오면서 해상 공화국을
덮칠 재난이 준비된다.

재난영화는 기름진 서술체(narrative) 대신에
특수효과로 시선을 끌고, 인상적인 인물 묘사
대신에 거듭 이어지는 위기 상황 속에서 우왕좌
왕하는 대규모 인간 집단을 화면에 담는 쪽에
훨씬 더 많은 신경을 쓴다. 오락성을 가장 큰 미
덕으로 도모하고 추구하는 재난영화를 예술성의 잣대로 평가하려는
시각 자체가 잘못이겠지만, 어쨌든 「더 포세이돈 어드벤처」에서도 같
은 배를 탄 인간 군상을 보면 등장인물들의 과장된 개성이 만화적인
허수아비 수준에서 그친다.

왜 등장시켰는지 이유를 알 길이 없는 웨이터(로디 맥도월), 항해나
위기 대처 능력에서는 어른들보다 똑똑한 로빈 소년, 「하타리」에서의
역을 그대로 반복하면서 거북할 정도로 나이가 어린 여가수 캐롤 린
리와 어설픈 사랑의 감정에 빠지는 레드 버튼스, 돈밖에 모르는 선주
(船主)가 악천후 속에서도 전속력 항진하라고 다그치는 요구에 승객
들의 안전을 내세우며 맞서는 멋쟁이 선장 레슬리 닐슨, 현명한 지도
자의 말을 믿지 않는 어리석은 집단 등등등등 하나같이 어디선가 신
물이 나도록 너무 자주 본 모습들이다. 개개인의 개성을 살린 단체사
진을 찍기가 불가능하듯, '다양한 인간 군상'을 섬세하게 묘사하기란

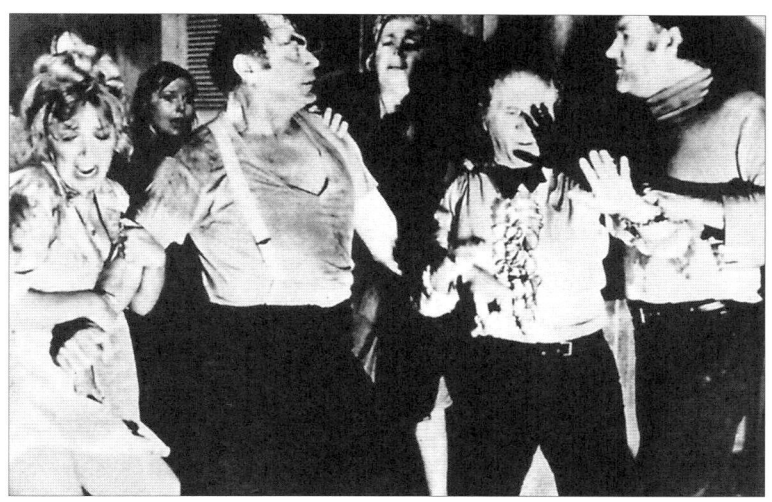

재난영화 「더 포세이돈 어드벤처」에서 가장 큰 재난은 아무런 동기도 없이 무작정 똑같은 행동만 되풀이하는 역을 맡은 등장인물들이고, 그 가운데에서도 대표적인 사람이 경찰관 어니스트 보그나인이다.

이토록 어려운 일이다.

그러나 세 명의 주인공은 상대적으로 돋보인다. 배가 뒤집혀 위는 막혔는데 밑에서는 물이 자꾸만 쫓아 올라오는 절박한 위기 속에서, 간헐적으로 폭발을 계속하다가 언제 배가 가라앉을지 모르는 상황에서, 식탁과 이발관 의자들이 거꾸로 매달려 뒤집혀 버린 현실을 이겨내고 살아나기 위해 밑바닥을 향해 올라가자고 부르짖는 스코트 목사(Rev. Frank Scott)는 현대판 구세주이다. 그는 「에어포트」의 조 패트로니(Joe Patroni, George Kennedy)보다도 더 노골적으로 그리스도적이어서, 전체 탈출작전의 야전사령관 노릇을 한다.

"내 문제는 하느님께 가져 가지 말고 스스로 해결하라"고 승객들에게 설교할 정도로 이단적인 그는 아프리카 신생국으로 쫓겨가던 길인데, 위기의 시대가 도래하자 구조(하느님)를 기다리는 대신 어리석은 양떼를 이끌고 영웅적으로 종횡무진 대활약을 벌이다가 구원 직전에 목숨을 버림으로써 구세주 그리스도로서의 역할을 완결한다.

지도자로 나선 스코트 목사의 지시가 내릴 때마다 사사건건 트집을 잡고 불평을 늘어놓아 내부의 분열을 조장함으로써 억지로 긴장감을 증폭시키는 경찰관 어니스트 보그나인 또한 목적이 빤한 이유를 충족시키기 위해 설정된 인물이지만, 단속을 하던 창녀와 결혼한 다음 신혼여행에 나서기는 했어도 혹시 아내의 과거를 아는 사람을 만날까 봐 전전긍긍하는 모습이 재미있다.

그리고 너무 뚱뚱해서 지금은 사다리조차 못 올라갈 정도이지만, 17살 때 잠수대회에서 2분 47초의 기록을 세웠던 비밀을 간직한 여인 벨 로즌(Belle Rosen, 셸리 윈터스)은, 기관실로 가는 통로가 물에 잠긴 다음, 쇳덩이에 깔린 구세주 스코트 목사를 구해내고 심장마비를 일으켜 죽는 또 다른 영웅이다. 이 역을 맡기려고 처음 섭외한 배우는 에스터 윌리엄스였다고 한다. 하지만 여자란 현모양처로서 집안살림만 잘하면 된다는 남편 페르난도 라마스(Fernando Lamas, 1915~82)의 강력한 반대로 인해 윌리엄스의 은막 복귀는 무산되었다. 페르난도 라마스는 아르헨티나 출신 배우로서, 우리나라에서도 방영된 텔레비

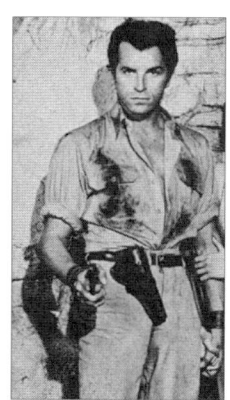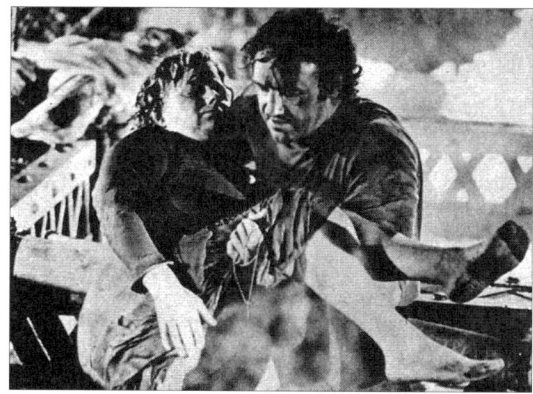

「더 포세이돈 어드벤처」에서 뚱뚱한 몸으로 멋진 수영 솜씨를 살려 주인공을 살려놓고 본인은 숨을 거두는 살신성인의 할머니(오른쪽) 역은 본디 "수중 발레의 여왕" 에스터 윌리엄스의 몫이었으나, 가부장적인 남편의 반대로 출연을 하지 못했다. 왼쪽 사진은 헤엄을 못 치게 막은 남편 페르난도 라마스

전 연속물("Renegade," 1992~4)의 주연을 맡았던 로렌조 라마스(Lorenzo Lamas)의 아버지이다.

어윈 앨런은 「더 포세이돈 어드벤처」의 상업적인 성공에 크게 고무되어 속편 「포세이돈 호의 모험 이후」를 제작하며 직접 감독까지 맡았지만, 포세이돈 호가 침몰하기 전에

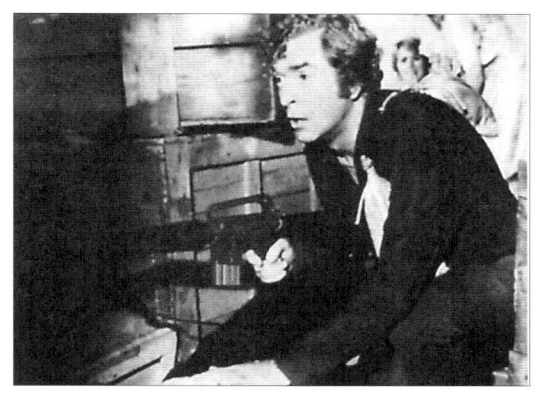

제작자 어윈 앨런은 포세이돈 호의 모험이 성공하자, 직접 감독으로 나서서 속편을 만들었지만, 흥행에서 대형 참사를 맞았다.

값진 물건들을 꺼내서 차지하려는 사람들의 더러운 욕심을 그린 이 보물찾기 영화는 여러 면에서 참패를 맛본다.

뉴요크에서 유럽으로 가던 포세이돈 호와는 반대 방향으로 영국에서 뉴요크로 대서양을 가로질러 항해하던 타이타닉 호의 침몰은 별로 상상력을 가미하지 않아도 훌륭한 영화가 될 만큼 대단히 극적인 사건이었다.

최초로 등장한 타이타닉 영화는 1912년 실제로 사건이 발생한 지 한 달 후, 생존자 한 사람을 내세워서 만든 한 권짜리 무성영화 「타이타닉 호에서 살아나다(Saved from the Titanic)」였다. 1929년에는 영국과 헐리우드로 활동 무대를 옮겼으나 의도한 만큼 성공하지는 못했던 독일 감독 E. A. 뒤뽕(프랑스 출신, Ewald André Dupont, 1891~1956)이 1929년에 타이타닉 호의 비극을 다룬 「대서양(영어판 제목 Atlantic, 독어판 Atlantik)」을 유럽 최초의 완전 유성영화로 제작했다. 「대서양」은 1940년에 영국을 헐뜯기 위한 선전영화로 독일에서 다시 제작되기도 했다.

헐리우드에서 만든 1953년 판 「타이타닉」에서는 부부싸움을 하다

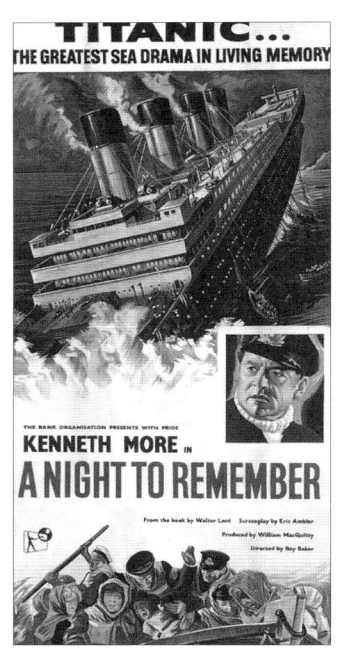

「타이타닉 호의 비극」은 기록영화와 극영화의 경계를 절묘하게 넘나드는 걸작으로 꼽힌다.

가 감정이 격해지자 아내로부터 아들이 다른 남자의 자식이라는 사실을 알아낸 다음 갈등이 계속되지만, 해상 재난을 당하고 나서는 서먹했던 부자간에 화해가 이루어진다는 등 미국인 승객들을 중심으로 내용이 전개된다. 그러나 아카데미 각본상을 받은 「타이타닉」은 주로 상상력의 산물이었고, 해난 사고 자체를 가장 사실적으로 추적한 영화는, 기록영화라면 세계 최고의 수준인 영국에서, 마치 기록영화를 만들 듯이 제작한 「타이타닉 호의 비극」이었다.

각색과 광고 문안 쪽에서도 활동했으며 1940년대에는 아더 랭크사에서 집필과 제작을 맡았다가 나중에 헐리우드로 건너간 영국의 유명한 추리소설 작가 에릭 앰블러(Eric Ambler, 1909~98, "The Magic Box," 1951, "The Cruel Sea," 1952, "The Wreck of the Mary Deare", 1959, "Mutiny on the Bounty," 1962)가 월터 로드(Walter Lord)의 원작을 각색하고, 타이타닉 호의 재난으로부터 극적으로 살아남은 선원들의 적극적인 참여와 자문을 받아 가면서 충실하게 만든 「타이타닉 호의 비극」은, 특수효과와 기술적인 면에만 치우쳐 무게를 잃어 가는 헐리우드 재난극과 좋은 비교가 될 만큼 빼어난 교과서적인 작품이다. 좋은 재난영화 만들기의 교본이라고 해도 되겠다.

작품상을 비롯하여 아카데미상 11개 부문을 휩쓸어 버린 헐리우드의 대작 「타이타닉」이 컴퓨터그래픽에 의존해서 '3차원' 영상으로 그들 나름대로의 '사실성'을 추구하는 반면, 영국 영화는 흑백 화면에서 분위기로 현장감을 만들어 나간다. 세계에서 가장 크고 호화로운 여객선 타이타닉은 영국의 자랑이었고, "절대로 가라앉지 않는(the unsinkable)"다던 "바다에 떠나니는 도시"는 성대한 진수식을 거쳐 처녀 항해에 나선다. 1등실 승객 332 명, 2등 승객 276, 그리고 3등 승객 708 명에 승무원까지 합쳐 전체 탑승 인원 2,208 명. 그들이 먹어 치울 싱싱한 달걀만도 3만 6천 개를 싣고, 4월 10일 그들은 출항한다.

현장감을 더욱 살리기 위해서였겠지만, 「타이타닉 호의 비극」에서는 '배우'가 거의 눈에 보이지를 않는다. '주연'이라는 라이톨러 2등 항해사 역을 맡은 케네트 모어와 무전사 데이비드 매칼럼을 위시하여, 모든 연기자는 엄청나게 큰 배에 탄 수많은 사람들 속에서 미미한 존재로 묻혀 버린다. 영화가 끝날 때까지 「더 포세이돈 어드벤처」의 스코트 목사 같은 아놀드 슈워츠네거적 영웅은 단 한 명도 나타나지 않는다. 주인공들을 대수롭지 않게 보는 이런 시각은 영화 전체를 관통하는 다분히 사회주의적인 분위기와도 맥을 같이한다.

초호화 여객선 얘기이니까 당연히 호화판 부유층이 등장하기는 해

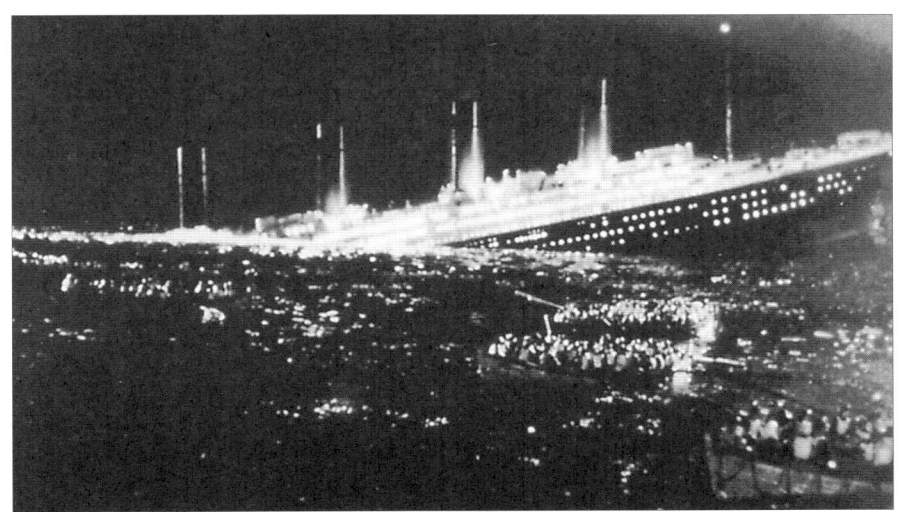

「타이타닉 호의 비극」에서는 이 침몰 장면뿐 아니라 전체적인 흐름이, 기록영화적인 흑백 화면의 분위기에 힘입어, 생동감으로 넘친다.

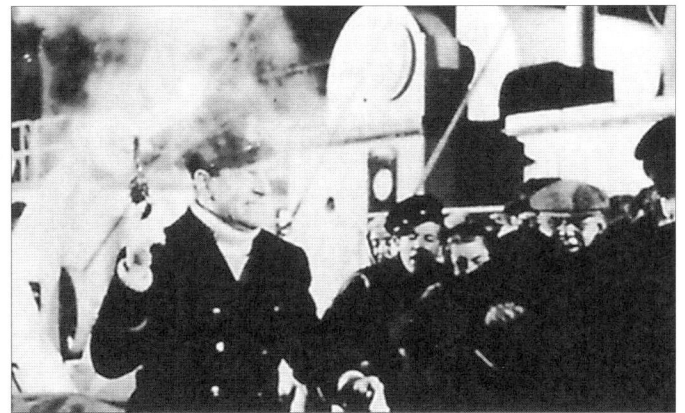

「타이타닉 호의 비극」에서 광란에 빠진 승객들에게 경고를 하기 위해 2등 항해사가 권총을 쏘아댈 무렵이 되면, 기록영화적인 박진감이 극영화로 이어지며 재생된다.

야 되겠지만, 리처드 경 부부가 집을 나설 때 "혹시 보너스를 더 받을까 싶어서" 문간에 줄지어 늘어서서 손을 흔드는 빈민층 하인들과의 대비는 예사롭지가 않고, 배가 대서양으로 나아가면서 무전사는 투자와 돈벌이를 위해 1등 승객들이 뭍으로 보내는 전보를 타전하느라고 바빠진다. 유람선 영화에서는 단골 손님인 사기 도박사까지 등장하는 상류층을 위한 고급 식당에서는, 노다지를 찾은 어느 금쟁이가 방을 돈으로 도배했다는 얘기가 오고간다. 뉴요크에 도착하는 즉시 타고 갈 수 있게끔 개인 전용 열차를 준비시키라는 등 사적인 지시 사항들을 전하느라고 바쁜 무전실에서는 빙산에 대한 경고가 접수되어도 별로 크게 신경을 쓸 겨를이 없고, 나중에는 아예 무전의 수신을 거부하기에 이른다.

4월 14일 일요일, 겨울이 따뜻해서 유빙(流氷)이 떠내려 온다는 경고를 접수한 캘리포니언 호는 타이타닉으로부터 겨우 15 킬로미터 떨어진 지점에서 같은 방향으로 항해 중이었고, 두 배는 서로 육안으로도 위치가 확인이 가능한 상태이다. 그러나 캘리포니언 호는 위험을 느끼고는 항해를 중단하고 멈추지만, 타이타닉 호는 진탕 먹고 마시고 춤추며 계속 항진하다가 결국 빙산과 충돌한다.

배의 가장 밑바닥에 위치한 3등 선실 승객들은 가난을 피해 고향을 떠나 신대륙으로 이민을 가는 사람들이 대부분이어서, 담배 연기가 자욱한 비좁은 오락실에서 춤추고 노래하면서도 나름대로 행복하다. 영화나 소설에서는 부유층이 불행하고 없는 자가 오히려 즐겁고 인간적이라는 논리가 지배적이다. 그래서 1등 레스토랑에서 흘러 나오는 원무곡(waltz)에 맞춰 가난한 연인들은 추운 갑판 어둠 속에서 춤추며 행복해하고, 배가 빙산과 충돌한 다음에도 가난한 사람들은 떨어진 얼음 조각으로 갑판에서 신나게 축구를 하지만, 1등 갑판의 젊은 남자가 구경을 하다가 "우리도 저리 내려가 같이 놀까?"라고 하자, 옆에 선 젊은 여자는 이렇게 말한다. "저건 3등 승객들이야."

빙산과의 충돌 후 10 분 동안에 배는 50 센티미터 가량 가라앉고, 완전히 침몰하려면 한 시간 반 가량 걸리리라는 계산이 나오지만, 설마 타이타닉 호가 가라앉으리라고는 별로 걱정하는 사람도 없고, 승무원도 "별일 아닙니다. 곧 다시 출발할 겁니다"라고 장담하는가 하면, 배가 조금씩 기울어지는데도 멀리서 지켜보던 캘리포니언 호에서는, 무전을 꺼놓은 상태에서, 도대체 신호탄은 왜 쏘아 올리는지 이상하다면서도 사고가 났으리라고는 상상도 못한다. 90 킬로미터 떨어진 곳을 항해하던 카르파티아(Carpathia) 호만 긴급 구조 신호를 듣고 달려오지만, 현장에 도착하려면 네 시간이 걸려야 한다.

헐리우드 영화처럼 시끄럽게 과장하지 않고 차분하고도 치밀하게 전개되던 「타이타닉 호의 비극」은, 절대로 침몰하지 않으리라는 가정하에 1천2백 명을 태울 구명정밖에 탑재하지 않았기 때문에, 제한된 공간을 놓고 갑자기 긴장이 고조된다. 철수는 순조롭게 시작된다. 우선 순위는 선실 가격에 따르고, 1등 승객들은 구명조끼를 착용하기가 귀찮다는 불평에서 시작하여, "아이들 깨우기 싫다"는 잔소리에, 친구와 같은 구명정을 태워 달라거나, 맡겨 놓은 보석을 내놓으라거나, 좁아서 불편하다는 등 부자 여편네들의 짜증으로 이어진다.

당연한 인간 차별의 현장이지만, 아우성치며 갑판으로 몰려 올라가려던 2등과 3등 승객은 승무원들의 저지를 받고, 격자문이 닫히고, 올라가는 통로를 못 찾아 이리저리 헤매고, 그러다가 1등 식당으로 잘못 들어간 사람들은 부유층의 호화로움에 놀라 눈이 휘둥그레진다.

서서히 다가오다가 갑자기 터지는 전율의 광란 속에서, 살기 위해 온갖 비겁한 행동을 보이는 사람들 속에서, 가장 돋보이는 영웅들은, 나중에 헐리우드 판 「타이타닉」에서 얼음 조각 축구 장면 및 다른 여러 장면과 더불어 재활용되기는 하지만, 침몰하는 배의 갑판에서 미처 날뛰는 사람들의 마음을 진정시켜 주기 위해 마지막까지 연주를 계속하는 악사들이다. 아무도 그들의 연주에 귀를 기울이지 않지만, 전에도 늘 "식사를 하는 동안에도, 비록 아무도 들어주지 않더라도, 우린 연주를 했으니까," 그들은 개의치 않는다.

타이타닉 호에 탑재한 구명정은 수용 인원이 1천2백 명이었다지만, 생존자는 705 명뿐이었다.

찾아보기 ●--

감/Irwin Allen, 출/Michael Caine, Sally Field, Telly Savalas, Peter Boyle, Jack Warden, Shirley Knight, Slim Pickens, Shirley Jones, Karl Malden, Mark Harmon

▌「타이타닉(Titanic, 1953, 미국, 98분)」, 감/Jean Negulesco, 출/Clifton Webb, Barbara Stanwyck, Robert Wagner, Richard Basehart, Audrey Dalton, Thelma Ritter, Brian Aherne

▌「타이타닉 호의 비극(또는 "S.O.S. 타이타닉" 또는 "잊지 못할 밤," A Night to Remember, 1958, 영국, 123분)」, 감/Roy (Ward) Baker, 출/Kenneth More, David McCallum, Jill Dixon, Laurence Naismith, Frank Lawton, Honor Blackman, Alec McCowen, George Rose

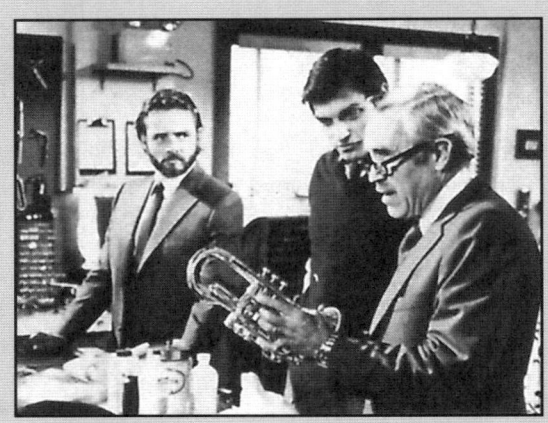

호화 여객선 타이타닉 호는 한 번 침몰했
지만, 타이타닉 얘기는 텔레비전 영화
「SOS 타이타닉」(위)을 위시해서 끊임없이
떠올랐다. 그중에서 「타이타닉 호를 인양
하라」(아래)의 제작자는 타이타닉을 인양
하기보다는 침몰시키는 편이 훨씬 돈이 덜
들었겠다는 고백을 했다.

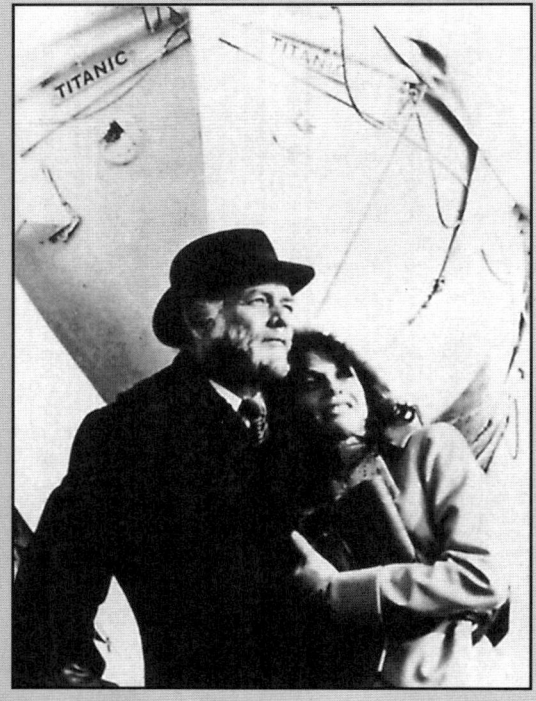

계속되는 '타이타닉' 재난

    침몰한 타이타닉 영화는 주기적으로 다시 떠올라서, 1953년 미국의 「타이타닉」과 1958년 영국 영화를 배합한 텔레비전 영화 「SOS 타이타닉」이 나타났고, 1996년에 다시 텔레비전 판 「타이타닉(출/George C. Scott, Eva Marie Saint, Tim Curry)」이 나왔다. 그런가 하면, 핵전략에 필요한 광석을 적재했던 타이타닉 호를 비밀리에 인양하는 작전을 다룬 클라이브 커슬러(Clive Cussler)의 베스트셀러를 원작으로 삼아 값비싼(제작비) 싸구려(내용) 영화 「타이타닉 호를 인양하라」를 만든 다음 흥행에서 참패한 제작자(Lew Grade)는 타이타닉 호를 인양하느니보다 침몰시키는 편이 훨씬 돈이 덜 들었으리라고 후회했다는 소문도 났다.

    흥행면에서 가장 성공한 타이타닉 화제작은 제임스 캐머론의 「타이타닉」이었다. 아마도 이 영화는 지나치게 화제가 되어서 문제였는지도 모른다.

    「타이타닉」은 극장에서 영화가 상영되기 전부터, 아니 채 완성도 되

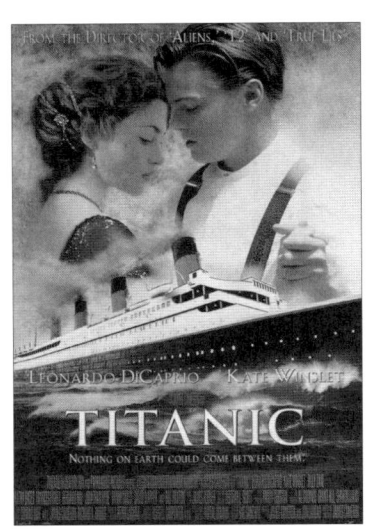

제임스 캐머론의 「타이타닉」은 아카데미 작품상의 가치를 엄청나게 침몰시켰을 뿐 아니라, 홀랑 벗고 보여 주는 여자처럼 천박한 영화만들기의 표본적인 전형으로 굳게 자리를 잡았다.

기 전부터, 어찌나 홍보가 잘 되었던지, 젊은 두 주인공이 뱃전에 서서 팔을 벌리고 여주인공이 "하늘을 날아가는 기분이야!"라고 외치는 장면을 바다에서가 아니고, 진짜 배에서도 아니고, 촬영소 건물 안에다 가짜 뱃머리를 만들어 놓고 찍은 다음 바닷물은 컴퓨터로 합성해 넣었다는 사실을 웬만한 사람들은 직접 영화를 보기도 전에 이미 다 알았다.

여주인공이 뱃머리에서 투신하려고 하자 남주인공이 접근해서 「더티 해리」식으로 겁을 주어 뛰어내리지 못하게 협박조로 설득하는 장면에서도, 밑에서 갈라지는 바다가 역시 이어 붙인 가짜 그림이라는 사실을 그래서 사람들은 미리 알고 영화를 보았다. 따라서, 긴장감을 더 고조시키고 싶은 감독의 빤한 계산에 따라, 여주인공이 뒤돌아서다가 떨어져 대롱대롱 매달린 진부하기 짝이 없는 '클리프행어' 모습을 보면, 밑에는 물도 없는데 왜 저렇게 발버둥을 치나 싶어 웃음이 나오기까지 한다.

심지어는 갑판 위를 오가는 승객들도 진짜 사람이 아니라 그려 넣은 경우가 많다고 일러바치기식 홍보를 했다. 그래서인지 영화를 보면 공중에서 잡은 갑판 장면은 배가 아니라 극장 안에 설치해 놓은 연극의 썰렁한 무대처럼만 보인다. 때로는 컴퓨터 게임의 한 장면 같기도 해서, 갑판 전체의 면적도 「로미오와 줄리에트」의 발코니 정도 크기밖에는 안 되는 듯 비좁아 보이기까지 한다.

앞에서도 이미 지적했듯이, 이런 식으로 어디까지가 실물이고 어디서부터는 컴퓨터가 조작한 부분이라는 사실을 피곤하게 확인해 가면서, 실제로 망망대해 바다로 나가는 대신 거의 모든 장면을 뭍에서 모조품들을 늘어놓고는 편안하고 안전하게 찍었다는 사실을 미리 빤히 알면서 해상 재난을 기둥줄거리로 삼은 영화를 보는 행위란 참으로 괴로운 일이다.

최신판 「타이타닉」은 영화의 내용이 무엇이냐가 아니라, 어떻게 찍었느냐는 뒷얘기가 더 많은 화제를 제조해낸 헐리우드 상업영화의 대표작이다. 하기야 모든 사람이 다 아는 뻔한 내용을 다시 읽어내어 만드는 영화라면 이제는 기술 빼놓고는 새로운 면이 거의 없겠고, 짜임새가 트집을 잡힌다면 아예 줄거리나 인간이 없어도 된다는 대형(blockbuster) 재난극의 특성을 핑계로 삼을 만도 하다. 그래서인지 어느 만찬 장면에서는 여객선에다 타이타닉(Titanic, '거대한')이라는 이름을 붙인 이유를 캐티 베잇츠가 묻자 이런 대답이 나온다.

"무엇보다도 크기를 강조하고 싶었습니다. 크기는 품격과 힘을 상징하니까요."

참으로 헐리우드다운 가치관이다.

크고 화려한 영화라면 등장인물들도 사실적이거나 현실감을 보일 필요나 이유가 없어진다. 어차피 컴퓨터로 산출한 자료로 합성한 인물들이면 되기 때문이다. 그래서 모네와 피카소의 작품을 사놓고도 화가의 이름조차 모르는 무식한 졸부가 등장하고, 악역도 지극히 도

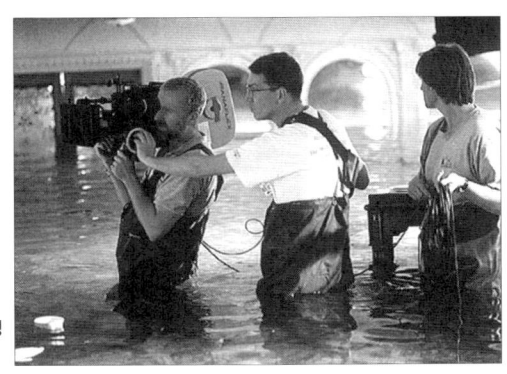

제임스 캐머론 감독이 「타이타닉」을 제작하는 과정은 영화 자체를 무색케 할 만큼 널리 홍보되었다.

식적이어서, 여주인공의 약혼자는 "인간이 아니라 악마"라는 그림딱
지 인간형으로서 지나치게 비열하기만 한 2차원적(2–D) 평면형이다.
그림은 입체(3–D)를 추구하면서 작중인물은 평면이다 보니, 여주인
공의 월매형 엄마는 이런 상투적인 대사말고는 할 줄을 모른다.

"(네 결혼에는) 우리 미래가 걸려 있어. 너 우리 사정을 몰라서 그
래? 우리에겐 빚과 가문의 이름밖에 안 남았다구. 내가 삯바느질하는
꼴을 봐야 되겠어? 가재도구가 경매에 부쳐지고? 그쪽 집안에서 우릴
잘 보호해 줄 거야. 우린 여자잖아. 마음대로 할 수 있는 것이 별로 없
다구."

여주인공의 생명을 구해 주었다는 이유로 부유층과 식탁에 둘러앉
아 훈시를 하는 어린 남주인공의 어울리지 않는 비현실적인 태도나
마찬가지로, 「타이타닉」에서는 위선자들의 위선조차도 진짜로 여겨
지지를 않는다. 두 주인공의 사랑까지도 시종일관 별로 진심이 보이
지 않아서 깊이가 없는 가짜 같기만 하고, 혼전 간통조차도 사이비로
여겨진다. "요즈음 젊은이들의 사랑은 그런 식"이라는 억지도 곤란하
다. 타이타닉 호의 비극이라면 1912년에 발생했던 옛날의 역사적인
사건이니까 말이다.

여주인공이 3등 오락실로 내려가 신나게 춤추는 장면은 3등 인생이
야말로 진짜 인생이라는 흔한 영화 공식으로서, 「로마의 휴일」에서부
터 「왕자와 거지」에 이르기까지, 부유층이 가난한 사람들의 삶을 구경
하려고 나들이를 나간다는 모욕적인 설정 역시 진부하기 짝이 없고,
여주인공이 신발을 벗고 춤추는 장면은 "타이타닉 영화의 고전"으로
꼽히는 「역사는 밤에 이루어진다」에서 전세계 관객의 마음을 설레게
했던 지극히 낭만적인 바로 그 장면의 읽어먹기이다.

타이타닉 실화의 '기정 사실'을 기둥줄거리로 삼고, 기존 영화의
유명 장면들을 컴퓨터로 곱게 포장하여 빤닥사탕 영화를 만들어 놓은

다음, 속에 무엇이 들었는지를 제작 과정까지 시시콜콜 밝혀 가면서 지나치게 열성적으로 선전을 해놓으면, 그것은 영화의 환상없애기에 해당된다. 예전에는 미지에 대한 설레임이 영화보기에서 가장 큰 몫이었다.

이런 식으로 창녀처럼 너무 홀랑 벗겨 놓으면 영화 산업에도 별로 도움이 되지 않으리라는 생각이다. 「글래디에이터」를 선전한 어느 홍보물에서는 격투기장에서 인간과 사자가 싸우는 장면을 보여 주면서, 사실은 싸우는 것이 아니라 배우가 사자에게 몰래 과자를 먹이는 장면이라고 설명했다. 관객은 영화에서 인간과 사자의 싸움을 보고 싶어하지, 과자를 먹이는 장면을 보려고 돈을 내지는 않는다. 영화라는 표현 예술 자체가 거짓 환상이기는 하더라도, 거짓말을 하는 사람이 이것은 어째서 거짓말이라고 설명까지 붙이는 짓은 아무래도 좀 심하지 않나 하는 생각이 드는 경우가 요즈음 부쩍 많아졌다.

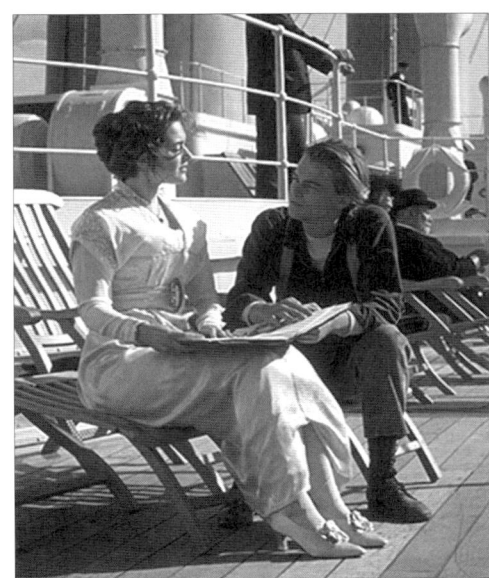

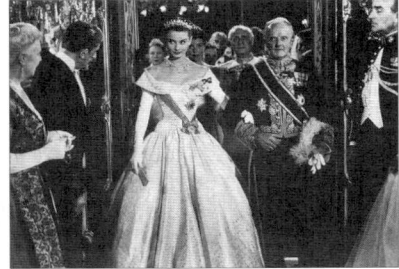

「타이타닉」에서 여주인공이 3등 객실로 내려가 '미천한' 사람들과 어울려 즐겁게 춤을 추는 장면이나, 「로마의 휴일」에서 여주인공이 황녀의 신분을 감추고 평민처럼 길바닥에서 아이스크림을 먹는 유명한 장면을 보고 사람들은 신분의 타파를 구가하는 모습이라고 좋아하지만, 따지고 보면 그것은 일방적인 관음 행위와 같다. 「로마의 휴일」에서 신문기자인 남주인공을 비롯하여 평민은 어느 누구도 왕궁으로 침범해서 위 사진의 황녀처럼 행동할 수가 없고, 1등 선객들이 마음놓고 3등 객실을 드나들던 타이타닉 호의 3등 객실 사람들은 절대로 1등 객실에 발을 들여놓지 못한다.

그럼에도 불구하고 제임스 캐머론의 「타이타닉」은 아카데미 작품상을 받았다. 작품상이란 작품성, 즉 예술성에 주는 최고의 명예였다. 기계를 조작하는 기술이 미적 감각과 결합하여 이제는 예술성과 동의어가 되었음을 보여 주는 상업주의의 승리이다. 물론 컴퓨터그래픽도 이제는 당당한 예술이요, 음식만들기와 머리가꾸기도 예술이라고 한다. 20세기를 거치면서 고전적인 의미의 '예술'과 '작품'은 세월이 흐름에 따라 개념이 부분적으로 수정되어서, 옷만들기는 물론이요 당구를 위시하여 모든 '솜씨'가 성숙기를 거쳐 문화의 차원을 넘어 예술이 되었고, 심지어는 사기꾼(con artist)까지도 예술가임을 자처하는 시대이다.

세월은 필연적으로 변화를 가져오고, 우리는 그 증거를 「타이타닉」에서 101살의 할머니(Rose Dawson) 역을 맡은 노배우에게서도 발견한다. 글로리아 스튜어트(본명 Gloria Stuart Finch, 1909~)는 1930년대 여러 영화("Roman Scandals," 1933, "The Three Musketeers," 1939, "Rebecca of Sunnybrook Farm," 1938)에서 주연급으로 활약했던 유명한 연기자이다. 검버섯이 피어난 그녀의 주름진 얼굴은 퇴역(退役)의

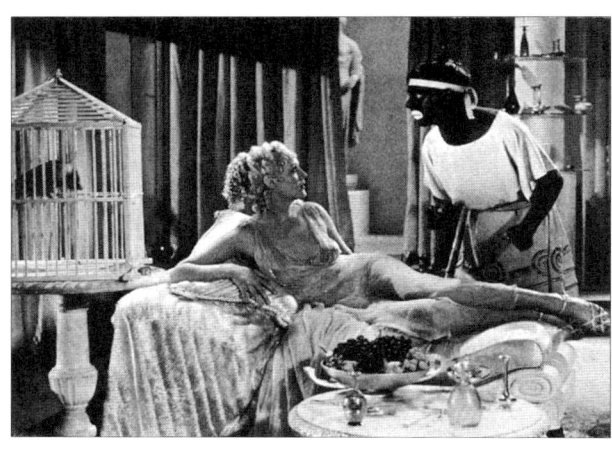

캐머론의 「타이타닉」에서 백 살이 넘는 할머니로 출연한 글로리아 스튜어트는 1933년 「로마의 스캔들(Roman Scandals, "신화와 역사의 건널목 74쪽 참조)」에서 에디 캔터와 이런 모습으로 공연했다.

훈장이다. 가운데 손가락을 치켜 보이고 가래침을 뱉는 젊은 시절의 '현대파' 여주인공의 천박한 모습과 비교해 보면 말이다.

이렇듯 세상은 변하지만, 헐리우드 키드는 영화의 낭만적 환상을 파괴하기 시작한 혁명(nouvelle vague) 이전의 촌스럽고 어수룩하지만 비교적 순진하고 솔직했던 1950년대 영화의 황금시대가 가끔씩은 그리워지기도 한다.

타이타닉이라는 호화 여객선의 이름을 한국 사람들에게 널리 알려 준 첫 영화는, 1950년대 서울 거리에서 무척 오랫동안 유행어로 널리 유통되었던 야릇한 제목 때문에, 많은 사람들에게서 엉뚱한 상상력을 자극했던 「역사는 밤에 이루어진다」였다. 「역사」에서는 3천 명의 승객을 태운 프린시스 아이린(The Princess Irene) 호가 북대서양에서 빙산과 충돌하여 "타이타닉 이후 최대의 사고"를 일으키지만, 관객은 그것이 타이타닉 재난의 읽어먹기임을 빤히 안다.

그러나 「역사」는 재난영화가 아니라 본질적으로 연애영화이다. 의처증이 심한 미국의 선박왕 브루스 베일(Bruce Vail)은 이혼을 요구하는 아내 아이린을 함정에 빠트려 붙잡아두기 위해 빠리의 호텔 방에서 운전사와 간통을 범한 듯 연극을 꾸미지만, 마침 옆방에 들렀다가 현장을 목격한 "유럽 최고의 웨이터" 뽈 뒤몽(Paul Dumond)이 용감하게 뛰어들어 구해 준다. 그리고 그날밤 두 사람은 황홀한 사랑을 시작하는데, 여주인공이 구두를 벗어 버리고 맨발로 밤새도록 춤을 추는 장면도 이때 나온다.

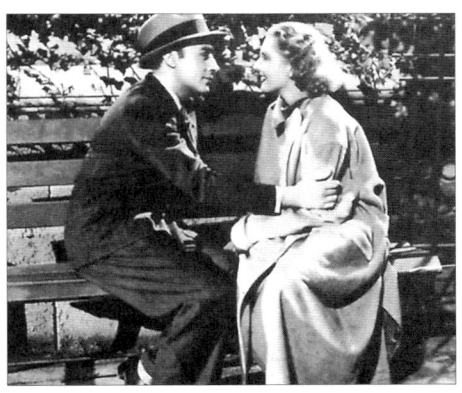

"유럽 최고의 웨이터"와 부유한 유부녀가 사랑을 맺고 밤새도록 맨발로 춤을 추는 영화 「역사는 밤에 이루어진다」에서는 타이타닉 호의 침몰이 실질적인 배경을 이룬다.

남편은 뽈을 궁지로 몰아넣기 위

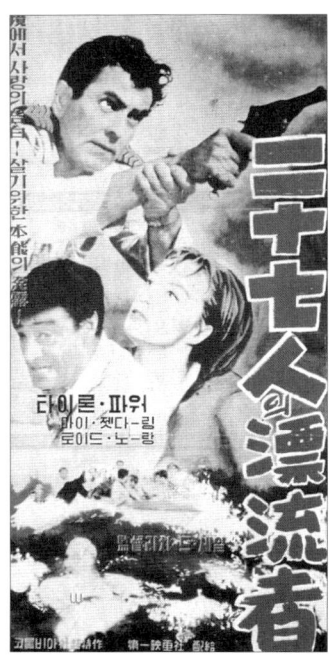

타이론 파워가 세상을 떠나기 1년 전에 만든 영국 영화 「27인의 표류자」는 구명정 한 척에 몸을 실은 사람들의 '극한 상황'을 기록영화적으로 그려낸다.

해 운전수를 살해하기까지 하지만, 사랑은 승리하고, 악인은 결국 권총 자살을 한다는 내용이고, 빙산 충돌은 영화의 후반부를 장식하는 정도로 그친다.

「27인의 표류자(漂流者)」는 호화 여객선이 침몰한 다음 한 대의 구명정에 탄 사람들이 험한 바다와 필사적으로 싸우는 내용인데, 인원을 초과하여 구명정이 위험에 빠지자 승객 한 사람을 구명정의 책임자가 된 승무원 홈스(Exec. Off. Alec Holmes)가 사살하게 된다. 천신만고 끝에 겨우 살아난 다음, 승객들을 살려낸 영웅은 뒤늦게 그를 살인자라고 비난하는 생존자들의 고발로 재판을 받는다. 작은 구명정 한 척을 무대로 삼아 인간 심리를 박진감나게 묘사했으며, 대단히 빼어난 흑백영화이다.

"기상대의 오보로 인해" 태풍으로 새우잡이 선원 80여 명이 신안과 영광 앞바다에서 목숨을 잃은 실제 사건을 다룬 원명희의 소설 『먹이사슬』을 원작으로 삼은 한국의 독립영화 「가슴에 돋는 칼로 슬픔을 자르고」의 경우도 멍텅구리 무동력선 한 척이라는 지극히 제한된 공간에서 벌어지는 얘기이다.

밑바닥 인생을 살아가는 인간 군상의 행태를 열정적으로 그려내지만, 「가슴에」는 지나치게 치열한 제목에서 드러나듯이, 「추적 60분」식의 상식적인 재현의 한계를 크게 벗어나지 못한다. '해상 감옥'에서의 비인간적인 노예생활이 칙칙한 기록영화적 화면에 야꼬뻬티(「몬도 까네」)의 녹슨은 색채로 제시되는데, '상황'이나 '관계'가 이루어지기 어려운 좁은 공간에서 아무런 대책도 없는 사람들의 일상을 그리다

보니 예상과 추리는 필요가 없어지고, 미묘한
심리극도 이루어지지 않고, 그래서 뚜렷한 초
점이 생기지를 않는다. 지나치게 사실성에만
충실하면 허구적인 맛이 없어진다는 교훈을 남
긴다.

'실화'를 작품화할 때, 사실성과 허구를 적
절히 배합해야 하는 영화만들기가 참으로 어렵
구나 하는 생각도 든다.

"개헌이 불가능하다고 판단"한 전두환 정권
말기를 시간적인 무대로 삼은 이 영화에서는
옹색한 공간 속의 누추함과 더불어 탈출이 불
가능하다는 절망감이 별로 공감이 가지는 않지
만, (시간의 흐름을 알리는 장치로서뿐 아니라) 단절된 세계의 적막감을

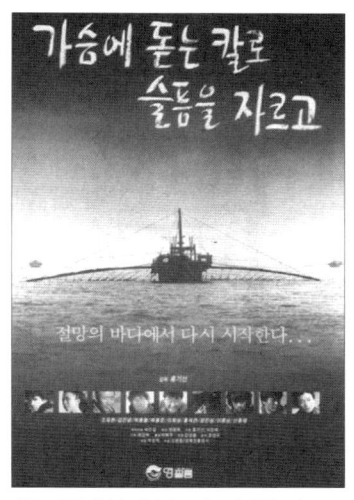

한국 영화 「가슴에 돋는 칼로 슬픔을 자르고」
는 의식이 지나쳐 오락적인 흥미를 유발하기
가 어렵다.

강조하는 장치로 여러 차례 사용한 라디오 방송의 내용은 절묘하게
해학적이기까지 하다.

"안정된 오늘을 바탕으로 삼아 희망찬 미래를 만들어 나갑시다. 공
익광고 협의회에서 전해드렸습니다."

「가슴에 돋는 칼」이 이렇듯 사실성이나 문제의식으로 치우쳐 극적
인 재미가 감소한 반면에, 제임스 캐머론의 「타이타닉」처럼 오락적 기
술에 지나치게 탐닉하다가 현실 감각이 사라진 한국의 '해상(또는 해
저)' 영화도 나왔다. 「유령」이 문제의 작품이다.

시각적인 효과를 세련된 솜씨로 구사하고 대작 영화로서의 면모도
제대로 갖춘 「유령」은 그러나 영상만들기에서부터 소품에 이르기까
지 기술적인 발달은 국제 수준이면서도, 내용물에서는 한국적 차원에
제대로 미치지 못하는 '한국' 영화이다. "잘 만들었다"고 해서 "내용
물(text)도 좋다"는 뜻이 되지는 않음을 잘 보여 주는 「유령」은 기술만

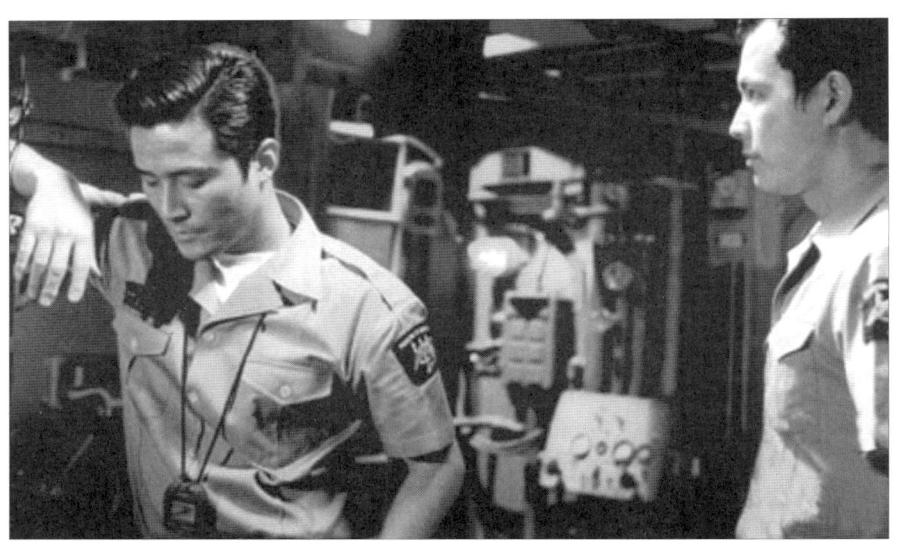

한국 잠수함 영화 「유령」은 영상만들기에서부터 소품에 이르기까지 기술적인 발달은 국제 수준이면서도, 내용물에서는 한국적 차원에 미치지 못하는 '한국' 영화가 되었다.

있고 예술은 없는 후기현대적 현상, 즉 정보는 많은데 지식이나 지혜가 담기지 않은 (작품이 아닐지도 모르는) 제품(製品)으로 남을 위험성을 지닌다.

「유령」에는 또한 얼굴만이 한국인인 헐리우드의 유령들이 잔뜩 탑승한 듯한 착각이 생겨나기도 한다. 핵잠수함의 보유라는 전제부터가 '상상력의 자유' 만으로 당위성을 찾기가 부담스러운가 하면, 미국의 첫 핵잠수함 노틸러스(Nautilus) 호의 함장 리카버 제독(Adm. Hyman George Rickover) 휘하 104 명 정예 승무원과 구태여 비교를 해보지 않더라도, 정말로 그렇게 미덥지 못한 군범죄자들에게 (아무리 자폭을 위해서라고는 하더라도) 핵잠수함 운항을 맡길 수 있느냐는 논리를 받아들이기가 참으로 부담스럽다.

뿐만 아니라, 윤주상 함장과 (군인이었던 아버지의 '유령'과 함께 살아가는) 정우성 소령과 최민수 부함장은 물론이요, 쥐를 애완동물로 키우는 병사에 이르기까지, 유령 호에 탄 사람들은 얼굴이 분명히 한국인이면서도 하나같이 헐리우드 영화의 미국인들처럼 생각하고 행동한다는 사실이 아무래도 공감에 부담을 준다.

대사도 그렇다. 최민수 부함장이 "영영 돌아오지 못할 분처럼 말하는군요"라고 하자 "그렇게 들렸나?"라고 반문하는 윤주상 함장, "전 탈출할 겁니다"라는 병사에게 "탈출할 때 나한테 먼저 알려주게"라고 받아넘기는 정우성 소령의 대사, 그리고 또 많은 다른 대사가 말만 한국말이지 전에 어디에선가 영어로, 그것도 여러 차례나, 들어본 듯한 언어적 유령들이다.

내용물의 구성과 전개를 위한 여러 장치 또한 요즈음 다수의 한국 영화가 그러하듯 헐리우드로부터의 차용물이 많아서, 「특공대작전 (The Dirty Dozen)」에서처럼 차출된 범죄자들에게 특수 임무를 맡기는가 하면, "번호로만 존재하는 사람들"의 배치도 지나치게 흔한 특수성의 설정이다. 아무리 실미도 특공대원들의 경우라고 해도 한국 군인으로서는 상상하기 어려운 빈번한 '민주적' 하극상의 상황설정도, 미국 전함에서라면 해상 반란(mutiny)이 흔할지 모르지만 본질적으로 민주화가 될 수 없고 되어서도 안 되는 군대 사회, 특히 한국군의 특수성을 감안하면 "군대조차 가보지 않은 사람들이 만든 (우스꽝스러운) 전쟁영화(의 날조성)"에 대해서 제임스 존스(James Jones, 「지상에서 영원으로」의 원작자)가 했던 말이 생각난다.

더구나 출항 전날밤의 "술 마시고 개판치기"는 제2차 세계대전 중 헐리우드의 애국영화에서 해병대와 육군과 심지어는 해군까지 가담해가면서 감초처럼 애용되던 삽화였고, 우리나라에서도 「돌아오지 않는 해병」이나 「빨간 마후라」 등등등의 여러 작품에서 식상할 정도로 동원했던 양념이다.

우리 영화 「유령」을 보면서 오래 전에 수입되었던 새뮤얼 풀러

(Samuel Fuller)의 「지옥과 노도(怒濤, Hell and High Water, 1954)」의 유령을 보고, 최근으로 와서는 「붉은 10월(The Hunt for Red October, 1990)」의 유령을 보는 듯한 기분을 느끼고, 「쉬리」가 "헐리우드 방식으로 한 우리 얘기"라는 궁색한 주장에서 '우리'가 과연 누구인지 의아한 생각이 드는 가운데, 세계화와 민족적 정체성의 줄타기에서 한국 영화는 어떻게 이제부터 방향을 설정해야 하나 점검할 때가 된 듯 싶다.

뒷날은 염려할 겨를도 없이 무작정 발전해야 한다는 한국 현대사의 흐름 속에서, 개구리처럼 아무 방향으로라도 뛰면서 발전해온 대한민국의 경제와 산업의 물결을 타고, 이제 우리 영화 기술이 「유령」만큼 발달했다. 그리고 독립영화 「가슴에 돋는 칼로 슬픔을 자르고」처럼 아직은 미숙한 정체성 찾기의 총체적 시각도 기술과 예술성이 의식과 의욕을 뒷받침하여 변증법적인 실체를 갖추게 된다면, 한국 관객은 우리의 모습이 잘 보이는 훌륭한 한국 영화를 보게 될지도 모른다.

그리고, 중국 영화에서 제5 세대 작가들이 일으켜 세웠던 중국성(中國性)이 제1 영화의 경제 논리에 젖으면서 어떻게 변질되었는지도 미래를 위한 한 가지 교훈으로 받아들여야 되겠다는 생각이다.

"외(국)제 같다"는 말이 꼭 칭찬이 아니라고 여겨질 때가 되어야 '우리'는 제대로 존재하기 시작한다.

찾아보기 ●--

▮ 「SOS 타이타닉(S.O.S. Titanic, 1979, 미국, 105분)」, 감/William Hale, 출/David Janssen, Cloris Leachman, Susan St. James, David Warner, Ian Holm, Helen Mirren, Harry Andrews

▮ 「타이타닉 호를 인양하라(Raise the Titanic!, 1980, 영국, 112분 또는 122분)」, 감/Jerry Jameson, 출/Jason Robards, Richard Jordan, David Selby, Anne

Archer, Alec Guinness, J. D. Cannon

▌「타이타닉(Titanic, 1997, 미국, 194분)」, 감/James Cameron, 출/Leonardo DiCaprio, Kate Winslet, Billy Zane, Frances Fisher, Kathy Bates, David Warner, Danny Nucci, Victor Garber, Gloria Stuart, Bill Paxton

▌「역사는 밤에 이루어진다(History Is Made at Night, 1937, 미국, 97분)」, 감/Frank Borzage, 출/Charles Boyer, Jean Arthur, Leo Carrillo, Colin Clive, Ivan Lebedeff, George Meeker, Lucien Prival, George Davis

▌「27인의 표류자(Seven Waves Away 또는 Abandon Ship, 1957, 영국, 100분)」, 감/Richard Sale, 출/Tyrone Power, Mai Zetterling, Lloyd Nolan, Stephen Boyd, Moira Lister, James Hayter

▌「가슴에 돋는 칼로 슬픔을 자르고, 1992, 한국, 120분)」, 감/홍기선, 출/조재현, 김진녕, 박종철, 최동준, 이희성, 홍석연, 장민성, 이용상, 신종태

▌「유령(Phantom, 1999, 한국, 100분)」, 감/민병천, 출/최민수, 정우성, 윤주상

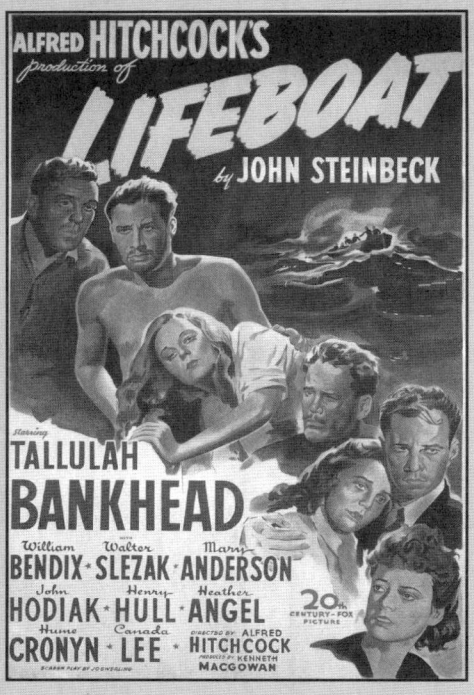

힛치코크의 영화 「구명정」 포스터에는 훗날 노벨상을 수상하게 될 작가 존 스타인벡의 이름이 미래의 훈장처럼 빛난다. 아래 사진은 영화의 한 장면

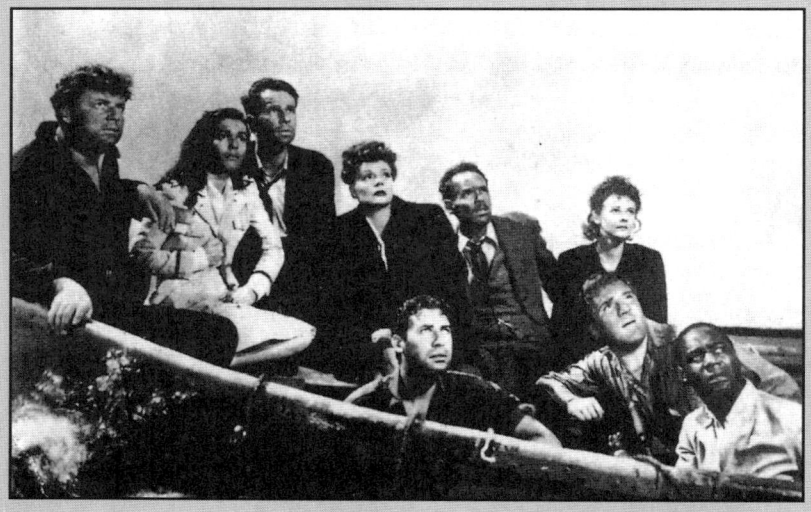

노벨 문학상을 탄 작가와 헐리우드

　「27인의 표류자」처럼 단 한 척의 구명정을 공간적인 무대로 제한하여 훌륭한 한 편의 영화를 만들기란 쉽지 않은 일이겠지만, 알프레드 힛치코크 같은 감독에게는 별 문제가 되지 않았다.

　힛치코크는 타이타닉 호의 침몰에 관한 영화를 만들기로 데이비드 셀즈니크(David O. Selznick)와 계약을 맺기는 했지만 끝내 제작에 착수하지는 못했고, 대신 제2차 세계대전 중에 독일 잠수함으로부터 어뢰를 맞고 대서양에서 침몰한 배의 승객 여덟 명을 태운 「구명정」을 만들었다. 성미가 고약한 언론인, 사회주의를 신봉하는 선원, 간호사, 백만장자, 흑인 집사, 여객선의 무전사, 영국 여인, 부상을 당한 선원이 올라탄 구명정에 배를 침몰시킨 잠수함의 독일 병사까지 끼어든다. 처음에는 독일 병사를 태우지 않으려 했던 사람들은 그가 위기에서 그들을 구해 주자 구명정의 지휘권을 넘겨주고, 그러자 병사는 구명정을 독일군 보급선으로 끌고 가려 한다.

　자신이 만든 영화에서는 꼭 한 번씩 얼굴을 내밀던 힛치코크는 여기에서도 빠지지 않고 살빼기 신문 광고에 실려 아홉 명밖에 타지 않은 「구명정」에 교묘하게 합류한다.

이 영화는 훗날 텔레비전 영화에서 미래의 우주 공간으로 무대를 옮겨, 지구로 귀환 중인 거대한 우주선이 폭발한 다음 아홉 명의 생존자가 탑승한 「우주의 구명정」이 된다. 폭발이 인위적인 사고였음이 밝혀지자 우주의 표류자들은 서로 의심하며 위기가 고조되고, 식량과 물이 모자라서 갈등은 더욱 심해진다.

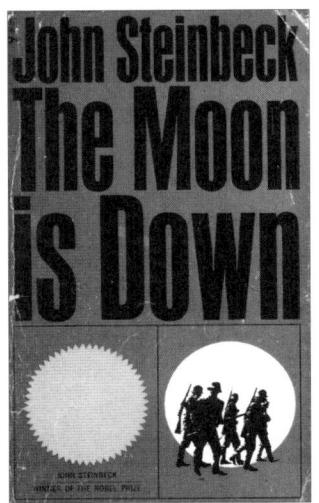

이렇듯 비좁은 「구명정」의 상황에서 명작을 만든 감독 힛치코크의 솜씨도 대단하지만, 뭐니뭐니 해도 '원작'의 힘이 워낙 컸다고 하겠다. 「구명정」의 각본을 쓴 노벨 문학상 수상 작가 존 스타인벡은 원작 소설("Of Mice and Men," 1939, 1981, 1992, "The Grapes of Wrath," 1940, "Tortilla Flat," 1942, "The Moon Is Down," 1943, "The Pearl," 1948, "The Red Pony," 1949, "East of Eden," 1954, "The Wayward Bus," 1957, 등등)이 워낙 많이 영화로 제작되어 헐리우드와는 인연이 깊은 사람이다.

각색과 연출에서뿐 아니라 제작자로도 많은 활동을 했던 너널리 존슨(Nunnally Johnson, 1897∼1977)이 뉴요크에서 연극으로 공연 중이던 「달은 지다」의 원작을 사들였는데, 영화로 만드는 데 도움이 될 만한 제안을 혹시 하고 싶지 않느냐고 그에게 물었더니 "원작을 훼손하시오(Yeah, tamper with it)"라고 말했다는 일화를 남길 정도로 헐리우드의 생리를 잘 알았던 스타인벡은 「구명정」뿐

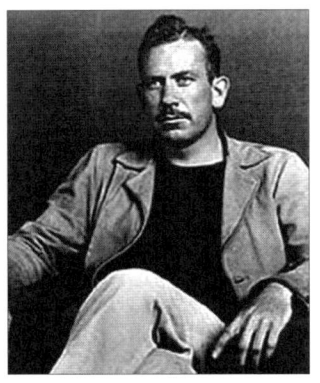

너널리 존슨이 「달은 지다」(표지)를 영화로 제작하기 위해 조언을 해달라고 청했을 때, 작가 존 스타인벡은 "원작을 훼손하라"고 말했다.

아니라 「혁명아 자파타(Viva Zapata!, 1952)」 같은 뛰어난 시나리오를 집필하기도 했다.

캘리포니아 남부의 어느 작은 마을 사람들이 천덕꾸러기이던 동네 청년이 전사하자 뒤늦게 영웅으로 찬양한다는 멋진 희극영화 「베니의 훈장」 역시 스타인벡이 시나리오를 썼다.

노벨 문학상 수상자로서 스타인벡보다 헐리우드와 훨씬 인연이 더 깊었던 사람은 "지성과 야만"에서 이미 소개했던 윌리엄 포크너 (William Faulkner, 1897~1962)였다. 그는 1930년대 초에 헐리우드로 가서 MGM사를 위해 일하면서 하워드 호크스(Howard Hawks) 감독과 친한 사이가 되었으며, 두 사람은 「피라미드(The Land of the Pharaohs, 1955)」에서 각각 연출과 각색을 맡았다. 그는 20세기 폭스사를 위해서도 일했지만, 술을 너무 좋아한데다가 영화에는 별로 관심이 없어서 문제를 일으키기도 했다.

그의 작품 중에서는 『정복되지 않은 사람들(The Unvanquished, 1938)』이 원작료 2만 5천 달러에 처음 헐리우드로 팔렸지만 영화로 제작은 되지 않았다. 그는 1940년대로 들어서서 모든 작품이 절판되고 빚에 쪼들리게 되자 워너 브라더스를 위해 2급 작가 수준인 주급 3백 달러를 받으며 17 편을 각색했고, 그 가운데 11 편이 제작되었지만, 그의 이름을 밝힌 영화는 겨우 두 편뿐이었다.

러디아드 키플링(Rudyard Kipling)의 시를 원작으로 삼은 고전 활극 「경가 딘(Gunga Din, 1939)」의 각색에도 포크너가 참여했지만, 극작가 벤 헥트(Ben Hecht)와 찰스 맥아더(Charles MacArthur)의 이름에 밀려 묻혀 버리고 말았다. 10 년 후인 1949년에 노벨 문학상을 받게 될 작가로서는 참으로 뼈아픈 수모였다. 『포크너의 MGM 시나리오집 (Faulkner's MGM Screenplays, Bruce Kawin 엮음)』은 1990년에 책으로 출판되었다.

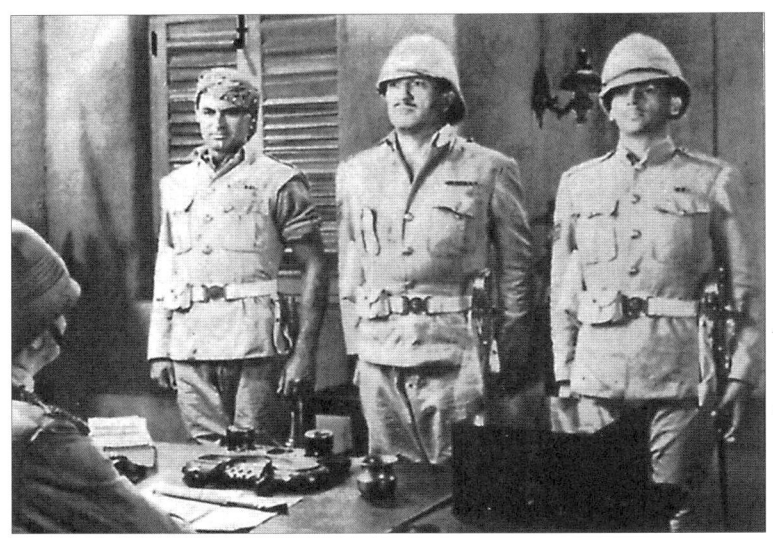

캐리 그랜트(왼쪽)와 더글라스 페어뱅크스 주니어(오른쪽)가 주연한 「검가 딘」은 키플링 원작에 조지 스티븐스 감독이고, 각색은 퓰리처 상을 받은 극작가 벤 헥트와 찰스 맥아더가 맡았다. 하지만 영화 어디를 찾아봐도 공동 각색자였던 윌리엄 포크너의 이름은 나타나지 않는다.

　그는 어니스트 헤밍웨이의 『파국(破局, To Have and Have Not, 1945)』이나 윌리엄 바레트(William E. Barrett)의 베스트셀러인 『하느님의 왼팔(The Left Hand of God, 1955)』같은 남의 소설도 각색했지만, 자신의 작품도 여럿 스스로 각색했다.

　1931년에 발표한 『성단(聖壇, Sanctuary)』을 포크너가 직접 각색한 「템플 드레이크 사건(The Story of Temple Drake, 1933)」은 17살의 여대생이 주인공으로서, 그녀는 반쯤은 두려워하면서도 반쯤은 자청하여 악의 화신이며 범죄자인 파파이(Popeye)에게 강간을 당한 다음 멤피스의 매음굴로 끌려가서 창녀 노릇을 한다. 무책임한 그녀는 파파이가 저지른 살인 누명을 쓴 결백한 남자에게 불리한 위증을 함으로써 사형(私刑, lynch)을 당하게 만든다. 그러나 파파이도 자신이 저지르지 않은 다른 살인 사건의 범인으로 몰려서 결국 교수형을 당한다.

　제1차 세계대전 중인 프랑스를 무대로 삼아 그리스도의 일생과 수난

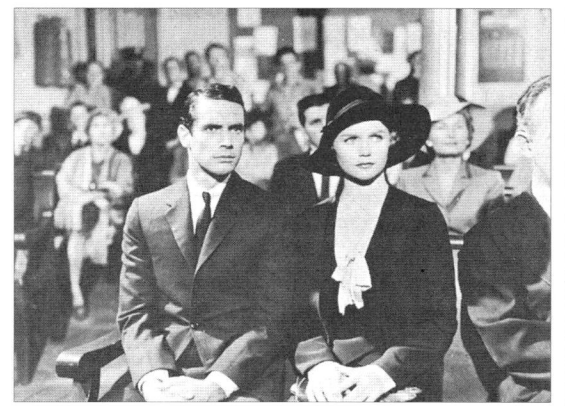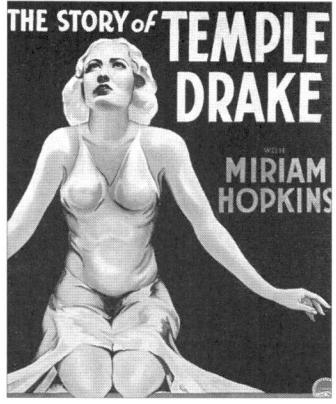

「템플 드레이크 사건」(오른쪽 포스터)은 포크너가 "의식의 흐름"을 실험한 대표작 『성단』을 작가 자신이 각색한 영화였다. 30년 후 같은 작품이 다시 영화(왼쪽 사진)로 제작되었을 때는 각색 요청을 포크너가 받아들이지 않았다.

그리고 독선적인 세상을 상징적으로 그린 『우화(A Fable, 1954)』만이 예외일 뿐, 포크너의 모든 소설은 미국 남부의 요크나파토파(Yoknapatawpha County)라는 가상의 지역을 무대로 삼아서 펼쳐지면서 모든 인물이 여러 작품에 등장하여 유기적인 사회 집단의 사실적인 묘사를 도모하는데, 그러한 이유로 해서 『성단』의 속편인 소설 『어느 수녀를 위한 진혼곡(Requiem for a Nun, 1951)』에서 다시 등장하게 된 템플 드레이크는 자신이 환경의 탓으로 인생을 망친 순결한 희생자라고만 착각하는 태도를 끝까지 버리지 못한다. 『성단』보다 시간적인 배경이 8년 후인 『진혼곡』에서 템플은 결혼해서 두 아이의 엄마가 되었지만, 더러운 과거 때문에 피트(Pete)에게 협박을 당하던 끝에 아예 피트와 도망칠 계획을 세우고, 흑인 하녀 낸씨 매닝고우(Nancy Manningoe)와 공모하여 자기 자식을 죽이면서도 죄의식조차 느끼지 않는다.

　　제1차 세계대전을 배경으로 무용담과 사랑을 담은 「오늘을 살아가는 우리들」은 포크너의 단편소설("Turn About")을 작가 자신이 각색하고 하워드 호크스가 연출한 범작이었으며, 「사랑의 성좌」는

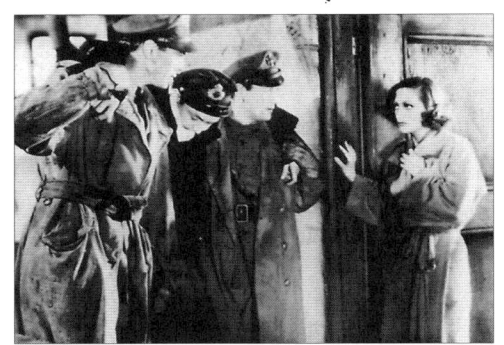

「오늘을 살아가는 우리들」은 포크너의 단편소설을 작가 자신이 각색했으며, 포크너와 많은 작품을 함께 만들었던 하워드 호크스가 연출했다. 제1차 세계대전을 배경으로 전쟁과 사랑을 담은 영화이다.

1930년대 곡예 비행사의 특이한 삶을 숙명론적으로 그려낸 장편소설 『파일론(Pylon, 1935)』이 원작이다.

노벨상을 받을 즈음에 그는 1948년에 발표한 소설 『묘지의 틈입자(闖入者)』를 각색해 달라는 청을 거부한다. 『틈입자』는 작가의 출신지인 남부의 인종 문제를 진지하게 다루는 작품이다. 나이를 많이 먹은 주인공 루카스(Lucas Beauchamp)는 흑인답지 않게 비굴한 태도를 보이지 않는 남자여서 제퍼슨 시에 사는 백인들의 심기를 불편하게 했는데, 백인 남자를 살해했다는 누명을 쓰고 폭도들에게 잔혹한 죽음을 맞게 될 위기에 처한다. 그의 결백을 증명하여 목숨을 살려내는 과정에서 16살 난 치크 맬리슨(Chick Mallison)은 피부 빛깔을 초월하여 인간을 인간답게 받아들일 수 있을 만큼 성숙해진다.

그는 1960년 『성단』이 다시 영화로 만들어질 때에도 각색 요청을 받아들이지 않았고, 우리나라에서 「몸부림치는 젊은이들」이라는 돌출적인 제목을 붙였던 『음향과 분노』의 경우도 마찬가지였다. 영화에서는 엄격하고 답답한 집안의 규율로부터 해방되고 싶어하는 남부의 아가씨에 초점을 맞추었지만, 1929년에 출판된 소설 『음향과 분노』는 의식의 흐름 기법과 문체의 형식에서 획기적인 실험을 했던 포크너의 대표작이다.

4 부로 구성된 이 소설에서는 미시시피의 몰락해 가는 콤프슨(Compson) 가문의 형제 세 명이 차례로 등장하여 우울증(hypochondria)에 빠진 어머니와 행방이 묘연한 누이 캐디(Caddy) 그리고 그들이 속하는 세상에 대한 '독백(monologue)'을 하는데, 제1부는 백치인 벤지(Benjy)의

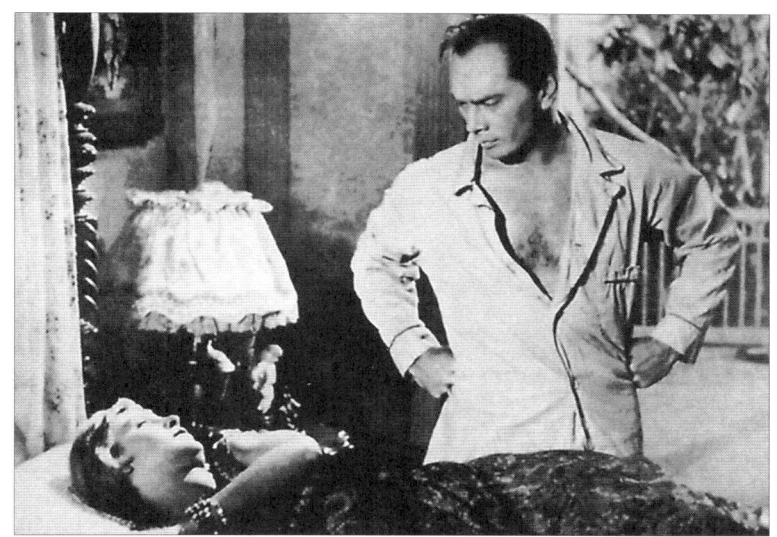

윌리엄 포크너의 대표작을 영화로 만든 「음향과 분노(극장 제목은 "몸부림치는 젊은이들"!)」에서 머리를 기른 '이상한' 모습을 보여 준 율 브리너는 같은 해에 완성한 「솔로몬과 시바의 여왕」에서도 머리를 깎지 않아서, "대머리시대"를 마감하는 것은 아닌가 하는 추측을 불러일으키기도 했었다.

눈으로 본 세상이어서, 제목을 따온 셰익스피어의 『맥베드』 5막 5장의 인용문에 나오는 "(인생이란) 음향과 분노로 가득한 백치의 이야기(a tale told by an idiot, full of sound and fury)"를 그대로 전한다.

　제2부에서는 하버드 대학생인 퀜틴(Quentin)이 퇴락해 가는 집안의 명예를 생각하고, 캐디와의 근친상간적 관계로 인한 파멸을 독백한다. 제3부는 탐욕스러운 제이슨(Jason)의 1인칭 서술체를 취하며, 마지막 4부는 자신을 파괴해 가는 콤프슨 사람들과는 대조적으로 인내하며 연민하는 흑인 요리사 딜시(Dilsey)를 중심으로 한 3인칭 화법으로 결말을 맺는다.

　그 이외에도 제임스 딘, 말론 브란도와 더불어 당시의 3대 반항아로 꼽힌 폴 뉴먼의 뜨겁고도 냉혹한 매력을 한껏 발휘했던 「무덥고 긴 여름밤(The Long Hot Summer, 1958)」역시 포크너의 유명한 단편소설 『헛간에 불지르기(Barn Burning)』가 원작이며, 「늙은 남자」는 본디 소

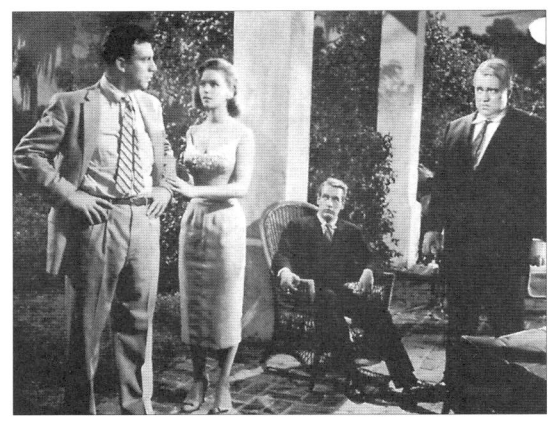

포크너의 유명한 단편소설을 영화로 만든 「무덥고 긴 여름밤」에서 폴 뉴먼은 마음에 들지 않는 사람의 헛간이나 밭에다 불을 지르는 방화범으로 악명이 높은 소작인으로 나와서, 제임스 딘과 말론 브란도와 더불어 당대의 대표적인 반항아 3인으로서의 자리를 굳혔다.

설 『야생 종려나무(The Wild Palms, 1939)』의 일부였던 단편이 원작으로서, 1927년 미시시피 홍수 때 동원된 죄수와 강변에 사는 임신한 여인이 주인공인 2인극(二人劇)이다.

　포크너가 원작을 쓰지 않고 각본만 만든 영화로는 제1차 세계대전 중 고전을 면치 못하던 프랑스군 대위가 지휘하는 부대에 아버지가 전입되어 들어온다는 전형적인 전쟁영화 「영광스러운 길」, 폭격기가 맹활약을 벌이는 전형적인 제2차 세계대전 영화 「공군」, 노예선의 선상 반란을 중심으로 한 신나는 활극 「노예선」, 그리고 조지 페리(George Sessions Perry)의 소설 『가을을 손에 쥐고(Hold Autumn in Your Hand)』가 원작인 걸작 영화 「남부인」이 있다.

　온갖 역경을 이겨내며 땅을 지켜 나가는 가족을 주인공으로 삼은 「남부인」에서 자카리 스코트가 일생일대의 명연기를 보인 샘 터커(Sam Tucker) 역은 「무덥고 긴 여름밤」에서 폴 뉴먼이 맡았던 역(Ben Quick)이나 「자이언트」에서의 제임스 딘(Jett Rink)을 연상시킨다. 미국의 남부에도 대공황은 불어닥치고, 남의 일꾼(소작농) 노릇에 지친 샘 터커는 황무지를 찾아내어 강인한 그의 아내 노나(Nona)와 노모와 어린 아들과 함께 오두막을 짓고는 농토를 가꾸어 나가기 시작한다. 척박한 땅

과 가혹한 자연 그리고 못된 이웃에 시
달리면서도 그는 희망을 버리지 않는다.

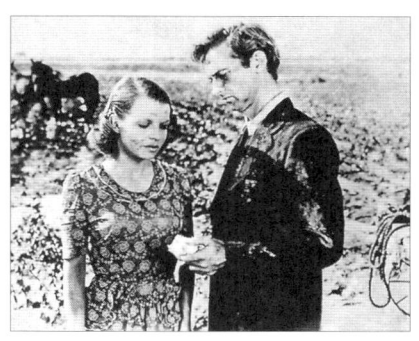

포크너가 각색에 참여한 영화들 가운
데 가장 유명한 작품은 하워드 호크스
감독에 험프리 보가트가 주연한 「깊은
잠(The Big Sleep, 1946)」이지만, 레이몬
드 챈들러(Raymond Chandler)의 추리소
설을 원작으로 삼은 여러 영화를 소개할
때 자세히 설명하겠다.

포크너와 스타인벡말고도 미국 작가
로는 어니스트 헤밍웨이, 싱클레어 루이
스, 펄 벅, 토니 모리슨이 노벨 문학상을
받았으며 그들의 작품이 다수 영화로 만
들어지기는 했지만, 헐리우드 작업에 직
접 참여하지는 않았기 때문에 여기에서

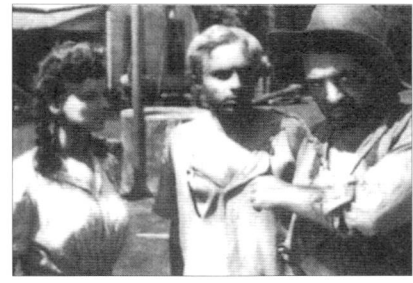

경제공황기의 소작인이 황무지에서 생존을 위해 투쟁
하는 내용을 담은 장 르누아르의 영화 「남부인」도 포크
너가 각색을 맡았다.

따로 논하지는 않겠고, 다만 윌리엄 포크너를 모델로 삼아서 조을 코
언이 각본을 쓰고 감독한 영화 「바톤 핑크」를 잠시 살펴보기로 하자.

얼굴 생김새까지도 윌리엄 포크너를 빼닮은 주인공 바톤 핑크(John
Turturro)는, 1956년 빠리 레뷰(Paris Review)와의 인터뷰(책세상에서
펴낸 『나의 삶·나의 문학(Writers at Work)』 99~102쪽 참조)에서 포크너
가 밝힌 바와 비슷한 상황을 거쳐, 캐피탈 영화사와 계약을 맺고 1941
년 시나리오를 집필하기 위해 로스앤젤레스에 도착한다. 영화라고는
별로 많이 보지도 않은 유대인 극작가 핑크는 자신이 브로드웨이에서
잘 나가는 극작가요 "위대한 예술가"라고 굳게 믿으며, 뉴요크의 보통
사람들에 관한 희곡쓰기 철학을 열정적으로 부르짖지만, 현실적으로는
비평가들로부터 혹평을 받고는 봉급쟁이 노릇을 하러 헐리우드로 몰려

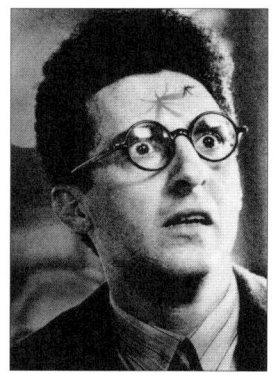

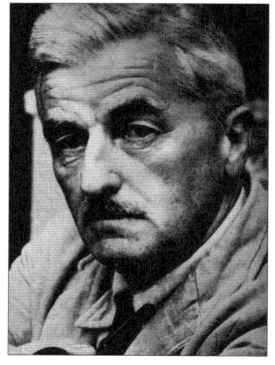

윌리엄 포크너를 주인공으로 삼은 영화 「바톤 핑크」에서 모기에 시달리는 주인공의 모습(위)과 작가 윌리엄 포크너

드는 수많은 몰락한 작가들 가운데 한 사람에 지나지 않는다.

캐피탈 영화사의 유대인 사장 린튼은 작가야말로 영화 산업의 구세주요 가장 존엄한 존재라면서 핑크의 구두 바닥에 입을 맞추기도 하지만, 정작 핑크에게 마련해 준 작업실은 벽지가 너덜너덜 떨어지고 극성스러운 모기가 들끓는 싸구려 여인숙의 음침한 방이다. 땅굴처럼 시커먼 복도에 구두를 내놓고, 사망 직전의 늙은이가 운전하는 승강기를 타고 드나들면서, 핑크는 골방의 책상에 조그만 선풍기 하나 달랑 앉혀놓고 옆방의 괴이한 웃음소리를 듣지 않으려고 귀를 막은 채로 낡은 언더우드 타자기 앞에 앉아 필사적으로 '줄거리(synopsis)'를 쓰려고 하지만, 마감이 다 되어도 진땀만 나올 뿐 글은 다섯 줄 이상 나오지 않는다.

헐리우드 영화 「맨발의 백작부인」과 프랑스 영화 「경멸」에서나 마찬가지로 여기에서도 천박한 상업주의를 상징하는 인물로 그려진 영화사 사장은 핑크에게 아예 줄거리를 불러주다시피 하면서 레슬링 영화나 연애영화의 각본을 써 오라고 지시하지만, 작가의 위축된 상상력은 작품을 만들지 못하고, 귀에서 진물이 나는 보험 판매원 찰리 메도우라는 옆방의 시끄러운 남자의 도움(레슬링 실습)을 받아도 소용이 없고, 몰락한 유명 작가 빌 메이휴(Bill Mayhew)에게서도 조언을 얻지 못하고, 그래서 이성을 잃은 작가 메이휴의 여비서이면서 사실은 정부이고 유령 작가 노릇을 하는 오드리에게도 구원을 청하게 된다. 오드리는 핑크에게 그런 식으로 고심하지 말고 그냥 공식에 맞춰 기계적으로 글을 쓰라는 결론을 내려 주고는 그와 하룻밤 육체관계를 맺고, 이튿날 아침 핑크의 침대에서 피투성이 참혹한 시체로 발견된다.

질식당한 골방 작가의 악몽은 이제 빈센트 프라이스(Vincent Price) 괴기물로 전환되어서, 오드리의 시체를 처리하고는 이상한 상자를 맡기고 떠나 버린 옆방 찰리가 엽기적인 살인범 칼 문트로 밝혀지고, 몰락한 작가 메이휴도 목이 잘린 시체로 발견되고, 여인숙은 마침내 지옥의 불길에 휩싸인다.

이렇게 지옥에서 건져 올린 시나리오 원고를 읽어본 린튼 사장은, 일본과의 전쟁(진주만 공격은 1941년 12월 7일)이 시작되었다며 예비역 대령의 정복 차림으로, 상업주의 사상의 당위성을 다음과 같이 주장하며 핑크의 작품을 평가한다.

"자네는 수많은 고용인 중 한 사람이니까, 자네의 두뇌는 캐피탈 영화사의 소유라구. 쓰레기 같은 글밖에 쓸 줄 모르지만 말야. 작품이 형편없어서 영화로 제작하지는 않겠지만, 아직 계약 기간이 안 끝났으니까 어쨌든 계속해서 글은 쓰도록 해."

아직 열어 보지는 않았지만 아마도 사람의 잘린 머리가 담겼음직한 상자를 들고 맥이 풀린 바톤 핑크가 바닷가를 거닐다가, 여인숙 골방에 걸어 놓은 사진에서 여인이 파도를 쳐다보는 뒷모습을 쳐다보는 망연한 주인공의 모습은, 윌리엄 포크너가 헐리우드에서 낭비한 삶의 초상화 같기도 하다. 그리고 포크너는 별로 애정을 느끼지 못했던 영화의 도시에 대해서 이런 말을 했다고 전해진다.

"나는 (헐리우드의) 풍토와, 사람들과, 그들의 생활 방식이 마음에 들지 않는다. 무엇 하나 제대로 이루어지지 않는데, 어느 날 아

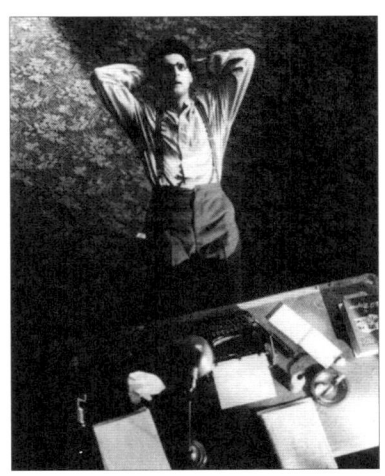

「바톤 핑크」에서 호텔방에 갇혀 영화각본을 쓰느라고 고생하는 주인공의 모습은 포크너의 헐리우드 시대를 잘 보여 준다.

침에 눈을 떠서 보면, 어느 틈엔가 내 나이가 예순다섯이다."

"난 영화 대본을 쓰는 작업에서 낭패를 보았고, 그래서 지금까지 그 랬듯이 앞으로도 내 인생을 계속해서 낭비하게 될 텐데, 내 나이에는 그럴 만한 시간적인 여유가 없다."

"미국의 예술가가 자기만의 삶을 누리지 못하는 까닭은 그들이 예술가가 될 필요가 없다고 미국인들이 생각하기 때문이다. 미국에서는 예술가란 하찮은 존재이기 때문에 예술가들을 필요로 하지 않으며, 미국의 삶에서 예술가가 차지하는 위치란 미시시피에 거주하는 소설가의 삶에서 사진을 잔뜩 실은 주간지가 차지하는 위치와 같다."

찾아보기 ●

Roscoe Karns

▌「사랑의 성좌(The Tarnished Angels, 1958, 미국, 91분)」, 감/Douglas Sirk, 출 /Rock Hudson, Dorothy Malone, Robert Stack, Jack Carson, Robert Middleton, Troy Donahue, William Schallert

▌「묘지의 틈입자(Intruder in the Dust, 1949, 미국, 87분)」, 감/Clarence Brown, 출 /David Brian, Claude Jarman, Jr., Juano Hernandez, Porter Hall, Elizabeth Patterson

▌「몸부림치는 젊은이들(The Sound and the Fury, 1959, 미국, 115분)」, 감/Martin Ritt, 출/Yul Brynner, Joanne Woodward, Margaret Leighton, Stuart Whitman, Ethel Waters, Jack Warden, Albert Dekker

▌「무덥고 긴 여름밤(The Long Hot Summer, 1958, 미국, 117분)」, 감/Martin Ritt, 출 /Paul Newman, Joanne Woodward, Anthony Franciosa, Orson Welles, Lee Remick, Angela Lansbury

▌「늙은 남자(William Faulkner's Old Man, 1997, 미국, 100분)」, 감/John Kent Harrison, 출/Jeanne Tripplehorn, Arliss Howard, Leo Burmester, Daro Latiolas, Ray McKinnon, Jerry Leggio

▌「영광스러운 길(The Road to Glory, 1936, 미국, 95분)」, 감/Howard Hawks, 출 /Fredric March, Warner Baxter, Lionel Barrymore, June Lang, Gregory Ratoff, Victor Kilian

▌「공군(Air Force, 1943, 미국, 124분)」, 감/Howard Hawks, 출/John Garfield, John Ridgely, Gig Young, Arthur Kennedy, Charles Drake, Harry Carey, George Tobias, Faye Emerson

▌「노예선(Slave Ship, 1937, 미국, 92분)」, 감/Tay Garnett, 출/Warner Baxter, Wallace Beery, Elizabeth Allan, Mickey Rooney, George Sanders, Jane Darwell, Joseph Schildkraut

▌「남부인(The Southerner, 1945, 미국, 91분)」, 감/Jean Renoir, 출/Zachary Scott, Betty Field, Beulah Bondi, J. Carrol Naish, Norman Lloyd, Bunny Sunshine, Jay Gilpin, Estelle Taylor, Percy Kilbride, Blanche Yurka

▌「바톤 핑크(Barton Fink, 1991, 미국, 117분)」, 감/Joel Coen, 출/John Turturro, John Goodman, Judy Davis, Michael Lerner, John Mahoney, Tony Shalhoub, Jon Polito, Steve Buscemi, David Warrilow, Richard Portnow

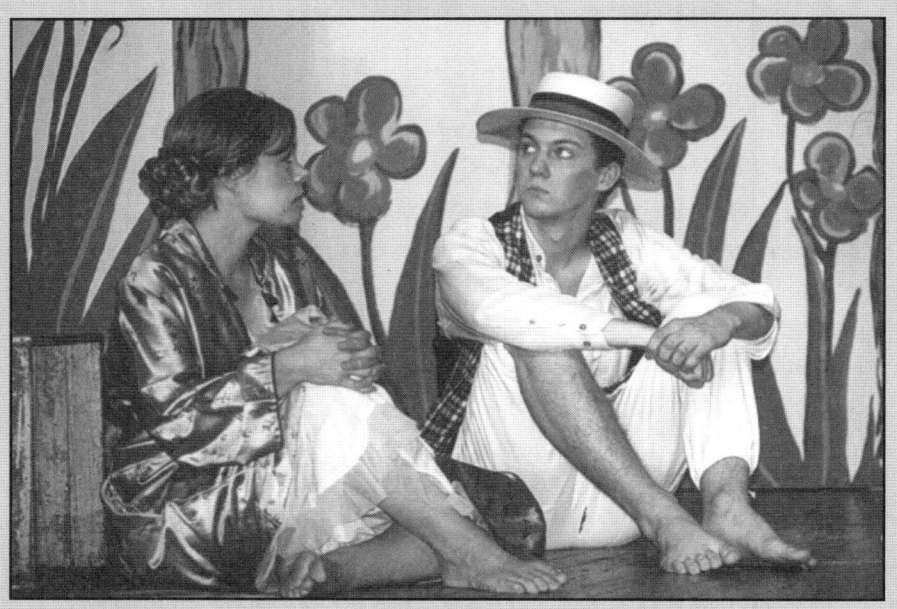

「위대한 하인 크라이튼(the Admirable Crichton)」에서는, 파선을 당해 무인도로 표류했을 때 귀족들보다 우월한 위치에 섰던 하인이, 구조를 받아 계급사회로 돌아와서는 다시 본디 신분으로 돌아간다.

표류하여 뒤집히는 관계

윌리엄 포크너와 바톤 핑크를 따라 잠시 우리들은 헐리우드로 표류했지만, 해상에서는 재난이 그치지를 않았고, 파선을 당한 수많은 사람들 가운데에는 즐거운 표류자들도 눈에 띈다.

감상적이고도 환상적인 소설과 희곡을 많이 발표했으며 세상에서 가장 유명한 책들 가운데 하나로 꼽히는 『피터 팬(Peter Pan)』과 『니코틴 부인(My Lady Nicotine, 1890)』의 작가인 제임스 배리(Sir J〔ames〕 M〔atthew〕 Barrie, 1860~1937)가 원작자인 「위대한 하인 크라이튼」은 배가 파선되어 무인도로 표류했을 때, 빈틈없는 하인이 귀족 어른들이 꼼짝도 못할 정도로 맹활약을 벌여 주객을 전도시킨다는 희극으로서, 여러 차례 영화로 만들어졌다. 기상천외한 상황을 설정하여 계급 심리에 대한 풍자를 예리하게 드러냈던 크라이튼 얘기는 무대극으로 크게 성공하여 배리에게 명성을 가져다 주었지만, 주인님들 위에 올라앉았던 하인 크라이튼은 물론 구조를 받은 다음 얌전히 제자리로 돌아간다.

「위대한 하인 크라이튼」이라는 제목만 듣고 처음에는 "해군이 맹활약을 벌이는 활극"으로 잘못 알고 관심을 가졌던 MGM에서 "하인 얘기"임을 알고는 나중에 영화만들기를 포기한 다음, 세실 B. 드밀 감독이 1919년 「남성과 여성(Male and Female, 출/Thomas Meighan, Gloria Swanson)」이라는 제목으로 이 작품의 선을 보였고, 15 년 후에는 「이웃을 사랑하라」는 음악극으로 제작되어서도 큰 성공을 거두었다.

파선을 당한 일행이 무인도로 표류하자 부잣집 딸 캐롤 롬바드가 하찮은 신분의 선원 빙 크로스비를 사랑하게 된다는 줄거리로 바뀐 「이웃」에서는 보드빌 2인조로 유명했고 다정하기로도 소문이 났던 조지 번스와 그레이씨 앨런 부부가 호연한다. 머리가 모자라는 아내에게 늘 시달리며 여송연을 뻐끔거리는 남편 역할을 하던 조지 번스는 라디오와 텔레비전에서 나이가 90이 되도록 왕성하게 활동하다가 1996년 세상을 떠났으며, 30 년 먼저 사망한 아내를 끝까지 사랑했다.

가장 원작에 충실한 하인 크라이튼 영화는 하인 문화가 세계에서

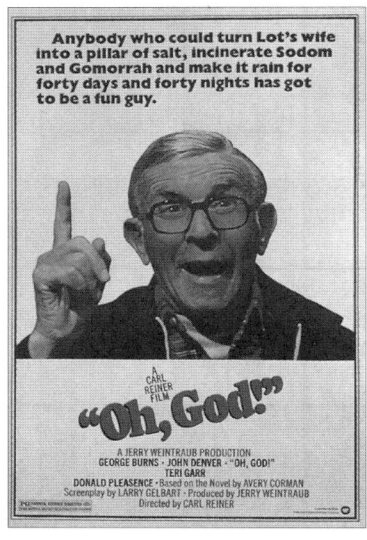

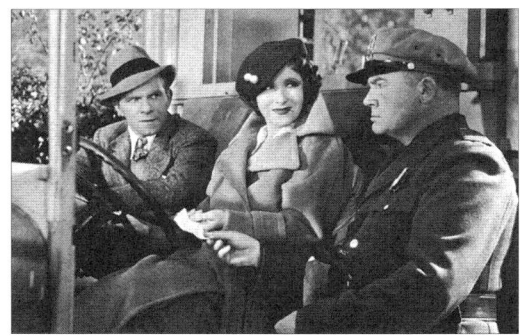

「이웃을 사랑하라」에서 공연했던 조지 번스와 그레이씨 앨런은 헐리우드에서 평생 열심히 사랑했던 부부로 유명하다. 조지 번스는 우리나라에서 「오 하느님(Oh, God!, 1977)」의 하느님 역(포스터)으로 처음 널리 알려졌지만, 그들 부부는 보드빌 시절부터 미국에서는 대단한 인기를 누렸다. 사진은 그들 부부가 주연을 맡았던 「꽃피는 사랑(Love in Bloom, 1935)」의 한 장면

가장 잘 발달한 영국에서 만든 「낙원의 산호도」이다.

　제목을 워낙 길게 붙이기를 좋아할 뿐 아니라 본명(Arcangela Felice Assunta Wertmüller von Elgg Spanol von Braueich) 또한 무척 길기도 한 리나 베르트뮐러 감독의 영화 「8월의 푸른 바다에서 기막힌 운명 때문에… 휩쓸려 가 버리다」에서는 지중해를 유람하던 호화 요트 세뇨라 호가 파선하여 지저분하기 짝이 없는 선원과 부유한 여성 선주가 무인도로 표류한다. 계급이 좌우하던 사회로부터 단절되자 원시적인 생존 능력이 우월한 하층민 선원이 지배자가 되고, 무능력한 귀부인은 자존심과 허세를 버리고 남자에게 의존하는 신세가 된다. 전통적인 성역할이 뒤집힌 남녀 관계에서 시작하여, 하인 크라이튼 식의 계급뒤집기로 이어지는 사회 풍자극이다.

　「8월의 푸른 바다」로 세계적인 명성을 얻은 이탈리아의 여감독 베르트뮐러(1928~)는 성역할은 물론이요 정치 의식과 예술활동 양식과 생활 방식까지도 종잡기가 무척 힘들어서, 참으로 특이한 존재이다. 귀족 집안에 태어나서 독선적인 변호사 아버지에게 반항하는 어린 시절을 보내며 여러 천주교 초등학교를 전전했고, 스타니슬라브스키 연극학교를 나온 다음 전위 연극과 인형극단에서 활동하다가 「8과

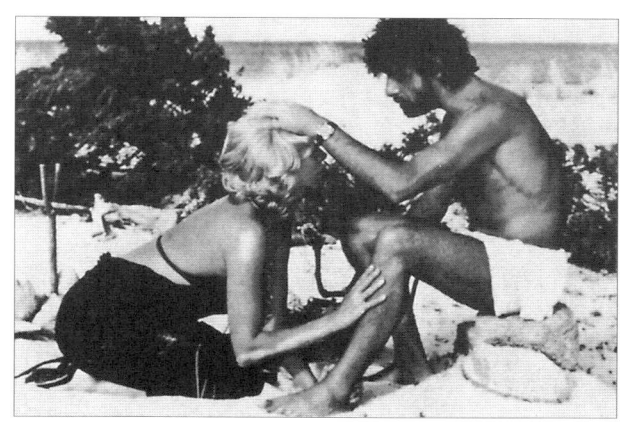

「8월의 푸른 바다에서 기막힌 운명 때문에」는 호화 요트가 파선하여 무인도로 표류한 여성 선주와 지저분한 선원의 뒤바뀐 운명을 보여 주는 사회 풍자극이다.

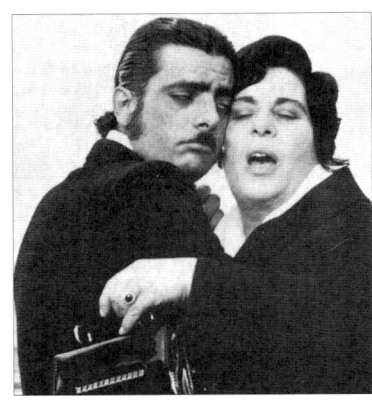

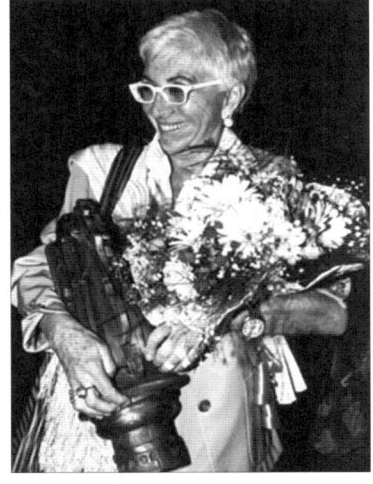

베르트뮬러는 「미미의 유혹」으로 깐느 영화제에서
감독상을 받아 세계적인 명성을 얻었다.

1/2」에서 페데리코 펠리니의 조감독으로 일했으며, 프랑코 제피렐리에게 「2+2는 더 이상 4가 아니다(2+2 Are No Longer 4)」의 희곡 대본을 팔면서 두각을 나타낸다.

1963년에 첫 극영화 「도마뱀(I basilischi, 영어 제목 The Lizards)」에 이어 1965년 「그러면 이제는 남자들 얘기를 해 보자(Questra volta parliamo di uomini, 영어 제목 Now Let's Talk About Men 또는 This Time Let's Talk About Men)」를 만들었으나 경제적인 성공은 거두지 못한다. 그러나 「미미의 유혹」으로 깐느 영화제 감독상을 받으며 크게 성공한 베르트뮬러는 1970년대 이탈리아의 인기 여감독으로 자리를 굳힌다.

미미는 본디 여자 이름이지만 영화에서는 남자로서, 고집스럽고 어리석은 성격 때문에 남녀관계도 순조롭지 못하고 정치적으로도 곤경에 처한다. 굉장히 비대한 여자와 성교를 하려고 미미가 기를 쓰는 장면으로 유명한 이 영화는 5년 후에 「어느 쪽이 위인가요?」라는 제목으로 미국판이 나왔다.

이듬해 발표한 「사랑과 무정부주의 영화, 또는 오늘 아침 10시에 만발한 꽃들의 거리 유명한 관용의 집에서」는 1932년 촌뜨기 무정부주의자가 무쏠리니를 암살하려는 과정에서, 그가 활동 본부로 삼은 사창굴의 아가씨를 사랑하게 된다는 내용인데, 깐느 영화제에서 남우주연상을 받으며 베르트뮬러의 주가를 더욱 올려놓았다. 창녀와 사랑을 하느라고 정신이 팔린 나머지 무쏠리니 암살 계획은 흐지부지되고, 이왕 뽑은 칼로 호박이나 찔러 본다는 식으로 다른 정치가를 저격하던 주인공은 오히려 총을 맞고 죽는다.

"여성 페데리코 펠리니"라는 소리를 듣기도 했던 베르트뮐러는 그러나 활동 배경을 살펴보면 오히려 삐에르 빠올로 빠솔리니와 비슷해서, 반동주의자에 여권운동가이고 사회주의자로 분류되기는 하지만 공산주의자들에게서는 무정부주의자라고 배척을 받고, 여권주의자들은 그녀가 지나치게 남성적이라는 반응을 보였다. 그녀의 영화는 자아 도취가 심하고, 괴이하며, 인간을 사랑하는 마음이 부족하다는 비난을 받는가 하면, 무정부주의가 비현실적이라는 사실을 알면서도 철저한 개인의 자유를 주창하는 이상주의적 무정부주의자로 간주되기도 했다. 그녀의 영화들을 살펴보면 대부분의 등장인물이 허화적이기는 하지만, 공감을 불러일으키는 사람들이기도 해서, 베르트뮐러라는 감독은 해석하기에 따라 완전히 면모가 달라지기도 한다.

그녀의 영화에서 가장 두드러진 주제는 사회 계급과 성별의 영원한 대결이라고 하겠는데, 「미미의 유혹」과 「8월의 푸른 바다」에서 그런 양상이 잘 나타난다. 「8월」과 같은 해에 베르트뮐러는 노동 계층의 다

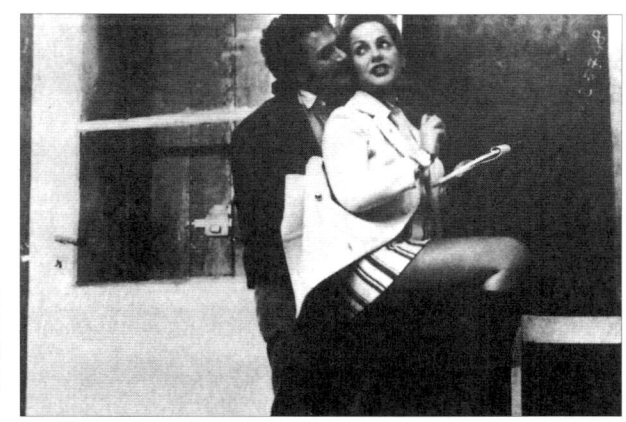

「만사가 질서정연하지만 제대로 되는 일이 하나도 없다」는 밀라노의 아파트먼트에서 함께 살아가는 젊은 남녀들의 삶을 열심히 그린 희비극이다.

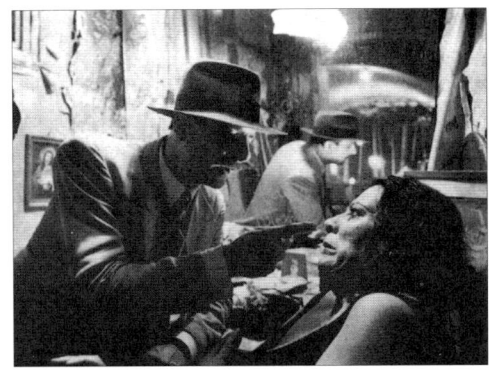

베르트뮬러는 여성을 저속하고 시끄러운 인물들로 묘사하여 여권주의자들로부터 공격을 받기도 했는데, 「일곱 명의 미녀」 또한 그런 중성적인 작가의 시각이 담긴 영화이다.

양한 젊은 남녀들이 밀라노의 아파트먼트에 입주한 다음에 벌어지며 희비극이 엇갈리는 「만사가 질서정연하지만 제대로 되는 일이 하나도 없다」를 발표한다.

그밖에도 베르트뮬러 감독의 작품으로는 제2차 세계대전의 공포와 집단수용소라는 초현실적인 광기(狂氣)의 세계에서 애정없는 섹스로 살아남는 얘기 「일곱 명의 미녀」, 영어로 제작한 첫 영화이며 공산주의자 언론인 남편과 여권주의자 사진기자 아내의 대결을 그린 「비가 잔뜩 내리는 밤에 우리들이 늘 자는 침대에서 맞은 세상의 종말」, 이탈리아 파시스트 정권 초기에 시칠리아인 미망인을 놓고 급진적인 변호사와 폭력배가 사랑의 경쟁을 벌이는 (상대적인) 실패작 「처절한 대결」, 부유하고 매력적인 여성 자본주의자가 악명높은 폭력주의자를 납치하여 혼을 내주려다가 어느새 사랑하게 된다는 「그리스인의 옆얼굴과 엷은 황갈색 눈동자와 박하 향기를 갖춘 여름밤」, AIDS 환자의 사랑을 그린 「달밝은 밤에 (On a Moonlit Night, 1989, 출/Rutger Hauer, Nastassia Kinski, Peter O' Toole) 등이다.

찾아보기 ●--

▌「이웃을 사랑하라(Love Thy Neighbor, 1934, 미국, 77분)」, 감/Norman Taurog, 출/Bing Crosby, Carole Lombard, George Burns, Gracie Allen, Ethel Merman, Leon Errol, Ray Milland

▌「낙원의 산호도(The Admirable Crichton 또는 Paradise Lagoon, 1957, 영국, 94
분)」, 감/Lewis Gilbert, 출/Kenneth More, Diane Cilento, Cecil Parker, Sally
Ann Howes, Martita Hunt

▌「8월의 푸른 바다에서 기막힌 운명 때문에… 휩쓸려 가 버리다(비디오 제목 "귀부인
과 승무원," Travolti da un insolito destino nell'azzurro mare d'agosto, 영어 제
목 Swept Away by a Strange Destiny on an Azure August Sea 또는 Swept
Away…by an unusual destiny in the blue sea of August 또는 Swept Away,
1975, 이탈리아, 116분)」, 감/Lina Wertmüller, 출/Giancarlo Giannini, Mariangela
Melato

▌「미미의 유혹(Mimi metallurgio ferito nell'onore, 영어 제목 The Seduction of
Mimi 또는 Mimi the Metalworker 또는 Wounded in Honor, 1972, 이탈리아, 89
분)」, 감/Lina Wertmüller, 출/Giancarlo Giannini, Mariangela Melato, Agostina
Belli, Elena Fiore

▌「어느 쪽이 위인가요?(Which Way Is Up?, 1977, 미국, 94분)」, 감/Michael
Schultz, 출/Richard Pryor, Lonette McKee, Margaret Avery, Dolph Sweet,
Morgan Woodward

▌「사랑과 무정부주의 영화, 또는 오늘 아침 10시에 만발한 꽃들의 거리 유명한 관용의
집에서(Film d'amore e d'anarchia, ovvero stamattina alle 10 in Via dei fiori
nella nota casa di toleranza, 영어 제목 Film of Love and Anarchy, or This
Morning at 10 in the Via dei fiori at the Well-Known House of Tolerance 또
는 Love and Anarchy, 1973, 이탈리아, 108분)」, 감/Lina Wertmüller, 출
/Giancarlo Giannini, Mariangela Melato, Lina Polito, Eros Pagni, Pina Cel,
Elena Fiore

▌「만사가 질서정연하지만 제대로 되는 일이 하나도 없다(Tutto a posto e niente in
ordine, 영어 제목 Everything's in Order but Nothing Works 또는 All Screwed
Up, 1974, 이탈리아, 105분)」, 감/Lina Wertmüller, 출/Luigi Diberti, Nino
Bignamini, Lina Polito, Sara Rapisarda

▌「일곱 명의 미녀(Pasqualino settebellezze, 영어 제목 Seven Beauties, 1976, 이
탈리아, 115분)」, 감/Lina Wertmüller, 출/Giancarlo Giannini, Fernando Rey,
Shirley Stoler, Elena Fiore, Enzo Vitale

▌「비가 잔뜩 내리는 밤에 우리들이 늘 자는 침대에서 맞은 세상의 종말(The End of
the World in Our Usual Bed in a Night Full of Rain 또는 A Night Full of Rain,
1978, 이탈리아, 104분)」, 감/Lina Wertmüller, 출/Giancarlo Giannini, Candice

Bergen, Allison Tucker, Jill Eikenberry, Michael Tucker, Anne Byrne

▌「처절한 대결(Blood Feud 또는 Revenge, 1979, 이탈리아, 112분)」, 감/Lina Wertmüller, 출/Sophia Loren, Marcello Mastroianni, Giancarlo Giannini, Turi Ferro

▌「그리스인의 옆얼굴과 엷은 황갈색 눈동자와 박하 향기를 갖춘 여름밤(Summer Night, with Greek Profile, Almond Eyes and Scent of Basil, 1987, 이탈리아, 94분)」, 감/Lina Wertmüller, 출/Mariangela Melato, Michele Placido, Roberto Herlipzka, Massimo Wertmüller

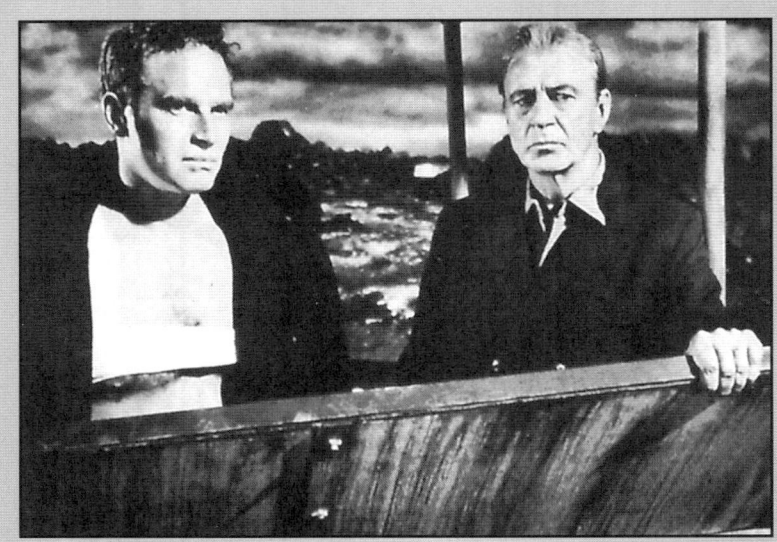

게리 쿠퍼와 찰톤 헤스톤의 활극 「메어리 디어 호의 파선」은 본디 「구명정」을 만든 히치코크가
감독할 예정이었다. 해양극과 법정극의 묘한 결합을 이룬 이 영화는 굵직한 두 배우가 함께 출연
하는 우정영화(buddy movie)의 고참격이기도 하다.

계속되는 바다의 재난

　그밖에도 끝없이 되풀이되는 해상 재난을 다룬 영화들을 살펴보면, 「메어리 디어 호의 파선(破船)」은 「타이타닉 호의 비극」의 대본을 맡았던 에릭 앰블러가 각색했는데, 침몰한 배의 선장이 근무 태만으로 조사를 받지만, 인양선의 선장이 올바른 증언을 해주기 때문에 무죄가 판명된다. 게리 쿠퍼는 「바다의 영혼」에서도 조난을 당한 배에서 여러 사람의 생명을 구하지만, 무책임한 행동을 했다고 무고한 죄를 뒤집어쓴다.

　엘모 워트맨(Elmo Wortman)의 『하마터면 너무 늦어(Almost Too Late)』가 원작인 「필사의 생존」에서는 알라스카 근해에서 파선을 당한 남자가 10대의 세 아이와 함께 3 주일 동안 죽음과의 필사적인 싸움을 벌인다. 버뮤다 「악마의 삼각지대」에서는 파선을 당하고 유일하게 살아남은 여자와 그녀를 구조하려는 두 사람이 온갖 고생을 한다.

　여러 헐리우드 영화("Brother Orchid," 1940, "Meet John Doe," 1941, 등)의 원작자인 리처드 코넬(Richard Connell, 1893~1949)의 단편소설

을 영화로 만든 「가장 위험한 놀이」는 어느 외딴 섬의 주인이며 과대
망상증에 걸린 자로프 백작이 표류해 온 사람들을 사냥한다는 줄거리
로서, 베껴먹기를 가장 많이 당한 작품들 가운데 하나로 유명하다.
1932년 판은 「킹 콩」의 제작에 참여한 대부분의 사람들이 그 영화와
함께 동시에 진행시킨 영화이고, 「죽음의 놀이」는 파선을 당한 사람들
이 외딴 섬으로 표류했다가 그 섬을 지배하는 미치광이에게 사냥을
당한다는 내용을 그대로 살려 정식으로 다시 만든 영화이다.

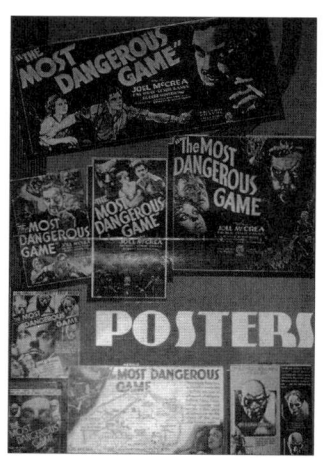

세 번째 정식으로 제작된 "가장 위험한 놀이"
영화 「태양을 향해 달려라」에서는 전쟁 경험이
있는 작가 마이크 래티머(Mike Latimer, 리처드 위
드마크)가, 잡지사의 여기자가 외딴 섬에 추락하
여 이상한 농장을 운영하는 두 남자에게 쫓기다
가, 전쟁 기념으로 몸에 지니고 다니던 실탄 한
발 덕택에 섬으로부터 비행기로 탈출하는 데 성
공한다는 내용이다. 트레버 하워드의 악역이 대

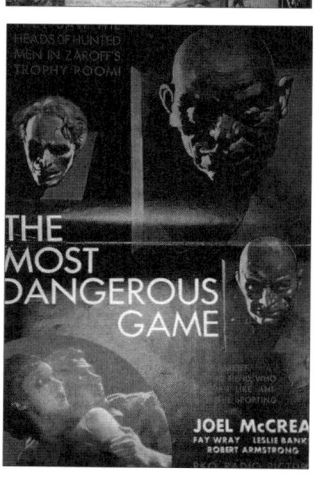

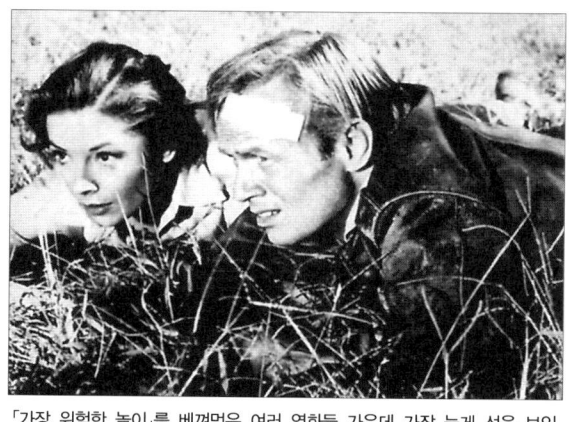

「가장 위험한 놀이」를 베껴먹은 여러 영화들 가운데 가장 늦게 선을 보인
「태양을 향해 달려라」(오른쪽 사진)에서는 전쟁 기념품으로 가지고 다니던
실탄 하나를 이용해서 주인공이 탈출에 성공한다.

단한 긴장감을 자아냈다.

남해의 무인도를 찾아가는 탐험에 나선 어느 인류학자와 그의 가족은 「환상의 섬」으로 표류하여 역경을 이겨 나가면서 온갖 경치와 야생의 삶 그리고 폭발하는 화산을 보면서 계획에 없었던 모험을 즐긴다. 리퍼블릭사의 연작물 「황야의 매(Hawk of the Wilderness)」를 재편집해서 묶어 내놓은 「클로가의 잃어버린 섬」에서는 파선을 당한 생존자들이 위기를 맞을 때마다 늠름한 백인 원주민이 나타나서 구해 준다. 이 영화에 출연하는 노블 존슨(1881~1978)은 무서운 원주민 추장 역을 단골로 맡아서 하던 배우이다. 「잃어버린 두 개의 세계」에서는 파선을 당해 외딴 섬으로 표류한 생존자들이 선사시대의 괴물들을 만난다.

「마지막 항해」는 호화 여객선이 침몰할 때 승객들과 승무원들이 나타내는 반응을 보여 주는데, 실감을 내기 위해 영화를 촬영할 때는 실제로 배를 한 척 침몰시켰다고 한다. 마술적인 최첨단 기계가 없었기 때문에 참으로 순진하고 성실해야만 했던 시절의 얘기이다.

이동하는 단위 집단을 이룬 선상(船上)에서는, 천재지변이 아니더라도 인간 관계로 인해서 위기가 닥치기도 하는데, 언론인이며 모험 소설가인 제임스 올리버 커우드(James Oliver Curwood, 1878~1927)의 고전을 영화로 만든 「대설원(大雪原)」에서는 선장이 캐나다 황야의 가혹한 자연뿐 아니라 악인의 도전도 이겨내야 한다.

인간의 갈등을 그린 다른 영화로는 상선(商船)의 선장이 독재자로 군림하는 「유령선」, 귀신이 나오는 요트를 산 부부의 이야기인 또 다른 「유령선」, 1872년 마리 셀레스트 호에서 사라진 선원들에 관한 수수께끼를 다룬 세 번째 「유령선」도 출몰하지만, 유령선보다는 "바다 승냥이" 영화가 훨씬 많다.

『바다 승냥이(海狼, The Sea Wolf, 1904)』를 쓴 미국 작가 잭 런던(Jack London, 본명 John Griffith London, 1876~1916)은 순회 점성술사

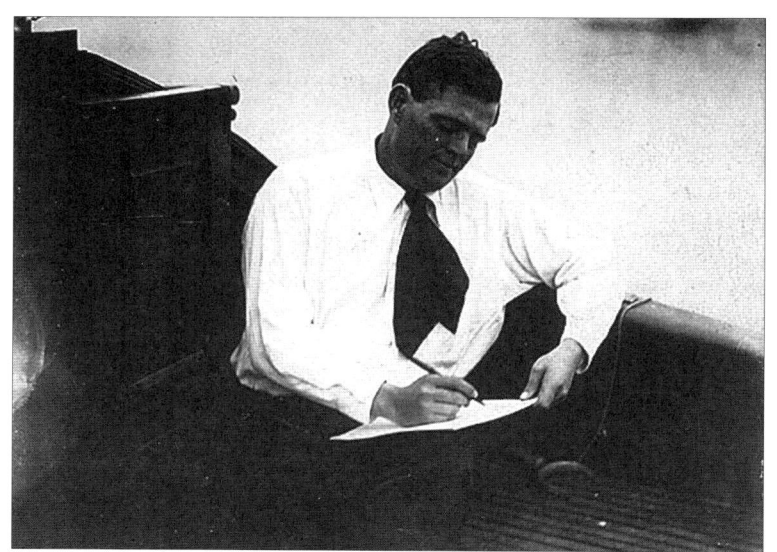

작가 잭 런던은 사생아로 태어나 그야말로 파란만장한 삶을 살았으며, 다윈과 마르크스 그리고 니체의 사상에 심취하여 미국을 대표하는 자연주의 작가가 되었다.

(spiritualist)의 사생아로 태어나 열 살부터 신문팔이와 통조림 공장 막노동을 했으며, 굴 양식장의 해적을 거쳐 뱃사람으로 떠돌이 생활을 하다가, 클론다이크에 황금 선풍이 불어닥쳤을 때는 '금쟁이' 노릇도 했다. 물개잡이 배의 선원과 부랑자 경력까지, 온갖 밑바닥 인생을 거친 그는 세탁소에서 일하던 시절, 더 이상 이런 고생을 하며 살기는 싫다고 결심하고는 작가가 되기 위해 캘리포니아 대학에 들어가 다윈, 마르크스, 니체의 사상에 탐닉했다.

　장편소설 『바다 승냥이』의 주인공 '험프(Hump, Humphrey Van Weyden)'는 많은 유산을 받아 부유한 문학 평론가로서, 샌프란시스코 만을 횡단하다 파선을 당해 마침 출항 중이던 물개잡이배 유령호(the Ghost)의 무자비한 선장 '승냥이 라슨(Wolf Larsen)'에게 구조를 받는다. 험프는 강제로 선원 노릇을 하게 되고, 함께 구조된 미모의 시인 모드(Maude Brewster)를 가운데 두고 묘한 삼각관계도 이루어진다. 그러다가 유령호도 파선되고, 험프와 모드는 무인도까지 헤엄쳐 가서 살아난다. 라슨 선장은 나중에 부서진 선체를 타고 시력을 잃은 상태로 상륙하지만, 두 사람이 배를 고쳐 탈출하지 못하도록 훼방을 놓는다. 몸이 마비되어 승냥이가 죽은 다음에야 두 사람은 구조되어 문명세계로 돌아온다.

「바다 승냥이」 영화는 1913년(줄/Hobart Bosworth), 1920년(Noah Beery), 1925년(Ralph Ince), 1930년(Milton Sils), 그리고 1941년에는 무자비하지만 지적인 선장이 우연히 합류한 험프, 교만한 선원, 그리고 도망자와 심리전을 펼치는 마이클 커티스의 작품이 선을 보였다. 1950년에는 무대를 광산촌으로 옮겨 선과 악의 대결이 벌어지는 서부극 「방어선」으로 변형되더니, 다시 「울프 라슨」이라는 영화가 되어 바다로 돌아갔다. 「울프 라슨」은 이탈리아에서도 만들었다.

찰스 브론슨의 텔레비전 영화 「울프 선장」은 아무리 「환영(幻影, Chase a Crooked Shadow, 1958)」이나 「댐을 폭파하라(The Dam Busters, 1954)」처럼 긴장감이 넘치는 영화를 잘 만드는 마이클 앤더슨이 감독했다 해도, 그 강렬함이 1941년 고전을 전혀 따라가지 못한다. 더구나 해상 장면의 일부는 1941년 판에서 베껴내어 컴퓨터로 채색을

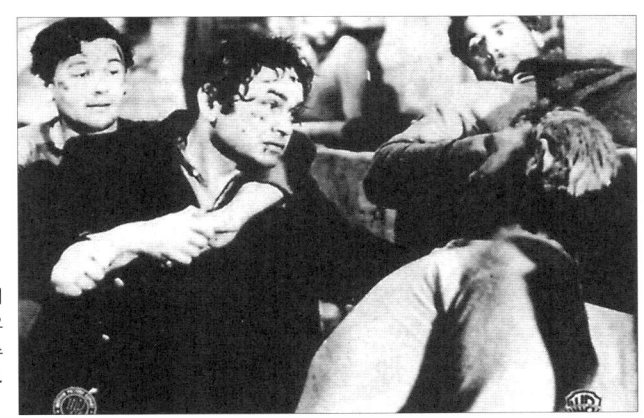

잭 런던의 『바다 승냥이』도 여러 차례 해양활극으로 영화화되었으며, 사진은 1941년 마이클 커티스 작품에서 열연하는 에드워드 G. 로빈슨의 모습이다.

한 다음 사용했다고 하는데, 우리나라에 비디오로 소개된 작품은 1941년 영화가 아니라 찰스 브론슨 판이고 보니, 이것 또한 분명히 주객이 전도된 상황이겠다.

1939년 실제로 일어났던 사건을 바탕으로 해서 만든 영화「저주받은 항해」는 어느 재난영화 못지않게 초호화판 배역진을 갖추었으며, 독일을 떠난 유대인 피난민을 가득 태운 배가 쿠바의 아바나 항에서뿐 아니라, 나찌들의 조직적인 방해 공작 때문에 어디에서도 상륙을 거부당하자 어쩔 길이 없어 독일로 돌아가야만 했던 기막힌 사연을 담았다.

북대서양을 횡단하는 2만 5천톤 급의 호화 여객선에 메가톤 급의 폭파 장치가 되었다는 상황에서「브리타닉 호의 위기」를 맞아 1천 2백 명의 생명을 건지기 위한 폭발물 처리반의 활약을 그린 영화도 나왔으며,「바다의 지배자」는 증기선으로 최초 대서양 횡단에 나선 사람들이 고생하는 얘기이고, 수많은 소설을 썼지만 이상하게도 영화로 만들어진 작품은 몇 편 안 되는 미국의 유명한 탐정소설가 존 딕슨 카(John Dickson Carr, 1905~77) 원작으로서 항해 도중 여객선에서 행방불명이 된 남편을 둘러싼 추리극「위험한 항해」는 1992년 린지 와그너와 앤지 디킨슨을 주연으로 내세우고 비슷한 제목을 붙인 텔레비전 영화「죽음의 항해(Treacherous Crossing)」로 다시 선보였다. 우리나라에서는 원조격인「위험한 항해」는 비디오로 보급되지 않은 반면에, 케이블 텔레비전에서 만든「죽음의 항해」는 수입했다.

찾아보기 ●--

▌「메어리 디어 호의 파선(The Wreck of the Mary Deare, 1959, 미국-영국, 105분)」, 감/Michael Anderson, 출/Gary Cooper, Charlton Heston, Michael

Redgrave, Emlyn Williams, Cecil Parker, Alexander Knox, Virginia McKenna, Richard Harris

▌「바다의 영혼(Souls at Sea, 1937, 미국, 92분)」, 감/Henry Hathaway, 출/Gary Cooper, George Raft, Frances Dee, Olympe Bradna, Henry Wilcoxon, Harry Carey, Robert Cummings, Joseph Schildkraut, George Zucco, Virginia Weidler

▌「필사의 생존(Anything to Survive, 1990, 미국, 100분)」, 감/Zala Dalen, 출/Robert Conrad, Matthew LeBlanc, Ocean Hellman, Emily Perkins, Tom Heating, William B. Davis

▌「악마의 삼각지대(Satan's Triangle, 1975, 미국, 78분)」, 감/Sutton Roley, 출/Kim Novak, Doug McClure, Alejandro Rey, Jim Davis, Ed Lauter, Michael Conrad, Titos Vandis, Zito Kazan, Peter Bourne, Hank Stohl, Tom Dever

▌「가장 위험한 놀이(The Most Dangerous Game 또는 The Hounds of Zaroff, 1932, 미국, 63분)」, 감/Ernest B. Schoedsack, 출/Irving Pichel, Joel McCrea, Fay Wray, Leslie Banks, Robert Armstrong, Noble Johnson

▌「죽음의 놀이(A Game of Death, 1946, 미국, 72분)」, 감/Robert Wise, 출/John Loder, Audrey Long, Edgar Barrier, Russell Wade, Russell Hicks, Jason Robards, (Sr.), Noble Johnson

▌「태양을 향해 달려라(Run for the Sun, 1956, 미국, 99분)」, 감/Roy Boulting, 출/Richard Widmark, Jane Greer, Trevor Howard, Peter Van Eyck, Carlos Henning

▌「환상의 섬(Island of the Lost, 1967, 미국, 91분)」, 감/John Florea, 해저 촬영 연출/Ricou Browning, 출/Richard Greene, Luke Halpin, Mart Hulswit, Jose De Vega, Robin Mattson, Irene Tsu

▌「클로가의 잃어버린 섬(Lost Island of Kloga, 1938, 미국, 100분)」, 감/William Witney, 출/John English, Bruce Bennett, Mala, Monte Blue, Jill Martin, Noble Johnson

▌「잃어버린 두 개의 세계(Two Lost Worlds, 1950, 미국, 61분)」, 감/Norman Dawn, 출/Laura Elliot, James Arness, Bill Kennedy, Gloria Petroff

▌「마지막 항해(The Last Voyage, 1960, 미국, 91분)」, 감/Andrew L. Stone, 출/Robert Stack, Dorothy Malone, George Sanders, Edmond O'Brien, Woody Strode

▮「대설원(Back to God's Country, 1953, 미국, 78분)」, 감/Joseph Pevney, 출
/Rock Hudson, Marcia Henderson, Sterve Cochran, Hugh O'Brian, Chubby
Johnson

▮「유령선(The Ghost Ship, 1943, 미국, 69분)」, 감/Mark Robson, 출/Richard Dix,
Russell Wade, Edith Barrett, Ben Bard, Lawrence Tierney

▮「유령선(Ghost Ship, 1952, 영국, 69분)」, 감/Vernon Sewell, 출/Dermot Walsh,
Hazel Court, Hugh Burden, John Robinson, Joss Ambler

▮「유령선(Phantom Ship 또는 Mystery of the Marie Celeste, 1935, 영국, 80분)」,
감/Denison Clift, 출/Bela Lugosi, Shirley Grey, Arthur Margetson, Edmund
Willard, Dennis Hoey, Ben Walden, Gibson Gowland

▮「바다 승냥이(The Sea Wolf, 1941, 미국, 90분 또는 100분)」, 감/Michael Curtiz,
출/Edward G. Robinson, John Garfield, Ida Lupino, Alexander Knox, Gene
Lockhart, Barry Fitzgerald, Stanley Ridges

▮「방어선(Barricade, 1950, 미국, 75분)」, 감/Peter Godfrey, 출/Dane Clark, Ruth
Roman, Raymond Massey, Robert Douglas

▮「울프 라슨(Wolf Larsen, 1958, 미국, 83분)」, 감/Harmon Jones, 출/Peter
Graves, Gita Hall, Thayer David

▮「울프 라슨(Wolf Larsen, 비디오 제목 Legend of Sea Wolf 또는 Larsen, Wolf of
the Seven Seas, 1975, 이탈리아, 92분)」, 감/Giuseppi Vari, 출/Chuck Connors,
Barbara Bach, Giuseppi Pambieri

▮「울프 선장(The Sea Wolf, 1993, 미국, 100분)」, 감/Michael Anderson, 출
/Charles Bronson, Christopher Reeve, Catherine Mary Stewart, Marc Singer,
Clive Revill, Len Cariou

▮「저주받은 항해(Voyage of the Damned, 1976, 영국, 134분 또는 158분)」, 감
/Stuart Rosenberg, 출/Faye Dunaway, Oskar Werner, Max von Sydow,
Orson Welles, Malcolm McDowell, Lynne Frederick, James Mason, Lee
Grant, Wendy Hiller, Jose Ferrer, Luther Adler, Katharine Ross, Sam
Wanamaker, Denholm Elliott, Neremiah Persoff, Julie Harris, Maria Schell,
Ben Gazzara

▮「브리타닉 호의 위기(Juggernaut, 1974, 영국, 109분)」, 감/Richard Lester, 출
/Richard Harris, Omar Sharif, David Hemmings, Anthony Hopkins, Shirley
Knight, Ian Holm, Roy Kinnear, Freddie Jones

- 「바다의 지배자(Rulers of the Sea, 1939, 미국, 96분)」, 감/Frank Lloyd, 출/Douglas Fairbanks, Jr., Will Fyffe, Margaret Lockwood, George Bancroft, Montagu Love, Alan Ladd, Maro Gordon, Neil Fitzgerald
- 「위험한 항해(Dangerous Crossing, 1953, 미국, 75분)」, 감/Joseph M. Newman, 출/Jeanne Crain, Michael Rennie, Casey Adams, Carl Betz, Mary Anderson, Willis Bouchey

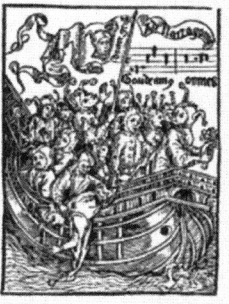

Sebastian Brant
Das Narrenschiff

Reclam

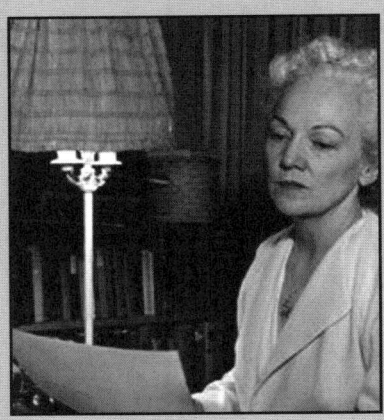

1494년 처음 선을 보인 세바스티안 브란트의 교훈적이고 풍자적인 우화 『바보들의 배』(왼쪽 위)는 영어와 라틴어 등으로 유럽 각국에서 번역되어 "바보문학(fool's literature)"이라는 고유분야를 형성하기에 이르렀고, 미국의 유명한 단편소설 작가 캐더린 앤 포터(인물사진)가 같은 주제를 현대로 옮겨온 소설(왼쪽 아래)은 1960년대에 다시 대단한 화제작이 되었다.

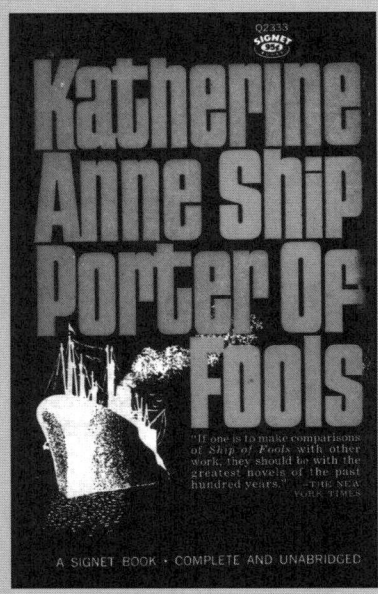

바보들의 배

 항해하는 한 척의 선박은 하나의 떠다니는 작은 나라이다. 그것은 하나의 독립된 정치적인 상황이어서, 지배자인 선장이 울프 라슨 같은 독재자이냐 아니면 침몰하는 배와 목숨을 같이하는 헌신적인 인간이냐에 따라서 한 '나라'의 운명이 좌우된다. 그리고 선장이 거느린 '백성'의 반항과 혁명도 선상 반란(mutiny)의 형태로 일어난다.

 이러한 정치적 상황은 이동하면서도 고립된 공간에서 벌어지기 때문에 극적인 긴장감이 더욱 강렬해지고, 이렇듯 선상의 농축된 극적 효과를 일찍이 절묘하게 작품에 동원했던 작가는 독일의 시인이요 풍자가인 세바스티안 브란트(Sebastian Brant, 1458~1521)였다. 스트라쓰부르크(Strassburg)에서 태어나 그곳 '면서기'로 생애의 대부분을 보낸 그는 인도주의 교육을 받아 대단히 보수적인 성향을 띠었지만, 모든 변화를 반대하던 그의 글쓰기가 결국 종교개혁의 도화선이 되었다는 역설적인 결과는 참으로 흥미롭다.

 브란트가 1494년에 발표한 『바보들의 배(Das Narrenschiff)』는 당대

사회에 나타난 인간의 온갖 어리석음을 고발했으며, 도덕적인 불확실성에 대한 지적과 더불어 가톨릭 교회 내에서 벌어지던 권력의 남용에 대한 비판은 개신교의 태동을 위한 길을 열어 주었다. 인간의 나약함과 사악함을 꼬집는 풍자적 우화를 효과적으로 재현하기 위해 브란트는 저마다 다른 시대와 신분과 자질을 상징하는 인간 군상을 "어리석은 자들의 나라"인 나라고니아(Narragonia)로 항해하는 한 척의 배에 실어 놓고 관찰했다. 알사스(Alsace) 방언으로 운을 맞춘 2행 연구(couplet)로 집필한 이 시는 유럽 각국에서 당장 번역되어 널리 읽혔으며, 바클리(Alexander Barclay)의 영어판은 1509년에 나왔다.

『바보들의 배』는 그후 여러 형태로 계속 나타나다가 1962년 미국에서도 캐더린 앤 포터(Katherine Anne Porter, 1890~1980)의 손을 거쳐 1962년 출판되어 대단한 화젯거리가 되었다. 단편문학의 시장과 활동 무대가 지극히 제한된 미국에서, 특이하게도 단편소설을 주로 써서 우아한 문체와 뛰어난 기교에, 상징적이고 심리적인 통찰력을 인정받아 정상급 작가로 알려졌던 포터는 1932년 여름 유럽으로 첫 여행을 가던 항해 중에 브란트의 책을 읽고는 같은 주제를 소설로 써보겠다는 생각을 했으며, 풍자문학의 위대한 작품이라고 알려지게 될 『바보들의 배』를 20년에 걸쳐 완성했다.

독일 여객선 베라 호(the Vera)가 멕시코의 베라 크루즈(Vera Cruz)를 떠나 브레머하벤(Bremerhaven)까지 "현실 세계의 배가 영원한 세상으로 가는 항해"를 그린 「바보들의 배(1965)」는 비비엔 리(Vivien Leigh, 본명 Vivian Hartley, 1913~67)의 영화 인생에서 마지막 항해가 되었다.

수많은 등장인물(배우)들의 얼굴을 하나씩 차곡차곡 모아서 유람선의 모양을 만들어가는 대단히 인상적인 소개(credits)로 시작되는 흑백 영화 「바보들의 배」는 애거타 크리스티(Agatha Christie)의 여러 희곡처

럼, 그리고 철 지난 외딴 휴양지 호텔에 모여서 저마다 그늘진 인생의
얘기를 가슴속에 담고 살아가는 인간 군상을 그린 테렌스 라티건의 희
곡을 영화로 만든 「애수의 여로(Separate Tables)」나
마찬가지로, 제한된 공간에 여러 인물을 모아놓고
인생의 삽화들을 연극적인 '틀'에 담아놓는다. 새
마을운동이 시작되기 전, 우리나라 시골에서 집집
마다 모든 식구들의 사진을 다닥다닥 붙여 놓고는
했던 가족사(家族史) 사진틀처럼 말이다.

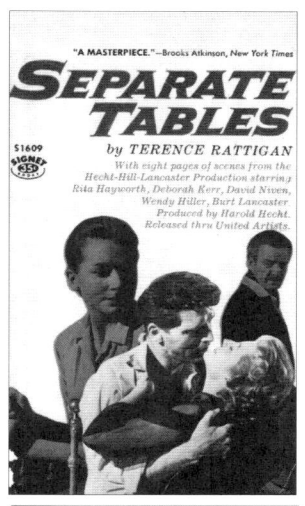

또한, 「더 포세이돈 어드벤처」나 「타이타닉」처럼
즐거운 표정으로 승객들이 모여들어 배에 오르고
항해를 시작하는 도입부를 보면, 영락없는 재난영
화의 골격을 연상하게 되는데, 「바보들의 배」에서
는 빙산과의 충돌이나 밀려오는 해일이 아니라,
1933년이라는 시간적인 배경 그리고 "폭발 직전"
인 풍운의 베라 크루즈를 떠나 그들이 기껏 찾아가
는 항해의 종착지가 독일이라는 상징적 요소가 암
시하듯이, 나찌주의자들의 득세와 제2차 세계대전
이라는 재앙이 먹구름처럼 온세상을 뒤덮으리라는
재난을 예고한다.

첫 장면에서는 연극 무대처럼 평면적인 틀 안에
서 한가하게 산책하는 승객들의 모습이 보이고, 그
들 가운데 한 사람인 난쟁이가 관객의 시선을 의식
하고는 갑자기 걸음을 멈춘다. 신체적으로 결코 정
상인이라고 하기 어렵고, 인류의 스승이라고 우러
러보기에는 아무래도 무리가 가는 난쟁이는 발판
을 놓고 올라서서, 난간 너머로 우리들을 쳐다보고

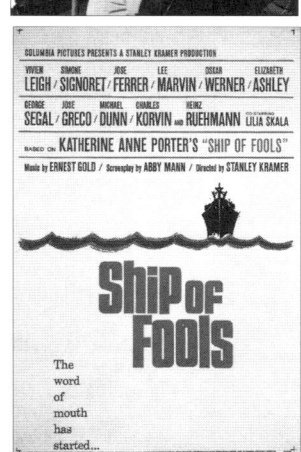

철 지난 외딴 휴양지 호텔에 모여서 저
마다 그늘진 인생의 얘기를 가슴속에
담고 살아가는 인간 군상을 그린 테렌
스 라티건의 희곡을 영화로 만든 「애수
의 여로」(위)나 마찬가지로, 「바보들의
배」는 연극적인 '틀'에 담아놓은 인생의
단체사진이다.

이런 철학적이고도 교훈적인 안내를 한다.

"내 이름은 칼 글록켄이고, 여기는 바보들의 배입니다. 나는 바보입니다. 얘기가 진행되면서 여러분은 다른 여러 바보들을 만나게 됩니다. 이 지저분한 배는 바보들로 넘칩니다. 해방된 여성들과 운동선수들. 사랑하는 연인들. 개를 사랑하는 사람들. 즐거움을 파는 여인들. 참을성이 많은 유대인들. 난쟁이들. 온갖 바보들 말입니다. 그리고 혹시 압니까—자세히 찾아보면 여러분도 이 배에 함께 탔는지도 모르죠."

독일인 난쟁이 승객의 이름 글록켄(Herr Karl Glocken)은 독일어로 사람이 죽은 다음 울리는 조종(弔鐘, Glocke) 또는 소리를 내어 경각심을 불러일으키는 종을 의미한다.

인간의 가장 큰 어리석음은 잔인성과 과대망상증("stupid cruelty and vanity")임을 다각도로 상징하는 영화 「바보들의 배」에서는 선장의 식탁에 초대를 받아 자리를 차지하는 패권 예식이 대단히 중요한 역할을 하는데, 같은 독일인이면서도 신체적인 불구여서 "완벽한 아리안족"으로서의 결함을 지닌 난쟁이 글록켄과 더불어 유대인 율리우스 뢰벤탈(Herr Julius Löwenthal)에게는 그런 영광이 제공되지 않는다.

"참을성이 많은 유대인" 뢰벤탈은 가톨릭 성당의 비품들을 제작하고 종교적인 장신구나 보석을 판매하는 사업가로서 전세계를 돌아다녀 견식이 넓은 인물로서, 소설에서는 뒷셀도르프의 친척을 만나러 가는 길이며, 영화에서는 유대인들을 핍박하는 조국을 마다하지 않고 영웅적으로 찾아가는 바보이다. 그는 "울고 나면 눈물이 두 눈을 씻어주기 때문에 세상이 훨씬 더 잘 보인다"는 터키 속담을 인용해 가면서 인고(忍苦)의 가치를 신봉한다.

뢰벤탈은 또한 십자가와 불상과 성구가 적힌 양피지를 모두 함께 몸에 지니고 다니며 영혼의 구원에 대한 보험을 삼중으로 들어놓은 아프리카인을 빠리에서 만났다는 일화를 통해, "도움이 안 될지도 모르지만 손해볼 일은 없다(may not help but can't hurt)"고 말했다는 아프리카인의 말을 인용해서 브란트의 원작에 나타난 종교적인 주제를 되살리기도 한다.

유대인 뢰벤탈은 철십자 훈장까지 받은 가장 애국적인 독일인임이 나중에 밝혀지는데, 그를 배반하는 히틀러의 독일에 대해서도 "괴테와 바흐와 베토벤의 나라이니까" 언젠가는 정신을 차리게 되리라고 확신하며, "독일에 유대인이 백만 명이나 되는데, 우릴 모두 죽이겠어요?"라고 글록켄에게 반문한다. 그리고 "사람이란 누구나 좋은 면이 있다"고 성선설(性善說)을 철저히 믿으며 "전혀 앞날을 보지 못하는 바보"인 그를 걱정스럽게 쳐다보는 글록켄의 시선이 대단히 비극적이다.

그를 배반하는 독일에 대해서 뢰벤탈은 아주 희극적인 방법으로 달콤한 복수를 한다. 그와 선실을 같이 쓰는 과대망상증의 독일인 지그프리트 리버(Herr Siegfried Rieber)는 뢰벤탈이 심하게 코를 골기 때문에 26 일이나 걸리는 항해 기간 동안 잠을 못 자고 괴로워해야 한다.

뢰벤탈의 코골이 때문에 시달리던 리버는 여성 의상을 전문으로 하는 잡지의 발행인으로서, 무식하게 시끄럽고 어리석은 '광대(영어로 jester 또는 fool)'여서, 나찌사상에 세뇌되어 유대인은 물론이요, 모든 유색인종과 장애인 그리고 범죄자와 혼혈인과 60세 이상의 노인은 "역사의 흐름(march of history)"에 따라 모두 제거해야 한다고 떠들어댄다. 편견과 위선으로 무장한 그는 탁구를 치더라도 폭력적으로 하고, 아이가 셋이나 되는 '유부남'이면서도 혼자서만 세상을 즐기기 위해서, 그리고 "넘쳐나는 정력을 주체하기가 힘들어서," 여성 의상업을 하는 하노버의 아가씨(Fräulein Lizzi Spöckenkieker)와 항해 기간 동안 열심히 바람을 피운다. 하지만 아리안족임을 그토록 뽐내던 리버는 알고 보면 진짜 독일인도 아니고, "국경 근처"에 사는 오스트리아인이다.

멕시코의 석유회사와 '관계'가 있는 빌헬름 프라이타그(Herr Wilhelm

Freytag)는 아내가 유대인이라는 사실을 우발적으로 털어놓았다가 시끄러운 광대 리버의 '조처'에 따라 선장의 식탁에서 쫓겨나 난쟁이 글록켄과 유대인 뢰벤탈의 식탁으로 자리를 옮기도록 강요를 당한다. 분개한 그는, 멕시코의 독일학교 교장이었던 후텐(Herr Professor Hutten, Frau Professor Hutten) 부부의 흉측한 애완견 불독 베베(Bébé, 프랑스말로 귀여운 아기를 뜻함)까지도 선장의 식탁에 앉히면서 유대인을 차별하는 독일인들에 대해서 격렬한 성토를 벌이지만, 나중에는 다른 사람들의 시선이 겁나서 아내를 버렸던 위선자임이 밝혀진다. 소설에서는 프라이타그가 훨씬 인간적이어서, 아내를 데리러 독일로 돌아간다.

자신의 추악함을 알지 못하는 이런 위선자들을 끼니마다 식탁에 둘러앉히고 예식을 치러야 하는 틸레(Thiele) 선장은 "그들과 함께 앉아 있으면 소름이 끼친다"고 하면서도 인습에 따라 그런 행사를 계속해서 주관하기 때문에 역시 위선자이겠고, 난쟁이 글록켄과 같은 선실을 사용하는 미국인 화가 데이비드 스코트(David Scott) 또한 예술가의 허영(vanity)을 이겨내지 못하는 바보요 위선자로 그려진다.

"사회적인 의식(social conscience)"을 지닌 그는 "화가로 살아가기 위해 광산에서 일을 하는" 모순된 인생을 살아간다. 생계조차 유지가 안 되는 일을 하다 보니 "불확실한 미래 때문에 결혼도 하지 않겠다"면서 그는 역시 화가인 제니 브라운(Jenny Brown)과 동거생활을 하고, 이번 항해도 여자의 돈으로 하게 된 실정이다. 노동자들의 모습을 즐겨 그리던 그는 사회정의를 부르짖으면서도, 여자(Jenny)에 대해서는 "남자보다 세 발짝 뒤에서 따라가야 한다"고 믿을 정도로 지극히 이기적이고 독선적이며, 그래서 그들 남녀는 파탄 직전에 아슬아슬하게 겨우 관계를 유지해 나간다.

화가 데이비드는 또한 자신감이 없으면서도 열등감으로 인해서 지

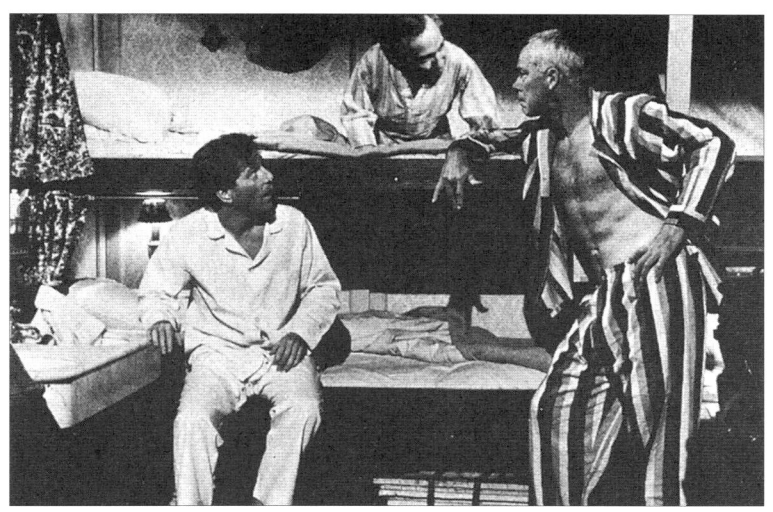

나름대로의 소수민족인 난쟁이 글록켄(위칸 침대)과 선실을 함께 사용하는 미국인 화가 데이비드(왼쪽, 조지 시걸) 역시 독선적이고 이기적인 위선자이다. 그리고 운동선수인 미국인 테니(오른쪽, 리 마빈)도 어쩔 수 없는 '소수민족'이다.

나치게 자존심이 강해진 인간형으로서, '운동권 예술가'의 아집이 어리석은 허영심(stupid vanity)으로 작용한다. 제니는 "예술이 아니라 포스터를 그리는" 그의 위선을 못마땅하게 생각하지만 "싸우고 나면 추악한 우리들 자신의 모습에 서로 놀라게 되는 것"이 싫어서 참고 따라가며, 길바닥에서 칼부림까지 벌이고 폭력적이지만 솔직하게 감정을 표현하는 어느 멕시코인 남녀의 삶을 부러워하기도 한다.

바보들의 배에서 예술가의 망가진 위상을 보여주는 인물은 미국인 데이비드뿐이 아니다. 모처럼의 첫 유럽 항해인데, 자아 연민에 빠져 춤도 추지 않으려는 데이비드한테 "난 인생을 즐기고 싶다"며 이러려면 차라리 헤어지자고 선언한 제니에게 플라멩꼬(flamenco) 춤을 가르쳐주겠다던 뻬뻬(Pepe)는 에스파냐 무용단의 단장이지만, 알고 보면 어린 집시들을 데려다 앵벌이로 키우면서 춤을 가르치고는 뒷구멍으로는 매춘을 강요하고 화대를 갈취하는 악덕 포주이다.

하룻밤에 40달러를 요구하며 승객들을 유혹하는 무희들의 집단에는 "구멍 뚫린 배에다 실어서 바다에 던져 버리고 싶을 만큼" 버르장머리가 없는 여섯 살짜리 말썽꾸러기 아이도 두 명이 있는데, 그들은 선장과 함께 늘 식사를 하는 개 베베를 바다로 던져 버린다. 그리고 이 개를 건지기 위해 바다로 뛰어든 에스파냐인 노동자는 나무를 깎아 동물을 만드는 '진짜 예술가'이지만, 하등 승객이기 때문에 혹시 무기로 사용할지도 모르는 칼을 빼앗겨 예술 활동(조각)을 못하고, 개만 살려 놓고는 대신 물에 빠져 죽는다. 그리고 독일인 후텐 교장 부부는 에스파냐 노동자의 죽음은 아랑곳하지도 않고 개가 무사한지 진찰해 달라고 의사를 부른다.

"넘쳐나는 정력을 주체하기 힘든" 리버와 앙숙인 스웨덴인 아르네 한센(Arne Hansen), 신혼여행에 나선 멕시코인과 신부(神父), 몽뻴리에(Montpellier)로 가는 여섯 명의 쿠바 의학도, 호텔을 경영하는 스위스 사람들을 포함하여 「바보들의 배」는 세계 여러 나라와 민족을 분류하고 등급을 매기는데, 무용단과 동물 목각을 하는 예술가를 포함한 에스파냐인들은 열등 소수민족으로 취급된다.

에스파냐인들은 충격적인 모습으로 쿠바에서 배를 탄다. 세계시장에서 폭락하는 설탕값을 올리기 위해 농장주들이 사탕수수밭을 불질러 버리고, 일자리가 없어진 노동자들은 카나리아 제도로 강제 축출을 당해 집단 이주를 하려고 구름처럼 항구로 몰려든다. 그리고 작가는 짐짝처럼 지붕도 없는 갑판에서 지내야 하는 이들 집단을 통해 히틀러가 미워했던 공산주의자들과의 충돌을 언급하고, 철학자였던 지식인 노동자의 입을 통해 무신론과 종교(천주교)의 충돌을 유발하며, 결국 선상에서 에스파냐인 노동자들은 폭동을 일으키기도 한다.

쿠바에서 배를 타려고 가축떼처럼 몰려 올라오는 8백76 명의 에스파냐 노동자들 속에 섞여서, 그들 군중으로부터의 환호 속에서 무장한 경찰관의 호송을 받으며 40대의 라 꼰데사(La Condesa, 백작부인 시몬 시뇨레)도 배를 탄다. 5천 명의 목숨(밥줄)을 손에 쥐고 열등 소수민족을 착취하던 남편에 맞서 저항하던 운동가들에게 은신처와 무기를 대주었던 죄로 체포되어, 귀족 신분과 더불어 모든 재산을 빼앗기고 에스파냐의 떼네리페(Tenerife)로 압송되어 가는 길이다.

언제나 그렇듯이 비애(悲哀)로 두 눈이 펑 젖은 검고 슬픈 분위기의 시몬 시뇨레는 세 번이나 결혼에 실패해서 강력한 안정제(마약)가 없으면 잠을 못 자는 폐인이 되어 버렸다. 하지만 위선의 식탁에서 선장 대신 자주 상석에 앉아야 하는 의사 빌헬름 슈만(Wilhelm Schumann)은, 육체적인 고통을 받으면서도 무엇인가 신념을 위해 목숨을 바치려는 백작부인에게 감동하여 마약 주사를 놓아주며, "소녀처럼 순수하게 사랑하고 싶다"는 그녀와 한마음이 된다.

남의 말을 모두 다 진실이라고 믿어 아무한테나 속아넘어가는 순진한 아이여서 추억조차 없는 어린 시절을 보내고, "무엇인가 배울 만한 것이 있을 듯싶어서" 선상 의사가 되었으며, 등장인물(배우)들 가운데 가장 아리안적인 얼굴(Oskar Werner)의 소유자인 슈만은 심장병 때문에 이번이 마지막 항해가 될 텐데, 백작부인과 애절한 사랑을 하면서도 "함께 존재하지 않으면서 의무만 남은 아내와 얼굴도 모르는 두 아들"에 대한 책임 때문에, 그녀와 함께 유형지인 떼네리페 섬에서 배를 내리지 못한다.

배에 혼자 남은 슈만은 괴로워서 술에 취해 틸레 선장에게 이런 고백을 한다. "이

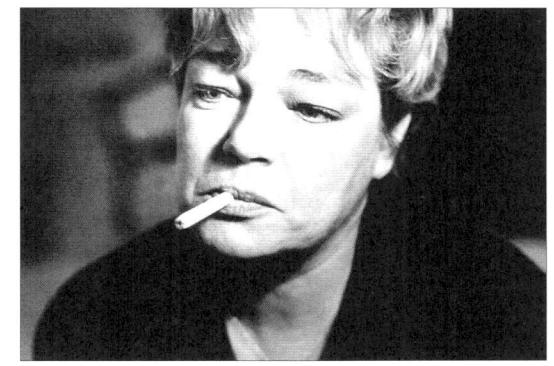

「바보들의 배」에서 가장 순수하고 진지하게 삶을 살아가는 인물은 백작부인(La Condesa)이다.

배에서 내가 본 인간 군상은 잔인함과 허영심에 가득한 모습뿐이었어
요. 인생이란 그렇게 어리석고 무의미(stupid and meaningless)하기만
한가요? 그런 인생의 가치가 무엇일까요? 우린 오물 속에서 살아갑니
다. 우리 인생의 목표는 바보가 되지 않는 것이고요. 하지만 난 제일
못난 바보가 되고 말았어요.”

그리고 그는 만취한 채로 갑판에 쓰러져 죽는다.

멕시코에서 야구 코치를 하던 빌 테니(Bill Tenny, 리 마빈)는 성욕
과잉의 전형적인 야만인으로서, 역시 위대한 독일인이 아닌 ‘소수민
족(미국인)’ 이어서 선장의 식탁에 초대를 받지 못한다. 심한 축농증에
걸린 환자 같은 표정으로 개처럼 침을 질질 흘리다시피하면서 에스파
냐 무용수들의 궁둥이를 게걸스런 눈으로 구경하며 쫓아다니는 그의
모습은 작위적일 정도로 희극적이다. 그래서인지 그가 하는 고민 또
한 희극적이다.

선수 시절에 바깥 구석 쪽으로 들어오는 곡구(曲球, curve ball)를 제
대로 치지 못했다는 사실을 평생의 한으로 삼고서 살아가는 그를 보
고, 신체적인 이유 때문에 “나름대로의 소수민족”임을 자처하는 난쟁
이 글록켄은 “세상에서 적어도 8억 7천3백만 명은 그것이 무엇인지도
모르는 바깥쪽 곡구 때문에
인생 전체를 망쳤다고 자학하
는 짓은 너무 가혹하다”며 테
니의 과장된 죄의식을 꼬집는
다.

“내가 곁에 없으면 마음이
더 편하다고 믿기 때문에 가
족이 대주는 돈으로 워낙 여
행을 많이 다니며” 온갖 희한

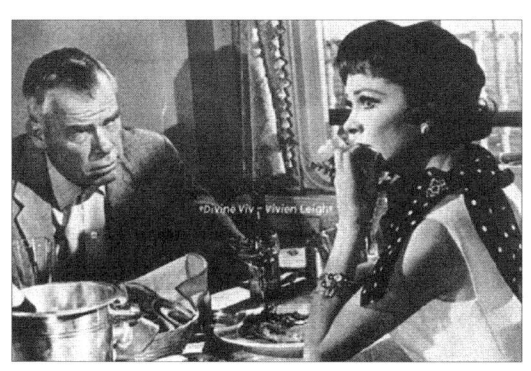

야구선수 출신인 빌 테니(리 마빈)는 미국인이기 때문에 선장의 식탁에
초대를 받지 못하고, 다른 미국인인 이혼녀와 자리를 같이 하게 된다.

한 고뇌에 시달리는 인간 군상을 구경해온 난쟁이는 유대인 뢰벤탈과 더불어 가장 대표적인 신사이고, 난쟁이와 더불어 가장 지적인 등장 인물로 설정한 의사 빌헬름 슈만 또한 신체적인 결함(왼쪽 뺨의 흉터와 심장병)을 지니고 살아간다는 사실이 흥미롭다.

"혼자 우아한 척하는" 이혼녀 메어리 트레드웰(Mary Treadwell, 비비엔 리)은 글록켄이나 마찬가지로, 그리고 우화적인 작품에 등장하는 수많은 이름들이나 마찬가지로, 그리고 미국 텔레비전의 인기물 "우리들의 법정(People's Court 또는 Judge Judy)"을 보고 착안하여 SBS-TV에서 만든 듯싶은 「솔로몬의 선택」에서 활용되는 희극적인 한국 이름들이나 마찬가지로, 무척 상징적이다. 'tread well'이라면 "잘 걸어가다"라는 뜻이지만, 그녀의 인생 여로(항해)는 전혀 순탄치 않기 때문이다. "영원히 나를 사랑해 줄 남자와 보람있는 삶(useful life)"이 인생의 꿈이었던 그녀가 이상적인 짝으로 선택한 남자는 멋지고 교양있는 외교관이었지만, 나중에 알고 보니 바람둥이에 폭력까지 휘두르는 위선자였으며, "남녀관계가 실질적으로 불가능하다"고 믿게 된 냉소적인 그녀는 타인들의 행복한 결혼이 너무 부럽기 때문에 질투한다.

마흔여섯 살이 되는 생일날, 그녀는 자신의 삶을 이렇게 정리한다. "여자는 나이를 먹으면 마음이 굳어지거나 날카로워져요. 뚱뚱하게 살이 찌거나 비쩍 마르면서요. 남몰래 술을 마시게도 되고요. 젊음을 잃고는 안간힘을 쓰느라고 연하의 남자를 얻었다가, 버림을 받는 당연한 죄값을 치르기도 하고요. 그런 날이 온다고 생각하면 정말 끔찍하고 슬퍼져요."

남성 혐오증에 걸린 메어리 트레드웰은 3등 항해사의 끈질긴 유혹에 응하는 듯하다가 결정적인 순간에 물리치고, 한껏 애만 태우고 그를 무시하는 트레드웰에게 항해사는 화가 나서 잘난 체하지 말라고 뼈아픈 소리를 한다. "난 당신 같은 여자들을 잘 알아요. 혹시 무슨 좋

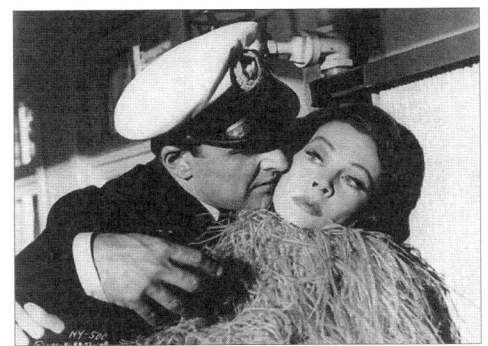

결혼생활에 실패한 메어리 트레드웰은 3등 항해사의 유혹을 물리치고는 뼈아픈 소리를 듣는다.

은 일이라도 생길까 해서 유람선을 자주 타는 40대 여자들 말예요. 하지만 결국 돈을 받고 상대를 해주는 남자하고 나이트클럽에 앉아서 시간을 보내게 되죠."

청춘을 잃고, 인생을 잃고, 술을 잔뜩 마신 다음 이성까지 잃은 트레드웰은 그녀의 선실로 돌아가서 거울 앞에 앉아 "주름살 뒤에 열여섯의 마음을 감춘 바보"의 모습을 한참 물끄러미 쳐다보다가, 그 얼굴에 광대처럼 그림을 그려넣는다. 그때 역시 술에 취한 테니가 선실로 들어와 그녀에게 다짜고짜 강제로 입을 맞춘다. 하지만 테니는 곧 그녀의 얼굴을 자세히 보고는, 에스파냐 무용수가 (일부러) 선실 번호를 잘못 가르쳐 줘서 "다른 여자인 줄 알고 실수를 저질렀다"고 사과한다. 그러자 이혼녀는 테니를 구두 뒤축으로 마구 때리며 화를 낸다.

그밖에도 「바보들의 배」에는 3년 전 죽음을 눈앞에 두고 하느님의 목소리를 듣는 기적을 만나 신앙심으로 노년을 살아간다지만 조카 요한(Johann)에게는 동전 한푼 주지 않으면서 노예처럼 부려먹기만 하는 위선자 그라프 노인(Herr Wilibald Graf)과 사춘기의 두려움을 거치는 엘사(Elsa Lutz) 같은 여러 '바보'들이 함께 항해를 하고, 차례로 한 사람씩 속마음 털어놓기(katharsis)를 모두 끝낼 무렵에 배는 '목적지' 브레머하벤에 도착한다.

이 영화는 바다풍경을 뒷벽에 깔고 촬영소
(studio) 안에서 찍었다는 사실을 시각적으로
전혀 숨기지 않아서, 배우와 관객이 같은 공간
에 함께 공존한다는 연극적 분위기가 두드러지
며, 그래서 영화가 끝날 무렵에는 지금까지 두
시간 반 동안 인생의 '항해'를 같이 했다는 참
으로 특이한 체험을 제공한다. 그리고 승객들
은 인생의 비밀을 간직한 등장인물이기를 그만
두고 다시 저마다 직업적으로 타인의 역을 연
기하는 배우가 되어, 서로 낯선 표정으로 한 사
람씩 배에서 내려 흩어지며 퇴장한다. 배에서
얼마 동안 만나서 같이 지낸 그들은 이제 뿔뿔

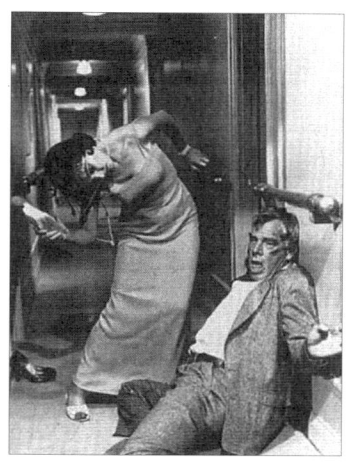

테니가 강제로 입을 맞춘 다음 사람을 잘못
알고 실수를 했다며 사과하자, 트레드웰은 화
가 잔뜩 나서 그를 구두 뒤축으로 모질게 두
들겨팬다.

이 헤어지고, 지금까지 아무 일도 없었다는 듯, 저마다 그들의 일상으
로 되돌아가 군중 속으로 사라지는 것이다.

그리고는 마지막으로, 여송연을 피워물고 지팡이를 들고 배에서 내
린 난쟁이 글록켄은, 다시 관객의 시선을 의식하고 걸음을 멈추고는
우리들에게 이런 작별인사를 한다.

"이건 다 우리들하고 상관없는 얘기입니다."

찾아보기 ●---

▎「바보들의 배(Ship of Fools, 1965, 미국, 149분)」, 감/Stanley Kramer, 출/Vivien
Leigh, Oskar Werner, Simone Signoret, Jose Ferrer, Lee Marvin, Jose
Greco, George Segal, Elizabeth Ashley, Michael Dunn, Charles Korvin

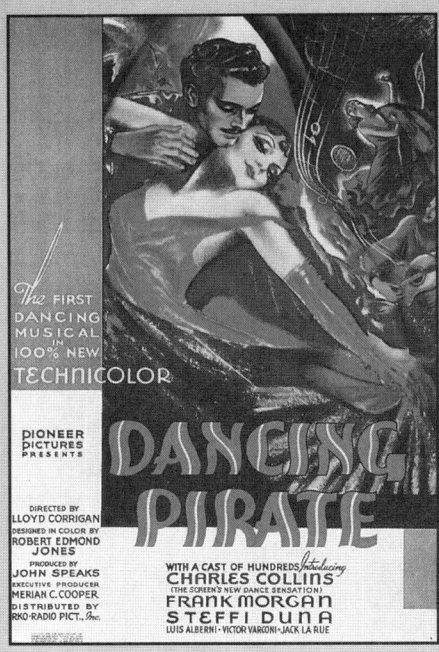

바다와 섬이라는 지리적인 배경이 일반적으로 낭만적인 분위기를 의미하기 때문에, 음악극이 전성기로 접어들던 1930년대부터 헐리우드는 부담없이 편히 즐기면서 봐도 되는 해양성 오락영화를 많이 만들어냈다. 위 왼쪽은 노래와 춤으로 엮어낸 「춤추는 해적(Dancing Pirate, 1936)」(왼쪽 위), 오른쪽 아래는 즐겁게 노래하는 여자들을 가득 태운 「마지막 요트(Down to Their Last Yacht, 1934)」, 그리고 왼쪽 아래 포스터는 조지 번스와 그레이씨 앨런 부부가 출연한 춤과 노래의 오락극 「호놀룰루(Honolulu, 94)」의 선전물이다.

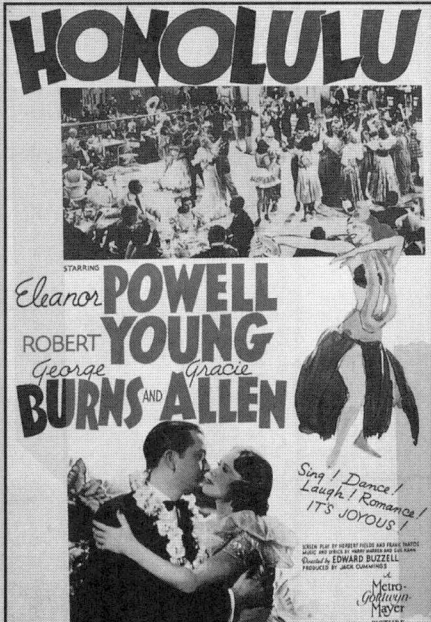

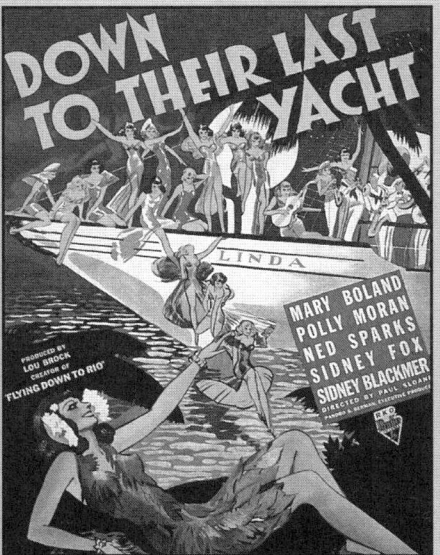

숙제가 아닌 영화들

　"바보들의 배"라는 우화적 주제가 문학에서 독특한 하나의 섬(作品群)을 이루듯, 스탠리 크레이머의 영화「바보들의 배」역시 하나의 떠다니는 작은 나라를 이루고, 지성의 바다를 떠다니는 하나의 섬이 되어서, 이리저리 뜯어보고 음미할 만한 영상 작품이 되었다. 하지만 너도나도「바보들의 배」같은 작품만 만들어 댄다면 영화 산업은 망하고 만다. 누가 뭐라고 해도 영화는 휴식을 위한 공간과 시간이지 학교의 수업시간은 아니기 때문이다.

　다수의 관객은 휴식을 취하고 쉬기 위해서 극장으로 간다. "골을 썩이고" 숙제를 하면서 거기다가 돈까지 내기 위해서가 아니다.

　문학에서도 마찬가지이지만, 영화의 바다에서는 오락과 예술이라는 두 개의 커다란 대륙이 나뉘어 떠다니고, 예술작품이 제공하는 지성적인 활동의 기쁨 못지않게 바보 희극물이나 단순한 오락물, 심지어는 멍청영화가 제공하는 즐거움도 당위성과 존재가치를 부여받는다. 인생에서는 일을 하는 시간 못지않게 쉬는 시간도 생산성을 증진

시키기 위해서 중요한 기능을 발휘하기 때문이다. 아무리 용감하고 투철한 군인이라고 해도 가끔 잠을 자고 휴식도 취해야지, 행군과 전투만 계속할 수가 없는 이치와 같다. 그래서 전쟁영화의 경우, 대부분의 관객은 "신나는 싸움"을 '보고' 싶어하지, 삶과 죽음에 대한 철학 강좌를 '듣고' 싶어하지를 않는다.

그렇다면 비록 교육적은 아닐지라도 상업적인 가치를 지닌 해양영화, 쉬어가는 바다의 오락영화를 몇 편 더 살펴보는 일도 필요하겠다.

「지옥선(地獄船)의 반란」은 원주민들을 착취하는 악인들과 싸우는 선장이 등장하는 남해 이야기의 읽어먹기 영화이고, 「유혈의 갑판」은 화물선을 탈취하기 위해 선원들이 선장을 죽이려는 얘기이지만, 둘 다 문학성(예술성)이나 '정치성'은 보이지 않는다.

선장이 등장하는 보다 가벼운 오락물로는 화물선을 회수하려는 사람의 딸을 선장이 납치했다가 오히려 보통내기가 아닌 딸 때문에 곤욕을 치르는 「다정한 아가씨」, 양쪽 항구에 아내를 하나씩 숨겨두고

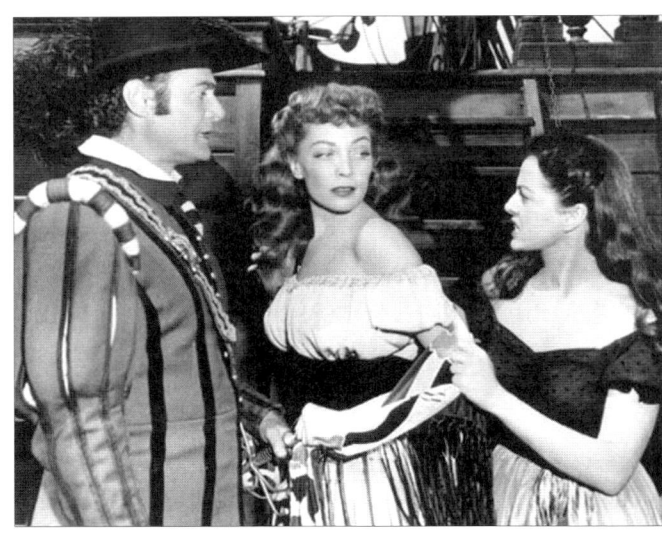

「지옥선의 반란」은 1950년대 많이 제작되었던 흔한 해양활극의 범주에 속한다.

오락가락 즐기는 바람둥이 선장이 나오는 「항구마다 천국이라네」, 화물선의 선장이 호화 여객선의 시험 항해에 나섰다가 겪는 난장판 대소동을 그린 「선장님의 식탁」, 아내와 동행하기 위해 변장한 「선장이 여자라네」, 아카데미 조연 여우상을 받은 「분노의 포도」에서 그리고 명작 서부극 「황야의 결투」를 위시하여 모든 영화에서 헐리우드 판 '어머니 상(像)'을 단골로 맡았던 제인 다웰이 주연이라는 사실과 제목을 보면 내용이 훤해지는 「예인선의 애니 선장」, 다양한 인물이 등장하여 사랑과 음모를 엮어내지만 역시 제목과 험상궂은 빅터 매틀라글렌의 얼굴과 '세 얼간이'의 등장이 내용을 잘 말해 주는 「선장은 바다를 싫어해」가 있다.

「항구마다 천국이라네」에서 행복한 선장 노릇을 했던 알렉 기네스가 「모두가 바다로」에서는 바다를 보기만 해도 역겨워지는 선원이 되어, 폐허가 되다시피 한 포구를 사들여 유원지로 개발하려는 계획을 실천으로 옮긴다.

「막스 4형제의 선상 대소동」에서는 호화 여객선을 타고 밀항하려던 네 형제가 한 여자를 놓고 법석을 부리며 저마다 모리스 슈발리에라고 날뛴다. 유명한 희극배우 막스 4형제를 위해 특별히 대본을 준비한 첫 영화이다.

사기 도박사인 아버지와 함께 호화 여객선을 무대로 못된 행각을 벌이는 「이브라는 이름의 숙녀」 제인 해링튼(Jane Harrington)은 세계 최대의 멍청이 부호인 찰스 파이크(Charles Pike)를 보고는 제물로 삼기 위해 노련한 솜씨로 접근하여 얽어매지만, 마지막 순간에 다 잡은 고기를 놓치고 만다. 화가 난 제인은 찰스의 저택으로 다시 쳐

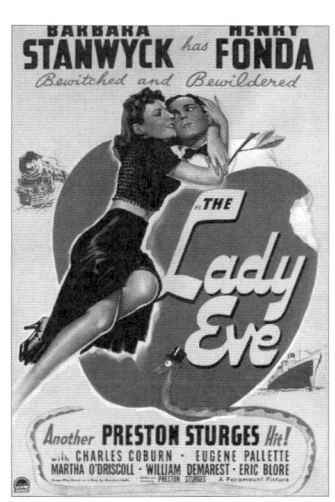

「이브라는 이름의 숙녀」는 멍청이 갑부를 공략하기 위해 "나는 내가 아니다"라는 전략까지 구사한다. 이 영화는 나중에 시드니 셸던 각색으로 다시 제작되었다.

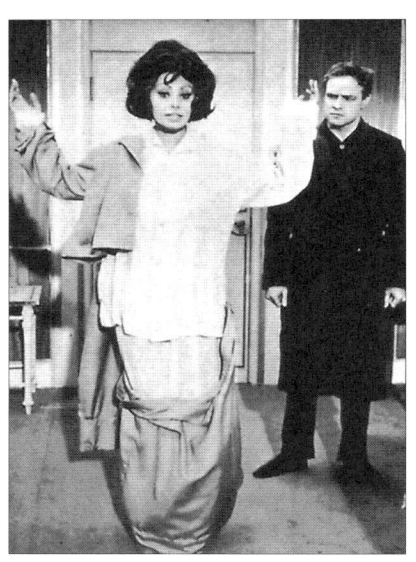

말론 브란도와 소피아 로렌을 동원해서 찰리 채플린이 마지막으로 만든 영화 「백작부인」은 "이름값을 하지 못했다"는 평을 들었다.

들어가서 자기는 얼굴만 똑같을 따름이요 전혀 다른 여자라면서 재공략을 시도한다.

암시가 담긴 절묘한 대사로 유명한 이 영화는 시드니 셸던의 각색을 거쳐 부유한 바람둥이와 사기 도박녀를 주인공으로 삼은 「자웅(雌雄)의 원칙」으로 다시 태어났다.

「호화 여객선」에서는 「7인의 신부」에서 "형수님" 노릇을 했던 제인 파월이 신나게 노래를 부르고, 독신생활을 즐기려고 「바다로 나간 의사」에서 더크 보가드는 승객을 태우는 화물선의 의사가 되었고, 외교관의 특별 전용실에 숨어 밀항하는 여자의 얘기를 하려고 말론 브란도와 소피아 로렌까지 동원했던 「백작부인」은 찰리 채플린에게 치욕의 참패를 맛보게 한 '백조의 노래'가 되어 세월의 무상함을 맛보게 했다.

「모험」은 갑판에서 일하는 뱃사람과 얌전이 도서관 아가씨가 어울리지 않는 한 쌍의 짝을 만드는 희극영화이고, 「섬 여인」에서는 범선의 선장과 관광객 여인이 칼립소 음악을 배경에 깔고 짝을 맞춘다. 「바다의 분노」는 예인선의 선장이 결혼하려는 여자가 그의 부하 선원에게 마음이 더 끌려서 벌어지는 치고받기 활극이고, 인간의 육신을 점령하는 망령들("Invasion of the Body Snatchers")의 얘기로 유명한 공상과학소설 작가 잭 피니(Jack Finney)의 원작을, 「환상지대(Twilight Zone)」를 만들어낸 로드 설링(Rod Serling)이 각색한 「퀸 메어리 호를 털어라」는 호화 여객선의 금궤를 탈취하기 위해 독일군 잠수함을 동원하려는

20세기 해적이 등장하는 모험극이다.

이런 해양극은 빼앗긴 명예를 회복하는 「차이나 선장」으로 이어지고, 「지나해(支那海)의 음모」는 리퍼블릭 영화사에서 연작물로 만들었던 「지나해의 사나이 톰(Trader Tom of the China Seas)」을 재편집해서, 우월한 백인이 원주민들의 반란을 도와 준다는 내용으로 엮었다.

유람선 영화로는 바다를 항해하는 「사랑의 유람선(The Love Boat)」과 강을 오르내리는 「미시시피 유람선(The Riverboat)」이 텔레비전을 통해 연속물로 소개되었고, 16살 난 소년이 전세계 항구를 찾아다니며 항해를 했던 실화를 그레고리 펙이 제작하여 영화로 만든 「비둘기」도 새가 아니라 배의 이름이다.

하지만 「비둘기」 소년보다 훨씬 더 엄청난 모험을 벌이는 주인공은 리처드 바크(Richard Bach)의 사진 소설을 영화로 만든 「갈매기의 꿈」에 등장하는 새(조나단 리빙스톤)이다.

그냥 갈매기이기를 거부하는 갈매기 조나단, 그는 누구보다도 높이, 그리고 누구보다도 멀리 날고 싶어한다. 그래서 그는 쓰레기를 파헤쳐 더러운 고기를 주워 먹는 갈매기떼(군중)의 치열한 생존경쟁 위로, 구름 위로, 한없이 솟아 올랐다가 목숨을 걸고 필사적으로 하강하여 펠리칸처럼 바다에 꽂히기도 한다. 물고기를 잡아먹는 일이 삶의 전부가 아니라고 생각하기 때문에 힘찬 비상을 꿈꾸며, 조나단은 하늘(영토)을 놓

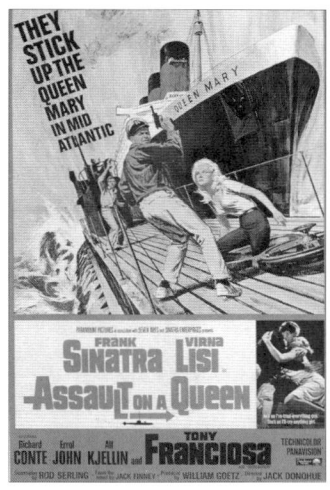

「퀸 메어리 호를 털어라」는 텔레비전 연속물 「환상지대(Twilight Zone)」를 만들어낸 귀재(鬼才) 로드 설링(Rod Serling)의 손을 거쳐 태어난 현대 해적의 얘기이다.

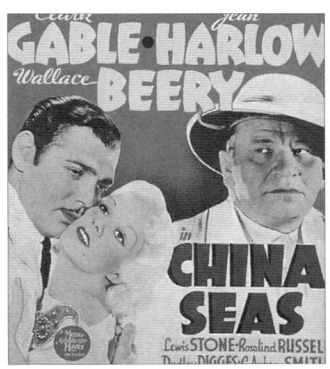

「차이나 선장」은 동양으로 무대를 옮긴 해양극이다. 클라크 게이블은 훗날 어니스트 K. 간 원작의 모험극 「홍콩의 밤(Soldier of Fortune, 1955)」에서 다시 동양의 바다로 돌아온다.

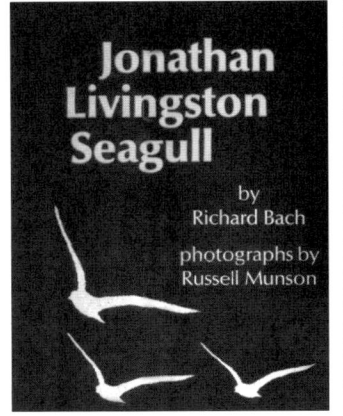
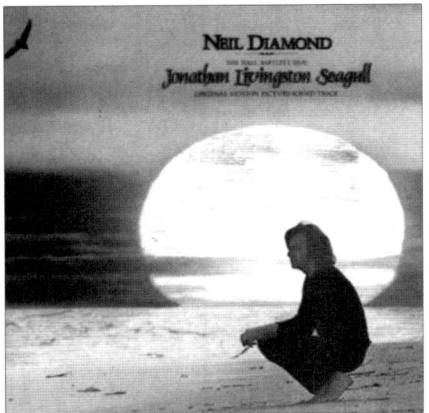

우리나라에서 적어도 13개 출판사가 번역해서 내놓은 「갈매기의 꿈」(왼쪽)을 영화로 만든 「조나단」은 「노인과 바다」나 마찬가지로 원작을 낭송하는 식으로 영상화한 작품이다. 오른쪽은 닐 다이아몬드의 주제곡 모음집

고 독수리와 공중전을 벌이고, 모든 육지와 바다를 돌아다니며 구도(求道)한다.

아무도 못 올라간 곳에 도달하려는 조나단의 돌출 행동은 대중과 단독자의 대립을 가져오고, 원로들에게 호출된 그는 집단의 전통을 어긴 죄로, 갈매기의 생활방식과 비행방식을 어긴 죄로 무지의 집단으로부터 추방을 당한다. 그러나 그는 좌절하면서도 끝내 초월의 꿈을 버리지 못한 채로 내륙의 계곡과 폭포를 날고, 사막을 횡단하고, 만년설이 쌓인 산을 넘고, 어둠 속에서도 날기를 계속하여 방랑 끝에 선지자를 만나 득도한 다음 고향으로 돌아가 깨달음을 전한다.

선지자 주제가 담긴 인생철학 교본과 같은 「갈매기의 꿈」은 무한계와 완전성을 추구하는 한 마리 갈매기의 우화를 실체감이 없는 시간과 공간 그리고 자유에 대한 의지로 풀이하고, 짧은 날개의 단점을 미덕으로 바꿔 완벽한 비행의 비밀을 찾는 혁명으로 설명한다. 폭도의 공격으로부터 탈출하면서도 혼자 우뚝한 영혼의 지도자 조나단의 애기는 닐 다이아몬드(Neil Diamond)의 노래에 실려 바다 위로 시화(詩

畵)처럼 펼쳐진다.

찾아보기 ●--

Harry Woods

▌「이브라는 이름의 숙녀(The Lady Eve, 1941, 미국, 134분)」, 감/Preston Sturges, 출/Barbara Stanwyck, Henry Fonda, Charles Coburn, Eugene Pallette, William Demarest, Eric Blore, Melville Cooper

▌「자웅의 원칙(The Birds and the Bees, 1956, 미국, 94분)」, 감/Norman Taurog, 출/George Goble, Mitzi Gaynor, David Niven, Reginald Gardiner, Fred Clark, Hans Conried

▌「호화 여객선(Luxury Liner, 1948, 미국, 98분)」, 감/Richard Whorf, 출/George Brent, Jane Powell, Lauritz Melchoir, Frances Gifford, Xavier Cugat

▌「바다로 나간 의사(Doctor at Sea, 1955, 영국, 93분)」, 감/Ralph Thomas, 출/Dirk Bogarde, Brigitte Bardot, Brenda de Banzie, James Robertson Justice, Maurice Denham, Michael Medwin

▌「백작부인(A Countess From Hong Kong, 1967, 영국, 108분)」, 감/Charles Chaplin, 출/Marlon Brando, Sophia Loren, Sydney Chaplin, Tippi Hendren, Patrick Cargill, Margaret Rutherford

▌「모험(Adventure, 1945, 미국, 125분)」, 감/Victor Fleming, 출/Clark Gable, Greer Garson, Joan Blondell, Thomas Mitchell, Tom Tully, John Qualen, Richard Hayden

▌「섬 여인(Island Woman, 1958, 미국, 72분)」, 감/William Burke, 출/Marie Windsor, Vincent Edwards, Marilee Earle, Leslie Scott, Maurine Duvalier, George Symonette

▌「바다의 분노(Sea Fury, 1958, 영국, 72분 또는 97분)」, 감/Raker Endfield, 출/Stanley Baker, Victor McLaglen, Luciana Paluzzi, Gregoire Aslan, Francis de Wolff, Percy Herbert, Rupert Davies, Robert Shaw

▌「퀸 메어리 호를 털어라(Assault on a Queen, 1966, 미국, 106분)」, 감/Jack Donohue, 출/Frank Sinatra, Virna Lisi, Tony Franciosa, Richard Conte, Alf Kjellin, Errol John, Murray Matheson, Reginald Denny

▌「차이나 선장(Captain China, 1949, 미국, 97분)」, 감/Lewis R. Foster, 출/John Payne, Gail Russell, Jeffrey Lynn, Lon Chaney, Edgar Bergen

▌「지나해의 음모(Target, Sea of China, 1954, 미국, 100분)」, 감/Franklin Adreon, 출/Harry Lauter, Aline Town, Lyle Talbot, Robert Shayne, Fred Graham

▌「비둘기(The Dove, 1974, 미국, 105분)」, 감/Charles Jarrott, 출/Joseph Bottoms,

Deborah Raffin, John McLiam, Dabney Coleman

▌「갈매기의 꿈(극장 제목은 "조나단", Jonathan Livingston Seagull, 1973, 미국, 120분)」, 감/Hall Bartlett, 출(목소리)/James Franciscus, Juliet Mills, Hal Holbrook, Kelly Harmon, Dorothy McGuire, Richard Crenna

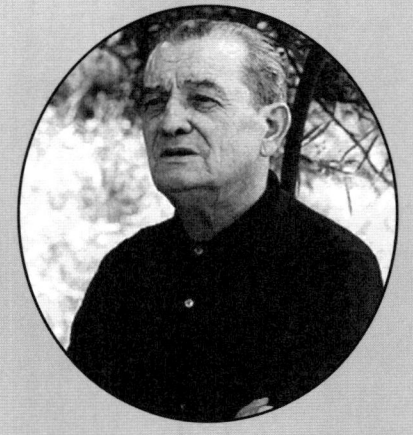

노벨문학상을 받은 미국의 유진 오닐(Eugene O'Neill)과 프랑스의 극작가이며 영화감독이었던 마르쎌 빠뇰(Marcel Pagnol, 왼쪽)은 두 사람 다 바다를 소재로 한 희곡으로 유명하다. 오른쪽 아래 유진 오닐의 희곡집에 실린 「수평선 너머」, 「안나 크리스티」, 「털이 잔뜩 난 유인원」은 모두 영화로 제작되었다.

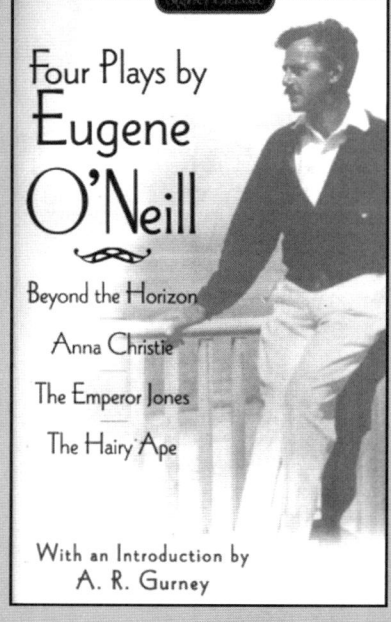

SIGNET CLASSIC

Four Plays by
Eugene
O'Neill

Beyond the Horizon

Anna Christie

The Emperor Jones

The Hairy Ape

With an Introduction by
A. R. Gurney

바다가 보이는 희곡

희곡을 쓰는 극작가로서 노벨 문학상을 받은 미국의 유진 오닐 (Eugene 〔Gladstone〕 O'Neill, 1888~1953)에 관해서는 연극과 영화의 관계를 따로 다루는 책에서 본격적으로 살펴보겠지만, 여기에서는 우선 오닐과 바다가 연결된 측면만 알아보기로 하자.

이름에서도 잘 나타나듯이 에이레 혈통을 타고 뉴요크에서 연극배우인 부모(James O'Neill과 Ella Quinlan)로부터 태어난 그는 이어받을 만한 미국적인 독특한 전통을 찾지 못해서 스스로 갖가지 희곡 기법을 소개하여 미국 연극에 가장 두드러진 영향을 끼친 인물 가운데 한 사람으로 꼽힌다. 그가 채택한 혁신적인 기법으로는 상징적인 가면과 의상의 사용, 의도하는 주제를 강조하기 위한 표현과 동작의 반복, 그리고 신화와 종교로부터 빌려온 전형적인 주제이다. 그는 또한 등장인물들의 내적인 갈등을 나타내기 위해 엘리자베드 시대 희곡에서 사용되던 독백(soliloquy)과 곁말(aside, 傍白)을 부활시키기도 했다.

독일의 표현주의와 스트린드베리(August Strindberg)의 작품, 그리고 니체와 프로이트의 사상으로부터 깊은 영향을 받은 그는 연극의 낭만적이고 오락적인 전통으로부터 과감하게 벗어나 음울하고 감동적인 심리극을 써냈다.

오닐은 종교 단체로부터 지원을 받는 학교를 다니고 프린스턴에서도 1년 동안 공부한 다음 떠돌이 생활을 하며 막일을 했고, 상선을 타고 몇 차례 항해를 해서 훗날 작품에 반영하게 되는 경험을 쌓았다. 1912년 폐결핵에 걸린 그는 요양소에 들어가 독서를 많이 하고 희곡을 쓰기 시작한다. 1914년까지 열두 편의 단막극과 두 편의 장막극을 쓴 그는 단막극집 『목마름(Thirst and Other One-Act Plays)』을 출판한다.

이때부터 오닐의 희곡은 세 단계를 거치는데, 초기인 1914~21년에는 해양극을 썼고, 그후 14년 동안 실험적인 단막극을 발표했으며, 1934년부터 죽을 때까지 그의 대표적인 위대한 작품들을 만들어낸다. 그의 창작생활에서 가장 결정적인 시기로 꼽히는 1914년 그는 하버드 대학 연구회(Harvard Workshop)에서 조지 베이커(George Price Baker) 교수의 제자가 되었고, 프라빈스타운 극단(Provincetown Players)은 죽어가는 뱃사람에 관한 오닐의 단막극 「동쪽의 카디프를 향하여

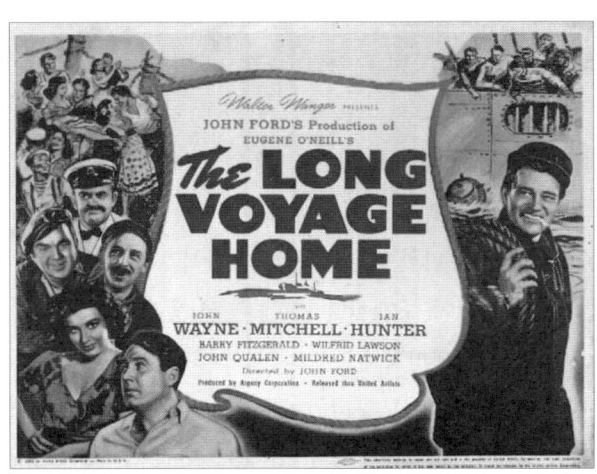

「귀향」은 고향으로 돌아가고 싶어하는 꿈을 안고 살아가는 뱃사람들을 주인공으로 삼은 유진 오닐의 해양극 가운데 하나이다.

(Bound East for Cardiff)」를 무대에 올린다.

바다를 떠나 고향으로 돌아가 농사를 짓고 싶어하는 뱃사람의 헛된 꿈은 이때부터 오랫동안 오닐의 여러 작품에서 일관된 주제로 나타난다. 네 편의 단막극 「카리비스의 달(The Moon of the Caribbees, 1918)」, 「동쪽의 카디프」, 「전투지역(In the Zone)」, 「머나먼 고향(The Long Voyage Home, 1917)」을 엮어서 더들리 니콜스(Dudley Nichols)가 각색한 「귀향」 역시 "고향이 그리워도 못 가는 신세"가 전편에 깔리는 주제이다.

거의 전체가 암울한 분위기의 밤과 안개로 이어지는 침침한 영화 「귀향」은 선원 대부분이 에이레 사람들이며, 존 포드 사단의 단골 연기자들인 토마스 밋첼, 워드 본드, 배리 핏제랄드 등의 낯익은 얼굴이 포진한 가운데, 낡은 민간 화물 수송선 글렌케언(Glencairn) 호 선원들 가운데 에이레 사람이 아닌 등장인물들을 차례로 조명한다.

첫 번째 초점의 대상인 잉글랜드 선원 스미티(Smitty, Ian Hunter)는 가장 늦게 케이프 타운에서 합류한 외로운 선원으로서, 늘 외톨이로 지내고 비밀이 많은 남자이다. 미국에 들러 탄약을 싣고 배가 유럽으로 출발하려고 하자 그는 웬일인지 고향인 영국으로 가지 않겠다고 몰래 하선해서 도망치다가 붙잡혀 오고, 항해 도중에는 신경이 과민해진 동료 선원들로부터 독일군의 첩자로 오인을 받기도 한다. 하지만 그가 고향으로 못 가는 이유란 술 때문에 군대에서 쫓겨나기까지 했지만, 필사적인 노력에도 불구하고 아직 금주를 실천하

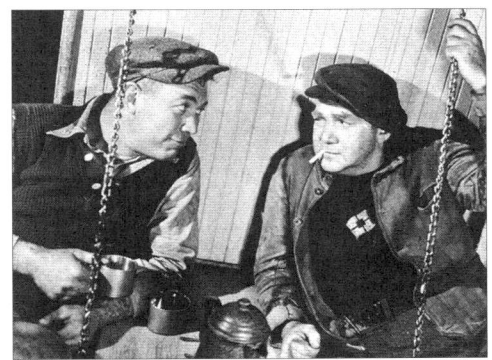

「귀향」에서도 나란히 모습을 보이는 워드 본드(왼쪽)와 토마스 밋첼(오른쪽)은 존 웨인과 더불어 서부극을 비롯한 존 포드 영화에 단골로 출연하는 에이레 배우들 가운데 대표적인 조연급들이다.

지 못해 처자식들에게 피해를 주지 않으려는 생각에서였다. 그러나 그는 배가 전투지역으로 진입한 다음 독일 비행기의 공습을 받는 동안 기총소사에 맞아 죽고, 시체가 된 다음에나마 고향으로 돌아간다.

미국인 양크(Yank, Ward Bond)는 시드니, 싱가포르, 부에노스 아이레스, 케이프 타운 등 전세계 항구마다 추억을 남기며 오랜 떠돌이 생활을 하지만, 폭풍 속에서 갈비뼈가 부러져 폐를 관통하는 바람에 고향에 돌아가지 못하고 쓸쓸히 수장을 당한다.

스웨덴 선원 올리 올센(Ole Olsen, John Wayne)은 그들 모두를 대신해서 아무도 못 가는 고향으로 돌아가는 꿈을 실현해야 하는 상징적인 인물이다. 이제는 배를 그만 타고 돈을 모아 기필코 고향에 가서 농사를 짓고 노모에게 효도를 해야 한다면서, 세 번이나 뭍에 올랐지만, 고향길에 오르기 전 "딱 한 잔만" 하려다가, 두 잔 석 잔은 열 잔이 되고, 전답을 사려고 모은 돈을 결국 다 털어먹고는 다시 배타기를 거듭했던 올리였다.

그래서 이번에는 선원들이 힘을 모아 그를 고향으로 보내기 위한 작전을 짠다. 술집으로 가기 전에 올리가 받은 2 년 동안의 급료를 그의 속호주머니에 넣고 꿰매고는, 스톡홀름으로 갈 배표부터 산다. 하지만 술을 참으면서 올센이 배를 탈 시간을 기다리는 동안, 술집의 호

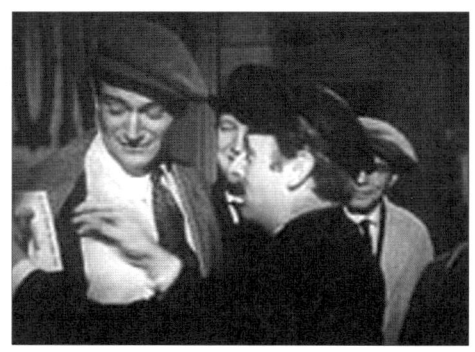

「귀향」에서 올리 올센(존 웨인)이 무사히 고향으로 돌아가게 하기 위해서 그동안 번 돈을 술집에서 털리지 않도록 동료 선원들이 신경을 써서 챙겨준다.

객꾼이 거머리처럼 달라붙고, 동료들이 점점 취하는 사이에 그는 작부의 유혹에 넘어가 밀실로 들어가서 억지로 먹인 술에 취해 인사불성이 되어, 노예선에서처럼 혹사한다고 악명이 높은 아민드라 호로 끌려간다.

뒤늦게 납치 사실을 알아낸 동료들이 아민드라 호로 쳐들어 가서 올리를 구출해 고향으로 보내는 데 끝내 성공하지만, 에이레 선원 드리스콜(Driscoll, Thomas Mitchell)은 대신 붙잡혀 아민드라 호를 타고 출항했다가 독일 잠수함의 어뢰를 맞고 배가 격침되어 죽고 만다. 그리고 다른 선원들은 모두 빈털터리가 되어 하나 둘 다시 배를 타러 글렌케언 호로 돌아온다. 그들에게는 "머나먼 고향길이 결코 끝나지 않기 때문(but for the others the Long Voyage Home never ends)"이다.

「밤으로의 긴 여로(Long Day's Journey Into Night, 1956)」와 더불어 우리나라에서 자주 공연되는 「고래기름(Ile, 1917)」은 아내가 정신이상을 일으킬 때까지 고래기름을 얻기 위한 사냥에만 몰두하는 얘기이며, 「십자가를 만드는 곳(Where the Cross Is Made, 1918)」 역시 비슷한 집념에 사로잡힌 선장에 관한 얘기이다.

이런 단막극들에 대한 비평계의 관심에 힘입어 1920년에 발표한 장막극 「수평선 너머(Beyond the Horizon)」는 한 여자를 사랑하는 메이오(Mayo) 형제 가운데 수평선 너머의 모험을 꿈꾸던 로버트는 그녀와 결혼하기 위해 고향에 남고, 평범한 앤드루가 바다로 나가 아르헨티나까지 간다는 내용으로서, 퓰리처 상을 받았다.

유진 오닐은 2 년 후 『안나 크리스티』로 다시 퓰리처 상을 받는다. 스웨덴인 선장 크리스 크리스토퍼슨(Chris Christopherson 또는 Gustafson)은 모든 불행과 악이 "망할 놈의 바다(dat old davil sea)가 하는 짓"이라고 믿어서, 딸 안나를 내륙지방의 미네소타로 보내 키우려고 한다. 하지만 안나는 결국 항구로 나가 건장한 에이레 선원 매트 버크(Mat Burke)

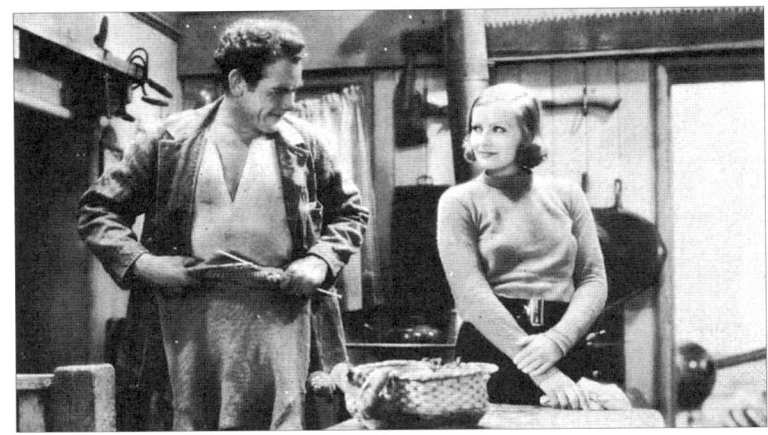

유진 오닐에게 퓰리처 상을 안겨준 『안나 크리스티』는 여러 차례 영화로 제작되고 우리나라에서는 김애경(!) 주연으로 연극이 공연되기도 했다. 1930년 판 그레타 가르보 주연의 「안나 크리스티」(사진)는 영어판과 독일어 판이 동시에 제작되었다.

와 바다를 사랑하게 된다. 세인트 폴에서의 부끄러운 과거를 그녀가 고백하자 아버지와 매트는 그녀와 인연을 끊지만 결국 용서를 하게 된다.

그레타 가르보의 첫 유성영화인 「안나 크리스티」는 영어판과 더불어 독어판(감/Jacques Feyder)도 동시에 제작되었는데, 독어판에서는 그레타 가르보는 그대로 나오지만 조연 배우들은 다른 배역진을 썼다. 이 작품은 1923년에도 블랑시 스위트(Blanche Sweet)와 조지 마리온 주연으로 무성영화가 선을 보였었다.

「안나 크리스티」는 1957년 극작가이며 제작자인 조지 애보트(George Abbott, 1887~1998)가 음악극 「처음 보는 아가씨(New Girl in Town)」로 개작했다. 브로드웨이에서 1977년 다시 무대에 올려진 「안나 크리스티」를 우리나라에서 민중극장이 공연했을 때는 김애경이 여주인공 역을 맡았다. 요즈음 텔레비전에서 푼수 역을 열심히 해서 웃기는 김애경과는 대단히 다른 모습이었다.

에밀 졸라의 자연주의로부터 크나큰 영향을 받았던 오닐은 주인공들의 정체성 찾기에도 점점 더 많은 관심을 기울였으며, 이와 더불어 표현주의 기법을 구사했던 작품으로는 「털이 잔뜩 난 유인원(1922)」을 꼽는다. 폐기해 버려야 할 만큼 낡아 빠져서 '목욕통(Tub)' 소리를 듣는 화물선의 밑바닥 기관실에서 일하는 화부(火夫, stoker) 양크(Yank, 영화에서는 이름이 Hank로 바뀜)는 자신이 그곳에 '소속' 한다는 사실을 아주 자연스럽게 받아들인다. 벌거숭이 짐승처럼 살아가던 그는 "이 배는 내가 움직인다"는 자부심까지 느끼며, 자신의 동물적인 힘과 "가장 남자다운 일"이라고 생각되는 그의 직업을 자랑으로 여기기까지 한다.

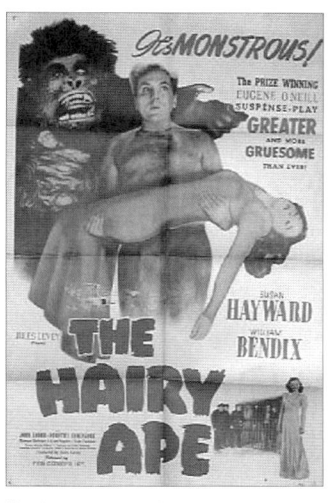

「털이 잔뜩 난 유인원」은 동물적인 밑바닥 인생을 내세워 표현주의 기법을 구사했던 오닐의 작품이다.

그러다가 리스본을 출발하여 뉴요크로 가려고 대서양 횡단 항해를 하던 도중 일은 안 하고 평생 놀기만 좋아하며 온갖 못된 짓은 골라가면서 하던 교만한 사교계 여성 밀드레드(Mildred Douglas)가 "밑바닥 인간들은 어떻게 살아가는지 구경하고 싶어서" 기관실로 내려와 석탄 가루를 뒤집어 쓴 더러운 모습의 그를 보고는 "털만 잔뜩 난 유인원 같으니라구, 가까이 오지 마!"라고 면전에서 혐오스럽게 말을 하자 충격을 받고 자신에 대한 회의를 느끼기 시작한다.

뉴요크에 도착한 그는 진화 단계에서 상승하려는 시도를 하다가 실패하고, 동물원에 찾아가서 고릴라를 보고는, "하얀 여자가 본 내 모습이 너와 같았겠구나"라면서, 정신적으로 자신과 가장 가까운 관계라는 생각이 들어 갇혀 사는 짐승을 우리에서 풀어 준다. 희곡에서는 양크가 풀어 준 유인원에게 죽음을 당하지만, 영화에서는 행크가 복수라도 하려는 듯 밀드레드를 아파트먼트로 찾아가기까지 하지만, 벨라 루고시 같은 몸짓과 분노는 모두 흐지부지 사라지고, 죽여도 시원치 않을 여자를 뺨이라도 어루만지려고 어물어물하다가 그냥 나와서, 다시 대서양을 건너갈 배를 타고 만다.

1923년 런던에서 첫 공연을 가진 서튼 베인(Sutton Vane)의 희곡을 원작으로 삼은 「마지막 항해」의 승객들은 이상한 세계의 사람들이다. 술로 몸을 망쳐 정신이 피폐해진 부랑아 톰 프라이어(Tom Prior)는 신비한 안개에 둘러싸인 채로 몇 사람과 함께 여객선을 탔는데, 배에는 심부름을 하는 객실계원 한 사람뿐 승무원이 아무도 없는 듯하다. 헨리와 불륜을 맺은 사이인 앤, 그리고 다양한 사람들이 함께 여행하는데, 나중에 알고 보니 그들은 모두가 죽은 몸("half-way" persons)으로서, 심판을 받으러 가는 길이다.

천국과 지옥으로 가야 할 사람들이 함께 여행하는 「마지막 항해」는 「두 세계 사이에서」라는 제목으로 다시 영화화되었고, 여객선 대신 항공기로 무대를 바꿔 「사라진 비행기(The Flight That Disappeared, 1961)」가 되기도 했다.

노년에 단짝이 되어 호흡을 잘 맞추는 잭 레먼과 월터 매타우는 카리브 해의 유람선을 타고 「바다로 나가서」 춤을 추고, 참치잡이배를

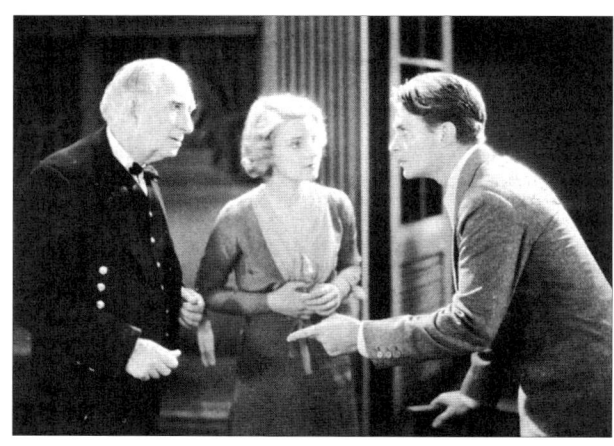

「마지막 항해」는 죽은 자들이 심판을 받으러 가는 얘기이다.

타는 젊은이 「추바스코」는 선장의 딸과 결혼하여 갈등을 겪는다.

　바다로 나간 젊은이를 사랑하기 때문에 갈등하는 여인의 이야기 「화니」는 유진 오닐만큼이나 많은 작품("La Femme de Boulanger," 1938, "Manon des Sources," 1953, "Jean de Florette," 1986 등)이 영상화 되었으며, 직접 각색과 연출도 했던 프랑스 극작가 마르쎌 빠뇰 (Marcel Pagnol, 1894~1974)의 희곡이 원작이다. 빠뇰은 마르세이유를 무대로 한 3 부작으로 가장 유명하며, 「화니」가 그 두 번째 작품으로서, 1932년 프랑스에서 영화가 제작되었다.

　조슈아 로간의 헐리우드 판 「화니」는 표제 희곡 「화니(1931)」뿐 아니라, 「마리우스(Marius, 1928)」와 「쎄자르(César, 1936)」까지 3 부작을 모두 엮어서 만든 영화로서, 시종일관 따뜻한 사랑이 흘러 넘친다.

　프랑스의 간판급 대배우였으며, 44 년 동안을 해로한 아내가 죽자 "영원한 연인"답게 자살로 세상을 떠날 때까지 은막에서 노익장을 과시했던 샤를 부아이에(1899~1978)와, 일찍이 12살 때 처음 무대에 섰으며 샹송과 부드러운 미소로 역시 평생 크게 사랑받은 프랑스의 연예인이었던 모리스 슈발리에(Maurice Chevalier, 1888~1972)는 「화니」에서 잭 레먼과 월터 매타우처럼 짝을 지어 다른 늙수그레한 동네 개구쟁이들과 함께 마르세이유 항구의 술집 앞을 지나다니는 타향 사람들을 골탕먹이

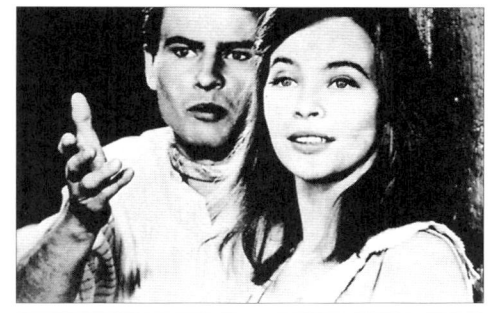

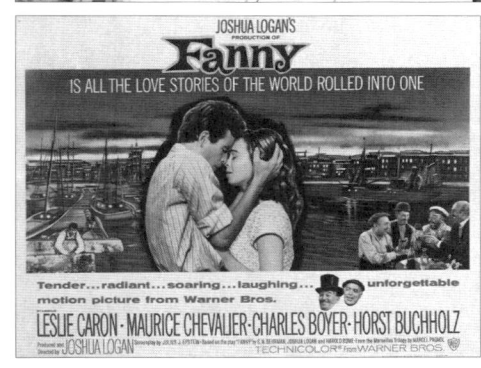

헐리우드에서 만든 「화니」는 마르쎌 빠뇰의 마르세이유 3 부작을 하나로 엮었다.

는 악동들이다.

성미가 급하고 심통이 대단한 술집 주인 쎄자르(Charles Boyer)와 삭구상(索具商)으로 부자가 된 앙리 빠니쓰(Henri Panisse)는 늘 다투면서도 단짝인데, 빠니쓰는 상처한 지 4개월밖에 안 되었는데도 40살이나 아래인 화니를 마음에 두고 열심히 쫓아다닌다. 그러나 뚱뚱보 생선장수의 딸인 화니는 쎄자르의 아들 마리우스를 애타게 사랑해서 결혼하게 될 날만 꿈꾼다.

그러나 19살의 청년 마리우스는 어려서부터 배를 타고 "황금나무가 자라는 섬"으로 가겠다는 몽상에 사로잡혀 뱃고동 소리만 들어도 마음이 설레이고, 아버지 몰래 과학탐사선을 타고 5년 항해를 나갈 계획까지 세워 놓았으니 결혼은 생각도 못할 처지이다. 그러다가 화니는 18살 생일을 맞아 엄마가 이모집에 가느라고 집을 비운 사이, 마리우스를 집으로 데리고 가서 하룻밤을 함께 지낸다. 그리고 그들의 동침 사실이 발각되자 화니의 엄마와 쎄자르는 두 사람의 결혼을 서두른다.

마리우스도 바다로 나갈 계획을 포기하고 결혼에 동의하지만, "나를 너무나 사랑해 주는 사람들 때문에 갇혀 살 생각을 하면 미칠 것만 같다"는 마리우스를 억지로 붙잡았다가는 미움만 사리라는 생각에 화니는 돈많은 빠니쓰와 결혼하고 싶다는 거짓말을 해서 그를 배에 태워 보낸다.

여자의 속마음을 알아차리지 못한 마리우스가 편지조차 보내지 않으며 "바다로 나간 물고기처럼 행복한" 선원 생활을 하는 사이에 화니는 임신했다는 사실을 알게 되고, 앞길이 막막해진 그녀는 궁여지책으로 빠니쓰와 결혼한다. 정직하고 부유한 집안이면서도 손이 귀한 빠니쓰 집안에서는 화니를 극진히 대해 주고, 아들 쎄자리오도 행복하게 잘 자라지만, 마리우스와 화니의 사랑하는 마음은 좀처럼 변함이 없다.

빠뇰 작품의 특징이지만, 가장 심각하고 슬플 때도 훈훈함이 느껴지고, 착한 사람들의 풍요한 사랑은 햇살이 화사한 화면에서 처음부터 끝까지 밝기만 하다. 빠니쓰가 돈이 많다고 자랑하며 화니와 결혼시켜 달라니까 "잠옷에는 호주머니가 없어요"라던 '장모님'의 한 마디나, "사랑이란 무게가 별로 안 나간다"는 쎄자르의 명언, 그리고 다른 수많은 눈부신 대사가 경쾌하고, 임종을 앞두고도 즐거운 말다툼을 계속하는 두 늙은 악동의 모습, 그리고 마리우스의 사진을 보고 슬퍼하는 화니의 뒤쪽으로 같은 장면에 함께 담아내는 유쾌한 배경은 참으로 절묘하다.

「마리우스」는 마르쎌 빠뇰 각본으로 1931년 프랑스에서 영화가 나왔고, 아들 쎄자리오가 성장하여 자신의 아버지는 빠니쓰가 아니

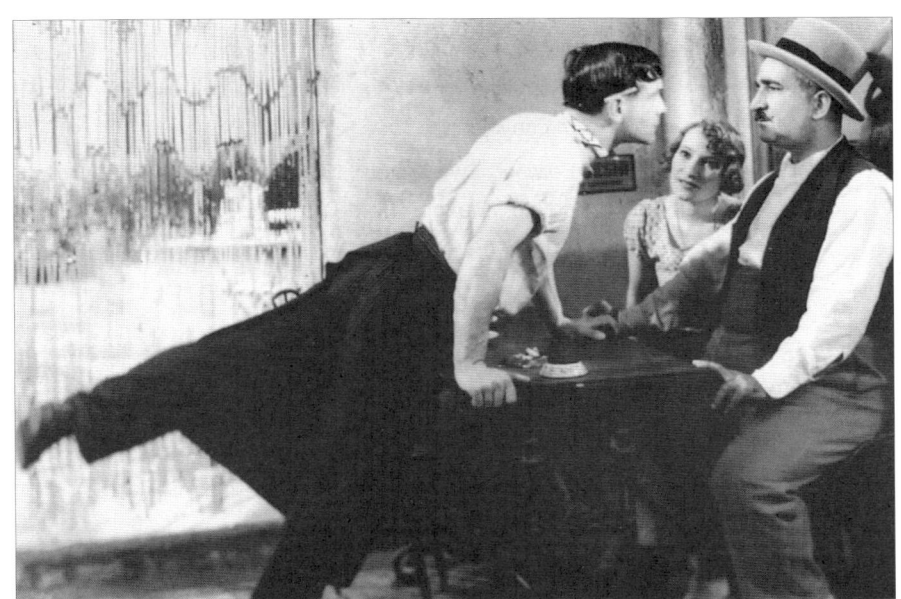

프랑스에서 제작한 빠뇰 3부작 가운데 「마리우스」 편에서, 쎄자르 노인과 화니의 정다운 모습에 질투심을 느낀 젊은 마리우스가 화풀이를 한다.

라 마리우스라는 사실을 알게 되는 3편 「쎄자르」는 빠뇰이 직접 연출했다.

Chevalier, Charles Boyer, Horst Buchholz, Baccaloni, Lionel Jeffries, Raymond Bussieres, Victor Francen, Georgette Anys, Joel Flateau

▌「마리우스(Marius, 1931, 프랑스, 125분)」, 감/Alexander Korda, 출/Raimu, Pierre Presnay, Charpin, Alida Rouffe, Orane Demazis

▌「쎄자르(César, 1936, 프랑스, 170분)」, 감/Marcel Pagnol, 출/Raimu, Pierre Presnay, Charpin, Alida Rouffe, Andre Fouche, Orane Demazis

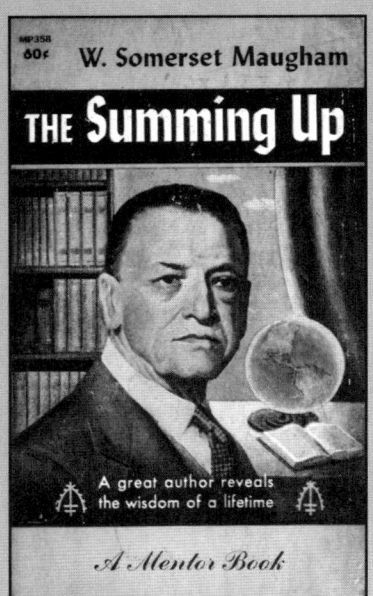

1960년대 우리나라 대학생들은 영어로 된 서머세트 모옴이 그의 인생관과 문학관을 정리해서 담은 자서전 복사판을 신분증처럼 멋으로 들고 다니고는 했었다(책 표지). 영화 「4중주」는 이 책의 60장(아래) 첫 문장을 모옴이 인용하면서 시작된다.

and leaves so shadowy an impression.

60

IN MY TWENTIES the critics said I was brutal, in my thirties they said I was flippant, in my forties they said I was cynical, in my fifties they said I was competent, and now in my sixties they say I am superficial. I have gone my way, following the course I had mapped out for myself, and trying with my works to fill out the pattern I looked for. I think authors are unwise who do not read criticisms. It is salutary to train oneself to be no more affected by censure than by praise; for of course it is easy to shrug one's shoulders when one finds oneself described as a genius, but not so easy to be unconcerned when one is treated as a nincompoop. The history of criticism is there to show that contemporary criticism is fallible. It is a nice point to decide how far the author should consider it and how far ignore it. And such is the diversity of opinion that it is very difficult for an author to arrive at any conclusion about his merit. In England there is a natural tendency to despise the novel. The autobiography of an insignificant politician, the life of a royal courtesan will receive serious critical consideration, whereas half-a-dozen novels will be reviewed in a bunch by a reviewer who is concerned only too often to be amusing at their expense. The fact is simply that the English are more interested in works of information than in works of art. This makes it difficult for the novelist to get from criticisms of his work anything that will be useful to his own development.

It is a great misfortune to English letters that we have not had in this century a critic of the class, say, of Sainte-Beuve, Matthew Arnold or even Brunetière. It is true that

139

세이디 톰슨 주변의 사람들

소설가이며 극작가인 서머세트 모옴(W[illiam] Somerset Maugham, 1874~1965)은 단편소설 작가로서도 대단히 뛰어나서, 표현의 간결성과 풍자, 냉소적인 객관성과 기교로 유명하며, 단편소설이 문학의 주류를 이어오던 우리나라에서는 기 드 모파쌍과 더불어 모옴이 마치 세련된 문학의 교과서나 표본처럼 여겨져서, 1960년대까지만 해도 웬만한 대학생이면, 묘하게도 '지성'의 상징처럼 통하던 시사주간지 〈타임〉 그리고 영어로 된 서머세트 모옴의 『자서전(The Summing Up, 1938)』 불법 복제판을 너도나도 손에 들고 다니고는 했었다. 대학생이라면 당연히 막걸리집에서도 쇼펜하우어나 니체나 칸트나 헤겔을 논할 줄 알아야 했던 시절의 일이었다.

단편작가로서의 명성에 걸맞게, 모옴의 소품 네 편을 모은 영화 「4중주」는 크게 성공했는데, 해설자는 "이 영화의 진짜 스타는 배우가 아니라, 24 편의 전작 소설, 24 편의 희곡, 그리고 1백 편 이상의 단편소설을 발표한 작가"라고 "헌납하는 경의"를 표하며 모옴을 소개한다. 그리고는 모옴이 직접 화면에 모습을 보이고는 자신의 작품 활동에 관해서 이렇게 설명한다.

"나는 내 생애에서 겪은 거의 모든 사건을 내 작품의 소재로 삼아 왔다. 나 자신의 경험에서 영감을 얻어 거기에다 살을 붙여 글을 쓰기도 하지만, 내가 아는 다른 사람들을 등장인물로 만드는 경우가 더 많다. 이런 식으로 나의 상상력이 활동하기 때문에 때로는 사실과 허구가 어찌나 뒤엉켰는지, 지금 되돌이켜 생각하면 무엇이 사실이고 무엇이 허구인지를 나 자신도 분간하기 어려운 경우도 나온다. 비평가들은 20대였을 때의 나를 과격(brutal)하다고 했으며, 30대에는 경박(flippant)하고, 40대에는 냉소적(cynical)이고, 50대에는 유능(competent)하고, 60대에는 피상적(superficial)이라고 했지만, 나는 내 믿음을 굽히지 않고 항상 삶의 모습을 열심히 작품에 그대로 담아내려고 노력했을 뿐이다."

이어서 시작되는 첫 번째 얘기 "인생의 교훈(The Facts of Life)"에서는 19살의 정구선수가 시합을 하러 몽뜨 까를로(Monte Carlo)에 갔을 때, "도박을 하지 말고, 남에게 돈을 꾸어 주지 말고, 여자를 믿지 말라"는 아버지의 충고 세 가지를 모두 어겼더니 어떤 결과가 생겼는지를 보여 준다. "1천 프랑 정도는 잃어도 괜찮지 않겠느냐"는 동료 선수의 말을 듣고 심심풀이로 룰레트를 한 청년은 대박이 터져 10만 프랑을 따고, 그가 돈을 꾸어 주었던 여자의 유혹에 넘어가 집까지 따라가서도 비슷한 결과가 생긴다. 청년이 잠든 줄 알고 10만 프랑을 몰래 훔쳐 꽃병에 숨기는 장면을 목격하고 그는 화병에서 다시 돈을 꺼내 가지고 귀국하는데, 비행기 안에서 보니까 여자가 함께 숨겨 두었던 다른 돈까지 몽땅 가져온 것이다.

두 번째 이야기 "모난 돌(Alien Corn)"의 주인공 조지(Dirk Bogarde)는 옥스포드를 졸업하고 21번째 생일을 맞아 피아니스트가 되겠다고 장래 희망을 밝힌다. 전통적인 가문답게 아버지는 사업이나 정치, 또는 크리케트 선수라면 '신사(양반)'다운 '직업(career)'이지만, 음악(예술)은 그렇게 인정하지를 않는다. "나도 어릴 적에는 낚시를 좋아했지만, 낚시꾼을 직업으로 삼지는 않았다"는 것이 아버지의 생각이다.

하지만 조지를 사랑하는 사촌 폴라는 말리면 더 고집할 테니 조건부로 2 년 동안만 빠리에서 음악 공부를 시켜 주라고 제안한다. 그런 다음에 전문가의 공정한 평가를 받아 장래성이 없다고 생각되면 예술을 포기해야 한다면서 폴라는 조지에게 "음악을 안 하게 되는 경우, 나의 사랑에 관심을 가져달라"고 부탁한다. 넉넉지 못한 돈으로 공부를 끝낸 다음 폴라가 추천한 음악가에게 가혹한 평가를 받은 조지는 사랑과 신사다운 직업을 택하는 대신 엽총으로 자살을 한다. 그러나 가문의 명예를 위해 아버지는, "명문가의 상속자가 음악을 못한다고 자살했을 리는 없다"며 조지가 사고로 죽었다는 법원의 평결을 받아낸다.

세 번째 이야기 "연(The Kite)"은 살림을 못하는 며느리를 미워하는 시어머니를 등장시켜 대단히 한국적인 주제를 밑에 깔고, 하늘로 솟아오르는 연으로부터 해방감을 느끼는 허버트 선베리(Herbert Sunbury, 그의 성은 "태양을 묻어 버린다"는 뜻임)와 시어미가 미워서 남편이 시부모와 연을 못 날리게 훼방놓는 아내 베티 베이커의 갈등을 다룬다.

마지막 얘기 「대령의 여인(The Colonel's Lady)」은 가슴을 뭉클하게 한다. 시골 유지인 퇴역 장교 페레그린 대령은 런던에 대프니(Daphne)라는 정부까지 숨겨놓고 위선적인 삶을 살아가는데, 결혼생활 30 년 만에 어느 날 아내 캐더린 해밀튼이 시집을 출판하자 아예 읽어 보지도 않고 "글자도 많지 않고 80 쪽밖에 안 되는 책이 86 실링이라면 너무 비싸지 않느냐"는 반응을 보인다. 아내가 순식간에 유명해지고 가는 곳마다 찬사가 들려오자 남편으로서의 위치가 기울어진다는 기분을 느끼며 대령은 문인들의 모임에도 마지못해서 참석하지만, 알아듣기 힘든 대화에 소외감만 심해진다.

그리고는 아내의 시집이 정열적이고 선정적이라는 소문을 듣고 숨겨놓은 여자 대프니에게 내용이 무엇인지를 물어 보고, 중년의 아내가 젊은 남자와 깊은 사랑을 했지만, 상대방 청년이 죽었다는 실제 경험을 실감나게 시로 엮은 듯싶다는 설명을 듣는다. 부정한 아내에게 속아서 바보가 되었다는 기분에, '청년'이 누구인지를 알아내려고 애쓰던 대령은 아내에게서 그것은 "젊었을 때 몇 년 짧은 기간 동안 나를 사랑했다가 이제는 정열이 식어 버린 당신"이라는 설명을 듣는다.

한 가지 주의해야 할 사실은, 「4중주」에 출연한 이안 플레밍(1888~1969)은 1930년대 셜록 홈스 영화에서 워트슨(Dr. Watson) 역을 맡았던 영국 배우로서, 제임스 본드를 만들어낸 소설가 이안 플레밍(1908~64)과는 다른 사람이다.

「4중주」의 영상 연주가 크게 호응을 받자 서머세트 모옴의 단편소설 셋을 엮은 「앙코르」가 뒤따랐다. 돈을 놓고 형제들이 벌이는 암투, 불안감에 시달리는 곡마단원이 겪게 되는 위기, 그리고 설쳐대는 여자 때문에 유람 여행을 망칠 뻔한다는 "겨울 유람(Winter Cruise)", 이렇게 세 편의 얘기가 담긴 「앙코르」이외에도 모옴 영화는 적지 않지만, 그가운데 바다와 섬이 등장하는 작품은 「비」가 가장 먼저 손꼽힌다.

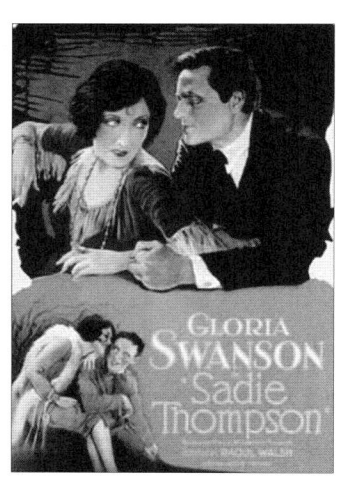

모옴의 중편소설 「비」를 글로리아 스완슨 주연으로 영화를 만들었을 때는 여주인공의 이름이 제목으로 내걸렸다.

중편소설 『비(Rain, 1921)』의 여주인공 세이디 톰슨은 모옴이 만들어낸 등장인물 가운데 아마도 가장 잘 알려진 이름이겠고, 그래서 글로리아 스완슨의 영화는 제목이 아예 「세이디 톰슨」이었다. 이 영화는 마지막 한 권(reel)이 오래 전에 삭아 버려서 연구가들만이 자료로 관람하고는 했다가 최근에야 8 분 가량을 정사진과 자막으로 복원해 놓았기 때문에 일반인들로서는 별로 접할 기회가 없겠고, 그래서 조운 크로포드의 「비」부터 살펴보기로 하자.

남태평양 미국령 사모아의 투투일라(Tutuila) 섬의 작은 포구 파고 파고(Pago Pago)에서 콜레라 때문에 발이 묶인 의사 맥페일(Macphail) 부부와 선교사 데이빗슨(Davidson) 부부와 호놀룰루에서 흘러 들어온 수상한 신분의 아가씨 세이디 톰슨은 혼(John Horn)의 잡화점 아래위층에 민박을 든다. 깃털이 달린 하얀 모자에 요란한 옷을 걸치고, 팔찌와 온갖 가짜 보석을 주렁주렁 매달고, 번쩍거리는 야한 구두를 신은 세이디는 축음기를 가지고 도착했으며, 억수 같은 장마비가 끊임없이 내리는 음침하고 무더운 분위기 속에서 그녀의 주변에는 어느새 섬에 주둔한 미 해병들이 몰려든다.

위층에 묵은 선교사와 아래층 아가씨는 천국과 지옥처럼 대조적인 세상에서 살아가는 사람들이고, 군인들과 어울려 춤추고 노래하며 밤낮으로 시끄럽게 법석을 부리는 아래층 여자가 못마땅한 위층 사모님들은 "저런 싸구려 여자는 쳐다보지도 말고 말도 하지 말아야 한다"고 합의를 본다. 그리고 선교사는 무례한 군인들을 몰아내려다가 오히려 아래층 방에서 쫓겨나고 만다.

독선적인 데이빗슨은 호놀룰루의

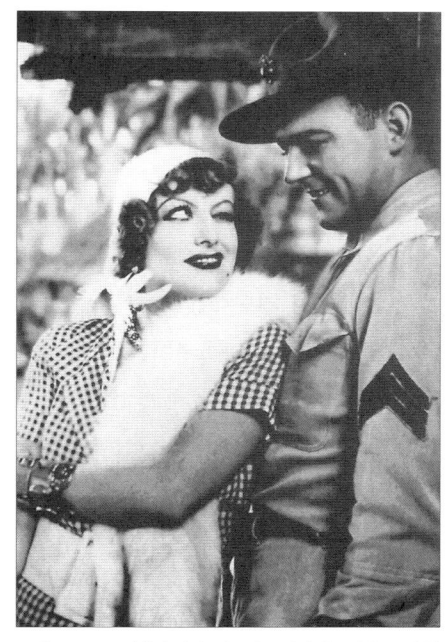

조운 크로포드의 「비」에서 여주인공 세이디 톰슨은 요란한 옷차림에 퇴폐적인 행동으로 군인들에게서는 인기를 끌지만, 선교사 부부하고는 적이 된다.

홍등가에서 창녀로 몸을 팔았던 세이디의 과거를 알아내고 "구원받을 기회를 주겠다"며, "최선을 다해 그녀를 구하고 값진 영생을 주겠다"고 선언하고는 "파멸이냐 아니면 구원이냐, 선택을 하라"고 지옥의 유황불로 그녀를 위협한다. "당신이 뭔데 나를 단죄하느냐?"고 반발하자 선교사는 아피아(Apia)로 총독을 찾아가, 워싱턴의 연줄까지 들먹여 가며, 세이디를 본국으로 추방하도록 압력을 넣는다.

살인사건에 연루되었던 세이디는 샌프란시스코로 돌아갔다가는 경찰에 체포되어 꼼짝없이 3 년을 형무소에서 보내야 할 처지이고, 애걸복걸 살려 달라는 그녀에게 데이빗슨은 계속해서 정신적으로 괴롭히며 무릎을 꿇고 기도를 드리게 한다. 다시는 창녀짓을 하지 않을 테니까, 이곳에 와서 친해진 해병 하사관(Sgt. O'Hara)과 함께 시드니로 가서 새 출발을 하도록 며칠만 기다려 달라고 그녀가 애원하는 소리를 일부러 듣지 않으려고 데이빗슨이 미친 듯 주기도문을 반복하여 외우는 장면은 공포감을 불러일으키기까지 한다.

더 이상 버티지 못하고 굴복한 세이디는 회개하고 종교를 받아들이지만, 데이빗슨이 그녀를 유혹하고 강간까지 하게 되자 그녀는 '제자리'로 돌아간다. 이튿날 아침 데이빗슨이 자살한 시체로 발견되자, 다시 깃털이 달린 하얀 모자에 요란한 옷을 걸치고, 팔찌를 여러 개 두르고, 번쩍거리는 야한 구두를 신은 차림으로 나타난 세이디가 맥페일에게 코웃음을 친다.

"당신네 남자들! 음탕하고 더러운 돼지들이야! 당신네들 모두가 다 똑같다구. 돼지들! 돼지들이야!"

권위적인 종교를 앞세운 위선의 사악함으로부터 쫓기다가, 겁탈까지 당하고 나서야 마침내 당당해지는 더러운 악의 여인 세이디 톰슨 역을 인상적으로 해낸 「비」의 조운 크로포드(본명 Lucille Fay Le Sueur, 1908~77)는 고전적인 의미의 '별(star)'과는 거리가 먼 인기 여배우였다. 헐리우드 키드는 「낙엽(Autumn Leaves, 1957)」에서 그녀를 보았을 때, 저렇게 눈이 흉할 정도로 크고 이상하게 생긴 여자가 어째서 50 년 동안이나 그토록 대단한 인기를 누렸는지, 이해가 가지 않았었다. 남자도 마찬가지이지만 여배우라면 우선 예뻐야 했던 시절에, 입도 지나치게 크고, 시커먼 눈썹에, 항상 심각한 표정, 그리고는 어깨까지 남자처럼 딱 벌어진 여배우가, 어떻게 반 세기에 걸쳐 빛을 잃지 않고 반짝이는 별의 위치를 지켜냈던 것일까?

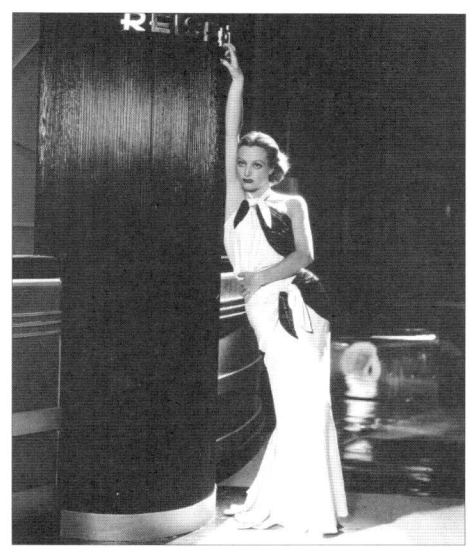

MGM에서 현상공모를 통해 '조운 크로포드'라는 예명을 얻은 여배우는 헐리우드의 인기배우 앞세우기 체제(star system)가 계획적으로 생산한 대표적인 제품이었다.

그것은 시대와 상황이 달라질 때마다 크로포드 역시 그에 맞도록 적극적으로 모습을 바꿨기 때문이었다.

MGM에서 영화잡지를 통해 현상 공모를 한 이름을 예명으로 내걸고 연기 생활을 본격적으로 시작한 그녀는 처음에 세이디 톰슨처럼 겁이 없는 '건달 아가씨'로 부각되었다. 우리나라에서는 공부를 안 하고 남학생들과 어울려 놀기만 좋아하던 불량 여고생을 지칭하는 표현으로 오랫동안 쓰였던 '건달 아가씨(flapper, 일본식 발음으로 "후라빠"라고 했음)'라면 사실은 영화 「위대한 개츠비」에서 만나게 되는 1920년대의 부박하고 젊은 미국 여성을 뜻하는 명칭이었다.

그러다가 나이를 먹으면서 크로포드는 남자들을 꼼짝 못하게 만드는 타락한 여인상을 거쳐, 생활력이 강한 직업 여성, 숙명적으로 고통을 받는 여성, 이기적이고 신경질적인 양성(androgynous, 兩性)의 여성, 남편에게는 사나우면서 아이들에게는 지나치게 너그러운 엄마, 사교계의 여왕 등 다채로운 변신을 거듭했다.

크로포드의 양성적인 면은 마를레네 디트리히, 그레타 가르보, 캐더린 헵번이 보여 준 남성적인 모습과는 크게 차이가 날 정도로 극단적이고, 글렌 클로스도 아직은 세이디 톰슨 역의 조운 크로포드 정도는 미치지 못한다. 수많은 해병대 남자들에 둘러싸여서도 여자는 자기 혼자뿐이라는 두려움을 전혀 느끼지 않는 크로포드의 당당한 모습은 「고원의 결투(Johnny Guitar, 1954)」에서 권총을 차고 머쎄데스 매캠브릿지(Mercedes McCambridge)와 결투를 벌일 때도 전혀 어색하지가 않다. 「자이언트」를 위시하여 수많은 영화에서 남성적인 역할을 단골로 맡았던 매캠브릿지까지도 크로포드의 도도함에 대해서 이런 말을 했다고 할 정도이다.

"그 여자는 강력한 썩은 달걀예요.(She was a poweful, rotten-egg lady.)"

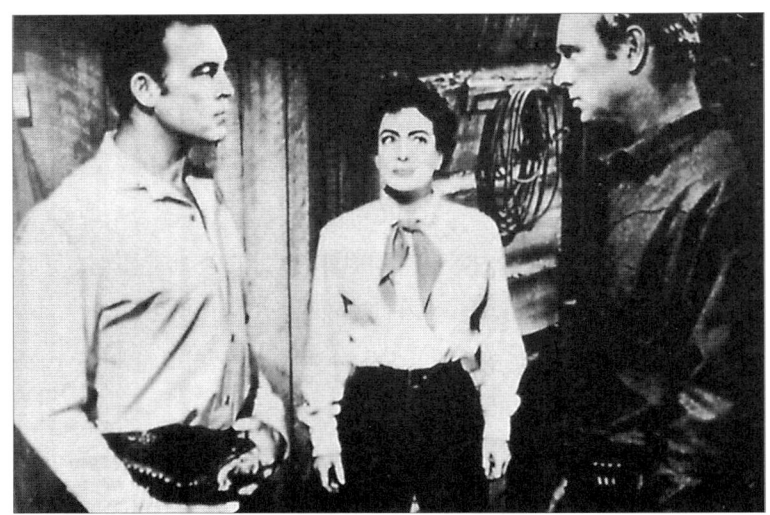

「고원의 결투(Johnny Guitar)」에서 조운 크로포드(가운데)는 남성적인 여성 역을 단골로 맡아온 머쎄데스 매캠브릿지뿐 아니라, 남성 출연자들까지도 모두 압도한다.

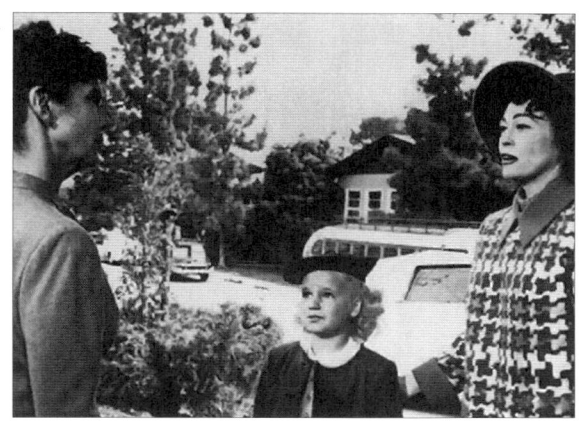

영화로도 제작된 「친애하는 엄마」에서 조운 크로포드를 나쁜 여자라고 헐뜯은 양녀 역시 배은망덕한 여자라고 욕을 먹었다.

크로포드 자신은 이런 식으로 표현했다. "난 빛나는 별 조운 크로포드의 모습을 보이지 않고는 집 밖을 나서지 않아요. 이웃에 사는 여자를 보고 싶다면 이웃집에나 가 봐요."

이러한 성격 때문에 그녀는 양녀에게 수모를 당하기도 했다. 크로포드는 양녀로 들어가 성장한 자신의 과거 때문인지는 몰라도 양자를 넷이나 들었는데, 그들 가운데 크리스티나가 그녀로부터 혹사를 당하며 성장한 얘기를 책으로 펴냈고, 이것이 영화(「친애하는 엄마」)로까지 만들어지는 바람에, 크로포드는 물론이요 배은망덕한 양녀까지 수많은 사람들의 미움을 받았다.

크로포드를 전혀 두려워하지 않았던 여배우는 당대 크로포드와 쌍벽을 이루었던 큰별 베티 데이비스(Bette Davis)뿐이었는지도 모르겠다. 역시 도도함과 독설이라면 누구에게도 지지 않았던 데이비스는 "그녀(크로포드)와 함께 일하면서 가장 즐거웠던 일은 「베이비 제인」에서 층계 밑으로 굴러 떨어뜨릴 때였어요"라고 당당하게 말했다. 로버트 올드리치(Robert Aldrich) 감독의 「베이비 제인은 도대체 어떻게 되었는가?(What Ever Happened to Baby Jane, 1962)」는 베티 데이비스가 조운 크로포드를 감금해 두고 온갖 학대를 자행하는 공포영화이다.

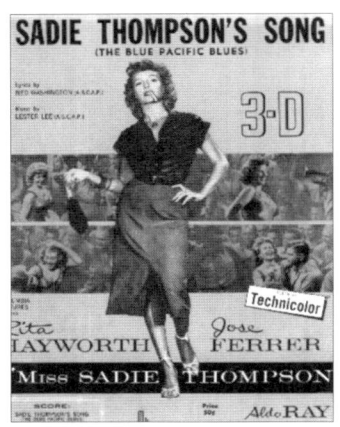

「비에 젖은 욕정」은 리타 헤이워드의 눈부신 모습과 남태평양의 아름다운 풍광을 보여 주느라고 지나치게 열심이었던 탓인지, 모옴의 소설에서 필수적인 '주인공'이었던 비가 별로 내리지를 않는다.

세이디 톰슨 영화의 변형으로는 「할렘에서 온 지저분한 아가씨(Dirty Gertie from Harlem, U.S.A.)」가 있으며, 「진홍의 날개」를 쓴 작가 어네스트 K. 간이 원작인 「세이디의 모험」은 사랑에 굶주린 남자들과 함께 무인도에서 오도가도 못 하게 된 여자를 주인공으로 삼은 성에 대한 풍자극으로서, 모옴의 세이디 톰슨을 연상시키기는 하지만 직접적인 관련은 없다.

세이디 톰슨 역으로 유명한 또 다른 여배우는 「비에 젖은 욕정」에서 주연했던 리타 헤이워드 (본명 Margarita Carmen Cansino, 1918~87)이다. 「잊지 못할 사랑(An Affair to Remember, 1957)」, 「페이톤 플레이스(Peyton Place 1957)」 계열의 말랑드라마를 많이 제작한 제리 월드(Jerry Wald, 1911~62)가 3 - D 입체 음악극으로 만든 「비에 젖은 욕정」은 어둡고 질퍽한 조운 크로포드의 「비」와는 분위기부터가 많이 달라서, 아름다운 남해의 청명한 풍광을 보여 주느라고 신경을 너무 써서인지 아예 비가 별로 내리지 않는다. 그리고 하얀 블라우스에 빨간 치마 차림으로 도착하는 세이디 톰슨도 화창한 날씨만큼이나 산뜻하다.

해병대원들에게 둘러싸여 몇 곡의 노래("The Heat Is on" 등)를 부르고 열심히 춤을 추던 세이디는 "꿈꾸기 따위는 생각하기도 싫다"면서 정신없이 즐기기에만 열중하다가도, 가끔 혼자 남으면 마음이 그늘진 여자라는 인상을 주려고 우울해한다. 아마도 주인공에 대한 해석이 시대에 따라 달라졌기 때문인지도 모른다. 아니면 역을 맡은 배우에 맞춰 등장인물을 새로 설정한 결과였으리라.

리타 헤이워드는 조운 크로포드에 비하면 비교적 단순하고 제한된 역을 맡았다. 그리고 그러한 단조로움은 미모와 춤과 노래로 충분히 보완할 능력을 갖춘 연기자였다. 마르가리따 까르멘 깐시노는 에스빠냐 집시 무용수의 딸로 태어나 12살 때부터 아버지와 함께 보드빌에서 춤을 추었고, 그녀의 우아한 아름다움이 헐리우드의 관심을 끌게 되자 머리 빛깔과 이름을 바꾸고, 전기침(針) 수술(electrolysis)을 통해 이마를 넓혀 황홀한 변신을 하고는 프레드 아스테어의 상대역으로 눈부신 춤솜씨를 과시하기에 이른다. 1948년 〈라이프(Life)〉지가 그녀에게 "사랑의 여신(The Love Goddess)"이라

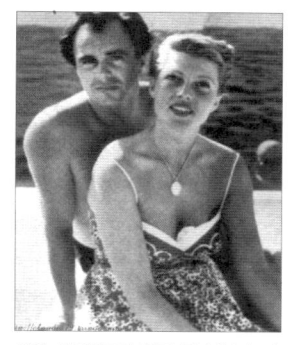

리타 헤이워드와 알리 칸 부부가 다정한 한때를 보내고 있다. 하지만 그녀의 '왕비' 생활은 그레이스 켈리의 삶과는 크게 차이가 났다.

는 명칭을 붙여 준 이듬해 알리 칸(Prince Aly Khan)과 결혼하여 세계적으로 이목을 집중시켰는가 하면, 여러 차례의 결혼(Orson Welles, James Hill 등)과 연애 사건(Victor Mature, David Niven, Tony Martin, Howard Hughes 등등)을 거치며 자유분방한 생활을 하다가, 지극히 화려하면서도 행복하지는 않았던 삶의 끝에 이르러 1970년대 치매에 걸려 비참한 노년을 보냈다.

1983년 텔레비전 영화 「사랑의 여신 리타 헤이워드(Rita Hayworth: The Love Goddess)」에서는 린다 카터(Lynda Carter)가 그녀의 역을 맡았다.

찾아보기 ●--

▌「4중주(Quartet, 1948, 영국, 120분)」, 감/Ken Annakin, Arthur Crabtree, Harold French, Ralph Smart, 출/Hermione Baddeley, Dirk Bogarde, Mervyn Jones, Cecil Parker, Susan Shaw, Basil Radford, Mai Zetterling, Honor Blackman, Naunton Wayne, Jack Raine, Ian Fleming, Wilfred Hyde-White, Nora Swinburne

▌「앙코르(Encore, 1952, 영국, 85분)」, 감/Pat Jackson, Anthony Pelissier, Harold French, 출/Nigel Patrick, Roland Culver, Kay Walsh, Glynis Johns, Terence Morgan

▌「세이디 톰슨(Sadie Thompson, 1928, 미국, 97분)」, 감/Raoul Walsh, 출/Gloria Swanson, Lionel Barrymore, Raoul Walsh, Blanche Frederici, Charles Lane, James Marcus

▌「비(Rain, 1932, 미국, 93분)」, 감/Lewis Milestone, 출/Joan Crawford, Walter Huston, William Gargan, Guy Kibbee, Walter Catlett, Beulah Bondi

▌「친애하는 엄마(Mommie Dearest, 1981, 미국, 129분)」, 감/Frank Perry, 출/Faye Dunaway, Diana Scarwild, Steve Forrest, Howard da Silva, Mara Hobel, Rutanya Alda, Harry Goz

▌「세이디의 모험(The Adventures of Sadie, 1954, 영국, 88분)」, 감/Noel Langley, 출/Joan Collins, George Cole, Kenneth More, Robertson Hare, Hermione Gingold, Walter Fitzgerald, Hattie Jaques

▌「비에 젖은 욕정(Miss Sadie Thompson, 1953, 미국, 91분)」, 감/Curtis Bernhardt, 출/Rita Hayworth, Jose Ferrer, Aldo Ray, Russell Collins, Charles Bronson

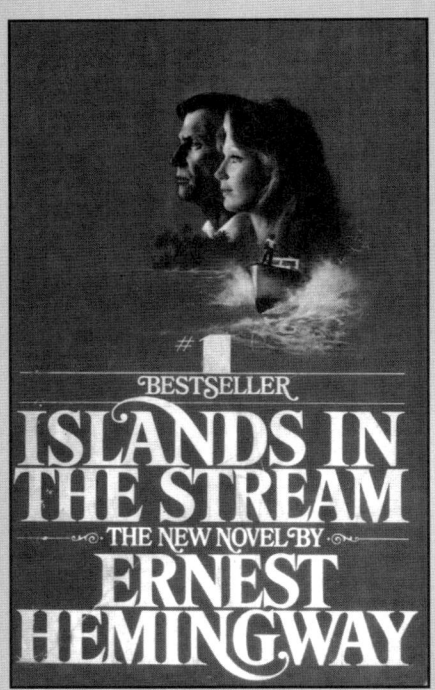

어니스트 헤밍웨이에게는 '백조의 노래(swan song, 마지막 작품)'가 된 유작 「흐르는 섬들」은 우울한 노래이다.

바다의 언저리 사람들

어니스트 헤밍웨이가 자살한 다음에 출판된 소설 『흐르는 섬들』을 영화로 만든 「바하마의 별」은 사람을 우울하게 만든다. 허연 턱수염에 이르기까지 노년의 헤밍웨이 모습 그대로 분장한 등장인물이 엮어 내는 얘기가 작가의 죽음, 그리고 자살 이유를 자꾸 연상시키기 때문이다.

제1부 "아이들(The Boys)" 편을 보면, 젊은 시절 낚시를 오고는 했던 섬에서 혼자 칩거하며 쇳덩이를 산소 용접기로 잘라 남들이 이해하지 못하는 예술 작품을 만드는 조각가 톰(Thomas Hudson, George C. Scott)이 무척 외로워 보인다. 애인이 있기는 하지만, 사납고 험하게 살아가는 그의 생활은 외로움에 대한 저항적인 몸짓처럼 보인다.

이혼한 다음 4년 동안 만나지 못했던 세 아들이 다니러 오는데, 둘째는 "자기밖에 모르는 남자"인 아버지를 미워한다. 함께 낚시를 나가서 엄청나게 큰 청새치와 세 시간에 걸쳐 기나긴 싸움을 벌인 끝에 놓치고서야 서먹했던 부자간의 사이가 가까워지지만, 다시 작별해야 한다. 아이들이 떠나고 나서 더욱 외로워진 톰은 큰아들에게 편지를 쓴다.

"섬은 아름답지만, 집은 비었다."

늘 술에 취해서 살며 걸핏하면 싸움을 벌이는 에디(Eddy, David Hemmings) 역시 인생에 기진맥진한 헤밍웨이를 연상시킨다.

그리고 거대한 물고기를 놓치고 나서 아들 데이비가 아버지에게 "가장 힘들었을 때 고기를 사랑하게 되었어요"라고 하던 말은 헤밍웨이가 자신의 다른 소설 『노인과 바다』를 베낀 듯한 기분이 들어 우울하게 한다. 이제는 더 이상 새로운 소설을 쓸 수가 없을 만큼 작가의 정신세계는 황폐하고 고갈되었다는 생각이 들어서이다.

제2부 "여인(The Woman)"에서는 이혼한 아내가 찾아온다. 푸른 바닷물이 맑고, 황금 모래밭도 맑은 해변의 풍경 속을 맨발로 거닐며 톰과 오드리(Claire Bloom)는 가난했지만 추억을 많이 남긴 노르망디의 젊은 시절을 회상한다. 잃어버린 과거를 그리워하면서도 그러나 그것을 되살리기에는 그들이 너무 지쳤고, 무너진 가정의 빈자리가 춥게 느껴진다.

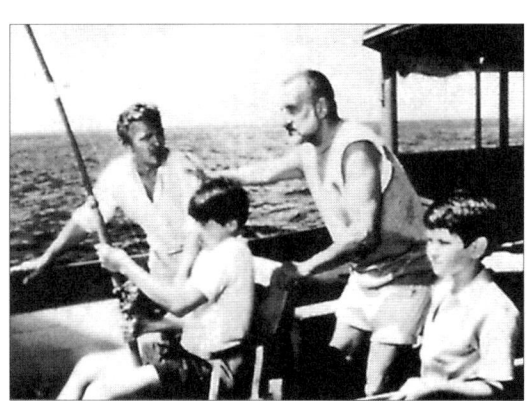
헤밍웨이의 유작을 영화로 만든 「바하마의 별」에서도 낚시는 다시 인생을 얘기하는 도구 노릇을 한다.

그리고 아내는 "열정적으로 사랑하는 아주 좋은 사람에게서 청혼을 받았다"면서 마지막 헤어짐을 확인한다.

그리고 아내는 입대해서 전투기 조종사가 된 아들이 전사했다는 슬픈 소식을 전한 다음 비행기를 타고 푸른 하늘을 날아간다.

비엔나를 떠나 2년에 걸쳐

피난길을 헤매다가 쿠바로 가려는 유대인 난민들을 구해 주려고 해안 경비대와 쓸데없는 전투를 벌여 에디가 먼저 죽고 이어서 톰이 죽게 되는 제3부 "여로(The Journey)"가 우울한 까닭은, 젊은 시절에 단어 하나하나에 그토록 정성을 들였던 헤밍웨이가 왜 이런 쓸데없는 활극을 끝에 붙여 놓았을까 하는 아쉬움 때문이다.

그리고 톰은 죽음을 눈앞에 두고 이런 독백을 한다. "진실이 없다고 깨달으니 모두가 진실이다."

헤밍웨이의 마지막 소설이 마무리를 지은 바하마 바닷가에서 까마득히 멀리 떨어진 한국의 동해 바닷가를 무대로 삼은 「갯마을」은 헤밍웨이의 단편소설로 만든 영화 「살인자」를 생각나게 한다.

다른 책에서 이미 얘기했듯이, 「살인자」처럼 짧고 탄탄한 단편을 긴 영화로 만들기란 대단히 어려운 일이다. 그래서 원작에는 나오지도 않는 권투 얘기와 보험회사의 수사관도 등장하고, 헤밍웨이가 시사회에서 영화를 보다 말고 나가 버린 이유가 무엇이었는지에 관한 얘기도 분분했다.

그러나 존 휴스턴이 각색 작업에 참여했던 지오드마크 감독의 범죄 영화 「살인자」는 상업적으로 크게 성공하면서 버트 랭카스터와 에바

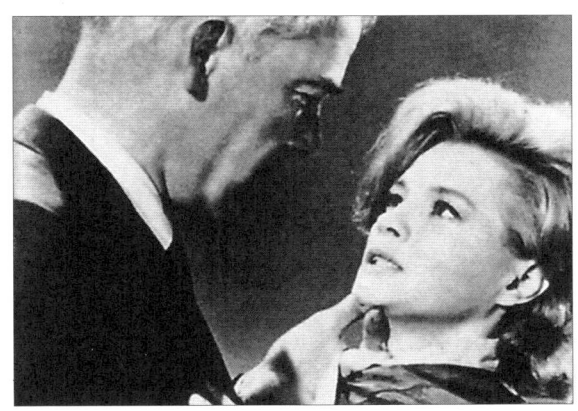

리 마빈과 앤지 디킨슨이 주연한 「살인자」는 로널드 레이건의 마지막 출연 작품이 되었다. 여기에서 조폭 두목 역을 맡았던 레이건은 훗날 아메리카 합중국의 대통령이 된다.

가드너라는 두 명의 대형 배우까지 탄생시켰다. 20 년 후 이 영화는 보험회사 수사관이 아니라 두 명의 살인자가 그들이 죽인 인물에 대한 '연구'를 하는 폭력영화로 변질되고, 그의 마지막 작품이 된 이 영화에서 조폭 두목 역을 맡은 로널드 레이건은 훗날 아메리카 합중국의 대통령이 된다.

이렇게 제멋대로 흘러가 버린 「살인자」는 1950년대 30분짜리 텔레비전 경찰극 연속물인 「수사망(Dragnet)」을 탄생시켰고, 흑백 텔레비전 수사극은 다시 잔혹한 살인사건을 파헤치는 2인조 형사 프라이데이 경사(Sgt. Joe Friday)와 프랭크 스미드(Frank Smith)의 맹활약을 그린 극영화 「수사망」을 낳았으며, 「수사망」의 목에 들어갔던 힘을 빼고 웃기는 희작(戲作) 「드래그네트」로 이어졌으니, 「풍운의 젠다성」만큼이나 뿌리를 많이 치는 역사의 과정에서 헤밍웨이의 단편 「살인자」의 '원작'은 슬그머니 자취가 사라지고 말았다.

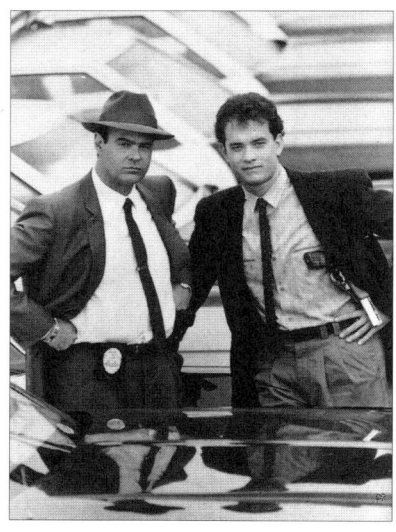

헤밍웨이의 단편 중에서도 매우 짧은 작품인 「살인자」는 영화로 제작되었다가, 텔레비전에서 연속 수사물 「수사망」으로 발전하고는, TV 「수사망」이 다시 영화 「드래그네트」(사진)로 만들어지는 기나긴 역사를 거쳤다.

그야말로 주옥같은 오영수의 단편소설을 신봉승이 각색한 「갯마을」 역시 짧은 얘기를 긴 영화로 만들기 위해 상영 시간을 걱정한 흔적이 역력하다.

1955년에 태어난 단편 「갯마을」은 바다에 나간 남편이 풍랑을 만나 죽어서 과부가 된 여자가 많이 사는 조그만 갯마을 H가 무대이다. 동네 여자들은 만나기만 하면 사내가 그립다는 얘기를 하고, 결혼한 지 얼마 안 되어 청상이 된 여주인공 해순이는 미역바리를 하고 지쳐 잠든 사이에 상수라는 놈에게 겁탈을 당하고, 소문이

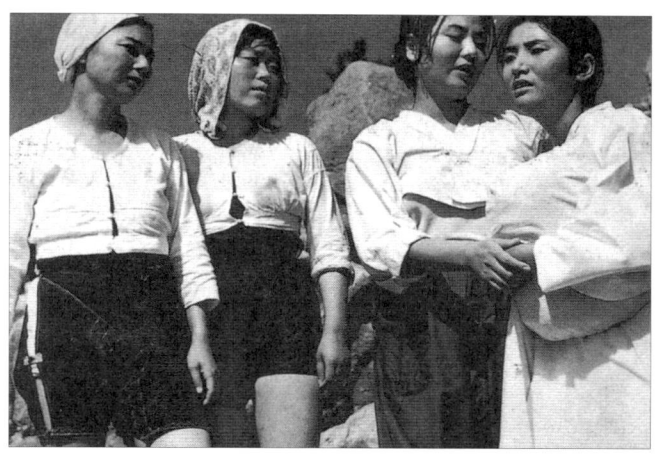

우리나라의 대표적인 문예물
「갯마을」에서는 물질을 위해
허벅지를 드러낸 마을 여자들
이 "굶어도 서방이 제일이야"
라면서 분위기를 설정한다.

자꾸 퍼져 나가자 두 사람은 산골로 들어가 같이 산다. 그러나 상수가 징용에 끌려가자 허전해진 해순이는 첫 남편의 제삿날 다시 갯마을로 돌아간다. 소설은 이렇듯, 오영수답게 간결하고 향토적이다.

한편 경상남도의 어느 바닷가를 무대로 한 영화 「갯마을」을 보면, '문예물'답게 한국적 지방색을 찾아 초가(草家) 시대의 다정한 풍경을 담았고, 가난과 고통과 슬픔의 절박함까지도 원시적으로 나타나는 공동체가 너도나도 발벗고 나서서 협동하는 전통적 대가족 사회의 모습을 보여 준다. 그리고는 원작의 '서방생각(본능)'을 지방색으로 버무리기 위해 성황당의 남근 상징을 주무르는 미친 여자(전계현)가 등장하고, 성에 굶주린 과부들의 입놀림 틈틈이 향토색을 더욱 짙게 바르기 위해 굿판에서 죽은 아들을 집으로 데려가는 장면을 넣고, 해녀들의 물질도 삽입하고, 시동생과 시어미에 대한 전통적인 죄의식의 가치관을 보탠다.

"굶어도 서방있는 년이 낫지. 서방이 제일이야"라고 푸념하는 여자들 틈에서 선택을 받아 어느덧 쾌락에 맛들인 젊은 과부(해순, 고은아)의 입이 건장한 사내(상수, 신영균)의 노출된 젖꼭지나 사타구니와 교

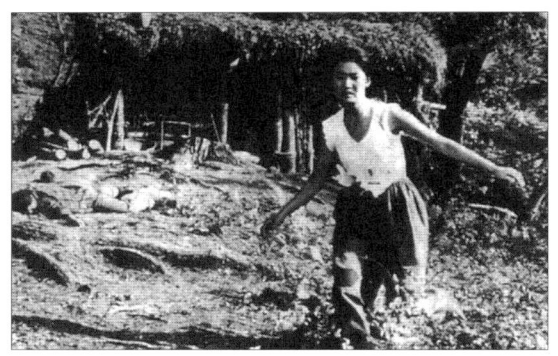

짤막한 단편소설을 영화로 만든 「갯마을」은 주인공이 산속 깊은 토막집으로까지 옮겨가며, 채석장과 포수도 등장시켜 삶의 얘기를 복잡하게 전개함으로써 서사시적인 구조를 갖추려고 노력한다.

묘하게 맞닿는 카메라의 각도가 의도하던 선정성은 그러나 두 사람의 욕정이 순수한 애정으로 변질되면서 풀이 꺾인다. 뜨내기 건달이던 상수도 슬그머니 착한 남자로 변하고, "세월이 달라졌으니 개가를 해도 흉이 안 된다"며 수절의 의미를 퇴색시키는 시어미(황정순)의 논리도 같은 방향으로 바뀐다.

그리고는 영화가 늘어지고 느려진다. 새벽에 마을을 떠난 남녀는 타향을 떠돌며 채석장에서 자연주의적인 생존의 투쟁을 계속하고, 예쁜 해순이 주막에서 부엌일을 돕게 되자 군침을 흘리는 사내들이 곡괭이를 휘둘러 살인이 나고, 급기야는 산으로 들어가 도벌을 하며 찢어지게 가난한 삶을 살다가 포수들이 나타나 '아내'를 겁탈하려 하자 상수가 살인을 저지르고, 기절한 해순에게 약을 사다 주려다가 상수는 절벽에서 떨어져 죽는다.

아무리 산을 올라가도 바다가 보이지 않는다며 때마침 향수를 느끼던 해순은 사내를 꽃으로 덮어 매장한 다음 갯마을로 돌아간다.

소설 『갯마을』은 두 사람이 바닷가를 떠난 다음 상수가 장돌뱅이를 하다 심매마니를 따라 산으로 들어가 산삼을 찾아내지만 절벽에서 떨어져 죽는다고 약간 줄거리가 바뀌어 새로운 영화로 선보였는데, 원작의 싱싱함이 시간 채우기라는 부담으로 인해서 이렇게 흐트러지는 과정을 보면 문학에서처럼 영화에도 중편이라는 형식이 생겨나면 좋겠다는 생각이 들기도 한다.

중편영화라는 형식을 더욱 아쉽게 했던 작품은 전라도가 무대인 또 다른 갯마을 영화 「말미잘」이었다. 역시 문예물의 특성인 지방색과 분위기라는 틀 속에다 닥치는 대로 모두 담으려고 하는 욕심 때문에 초점이 안 생기는 「말미잘」은, 「가슴에 돋은 칼로 슬픔을 자르고」의 경우처럼, 살아가는 모습만으로는 예술이 되기가 어렵다는 산업화 이후의 현실을 노출시킨다.

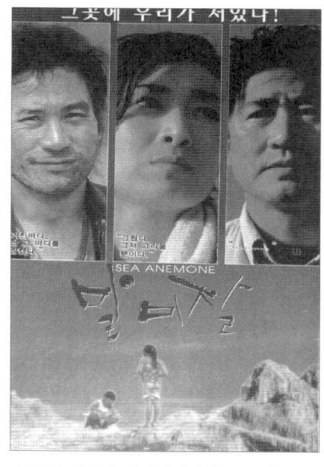

제33회 대종상 영화제에서 "영예로운 감독상"을 수여한 유현목의 「말미잘」은 노장의 의욕을 뒷받침할만한 보다 좋은 원작이 과연 없었을까 하는 아쉬움을 느끼게 만든다.

지방색부터 보자면, 「갯마을」에서 "눈물의 여왕" 전옥이 올렸던 굿을 「말미잘」에서는 남자를 밝히는 박정자가 대신하고, 양쪽 영화에서 모두 해녀가 물질을 하고, 1990년 초반 한국 텔레비전에서 주물숭배(呪物崇拜)처럼 유행했던 아이들의 고추내놓기(오줌누기)도 반복되고, 모옴의 「연」에서와는 달리 동기가 따로 없는 연날리기에 이어 아이들의 전쟁놀이가 나오고, 이렇듯 삽화는 많은데 줄거리가 따로 없는 그림책처럼, 깊은 시각으로 응시하는 두드러진 하나의 단면이 없고 보니, 갈팡질팡이 불가피하다.

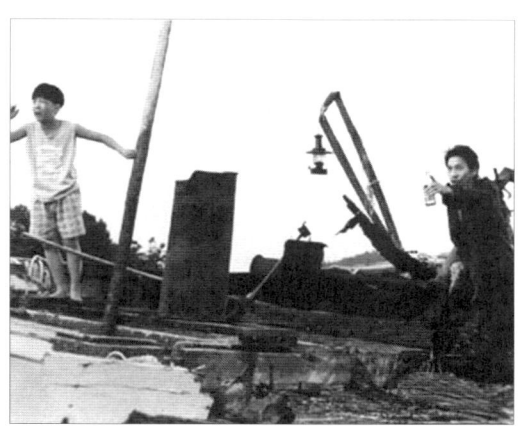

「말미잘」의 두 주인공 어린 소년과 미치광이 최선장은 진부한 인물설정이라는 인상을 준다.

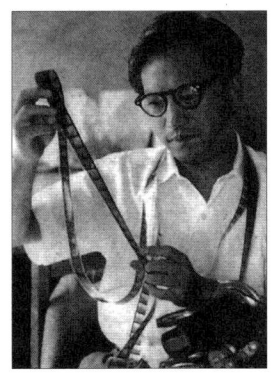

한국 영화 역사상 최고의 작품으로 꼽히는 「오발탄」을 만들던 당시의 유현목 감독

「화니」에서 중요한 역할을 하는 정신병자 '제독 (Admiral)'을 연상시키지만 등장 이유를 모르겠는 미치광이 최선장, '시국'을 피해 도망온 소설가와 과부 엄마의 밋밋한 사랑, 학교 선생님을 사랑하다 뜻을 이루지 못하니까 느닷없이 도시로 나가 창녀 노릇을 하는 무당의 딸 섬처녀 귀순이, 신안 앞바다의 보물 소동, 간첩 신고, 5·18의 최루탄, 다리 밑에서 살아가는 절름발이 거지, 포주에 사기꾼인 고모부의 이유없는 가정 폭력, 밤무대의 무희—무의미하고 잡다한 사건들이 서로 이어지지를 않아 산만하게 벌어지는 가운데 필요없는 등장인물들이 우왕좌왕한다.

이러한 진부함은 두 아이를 앉혀놓고 최선장이 강의하는 헤밍웨이의 「노인과 바다」 철학에서 정점에 이른다. "이렇게 자연과 맞선 싸움에서 인간의 패배가 눈에 뻔히 보이더라도, 저 엄청난 힘을 가진 바다 앞에선 어쩔 수 없이 나약한 모습을 보이게 마련이더라도, 당당하게 맞서 싸워야지."

빨랫줄에 널어놓은 월경대와 홀랑 밑을 보여 주는 계집아이와 자웅동체 말미잘의 「갯마을」적인 암시는 시간 채우기를 위한 잡상(雜像) 속에서 흩어지고, 그래서 "순수한 눈으로 더러운 세상을 보는 아이"라는 진부한 주제까지도 억지처럼 여겨지게 만든다.

한국 영화사상 최고의 작품으로 꼽히는 「오발탄」의 명장 유현목에게 만일 「말미잘」이 백조의 노래가 된다면, 원숙함이 퇴출되고 한없이 젊어지기만 하는 상업적인 세상에서, 보다 멋진 퇴장의 기회를 갖지 못하는 원로 영화예술인의 우울한 현실이 답답해진다.

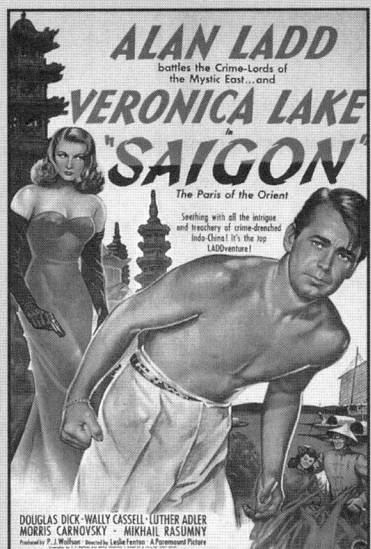

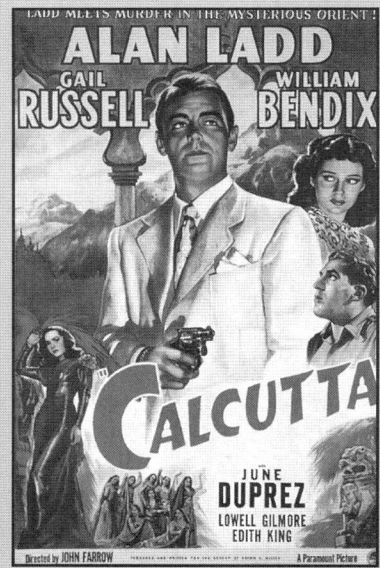

1940년대 후반에서 1960년대에 이르기까지, '동양'에서도 아시아는 헐리우드의 B 영화를 만들기 위한 만만하고 이국적인 배경 노릇을 했다. 앨런 래드(Alan Ladd)가 주연한 두 편의 활극도 1년 터울로 「캘커타(Calcutta, 1947, 왼쪽)」와 「사이공(Saigon, 1948, 오른쪽)」이 나왔다.

아시아로 상륙하다

　이제는 바다를 벗어날 때가 되었고, 그래서 환태평양 지역의 서쪽에, 진정한 의미에서의 동양에 위치한 아시아로 상륙하여 서양 영화를 찾아보면, 베트남 전쟁 당시 싱가포르에서 마음씨 좋은 뚜쟁이가 첩보전에 얽혀 든다는 내용의 폴 티룩스(Paul Theroux) 소설을 영화로 만든 「세인트 잭」, 고무농장에서의 평화롭지 못한 부부생활을 그린 '식민지 영화' 「말라야의 변경」 그리고 고무농장의 젊은 농장주가 사랑하는 여인을 저주로부터 벗어나게 도와 준다는 또 다른 식민지 영화 「싱가포르 여인」이 눈에 띈다. 「싱가포르 여인」은 건축가의 도움을 받아 알코올 중독을 극복하는 여배우가 주인공인 베티 데이비스 영화 「위험한 여인」이 '원작'이다.

　베티 데이비스의 「편지」는 서머세트 모옴의 희곡이 원작으로서, 말라야를 무대로 삼았다. 여주인공 레슬리 크로스비(Leslie Crosbie)는 정사를 벌이던 남자가 그녀와의 관계를 청산하려고 하자 남자를 살해한다. 남편과 친구들이 그녀의 살인을 정당방위로 생각하고 일이 잘 풀려 나가려고 하는데, 레슬리가 남자에게 썼던 편지를 살해당한 남자의 말레이인 아내가 들고 나타난다. 범죄의 단서가 될 이 편지를 변호사가 사들이고, "나는 내가 살해한 남자를 아직도 진심으로 사랑한다"고 열정적으로 '고백' 한 덕택에 레슬리는 무죄로 풀려 나지만, 말레이 아내에게서 복수를 당해 죽음을 맞게 된다.

「편지」는 1929년에도 영화로 만들어졌었고, 1947년에는 「부정한 여인」이라는 제목으로 다시 영화가 나왔으며, 「부정한 여인」은 다시 1982년 리 레미크(Lee Remick) 주연으로 텔레비전 영화가 되었고, 「코끼리바위의 동쪽」이라는 표절 영화까지 나타났다.

오스트렐리아 영화 「아시안 커넥션(Singapore Sling: Road to Mandalay, 1995, 93분, 감/존 레잉, 출/존 워터스, 패트 모리타, 조세핀 번스)」은 시드니를 시발점으로 해서 싱가포르, 말레이지아, 미얀마, 베이징으로 무대를 옮겨 가면서 폭력 조직의 두목이 외동딸과 손자의 죽음에 대한 복수를 벌이는 애기이고, 에롤 플린의 아들이 CIA 요원

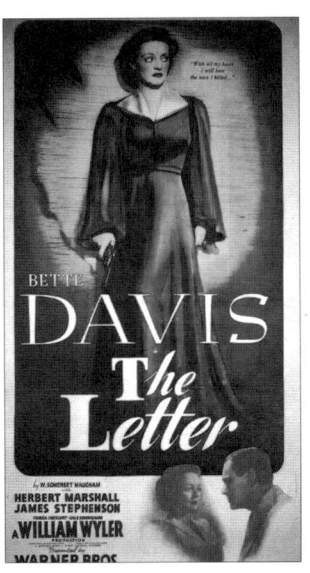

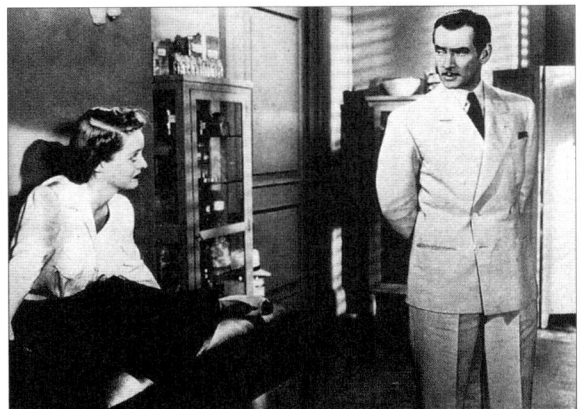

서머세트 모옴의 희곡이 원작인 베티 데이비스의 치정극 「편지」(사진)는 다양한 형태로 모작이 나오다가 「코끼리바위의 동쪽」이라는 표절판까지 나타났다. 「편지」에서 거듭되는 반전은 애거타 크리스티(Agatha Christie)의 걸작 「검찰 측 증인(Witness for the Prosecution, 1957)」에 버금간다.

으로 나오는 프랑스 영화 「싱가포르여, 싱가포르여」는 싱가포르에서 행방이 묘연해진 해병대원들에 대한 첩보 수사물이며, 미국 영화 「연정(戀情)」의 주인공인 진주 밀수업자는 5년 만에 싱가포르로 돌아가서 일본군의 폭격으로 죽은 줄 알았던 애인이 기억상실증에 걸린 채로 살아 있다는 사실을 알고는 옛정을 되살리려고 애쓴다.

「연정」은 주인공의 직업을 비행사로 그리고 영화의 무대 또한 터키의 수도로 바꾼 「추억의 이스탄불」로 다시 태어나서, 에롤 플린이 13개의 보석이 박힌 팔찌를 찾으러 5년 후에 돌아가 옛 애인을 만나는 활극을 보여 준다. 터키가 스웨덴과 합작하여 만든 영화 「이스탄불」에서는 가족의 소식을 알아보러 딸과 함께 찾아온 신문기자가 복잡한 음모에 얽혀 든다.

「시계꽃(時計花)」은 이국적인 싱가포르에서 부유층 백인들이 벌이는 증오와 배신의 얘기로, 직장 상사의 딸과 사랑하게 된 은행원이 그녀가 미워하는 아버지를 살해하려는 계획을 실천하는 과정에서 함정에 빠진다는 전형적인 B 영화식 설정을 따른다.

1930년 판 「시계꽃」에서는 상속자인 여주인공이 아버지의 뜻을 거역하고 집안에서 고용한 운전사와 결혼하지만, 결국 남자를 가까운 사촌에게 빼앗기고 만다. 우리나라에서는 제목에 나오는 식물이 시계처럼 생겼다고 그런 이름을 붙인 모양이지만, 서양 사람들은 그리스도가 십자가에 매달렸을 때 받은 상처와 가시 면류관을 닮았다고 해서 '수난(passion)의 꽃'이라고 부른다.

「풋내기 병사들」은 전쟁과 여자 경험이 전

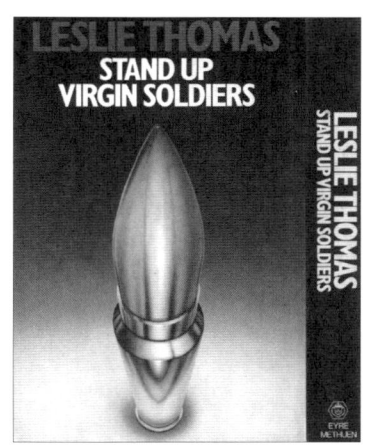

싱가포르에서 근무하는 영국 병사들에 관한 레슬리 토마스의 소설은 두 편의 영화로 제작되었다. 사진은 두 번째 영화의 원작이 되었던 두 번째 소설의 표지.

혀 없는 싱가포르의 영국 신병(新兵)들에 관한 레슬리 토마스(Leslie Thomas)의 소설이 원작이고, 1977년에 나온 「일어서라, 풋내기 병사들아(Stand Up, Virgin Soldiers)」는 소설의 속편을 원작으로 삼아서 만든 영화 속편이다.

버마(현재의 Myanmar)의 수도 랑군(Rangoon, 현재의 Yangon)이 무대인 「만달라이」는 과거를 가진 여인이 도피 중인 남자를 도와 준다는 내용이고, 「버마의 달밤」에는 섬을 배경으로 두 남자가 도로티 라무어를 놓고 경쟁을 벌이며, 「버마로 탈출하라」에서는 "몬타나의 여걸" 바바라 스탠위크가 다시 말을 타고 차(茶) 농장에서 사나운 동물들과 용감히 싸우지만, 쫓기는 남자가 숨겨 달라고 하자 어찌할 바를 모른다.

"기록영화이면서도 극영화(documentary fiction)"임을 표방하는 「방콕의 여인」은 "사랑이란 왜 그토록 천박하면서도 동시에 그토록 심오한지를 알아보고 싶어하던" 호주 영화감독의 관심을 끈 방콕 창녀 아오이의 삶을 추적한다. 늙은 여인 등 여러 사람과의 인터뷰가 기록영화인지 극영화인지 분간하기 어려운 부분이 많다고 한다.

같은 태국이 배경이기는 하지만, 샴(Siam)의 밀림에 사는 크루(Kru)와 그의 가족, 그리고 가혹한 자연과 야생 동물들 속에서 살아남기 위한 그들의 투쟁을 그린 「챵」은 사실과 허구가 헷갈리지 않는 확실한 기록영화이다. '챵(chang)'은 샴어로 '코끼리'라는 뜻이며, 영화에 등장하는 코끼리떼와 다른 동물들을 담아낸 장면이 빼어나다. 이 영화의 두 감독은 훗날 「킹 콩」을 함께 만든다.

아시아 방향에서 북쪽으로 올라가서 러시아 변두리를 무대로 삼은 역사물을 찾아보면, 17세기 타타르인들이 폴란드를 침공하는 내용을 담은 이탈리아 사극 「야만의 침략자」, 그리고 동쪽으로 와서는 「영웅 징기스칸('칭기스칸'이 옳은 표기임)」과 「징기스칸」이 등장한다. 헐리우드 판 칭기스칸 영화는 두 편 모두 활극물인데, 타타르인과 몽골인의 싸움을 그린 나중 영화는 핵실험을 했던 유타주의 사막지대에서 촬영을 했던 관계로, 나중에 주연배우 존 웨인과 수잔 헤이워드 그리고 감독 딕 파월을 위시하며 영화에 참여했던 많은 사람이 암에 걸려 세상을 떠나는 끔찍한 후유증을 낳기도 했다.

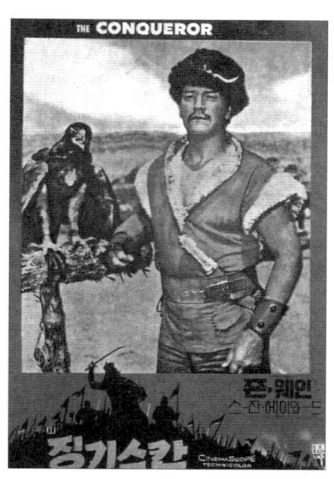

핵실험을 했던 유타의 사막지대에서 「징기스칸」을 찍은 다음 존 웨인과 수잔 헤이워드를 비롯한 여러 사람이 암으로 세상을 떠났다.

「챵」과 비슷한 시기에 뿌도프킨 감독이 만든 웅장한 영화 「칭기스칸의 후계자」에서는 1920년 몽골리아의 사냥꾼이 미국의 모피상과의 싸움 끝에 마을로부터 쫓겨나 소비에트 유격대원이 된다. 나중에 칭기스칸의 후예로 알려지자 그는 영국 점령군의 농간에 따라 몽골리아의 허수아비 지배자 노릇을 한다.

「칭기스칸의 보물」은 아시아가 아니라 캐나다가 지리적인 무대로서, 동양의 보물을 노리는 범죄 조직과 기마경관대가 대결을 벌이는 활극이다. 리퍼블릭사가 만든 연속물 「캐나다 기마경찰대의 위기(Dangers of the Canadian Mounted)」를 재편집한 제품인데, 공동 감독을 맡았던 야키마 카누트(본명 Enos Edward Canutt, 1895~1986)를 잠시 소개해야 되겠다.

로디오(rodeo) 선수로서 여러 차례 우승한 경력을 자랑하던 카누트는 1919년 잠시 배우 노릇을 하다가 대역(stunt) 전문으로 방향을 바꿔 일약 세계적인 명성을 얻는다. 존 웨인의 대역을 단골로 맡았던 그의 모습을 보고 싶으면, 「역마차」에서 인디언들이 들판에서 마차를 공격하는 유명한 클라이막스를 확인하기 바란다. 질주하는 역마차를 쫓아오는 인디언 전사들 가운데, 가장 빠른 속도로 달려와 창을 집어던지고 마차를 끄는 말의 잔등으로 올라타는 사람이 바로 카누트이다.

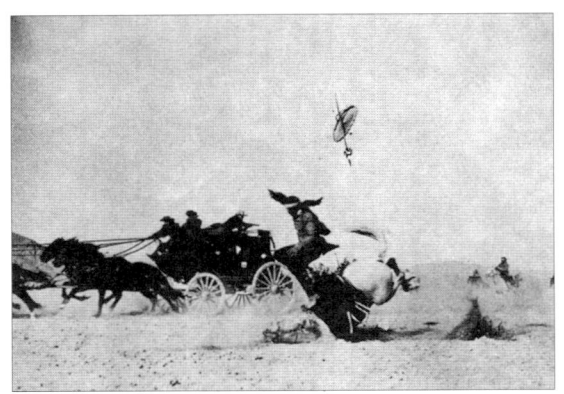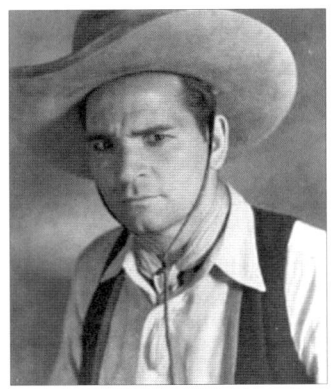

존 포드의 서부극 「역마차」의 이 장면에서 야키마 카누트(오른쪽)는 종횡무진 대활약을 벌여 대역 연기자로서의 명성을 굳힌다.

그는 링고 키드의 총에 맞아 떨어져 말들의 사이에 매달려 가다가 떨어져 나가는데, 마차가 그의 위로 달려가고 난 다음 멀쩡하게 다시 몸을 일으킨다.

「바람과 함께 사라지다」에서 마차를 끌고 불타는 아틀란타를 벗어나는 장면에서도 카누트는 클라크 게이블의 대역을 맡았다. 그 이외에도 그는 「원탁의 기사」 등 수많은 영화에서 인상적인 대역을 했으며, 「스파르타쿠스」, 「엘 씨드」, 「벤 허」, 「로마제국의 멸망」 같은 여러 대형 사극에서 역동적인 장면들을 연출하여 1966년 아카데미 특별상(Honorary Award)을 받았다.

『대역배우(Stunt Man, 1980)』이라는 제목으로 자서전을 펴내기도 한 야키마 카누트는 "영화를 하려면 꼭 미쳐야 할 필요는 없지만, 그래도 미치면 분명히 도움이 된다.(You don't have to be crazy in the picture business, but it sure helps.)"라는 명언을 남겼다.

대역 배우 출신으로는 텔레비전 수사극 「호크(Hawke, 1967)」 등으로 명성을 굳혀 영화에서 크게 성공한 버트 레이놀즈를 꼽지만, 알고 보면 서부극의 1인자로 꼽혔던 게리 쿠퍼도 대역에서부터 시작했다.

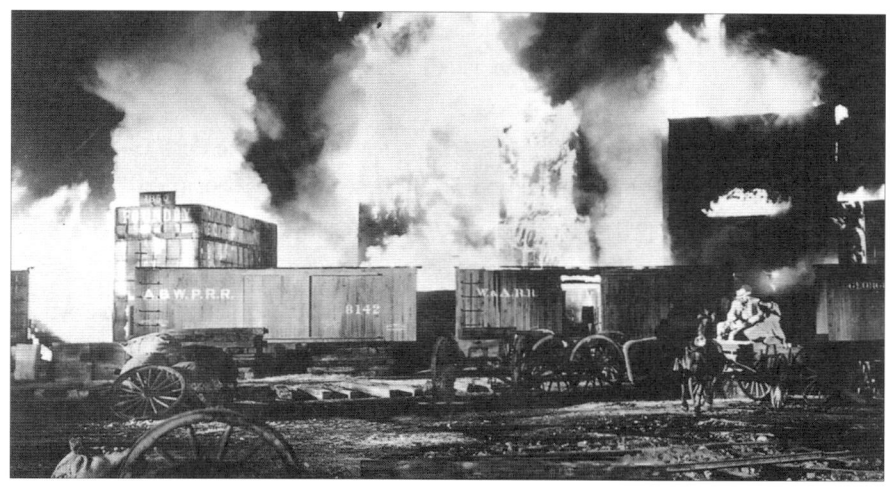

「바람과 함께 사라지다」의 이 장면에서 마차를 몰던 레트 버틀러는 클라크 게이블이 아니라 야키마 카누트였다.

말을 타고 먼 길을 달려와 허겁지겁 먼지범벅이 되어 뛰어내리는 로널드 콜맨의 대역을 찍어야 했는데, 워낙 말을 잘 타던 게리 쿠퍼이고 보니 전혀 땀이 나지를 않아 물을 끼얹기까지 해야 했다는 일화도 전해진다.

찾아보기 ●--

▌「세인트 잭(Saint Jack, 1979, 미국, 112분)」, 감/Peter Bogdanovich, 출/Ben Gazzara, Denholm Elliott, James Villers, Joss Ackland, Rodney Bewes, George Lazenby, Lisa Lu, (Peter Bogdanovich)

▌「말라야의 변경(Outpost in Malaya 또는 Planter's Wife, 1952, 영국, 88분)」, 감/Ken Annakin, 출/Claudette Colbert, Jack Hawkins, Anthony Steel, Jeremy Spencer

▌「싱가포르 여인(Singapore Woman, 1941, 미국, 64분)」, 감/Jean Negulesco, 출/Brenda Marshall, David Bruce, Virginia Field, Jerome Cowan

▌「위험한 여인(Dangerous, 1935, 미국, 78분)」, 감/Alfred E. Green, 출/Bette Davis, Franchot Tone, Margaret Lindsay, Alison Skipworth, John Eldredge, Dick Foran

▌「편지(The Letter, 1940, 미국, 95분)」, 감/William Wyler, 출/Bette Davis, Herbert Marshall, James Stephenson, Frieda Inescort, Gale Sondergaard

▌「부정한 여인(The Unfaithful, 1947, 미국, 109분)」, 감/Vincent Sherman, 출/Ann Sheridan, Lew Ayres, Zachary Scott, Eve Arden, Steven Geray, John Hoyt

▌「코끼리바위의 동쪽(East of Elephant Rock, 1977, 영국, 92분)」, 감/Don Boyd, 출/Judi Bowker, John Hurt, Jeremy Kemp, Christopher Cazenove, Anton Rodgers

▌「싱가포르여, 싱가포르여(Singapore, Singapore 또는 Five Ashore in Singapore, 1968, 프랑스, 103분)」, 감/Bernard Toublanc Michel, 출/Sean Flynn, Marika Green, Terry Downes, Mar Michel, Peter Gayford, Denis Berry

▌「연정(Singapore, 1947, 미국, 79분)」, 감/John Brahm, 출/Fred MacMurray, Ava Gardner, Roland Culver, Richard Haydn, Spring Byington, Thomas Gomez, Porter Hall

▌「추억의 이스탄불(비디오 제목 "음모의 이스탄불," Istanbul, 1957, 미국, 84분)」, 감/Joseph Pevney, 출/Errol Flynn, Cornell Borchers, John Bentley, Torin Thatcher, Nat "King" Cole

▌「이스탄불(Istanbul, 1990, 터키-스웨덴, 88분)」, 감/Mats Arehn, 출/Timothy Bottoms, Twiggy, Emma Kilberg, Robert Morley, Lena Endre, Sverre Anker Ousdal

▌「시계꽃(비디오 제목 "배신의 늪," Passion Flower, 1986, 미국, 100분)」, 감/Joseph Sargent, 출/Bruce Boxleitner, Barbara Hershey, Nicol Williamson. John Waters, Dick O'Neill

▌「시계꽃(Passion Flower, 1930, 미국, 79분)」, 감/William DeMille, 출/Kay Francis, Kay Johnson, Charles Bickford, Winter Hall, Lewis Stone, ZaSu Pitts, Dickie Moore

▌「풋내기 병사들(The Virgin Soldiers, 1969, 영국, 96분)」, 감/John Dexter, 출/Hywel Bennett, Nigel Patrick, Lynn Redgrave, Nigel Davenport, Rachel Kempson, Tsai Chin, Jack Shepherd, David Bowie

▌「만달라이(Mandalay, 1934, 미국, 65분)」, 감/Michael Curtiz, 출/Kay Francis,

Lyle Talbot, Warner Oland, Raffaela Ottiano, Ruth Donnelly, (Shirley Temple)

▌「버마의 달밤(Moon Over Burma, 1940, 미국, 76분)」, 감/Louis King, 출/Dorothy Lamour, Preston Foster, Robert Preston, Doris Nolan, Albert Basserman, Frederick Worlock

▌「버마로 탈출하라(Escape to Burma, 1955, 미국, 87분)」, 감/Allan Dwan, 출/Barbara Stanwyck, Robert Ryan, David Farrar, Murvyn Vye, Lisa Montell, Reginald Denny

▌「방콕의 여인(The Good Woman of Bangkok, 1991, 오스트렐리아, 82분)」, 감/Dennis O'Rourke, 출/Yaowaiak Chonchanakun

▌「챙(Chang, 1927, 미국, 67분)」, 감/Merian C. Cooper, Ernest B. Schoedsack, 출/Kru, Chantui, Nah, Ladah, Bimbo

▌「야만의 침략자(The Savage Horde, 1961, 이탈이라, 82분)」, 감/Remigio Del Grosso, 출/Ettore Manni, Yoko, Akim Tamiroff, Joe Robinson, Roland Lesaffre

▌「영웅 징기스칸 (Genghis Khan, 1965, 미국, 124분)」, 감/Henry Levine, 출/Omar Sharif, Stephen Boyd, James Mason, Eli Wallach, Francoise Dorleac, Telly Salavas, Robert Morley, Yvonne Mitchell, Woody Strode

▌「칭기스칸(The Conqueror, 1956, 미국, 111분)」, 감/Dick Powell, 출/John Wayne, Susan Hayward, Pedro Armendariz, Agnes Moorhead, Thomas Gomez, John Hoyt, William Conrad

▌「칭기스칸의 후계자(The Heir to Genghis Khan 또는 Storm Over Asia, 1928, 러시아, 93분)」, 감/V. I. Pudovkin, 출/Valeri Inkizhinov, A. Dedinstev, V. Tzoppi, Paulina Belinskaya

▌「칭기스칸의 보물(R.C.M.P. and the Treasure of Genghis Khan, 1948, 미국, 100분)」, 감/Fred Brannon, Yakima Canutt, 출/Jim Bannon, Virginia Belmont, Anthony Warde, Dorothy Granger

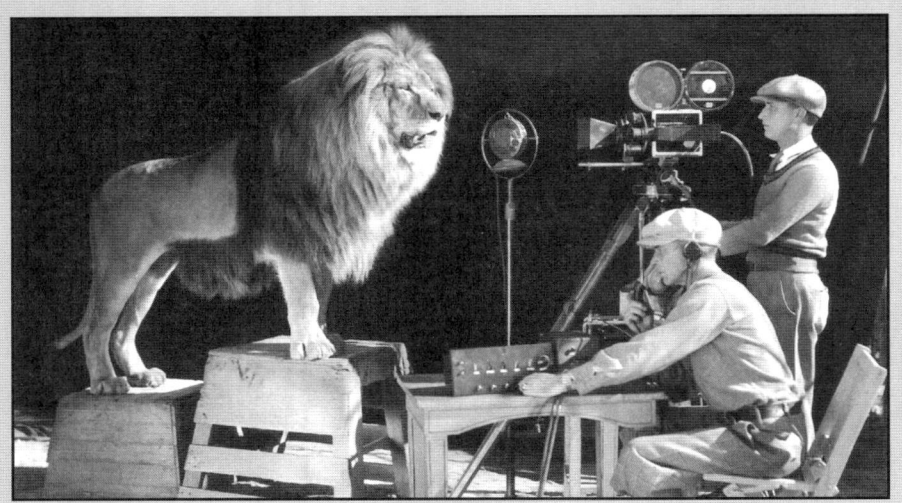

「바톤 핑크」를 보면 분명히 드러나듯이, 헐리우드 영화 산업은 유대인들이 오랫동안 장악해 왔으며, 그 대표적인 예가 MGM이다. 「시민 케인」이 제작된다는 소문을 듣고 영화의 주인공으로 동원된 랜돌프 허스트가 개봉을 저지하기 위해 가장 먼저 공격을 시작한 곳이 '유대인 영화사' MGM이었다. 사진은 1928년, MGM의 상표로 등장하는 사자의 포효를 촬영하는 장면이다.

선택된 민족의 전쟁

    아시아 각국 가운데 한국과 일본과 중국은 다음 책 "영화 삼국지"에서 집중적으로 다루기로 하고, 환태평양 서쪽의 내륙 깊숙이 들어가 중동에 이르면, 끝없는 전쟁을 치르느라고 밤낮을 보내는 나라 이스라엘이 나온다. 하나님에게 선택받은 백성이라면서도 로마시대에서부터 박해를 받기 시작한 유대인은, 배타적 선민의식이나 지나치게 두드러진 경제력 때문이었겠지만, 셰익스피어의 샤일로크(Shylock)로 혐오의 대상이 되었으며, 월터 스코트의 『아이반호』에서는 레베카까지도 핍박을 받고, 히틀러의 멸종 작업에 이르러서는 핍박의 정점에 이른다. 심지어 그들은 예루살렘을 휩쓸어 버린 이슬람 세력을 물리치려고 모여든 십자군에게서도 미움을 받았다.

    그러나 혐오와 증오의 대상처럼 여겨지면서 오랫동안 나라도 없이 떠돌던 유대 민족은 그리스도교의 발상지인 이스라엘 땅에다 그들의 나라를 이루기 전까지는, 언제부터인가 핍박을 받는 피해자로서 집중적인 조명을 받았었다. 이른바 '자유 민주 진영'에서는 이스라엘과 유대인이 수난의 민족이라는 우호적인 시각으로 대부분 영상화 과정에서 재현되고는 했는데, 그것은 「바톤 핑크」에서 잘 나타나듯이, 미국의 유대인들이 금융계와 영화계에 대해서 막강한 영향력을 유지했기 때문이었는지도 모른다("지성과 야만" 220~1쪽 참조).

이렇게 우호적인 조명은 유대인을 "마음이 따뜻하고 웃음을 잃지 않는 할아버지"로 자주 그려냈다. 「지붕 위의 바이얼린(Fiddler on the Roof)」에서도 그랬고, 1950년대의 텔레비전에서도 마찬가지였으며, 이러한 대표적인 시각을 우리는 캐나다 영화 「아버지의 거짓말」에서도 발견한다.

흑인 등장인물들을 우스꽝스러운 명칭이로만 그리던 헐리우드 영화가, 「밤의 열기 속에서(In the Heat of the Night, 1967)」의 지적인 흑인 경찰관 버질 팁스(Virgil Tibbs)를, 그리고 같은 해 같은 배우 시드니 푸아티에가 연기한 「초대받지 않은 손님(Guess Who's Coming to Dinner, 1967)」에서 명문 집안의 백인 여성과 결혼하는 존 프렌티스 박사(Dr. John Prentice)를 은막에 등장시켰고, 그리고는 다시 2 년이 지난 다음 여태까지의 고정관념에 맞서서, 흑인도 백인 못지않게 지적이고 다정다감한 가정생활을 할 줄 안다고 과시하기 위해 텔레비전에서, 흑인 최초의 미스 아메리카를 동원하여 변호사 아내와 산부인과 의사인 남편이 다섯 아이를 거느리고 다복하고 풍족한 생활을 계속하는 「코스비 쇼(The Bill Cosby Show, 1969~71, 72~73, 84~92)」가 등장하던 무렵, 「아버지의 거짓말」은 유대인 할아버지와 어린 손자를 앞세워 세상 사람들을 감동시

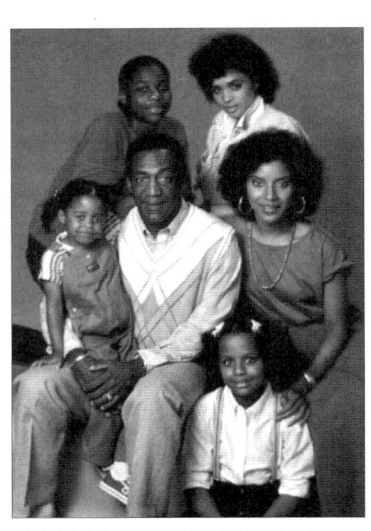

텔레비전에서 선풍적인 인기를 끌었던 「코스비 쇼(The [Bill] Cosby Show)」는 흑인들도 백인 못지않게 모범적인 가정을 꾸려가며 살 줄 안다는 사실을 널리 인식시켰다.

켰다.

이웃 아저씨(Mr. Baumgarten)로 특별 출연까지 한 테드 앨런(Ted Allan) 원작의 영화 「아버지의 거짓말」에 등장하는 주인공은 「마부」의 김승호와 인상까지도 비슷한 쎄이다 할아버지이다. 우산을 지붕처럼 올린 낡은 마차를 타고, 눈보라가 몰아치거나 비가 오거나, 날이면 날마다 어느 작은 도시의 유대인 지역을 골목골목 돌아다니며 "넝마나, 헌 옷이나, 빈 병 삽니다!(Rags! Clothes! Bottles!)"를 외치며 고물을 사들이는 지극히 평범한 털보 아저씨이지만, 다섯 살밖에 안 되는 손자 데이비드(Jeffrey Lynas의 기막힌 연기!)의 눈에는 신처럼 위대하고, 온세상을 정복하는 영웅처럼만 보인다.

그래서 착하고 귀여운 아이는 말에게 열심히 먹이를 주고, 할아버지가 아침 식사를 하는 동안 마구간을 청소하고, 도시락 바구니를 챙겨 주고, 쎄이다가 집으로 돌아오면 기뻐서 어쩔 줄을 모른다. 어쩌다가 할아버지를 따라 나가서 옆자리에 앉아 함께 "넝마나, 헌 옷이나, 빈 병 삽니다!"를 외치면 모험의 세계가 활짝 열리고, 병값 흥정을 거들기라도 하면 어른이라도 된 듯 의기양양하다.

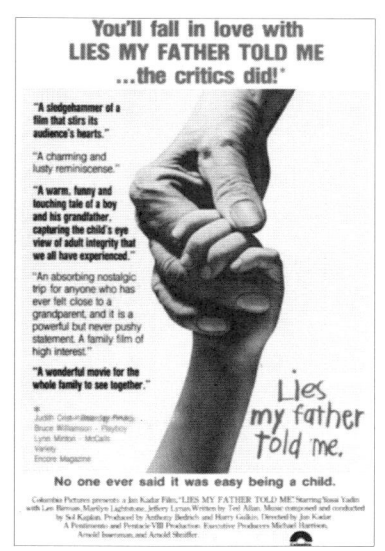

You'll fall in love with
LIES MY FATHER TOLD ME
...the critics did!"

"A sledgehammer of a film that stirs its audience's hearts."

"A charming and lusty reminiscense."

"A warm, funny and touching tale of a boy and his grandfather, capturing the child's eye view of adult integrity that we all have experienced."

"An absorbing nostalgic trip for anyone who has ever felt close to a grandparent, and it is a powerful but never pushy statement. A family film of high interest."

"A wonderful movie for the whole family to see together."

Lies my father told me.

No one ever said it was easy being a child.

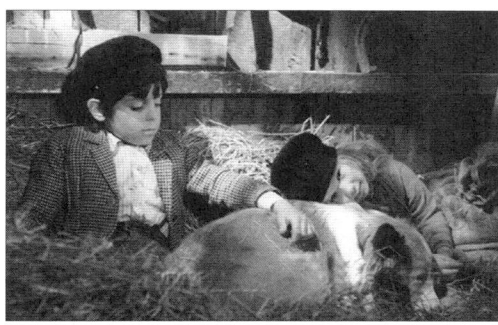

「아버지의 거짓말」(포스터)은 유대인 가족의 훈훈한 분위기를 담아 낸 캐나다 영화이다. 사진 속의 장면에서는 옆집 계집아이가 데이비드에게 개의 생식기를 보여 주며 성교육을 시킨다.

한편, 무직자로 빈둥빈둥 놀기만 하면서 낚싯방 뒤켠 경마도박장에 나 드나들던 아버지 해리(Harry Herman)는 언젠가 대박을 터뜨려 이 더러운 동네를 벗어나겠다고 벼른다. 그래서 임신한 아내를 부추겨 장인이 고물장수로 모은 돈을 5백 달러만 빌리면, 사업을 해서 6개월 후에는 한 주일에 6천 달러씩 벌어 "아버님도 이렇게 고생하지 않고 편히 살게 해 주겠다"며 큰소리를 치고, 쎄이다가 좀처럼 속아 넘어가지를 않으니까 "내가 만들어 팔 바지는 헨리 포드나 에디슨의 발명과 맞먹는 획기적인 제품인데, 모두들 바보천치여서 알아주지를 않는다"고 불평하는가 하면, "난 너무 시대에 앞서서 살기 때문에 일이 잘 안 풀린다"고 한탄한다. 심지어는 할아버지의 "말을 쏴 죽여서 아교나 만들겠다"는 말도 서슴지 않아 어린 데이비드의 미움을 사기까지 한다.

아버지가 왜 그렇게 나쁜 언동을 거듭하는지, 사람들이 왜 나쁜 짓을 하는지 이해를 하기에는 너무 어렸던 데이비드에게는 세상이 점점 더 알 길이 없어지고, 은행에서 융자를 얻어 겨우 사업을 시작한 부모가 마구간도 없는 아파트먼트로 이사를 가기 위해 왜 그렇게 야단인지 못마땅해진 데이비드는 "난 이사 안 갈래!"라고 버티기 시작한다. 그리고 바지 장사가 실패하여 파산을 했다고 아버지가 병이 나서 자리에 누웠어도 데이비드는 신이 나서 집집마다 돌아다니며 자랑을 늘어놓는다. "파산을 했기 때문에 우리집 이사를 안 가도 된대요!(We're bankrupt, we're not moving!)"

아기가 어디로 나오는지 몰라서 궁금해하던 데이비드에게 옆집에 사는 또래의 계집아이 클리오가 'vagina(여성의 성기, 膣)'라는 설명을 하고, 그것이 어디냐니까 클리오는 개를 발랑 눕혀 놓고는 여기라고 찾아서 보여 주기도 한다. 이런 해부학은 설명을 들으면 이해가 가지만, 동생이 태어나자 왜들 모두 '냄새가 나는' 아기한테만 신경을 쓰고 자기는 거들떠보지도 않는지를 데이비드는 이해가 안 가고, 그래서 샘이 난 나머지 "나도 아기처럼 젖 먹을래"라고 떼를 쓴다.

엄마와 할아버지는 "아기만 젖을 먹는다"는 설명을 하는데, 나중에 창문으로 들여다보니까 이웃에 사는 보디(Body) 아저씨도 아줌마의 젖을 먹는 것이 아닌가. 할아버지까지도 거짓말을 한다는 사실에 충격을 받은 데이비드는 점점 더 복잡한 상황으로 얽혀 들고, 눈이 새하얗게 뒤덮인 겨울날, 할아버지가 돌아가셨을 때도 "나를 안 데리고 할아버지 혼자 천당으로 갔을 리가 없다"고 아이는 집을 뛰쳐나간다.

이렇게 인간적이고 가정적인 이스라엘 사람의 모습은 그러나 요즈음 언론 매체의 시사적인 내용에서는 전혀 반영이 되지 않는다. 그리고 핍박받는 피해자였던 유대인은 이제 그들이 당했던 멸종정책(genocide)을 팔레스티나 사람들에게 자행하려고 온갖 못된 만행을 저지르는 잔혹한 가해자가 되고 말았다. 이러한 현상은 물론 이스라엘의 건국과 더불어 시작되었다.

이스라엘의 고대 역사를 배경으로 삼은 영화는 대부분 성서 종교극에서 다루어야 할 작품들이고, 현대로 내려와서는 이스라엘의 '건국신화'를 찾아보면 「영광의 탈출」이 두드러진다. 리온 유리스(Leon Uris)의 소설을 원작으로 삼은 이 대작 영화는 그러나 키프로스의 영국군 수용소를 탈출하는 마지막 대목말고는 별로 감동적이지를 못했다. 더구나 일방적으로 유대인과 이스라엘에 우호적인 미국의 시각이 그대로 반영되었을 따름이지, 유대인들에게 땅을 빼앗기게 될 팔레스티나 사람들의 암울한 미래에 대해서는 고민하지를 않는다.

「탈출」의 주인공은 키부츠(kibbutz) 출신의 벤 캐나안(Ben Canaan)으로서, 팔레스

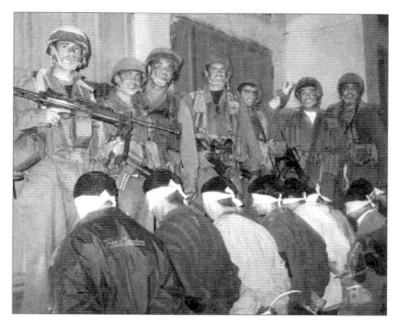

눈을 가린 팔레스티나인 포로들을 이스라엘 점령군 병사들이 총으로 위협하면서 미소를 짓고 있다. 핍박을 받던 이스라엘 백성은 이제 가해자로서 군림한다.

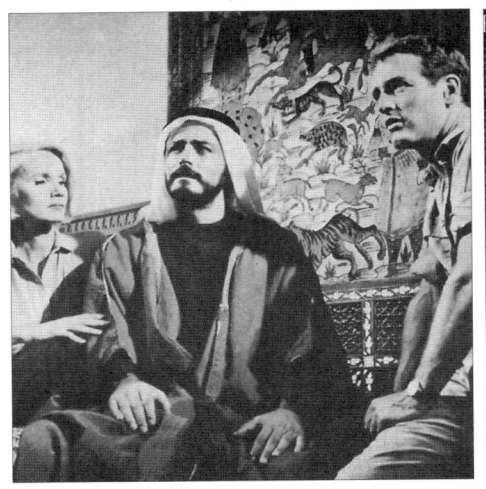
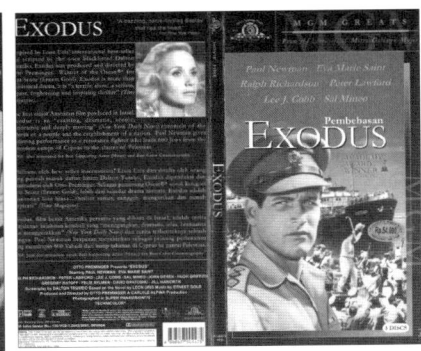

「영광의 탈출」은 이스라엘의 건국 신화를 담은 영화이며, 팔레스티나 사람들의 시각은 별로 보이지를 않는다. 타하(Taha) 역을 맡은 존 데릭(John Derek, 왼쪽 사진에서 가운데)도 자신의 민족보다는 이스라엘 사람들에 대한 우호적인 견해를 피력한다.

티나를 제2차 세계대전 이후 전세계 유대인 난민들의 고향으로 만들려고 투쟁하는 유대인 지하조직인 하가나(Hagannah)의 지도자이고, 살 미네오(Sal Mineo)가 순진하고도 낭만적인 투사로 그려내는 도브 란도우(Dov Landau)는 알고 보면 캐나안보다 훨씬 폭력주의적이다. 그리고 미국의 시각을 대변하는 등장인물 키티(Kitty Fremont, Eva Marie Saint)는 유대 처녀를 양녀로 맞아 아메리카로 데려 가려고 한다.

유대 국가 이스라엘을 구성하기 위해 팔레스티나를 분할하라는 요구에 국제연합이 응하게 되자 아랍인들은 성전(聖戰)을 선언하고, 키티가 사랑하는 유대인 처녀를 살해함으로써 악역을 맡게 되고, '좋은 사람들'은 남에게서 빼앗은 땅을 지키기 위해 필사적인 '항전'을 준비한다. 다분히 인디언을 섬멸하는 서부극 그리고 남 아프리카 판 서부극 「야성녀」와 상통하는 논리이다.

1954년 키프로스 사태를 「영광의 탈출」에서 부분적인 악역을 맡았던 영국 점령군의 시각에서 그린 「매과이어는 물러가라」는 주인공인

영국 장교와 미국 처녀가 사랑하는 사이로 설
정되었으므로, 물론 아랍인들에게는 발언권이
주어지지 않는다. 팔레스티나에서 영국군이 물
러간 다음인 1947년 아랍인들과 싸우는 이스
라엘 자유의 투사들을 돕기 위해 뉴요크로부터
찾아간 미국인 퇴역 장교 마커스 대령(Col.
David "Mickey" Marcus)의 무용담이 담긴 「거대
한 전장」도 마찬가지였다.

그리고 이어지는 미국―이스라엘 시각의 영
화로는 1948년 전쟁 당시 예루살렘 외곽의 고
지를 방어하는 네 병사의 얘기로서 우리나라
군사정권하의 애국적 전쟁영화의 제목을 연상
시키던 「24고지는 말이 없다」, 「거대한 전장」

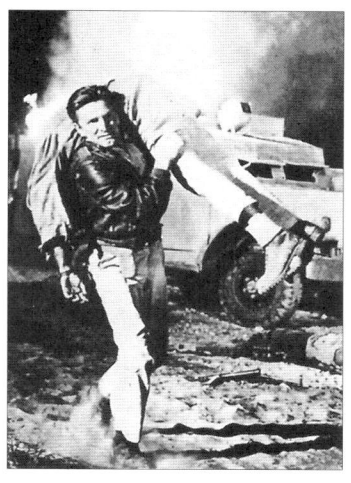

「거대한 전장」은 이스라엘인들의 용감한 투쟁
을 그린다. 주연을 맡은 커크 더글라스는 마빈
촘스키의 「엔테베 특공작전」에서도 같은 편에
선다.

의 마커스 대령처럼 뉴요크에 거주하는 에이레 혈통의 유대계 미국인
'공주님'이 이스라엘에서 돈이 떨어져 오도가도 못하게 된 처지에 키
부츠로 들어가 그곳 생활에 적응하면서 유대인 병사와 사귀게 된다는
「뉴요크여 안녕」, 미국과 영국과 다른 여러 나라에서 모여든 지원자들
이 키부츠 집단 농장의 힘든 생활에 적응하면서 사랑도 열심히 한다
는 「천국만은 아니더라」, 1976년 7월 4일 우간다에서 PLO(팔레스티나
해방기구) 아랍인들에게 비행기째 납치되어 인질로 잡힌 104명의 유
대인들을 전광석화 작전으로 구출해 낸 이스라엘 특공대의 활약상을
그린 「엔테베 특공작전」, 그리고 「엔테베 특공작전」을 재탕한 「엔테베
작전」이 있다.

마치 재난영화라도 만들 듯 엔테베 영화에 투입된 미국 배우들의
규모를 보면 압도적이기까지 하지만, 이스라엘 정부가 공식적으로 인
정하는 '진짜 엔테베 영화'는 이스라엘 배우들이 놀라운 맹활약을 벌

이는 「특공 선더볼트 작전」이었다.

아랍-이스라엘 분쟁을 다루면서도 일방적인 애국영화의 틀을 벗어나려는 기미가 노출된 「비르시바의 모래」에는 1948년 팔레스티나 전쟁에서 약혼자를 잃었지만 유대인이 아닌 미국인을 위시하여, 총기 밀수를 하는 이스라엘인, 유대인을 증오하는 아랍 폭력분자, 그리고 양쪽에서 저지르는 유혈사태에 대해서 혐오감을 느끼는 노인이 등장한다.

분쟁이 벌어지는 곳에 로미오와 줄리에트 주제가 빠질 리가 없고, 이스라엘에서 함께 자란 유대인 남자와 아랍인 여자는 역사의 흐름 속에서 숙명적인 「갈등」에 빠지고 만다. 코스타-가브라스 영화의 여주인공 「한나」는 조상의 재산을 찾으려는 팔레스티나인과 이스라엘의 검사, 그리고 전남편 사이에서 다각도로 갈등을 일으키지만, 감독은 팔레스티나에 우호적인 시각을 보인다.

이스라엘 영화 「빗발치는 총탄」은 레바논 점령지에서 이스라엘 병

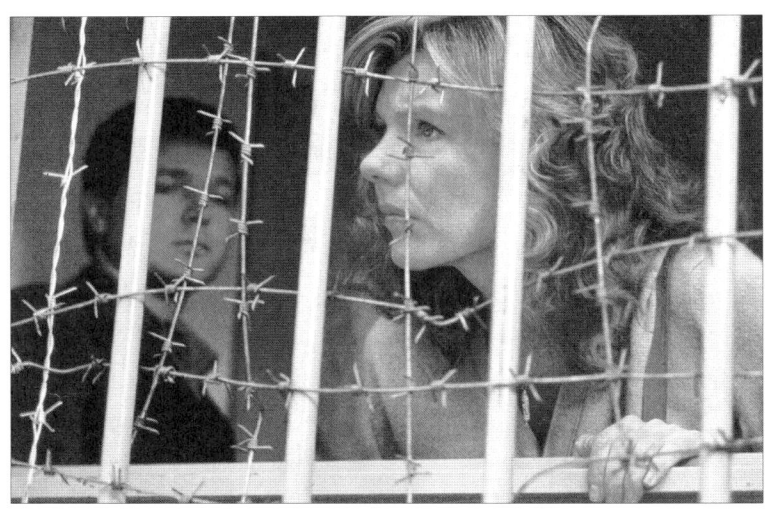

정치 영화의 명장 코스타-가브라스가 만든 「한나(Hannah K)」에서는 여주인공이 다각적인 갈등을 거치면서 팔레스티나에 대해 어느 정도 우호적인 시각을 보인다.

사들이 겪는 삶과 죽음을 한 젊은 장교의 경험을 통해 강렬하게 조명하는데, 이스라엘 군대를 위한 훈련용으로 만들었기 때문에 어느 정도 일방적이기는 하지만 반전(反戰) 사상이 강하게 드러난다.

조금 더 정치적인 쪽을 살펴보면, 「예루살렘 보고서」는 6일 전쟁 직후에 아랍-이스라엘 폭력 사태와 정치적인 음모에 얽혀드는 얘기이고, 「여수상 골다 마이어」는 이스라엘의 여수상 골다 마이어의 전기영화이다.

범죄소설과 서부소설을 주로 쓰며 각색도 자주 하는 엘모어 레너드(Elmore Leonard) 원작인 「52 픽업(비디오 제목)」은 살인사건과 협박으로부터 헤어나려는 사업가를 주인공으로 삼은 범죄물이지만, 같은 원작으로 2년 전에 만든 「의혹의 메시지」는 이스라엘-팔레스티나 위기를 평화적으로 해결하기 위해 애쓰는 미국 대사가 주인공이어서, 건국 이래 어려울 때마다 이스라엘을 편들어 온 미국의 국제 경찰 노릇을 다시금 되풀이한다.

찾아보기 ●---

▌「아버지의 거짓말(Lies My Father Told Me, 1975, 캐나다, 102분)」, 감/Jan Kadar, 출/Yossi Yadin, Len Birman, Marilyn Lightstone, Jeffrey Lynas, Cleo Paskal, Roland Bédard, Raymond Benoit, Bertrand Gagnon, (Ted Allan)

▌「영광의 탈출(Exodus, 1960, 미국, 208분 또는 213분)」, 감/Otto Preminger, 출/Paul Newman, Eva Marie Saint, Ralph Richardson, Peter Lawford, Lee J. Cobb, Sal Mineo, John Derek, Hugh Griffith, Gregory Ratoff, Felix Aylmer, Jill Haworth, David Opatoshu, Marius Goring, George Maharis

▌「매과이어는 물러가라(McQuire, Go Home! 또는 A Date With Death 또는 The High Bright Sun, 1966, 영국, 101분)」, 감/Ralph Thomas, 출/Dirk Bogarde, George Chakiris, Susan Strasburg, Denholm Elliott

▌「거대한 전장(Cast a Giant Shadow, 1966, 미국, 142분)」, 감/Melville Shavelson,

출/Kirk Douglas, John Wayne, Frank Sinatra, Yul Brynner, Senta Berger, Angie Dickinson, James Donald, Luther Adler, (Chaim) Topol

▋「24고지는 말이 없다(Hill 24 Doesn't Answer, 1955, 이스라엘, 102분)」, 감/Thorold Dickinson, 출/Edward Mulhare, Haya Harareet, Michael Wager, Michael Shillo, Arich Lavi

▋「뉴요크여 안녕(Goodbye, New York, 1985, 미국-이스라엘, 90분)」, 감/Amos Kollek, 출/Julie Hagerty, Amos Kollek, David Topaz, Aviva Ger, Shmuel Shiloh, Jennifer Babtist

▋「천국만은 아니더라(Not Quite Paradise 또는 Not Quite Jerusalem, 1986, 영국, 105분)」, 감/Lewis Gilbert, 출/Joanna Pacula, Sam Robards, Todd Graff, Kevin McNally, Selina Cadell, Kate Ingram, Libby Morris

▋「엔테베 특공작전(Victory at Entebbe, 1976, 미국, 150분)」, 감/Marvin J. Chomsky, 출/Kirk Douglas, Elizabeth Taylor, Burt Lancaster, Linda Blair, Helen Hayes, Anthony Hopkins, Helmut Berger, David Groh, Theodore Bikel, Richard Dreyfuss, Jessica Walter, Julius Harris, Harris Yulin

▋「엔테베 작전(Raid on Entebbe, 1977, 미국, 150분)」, 감/Irvin Kershner, 출/Peter Finch, Charles Bronson, Horst Buchholz, Martin Balsam, John Saxon, Jack Warden, Sylvia Sidney, Yaphet Kotto, Robert Loggia, James Woods, Dinah Manoff

▋「특공 선더볼트 작전(Operation Thunderbolt, 1977, 미국, 125분)」, 감/Menahem Golan, 출/Yehoram Gaon, Klaus Kinski, Assaf Dayan, Shai K. Ophir, Sybil Danning

▋「비르시바의 모래(Sands of Beersheba, 1966, 미국, 90분)」, 감/Alexander Ramati, 출/Diane Baker, David Opatoshu, Tom Bell, Paul Stassino

▋「갈등(Torn Apart, 1989, 미국, 96분)」, 감/Jack Fisher, 출/Adrian Pasdar, Cecilia Peck, Barry Primus, Machram Huri, Arnon Zadok, Margit Polak

▋「한나(Hanna K., 1983, 프랑스, 108분)」, 감/Constantin Costa-Gavras, 출/Jill Clayburgh, Jean Yanne, Gabriel Byrne, Mohammed Barki, David Clennon

▋「빗발치는 총탄(Ricochets, 1986, 이스라엘, 90분)」, 감/Eli Cohen, 출/Roni Pincovich, Shaul Mizrahi, Alon Aboutboul, Dudu Ben-Ze'ev, Boaz Ofri

▋「예루살렘 보고서(The Jerusalem File, 1972, 미국-이스라엘, 96분)」, 감/John Flynn, 출/Bruce Davison, Nicol Williamson, Daria Halprin, Donald Pleasence,

Ian Hendry, Koya Yair Rubin

▌「여수상 골다 마이어(A Woman Called Golda, 1982, 미국, 200분)」, 감/Alan Gibson, 출/Ingrid Bergman, Judy Davis, Leonard Nimoy, Anne Jackson, Ned Beatty, Barry Foster, Robert Loggia

▌「52 픽업(52 Pick-Up, 1986, 미국, 110분)」, 감/John Frankenheimer, 출/Roy Scheider, Ann-Margret, Vanity, John Glover, Robert Trebor, Lonny Chapman, Kelly Preston, Clarence Williams III, Doug McClure

▌「의혹의 메시지(The Ambassador, 1984, 미국, 90분)」, 감/J. Lee Thompson, 출/Robert Mitchum, Ellen Burstyn, Rock Hudson, Fabio Testi, Donald Pleasence, Michael Bat-Adam

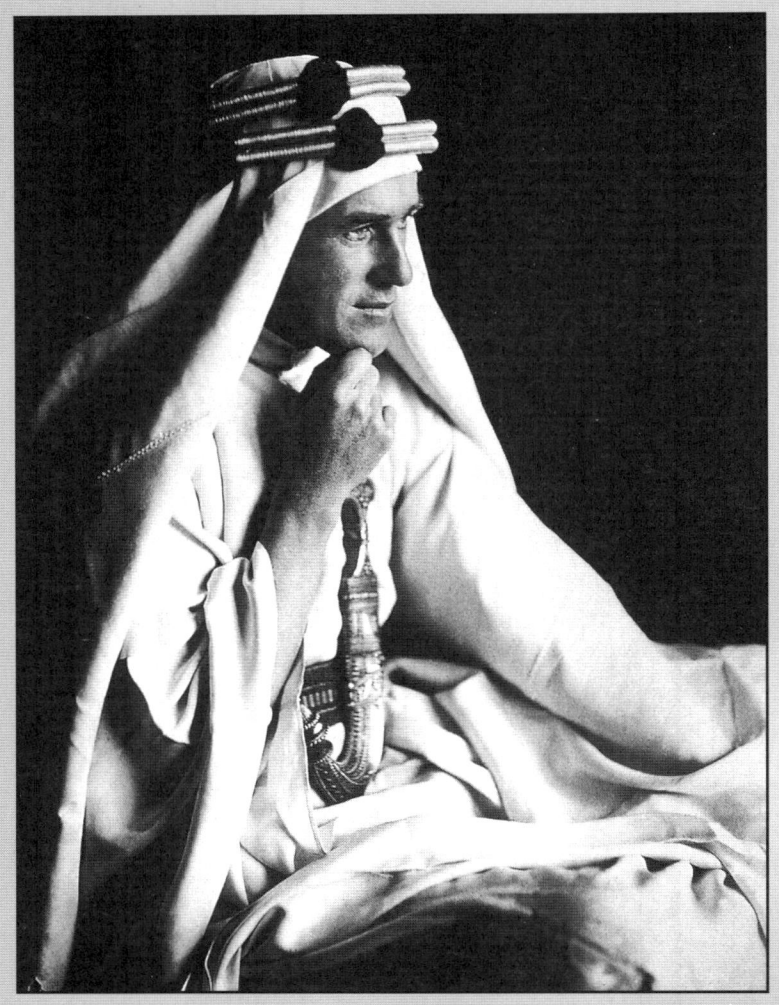

아라비아의 영웅이 된 영국 군인 T. E. 로렌스의 신비한 모습을 담은 이 사진은 영국 런던의 전쟁박물관(Imperial War Museum)에 소장되었다.

아라비아의 전설과 진실

　건국 이후 이스라엘의 배후에서는 항상 미국이 기둥 노릇을 했지만, 처음으로 유대인들의 독립국가를 정작 약속했던 나라는 미국이 아니라 영국이었으며, 통일 아랍 국가의 건설을 꿈꾸던 사람 역시 "아라비아의 로렌스"라는 이름의 영국인이었다.

　사라진 영광과 옛 땅을 찾으려는 꿈을 실현시키기 위해서, 현대 무기를 이해하지 못하기 때문에 칼을 들고 비행기에 맞서 싸우려는 아랍인들을 규합하고, 바람 부는 모래 언덕 밑에 웅크리고 앉아 깊은 생각에 잠겼다가 "아카바! 아카바를 뒤에서 친다!"는 전술을 짜낸 영국군 정보장교 로렌스 중위, 영화 주인공 「아라비아의 로렌스」는 영국인이면서도 아라비아의 영웅이었다. "나는 지옥이 뭔지 몰라!"라고 외치며 그가 사막의 횡단을 시작하면서 "엘 오렌스 신화"가 창조된다. 그는 "정해진 운명이란 존재하지 않는다"며 '운명을 만드는 사람'이 되어 족장의 하얀 옷자락을 나부끼면서 환상에 젖고, 낙오된 원주민 부하 가심에게 생명을 주었다가 결국 다시 거두어 운명의 주인(神) 노롯을 하기도 한다.

"불가능한 일도 나에겐 가능해"라면서 아카바를 친 다음 환희하며 바다를 품에 안고, 폭파한 열차 위에서 나비춤을 추던 그는 "살인을 너무 많이 한 데 대해 회의를 느끼지 않고 기쁨을 느꼈기 때문에" 회의하기 시작한다. 또 "황금 총알이 아니면 나를 죽이지 못한다"는 초인의 과대망상증에 빠지고, 살육의 전쟁터에서 광란의 희열을 느끼기도 한다.

그러나 군인은 소모품이기에, 원주민들에게는 신이요 영웅이었던 그는 결국 정치의 꼭두각시가 되어 돈에 팔린 살인자들을 이끌고 "포

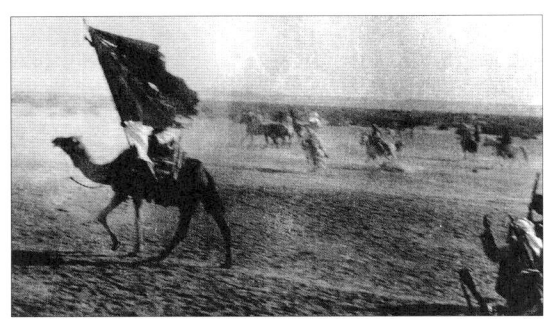

로는 필요없으니 모두 죽여라"고 고함치고 피맛에 미친 살인마가 되어 다마스쿠스로 진격한다.

아랍 민족을 통일시켜 근대 국가로 키워 보겠다는 개

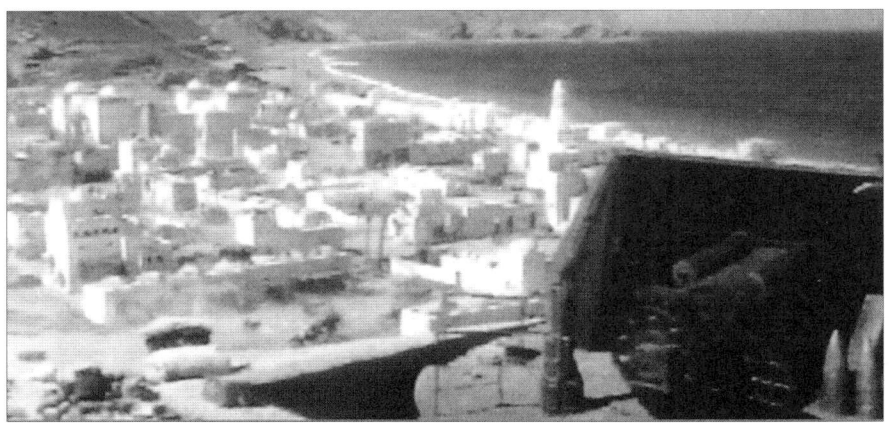

'아라비아의 로렌스'가 직접 찍은 위 사진에서는 아라비아인들이 아카바를 배후에서 기습적으로 공격한다. 아래는 영화에서 재현한 아카바로서, 전면에 무용지물이 된 대포가 흉물스럽게 배치되었다.

인으로서의 꿈은 영웅적이지만, 아랍 통일 국가에 대한 약속을 분할로 대치하는 대영제국의 정치는 너무나 조직적이어서, 영웅은 궁극적으로 권력에 이용을 당한다는 교훈도 새롭게 한다.

여기까지가 영화에 담긴 전설이다.

피터 오툴을 단숨에 세계적인 인기배우로 만들어 놓은 영화가 미국에서 개봉된 다음 얼마 안 되어, 케임브릿지 대학교의 고고학 교수인 막내 동생 아놀드(Arnold)는 1964년 잭 파(Jack Parr)의 텔레비전 쇼에 출연했을 때, 「아라비아의 로렌스」가 "가식과 오류(pretentious and false)"에 가득 찼다고 했으며, 〈더 뉴요크 타임스〉와의 인터뷰에서는 일곱 개의 아카데미상을 받은 로렌스 영화가 "자아도취증 한 덩어리, 자기 과시가 한 덩어리, 약간의 가학증, 핏덩어리 한 바가지에 다른 몇 가지 도착증을 조금 섞어 잘 저어서 만든 심리적 요리(a psychological recipe⋯take an ounce of narcissism, a pound of exhibitionism, a pint of sadism, a gallon of blood-lust and a sprinkle of other aberrations and stir well)"를 했다고 혹평을 퍼부었다.

「닥터 지바고」와 「아라비아의 로렌스」나 마찬가지로 로버트 볼트(Robert Bolt)가 각본을 맡았던 「라이언의 처녀(Ryan's Daughter, 1970)」에 대한 언론의 혹평에 충격을 받아 한참 동안 활동을 중지했었노라고 고백했던 데이비드 린 감독이 이런 얘기를 듣고 어떤 반응을 보였을지 궁금하지만, 어쨌든 아놀드는 "아라비아의 로렌스"가 영화에서와는 달리 실제로는 "아주 마음이 착하고, 상냥하고, 쾌활한 사람"이었다고 주장했다.

그러나 법정에서는 부부간이나 가족의 경우에는 이런 식의 증언을 진실로 받아 주지는 않는다.

그렇다면 사막의 전설이 되어 대영제국 전쟁 박물관(the Imperial War Museum, London)에 신비한 사진이 내걸린 T. E. 로렌스(T〔homas〕E

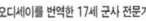

Who is T.E.Lawrence?
로렌스 그는 누구인가?

"로렌스는 이 시대의 가장 위대한 사람이다. 로렌스와 같은 사람을 다시 볼 수는 없다. 그의 이름은 영국의 역사와 인류의 전쟁사에 남을 것이다. 그리고 아라비아의 전설로 빛날 것이다." - 윈스턴 처칠

사생아의 운명을 안고 태어난 소년
로렌스의 아버지는 원래 아일랜드의 귀족으로 결혼까지 했었지만, 딸들의 가정 교사와 사랑에 빠져 집안으로부터 도망쳤다. 그들 사이에 태어난 로렌스가 태어나기 전에 그는 이미 세상을 떠나고 말았다.

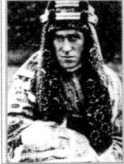

오디세이를 번역한 17세 군사 전문가
아버지의 빈자리를 채우기 위해서인지 로렌스는 다양한 분야에 관심이 많았고, 소질이 풍부했다. 특히 군사건축에는 17살때 이미 유럽대륙의 요새를 혼자 여행하고, 중동의 십자군 요새를 탐사할 정도로 관심이 많았다. 또한 프랑스어, 라틴어, 희랍어, 아랍어 등을 구사할 정도로 언어능력도 탁월해, 훗날 그가 번역한 호머의 '오디세이'가 베스트셀러가 되기도 했다.

파란눈을 가진 아카비의 영웅: 아라비아의 로렌스
세계 1차 대전 당시, 중동지역에 파견되는 그는 아랍의 지도자 파이잘 왕자를 지원하라는 명령을 받는다. 이후, 아무도 생각하지

T. E. 로렌스를 전설로 만드는 영웅화 작업은 오랫동안 논쟁을 불러일으켰다. 우리나라에서 「아라비아의 로렌스」 복원판을 소개한 광고물에서도 전설만들기를 소홀히 하지 않는다.

〔dward〕 Lawrence, 1888~1935)의 진실은 도대체 무엇이었을까? 영웅 이야기에서는 무엇이 전설이고 무엇이 역사인가?

네덜란드의 여권주의자인 안네케 스멜리크(Anneke Smelik)는 "전기에서도 드러나고 역사적으로도 그가 동성애자라는 증거에도 불구하고, 「아라비아의 로렌스」에서 주인공 로렌스는 철두철미한 이성애자로 둔갑하는 반면 동성애는 사악한 터키 남자의 몫으로 넘어간다"고 지적한다. 그렇다면 로렌스가 동성애를 했기 때문에, 데이비드 린의 영화에서는 남녀간의 그 흔한 사랑 얘기가 한 장면도 비치지를 않았을까?

로렌스에게 가장 행복했던 시절은 현재 터키 남부인 고대 히타이트(Hittite) 도시 카르체미시(Carchemish)를 발굴하던 3 년 동안이었다고 한다. 이때 알게 된 아랍인 현장 감독 시크 하무디(Sheikh Hamoudi)를 비롯하여 로렌스는 몇 명의 남자와 오랫동안 지속되는 깊은 우정을 나누었다고 알려졌다. 특히 물 심부름을 하던 14살 난 소년 다훔(Dahoum)에게는 수학, 역사, 지리를 개인적으로 가르치며 평생 가깝게 지냈는데, 다훔과의 '육체 관계'에 대한 소문을 로렌스가 적극적으로 부인하지 않았기 때문에 결국 추측은 진실이 되고 말았다면서 〈내셔널 지오그래픽〉에 기고한 글에서 돈 벨트(Don Belt)는 그들 사이의 '동성애'가 사실은 "거의 분명히 순수한 사이(almost certainly platonic)"라는 결론을 내렸다.

벨트는 또한 로렌스가 "살인을 위해 태어난 남자도 아니었다(not cut out for killing)"고 정의한다. 키가 165 센티미터밖에 안 되었으며, 섬약한 체질에 모든 성적인 접촉에 대해서 예민한 반응을 보였던 그

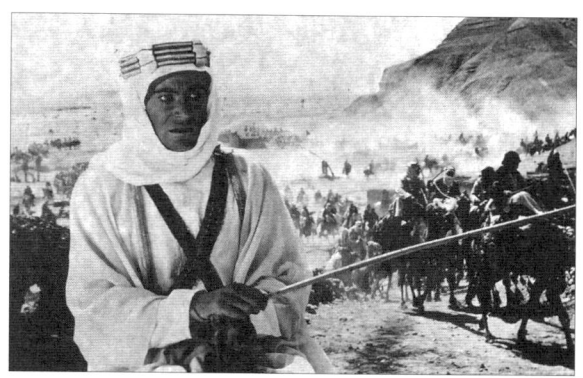

T. E. 로렌스의 동성애 사실 여부는 지금까지도 끊이지 않고 계속된다. 영화에서는 물론 동성애가 로렌스를 고문하는 터키 장교(Jose Ferrer)의 몫으로 돌아갔다.

는 악수까지도 꺼릴 정도였다고 한다. 어려서부터 중세 기사도 시대의 역사에 관심이 깊었던 그는 다 자란 다음에야 그와 네 형제가 사생아라는 사실을 알게 된다. 로렌스의 아버지(본명 Thomas Chapman)는 앵글로—에이레 귀족으로서 그의 아이들을 가르치던 가정교사(Sarah Junner)와 도망쳐 정식 결혼도 하지 않고 평생 같이 살며 다섯 아이를 낳았던 것이다.

잠도 적게 자고 밥도 덜 먹으며 어려서부터 육체적인 단련을 열심히 했던 로렌스는 학창생활도 특이했다. 운동이나 단체 활동 따위는 관심도 없었던 그는 십자군 전쟁이 유럽 건축에 끼친 영향에 관한 졸업 논문을 쓰기 위해 1909년 여름 방학을 이용하여 사진기와 권총 한 자루에 여벌 양말 한 켤레를 챙겨 가지고 베이루트 행 배에 올랐으며, 베이루트에서부터 혼자 걸어서 오토만 제국의 성들을 36 개나 둘러보았다. 거의 2천 킬로미터를 돌아다니며 네 차례 말라리아에 걸리고, 북부 시리아에서는 총격전도 벌이고, 강도를 만나 매를 맞은 다음 죽으라고 방치되기도 했다. 이토록 치열한 현장 답사와 연구 덕분에 그는 옥스포드를 최우수 성적으로 졸업했다.

제1차 세계대전과 아랍 반란 동안에 전설과 진실이 적절히 배합된 영화 줄거리를 거친 로렌스는 아랍 민족 국가를 지지하면서 뒤로는

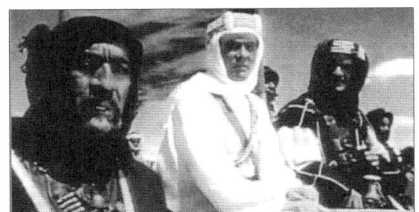

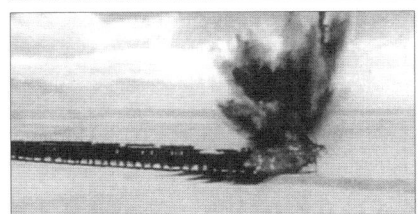

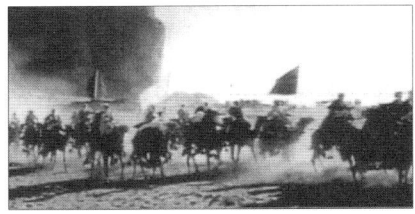

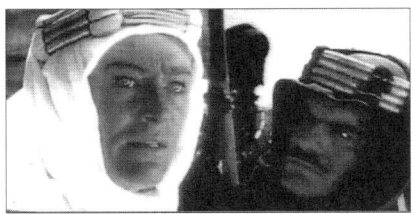

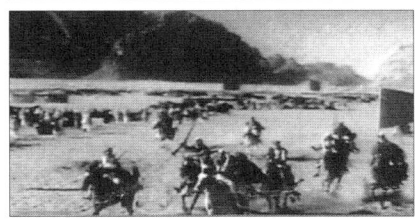

영화 「아라비아의 로렌스」는 영화사상 가장 빼어난 전설만들기를 성공시킨 결과로 작품 자체가 전설이 되기에 이른다.

프랑스 그리고 러시아와 함께 오토만 영토를 나눠 가지려는 대영제국의 속셈에 대해 엄청난 실망감을 맛본다. 1917년 영국은 팔레스티나에 유대인들의 나라를 세우도록 약속하여 지금까지도 치열하게 계속되는 중동의 갈등을 심어 놓기도 했다. 미국에서의 출판을 위해 호메로스의 『오뒷세이아』를 번역하기도 했던 로렌스는 아홉살 때부터 꿈꾸었던 서사시적인 삶을 살았고 역사의 주인공이 되기도 했지만, 서사시적인 역사 또한 국제 외교의 계산법에 따라 조작된다는 현실에 실망하고는 나름대로의 은둔생활로 들어갈 결심을 하기에 이른다.

그러나 로렌스의 살아 있는 전설이 정작 알려지기 시작한 때는 그가 은둔을 결심한 무렵부터였다. 영국에서는 1918년부터 입에서 입으로 전해지던 아라비아의 전설이 전쟁성(戰爭省, 국방부)을 통해 의회에까지 알려졌고, 아랍 병력을 이끌던 로렌스와 겨우 8 일 동안 같이 지낸 미국인 특파원 로웰 토마스(Lowell Thomas)는 순회 강연과 여행기를 통해 로렌스를 "무관의 아라비아 왕자(王者, uncrowned King of Arabia)"라고 전설만들기에 열중했다. 로렌스는 1919년 버킹엄 궁에서 조지 5세가 수여하려던 훈장도 아랍인에 대한 영국 정부의 태도에 실망했다면서 거부하는데, 이 얘기를 듣고 놀란 국민은 그를 더욱 신비한 존재로 미화하기에 이른다.

정계로 진출하라는 윈스턴 처칠의 권고도 물리치고, 고고학 교수가 될 기회도 마다하고, 1922년 8월 그는 친구들의 도움으로 행방을 감춘 다음 존 흄 로스(John Hume Ross)라는 가명으로 공군에 입대한다. 그러나 몇 주일 만에 그의 정체를 어느 기자가 밝혀내자 로렌스는 전역을 당한다. 2개월 후 로렌스는 다시 T. E. 쇼(Shaw)라는 또 다른 가명으로 육군 전차부대에 입대하여 2년 동안 복무한 다음 1925년 공군으로 복귀한다.

"아라비아의 로렌스"가 살았던 전설적인 생애에서 한 가지 분명했던 '진실'은 그가 '폭주족'이었다는 사실이다. 플리머드 근처 공군 기지에서 복무하던 당시에 그는 모터사이클을 타고 활주로에서 이륙하는 비행기와 경주를 벌이고는 했으며, 제대 후에는 그의 모터사이클이 낼 수 있는 최대 속력인 시속 170킬로미터로 달리기가 보통이었는데, 1935년 5월 13일 그는 우체국에서 전보를 치고 모터사이클을

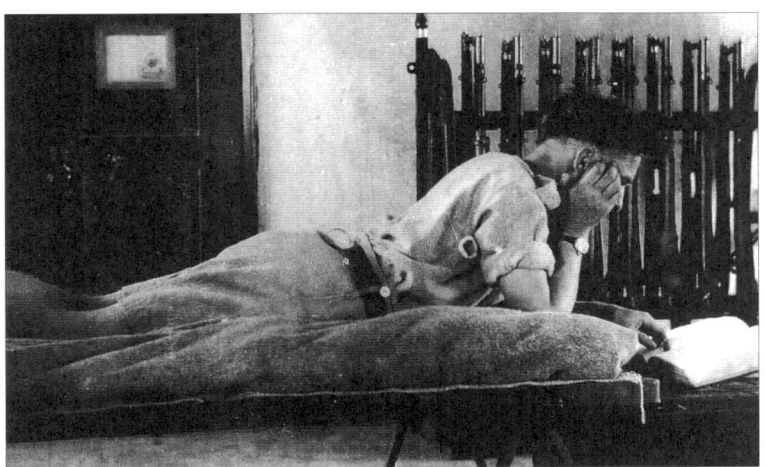

로렌스는 T. E. 쇼라는 가명으로 전차부대에서 복무하기도 했는데, 이것이 당시의 사진이다.

몰며 집으로 돌아오던 길에 자전거를 타고 가는 두 소년을 피하려다
가 미끄러져 넘어지면서 46년의 전설적인 생애를 마감했다.

　영국이 큰 영향력을 끼친 중동과 아시아 지역에서 통일 아랍 민족
국가의 건설에 실패한 아라비아의 로렌스만큼 신화적이지는 않아도
이슬람 국가의 ‘건국 신화’를 성공시킨 유명한 인물의 전기영화로는
「진나」가 꼽힌다.

　카라치 태생인 모하메드 알리 진나(Mohammed Ali Jinnah, 1876～
1948)는 영국에서 나이 20에 변호사 자격을 획득하여 인도로 돌아간 다
음 정계에 투신하여 강인한 성격과 거침없는 언변에 순수한 지도력까
지 발휘하여 ‘최고의 지도자(qaid-i-azam)’라는 칭호를 얻었고, 파키스
탄을 독립시킨 지 겨우 13개월 만에 세상을 떠난 인물이다. 참고로, 미
국의 테러 보복 전쟁과 더불어 온세상 사람들의 입에 자주 오르게 된 파
키스탄 이슬람 공화국(Islam-i-amhuriya-e
Pakistan)의 국명에서 ‘Pakistan’은 그
나라의 여덟 개 주 이름에서 머릿글자를
모아 만든 것이다.

　미국과의 테러 전쟁에서 패배를 맛
봐야 했던 당사자인 아프가니스탄을
무대로 삼은 영화로는 미국 상원의원
의 딸을 찾아 사막을 헤매는 수색대에
관한 제임스 미치너(James Michener)
의 소설을 영화로 만든 「캐러반」, 그리
고 죽은 염소나 송아지를 서로 빼앗기
위해 말을 타고 벌이는 아프카니스탄
의 국기(國技) 부즈카시(buzkashi) 경기
에 출전하여 사내다움을 증명하려는

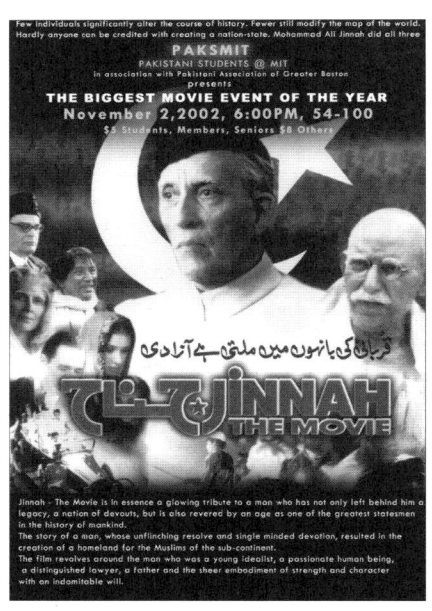

「진나」는 파키스탄을 독립시킨 유명한 인물의 전기영화로
서, 이슬람 세계에서 손꼽히는 건국 신화를 담았다.

남자들을 주인공으로 삼은 「마상(馬上)의 사나이」가 있다.

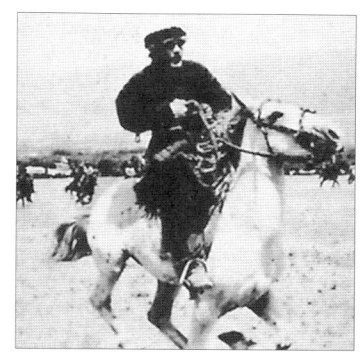

「마상의 사나이」에서는 아프가니스탄의 부즈카시 경기가 '주연'이다.

미국이 아프가니스탄을 공격하기 오래 전에 아프가니스탄을 먼저 침공했던 소련을 못마땅하게 생각하며 오사마 빈 라덴을 포함한 반군을 뒤에서 밀어 주던 미국에서 제작한 영화 「야수」는 소련 점령하에 있던 아프가니스탄이 아니라 이스라엘에서 촬영했다. 사막에서 낙오한 소련 탱크 한 대가 아프가니스탄의 반군으로부터 추적을 받으며 도망치는데, 평화를 사랑하는 소련 병사 한 명이 잔혹한 지휘관으로부터 버림을 받아 죽을 지경에 이르자 그의 '적'이었던 반군과 합류한다는 내용이다.

이밖에도 별로 부담을 느끼지 않으면서 볼 만한 중동 영화로는 감옥에서 탈출한 다섯 명이 사막으로 달아나는 「자레인에서의 탈출」, 1920년대 프랑스 점령하의 시리아에서 암약하는 무기 밀수업자가 자유를 위해 투쟁한다는 줄거리로 「카사블랑카」의 분위기를 다시 내려던 험프리 보가트의 「시로코 모정(慕情)」, 그리고 미국인 조종사와 여기자가 사막의 왕국에서 오도가도 못 하게 되어 아랍인 족장이 노트르 데임(Notre Dame) 대학교와의 미식축구 시합에서 이기도록 도와준다는 내용의 「존 골드화브의 고향」이 있다. 미식축구의 명문인 노트르 데임은 「고향」을 보고 너무나 화가 나서 영화사를 고소했다.

찾아보기 ●--

▌「아라비아의 로렌스(Lawrence of Arabia, 1962, 영국, 216분 또는 222분)」, 감 /David Lean, 출/Peter O'Toole, Alec Guinness, Anthony Quinn, Jack

Hawkins, Claude Rains, Anthony Quayle, Arthur Kennedy, Omar Sharif, Jose Ferrer

▌「진나(Jinnah, 1998, 영국 – 미국 – 파키스탄, 94분)」, 감/Jamil Dehiavi, 출 /Christopher Lee, James Fox, Maria Aitkin, Sashi Kapoor, Richard Lintern, Robert Ashby, Sam Dastor

▌「캐러밴(Caravans, 1978, 미국 – 이란, 123분) 감/James Fargo, 출/Anthony Quinn, Jennifer O'Neill, Michael Sarrazin, Christopher Lee, Joseph Cotton

▌「마상의 사나이(The Horsemen, 1971, 미국, 109분)」, 감/John Frankenheimer, 출 /Omar Sharif, Leigh Taylor – Young, Jack Palance, David De, Peter Jeffrey

▌「야수(The Beast, 1988, 미국, 109분)」, 감/Kevin Reynolds, 출/Jason Patric, Steven Bauer, George Dzundza, Stephen Baldwin, Don Harvey, Kabir Bedi, Erick Avari, Haim Gerafi

▌「자레인에서의 탈출(Escape From Zahrain, 1962, 미국, 93분)」, 감/Ronald Neame, 출/Yul Brynner, Sal Mineo, Madlyn Rhue, Jack Warden, James Mason, Jay Novello

▌「시로코 모정(Sirocco, 1951, 미국, 98분) 감/Curtis Bernhardt, 출/Humphrey Bogart, Marta Toren, Lee J. Cobb, Everett Sloane, Zero Mostel, Ludwig Donath, Harry Guardino

▌「존 골드화브의 고향(John Goldfarb, Please Come Home, 1965, 미국, 96분)」, 감 /J. Lee Thompson, 출/Shirley MacLaine, Peter Ustinov, Richard Crenna, Scott Brady, Jim Backus, Charles Lane, Jerome Cowan, Wilfrid Hyde – White, Fred Clark, Harry Morgan, Telly Savalas, Richard Deacon, (Teri Garr)

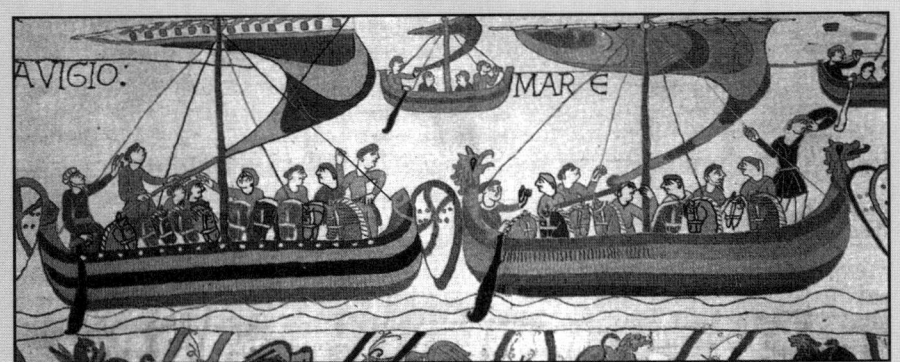

바이킹은 앵글로-색슨 시각에서 보면 흉악한 침략자들이다. 하지만 북 유럽 사람들에게는 전세계를 주름잡던 영웅들이다. 그리고 바이킹은 앵글로-색슨 사람들에게 기독교 사상과 기사도 정신을 가르쳤다.

터키를 심판하는 미국의 정의

아프리카, 오스트렐리아, 남 아메리카, 동남아, 남태평양을 거쳐 중동에 이르기까지 두루 돌아다니며 살펴본 바와 같이, 인류의 역사는 누가 뭐라고 해도 정복의 연대기가 가장 굵은 줄거리를 이루고, 정복한 자가 주인공으로 나서서 영화로 엮어낸 역사라면 필연적으로 정복자의 제국주의적인 시각에 따라 모든 관계를 설명한다. 그래서 원주민과 식민지 백성은 왜곡의 대상으로 쉽게 희생을 당한다.

1200년대 동양 정벌에 나선 색슨족을 영웅화하는 「흑장미」의 시각도 마찬가지이다. 제1 세대식 사료편찬(historiography)은, 시대적으로 당연히 그럴 만도 했지만, 나라와 민족을 따로 가릴 필요도 없이 저마다 극단적으로 주관적이어서, 로빈 후드의 전설에서는 앵글로―색슨의 역사와 문화를 내세우려는 기준이 벌써부터 분명하게 보인다. 그래서 떼도둑의 두목인 로빈 후드는 영웅적인 '좋은 사람'으로 설정한 반면, 노르만족은 악한으로 등장한다.

노르만족의 뿌리인 '북부인(Norsemen)' 바이킹은 영국인들이나 마찬가지로 일찍부터 부지런히 정복의 길에 나섰던 사람들이었지만, 색슨의 시각에서는 아메리카 원주민(savage)이나 마찬가지로 '좋은 사람'을 괴롭히는 침략자요 미개한 야만인(barbarian)이라고만 부각되었다. 용맹한 정복자로서의 위상 덕택에 바이킹은 프랑스 북부에 봉토를 받고 정착하여 '북부인의 땅(Normandy)'을 세웠으며, 유럽 역사에서 막강한 영향력을 발휘하는 세력으로 발전했고, 이미 지적했듯이 훗날 기독교 사상과 기사도 정신의 기초를 이룬 사람들이 바로 노르만족이었다는 역사적인 사실로 미루어 보면, 과연 야만성의 척도가 무엇이었는지 혼란스러워진다.

그러다가, 십자군 전쟁을 포함한 오랜 영불(英佛) 대립 구조에서 노르망디 공의 사생아인 '정복자' 윌리엄 1세(William the Conqueror)가 영국을 정복하기에 이르고, 정복당한 원주민 색슨족은 필요성에 따라 그들 자신의 역사 전설을 따로 만든다. 우리나라에서 「장군의 아들」

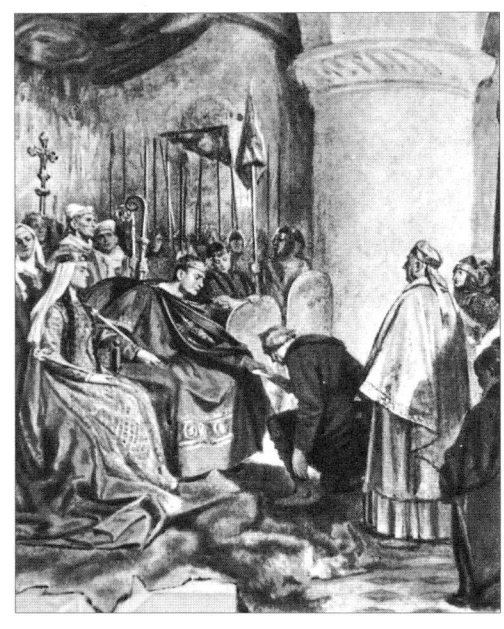

'정복자' 윌리엄 1세(왕좌에 앉은 인물)는 영국을 통치한 영웅이지만, 밀렵꾼 떼강도 로빈 후드를 영웅으로 만들기 위한 앵글로-색슨의 신화만들기에서 그는 악역을 맡게 된다.

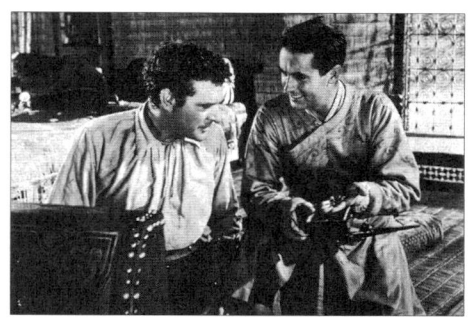

13세기 영국의 학자가 야만적인 몽골인들의 나라로 가서 온갖 모험을 치르고 얻어낸 과학적 발견에 힘입어 작위를 받게 된다는 내용의 영화 「흑장미(黑薔薇)」는 동양 정복에 나선 색슨족의 영광을 미화한다.

김두한이, 적어도 영화에서는, 주먹을 휘둘러 가며 민족 저항 운동의 앞장을 섰듯이, 로빈 후드는 노르만족에게 저항하는 영웅적인 애국 투사가 되기에 이른다.

노르만족과 색슨족의 대립에서, 영미(英美) 주도하의 영화 언어가 설명하는 관계는 당연히 색슨 편이겠고, 동양을 야만적 원주민으로 보는 「흑장미」의 시각은 더더욱 당연하겠다.

활극과 서부극을 잘 만들던 헨리 해더웨이 감독의 전형적인 사극 「흑장미」는 물론이요, 준마(駿馬)를 놓고 용감한 공주 탄야(Tanya)가 남주인공과 경쟁을 벌이는 의상극 「아라비아의 열정」, 심지어는 현대 아라비아의 휴양지에서 벌어지는 희극 「사막의 모래」에서까지도 중동의 아랍 이슬람 문화권을 내려다보는 색슨계의 시각은 독선적인 일관성을 지닌다.

이슬람 폭력분자들을 보는 이스라엘 샤론 총리의 폭력적 시각도 독선적이기는 마찬가지이다. 맡은 역할만 바뀔 뿐, 역사란 끝없는 반복이어서, 희생을 당하던 피해자가 가해자로 바뀜에 따라, 이제는 이슬람 세계가 피해자로 변해 자살 폭탄의 전략을 구사한다. 이스라엘의 건국을 인정했던 국제연합이 훗날 팔레스티나 역시 인정했는데도, 새로운 '적'으로 두각을 나타내기 시작한 샤론은 폭력 행사를 계속하고, 폭력을 분쇄한다는 국제 경찰 미국도 이제는 이라크이건 아프가니스

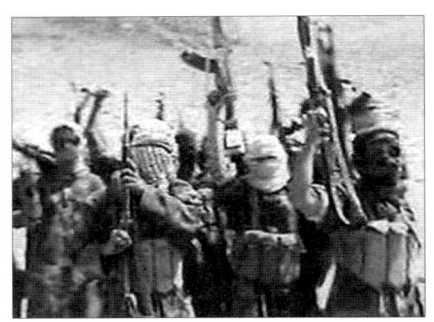

무기가 변변치 않아서 대신 목숨으로 반격을 가하는 폭력주의자(terrorist) 전사들은 중동의 이슬람 국가들의 시각에서 보면 영웅이요, 박애주의를 앞세우면서도 점점 공격적으로 변해가는 기독교 국가 미국에게는 야만적인 '적'이다.

탄이건 어떤 약소 국가라도 거침없이 침략하는 가장 폭력적인 세력으로 변했다. 집권하자마자 중국과 북한뿐 아니라, 인도네시아를 포함하여 불특정 국가를 위협하며 노골적인 패권주의를 앞세운 부시 정권의 등장과 때맞춰 이스라엘의 샤론 정권이 등장하고, 아마도 그 이전부터 준비는 해왔겠지만 그러면서 뉴요크에 대한 납치 항공기 자살 폭탄이 자행됨에 따라 더욱 격화된 국제 폭력 사태는 과연 알 카에다 전법이 이스라엘 측 공격의 원인이 되었나 아니면 그 결과였나 분간하기 어렵게 만들어 놓는다.

첨단 무기로 무장한 이스라엘이나 미국에 맞서 싸울 힘이 없기 때문에 "가장 야만적인 방법"으로 목숨을 바쳐 자살 폭탄이 되려는 사람들의 40 퍼센트가 대학 졸업자이고, 젊은 여성도 끝없는 '성전'에 가담하기 시작했다. 그렇다면 무엇이 야만성일까? 히틀러가 영웅이 아니듯이 폭력분자도 물론 영웅은 아니지만, 영국과 네덜란드와 에스파냐의 세계 정복이 영광으로 여겨지던 시대의 영웅들 또한, 모든 정복을 침략이라고 정의한다면, 영웅이 아니었기는 마찬가지이다.

무대가 1920년대 터키로 옮겨 가더라도 이슬람 세계를 내려다보는 색슨 시각은 별로 달라지지를 않아서, 「영원한 승자는 없다」에서는 수많은 다른 용병영화에서나 마찬가지로, 단 두 명의 카프카즈 백색 인종이 웬만한 이슬람 국가 하나보다도 막강한 듯한 인상을 준다.

거의 30 년 전부터 언젠가는 노벨 문학상을 타리라고 많은 사람들이 예상해 온 터키의 소설가 야샤르 케말(Yasar Kemal)의 소설이 원작인 「나의 매 메메드」는 터키 마을의 독선적인 독재자 압디 아가(Abdi

Aga)라는 인물이 주인공이고, 터키 마을의 이런 부족(部族) 독선은 색슨계 미국의 민족적 독선과 「미드나이트 익스프레스」에서 정면으로 충돌한다.

올리버 스톤이 각본을 써서 오스카상을 받은 이 영화는 가수 재니스 조플린이 마약 과다 복용으로 목숨을 잃은 다음날인 1970년 10월 6일, 터키의 이스탄불 공항을 통해 마약(hashish)을 밀반출하려던 미국 시민 윌리엄 헤이스(William Hayes)가 항공기 납치범을 색출하던 보안 당국에 우발적으로 체포되면서 이야기가 시작된다. 범죄를 저질렀으면 당연히 감옥으로 가야 하는데, 미국인 헤이스는 터키라는 국가와 법을 깔보면서, 영화가 끝날 때까지 죄의식을 느끼거나 뉘우치는 기미를 전혀 보이지 않는다. 체포 당시부터 이름을 두 번이나 물어본다고 역겨워하는가 하면, 밀수하려던 마약이 2 킬로그램밖에 되지 않는데다가 초범이니까 "그게 무슨 죄가 되느냐"는 식으로 행동하고, 현장 검증을 나가서는 도망까지 쳤다가 다시 체포된다.

막상 감금이 된 첫날 밤에도 규칙을 어겨 가며 담요를 두 장이나 훔치고, 장 발장처럼 터키 사원에서 촛대 두 개를 훔친 죄로 잡혀온 미국인은 "뭐 그까짓 일(That's all)"로 그러는지 모르겠다면서, "터키는 변호사도 모조리 썩었어. 정직한 변호사는 자격이 박탈되지"라고, 터키의 법을 오히려 비웃는다.

면회를 온 아버지도 아들의 죄는 한 마디도 꾸짖지 않고 터키 호텔의 식사와 화장실이 엉망이라고 불평을 늘어놓다가는, "빌리, 대신 들어가도 된다면 내가

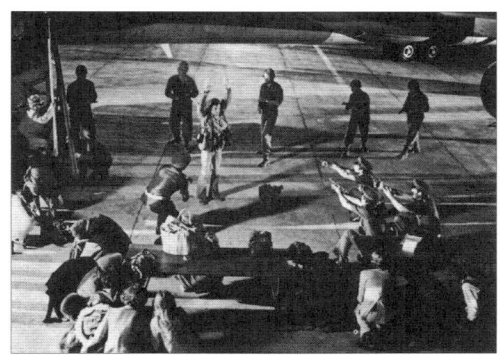

「미드나이트 익스프레스」에서는 주인공이 마약을 밀반출하려다 공항에서 체포되는 순간부터 미국의 오만한 시각이 두드러지게 나타난다.

너 대신 감옥에 들어가고 싶다"면서 무한한 애정 표현을 한다. 정말로 전혀 공감이나 동정심을 불러일으키지 않는 아버지와 아들이다. 아무리 영웅이 고갈된 시대라고 해도 이런 인물을 그렇게 영웅(hero=주인공)으로 내세워도 되는지, 동기 부여에 전혀 신빙성이 보이지를 않는다.

법정에서 30년 형을 선고받은 헤이스는 "잘난 검사 양반"에게 "한 사회의 존재가 자비심에 기초한다는 사실을 네가 어떻게 알겠느냐?"고 훈계를 하고는, 터키의 법정신에 대해서도 이렇게 거침없이 일갈한다.

"돼지들의 나라에서 돼지고기를 안 먹는다니, 정말 웃긴다. 예수께서는 개새끼들을 용서했지만, 난 못 하겠다. 당신들은 돼지, 모두가 돼지. 난 당신네 민족을, 그리고 당신네 국민을 증오한다.(You're pigs. You're all pigs. I hate your nation, and I hate your people.)"

"오늘은 죄가 되는 일도 내일은 합법이 되기도 한다"고 마치 마약 밀수가 합법이라는 식으로 법정에서 열변을 늘어놓은 미국인 헤이스는 야만적인 나라에서 죄값을 치르겠다는 마음가짐이 전혀 없으며, "착하게 살기에도 지쳤다(I'm damn tired of being good)"고 대단히 비논리적인 주장을 펴면서 탈옥을 꾀하고, 그러다가 벽에 파 놓은 탈

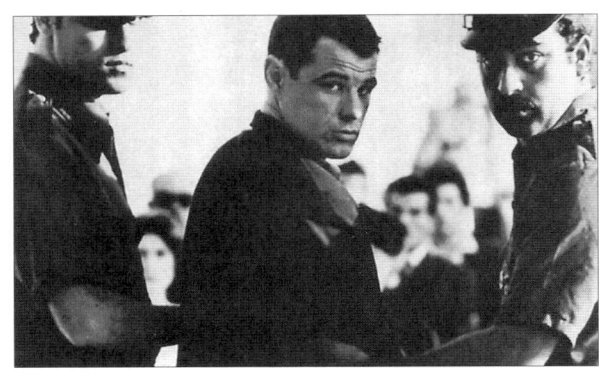

「미드나이트 익스프레스」의 미국인 범죄자는 재판을 받는 과정에서 터키의 못된 법을 질타하는 영웅적인 모습으로 재현된다.

출구가 들통나자 그것을 찾아낸 간수에게 보복하기 위해 숨겨 놓은 돈을 훔치는가 하면, 무자비한 폭행도 서슴지를 않고, 그러면서도 터키는 원시적인 폭력의 국가임을 증명하기 위해 앨런 파커 감독은 장터에서 닭의 목을 치는 장면 따위를 열심히 화면에다 배열한다.

자유민주국가 미국의 시각에서는 수사관을 위시한 모든 터키인은 흉측한 괴물이며, 그래서 5년 동안 복역한 다음 형무소의 못된 소장을 살해하고 탈옥한 주인공이 케네디 공항에 도착하는 장면을 매우 감동적인 순간으로 정지 화면까지 동원해 가면서 묘사한다.

타인의 문명을 비판하려는 어설픈 시도를 벌이지 않고 그냥 차라리 탈옥극으로만 꾸몄더라면 어땠을지 모르겠는 이런 영화에서 넘쳐나오는 제국주의의 오만함은 도대체 어디에서 연유하는지, 잠시 생각해 봐야 할 문제라고 여겨진다.

「미드나이트 익스프레스」가 실제로 일어났던 사건을 소재로 삼아서 만든 영화라고 하니까, 또 하나의 유사한 실제 사건 하나를 살펴보기로 하자. 몇 년 전 싱가포르에서는 마이클(Michael)이라는 미국 소년이 길거리에 세워 놓은 '원주민'들의 차에 페인트를 뿌리고 유리창을 부수는 따위의 못된 장난(vandalism)을 저지르다가 당국에 체포되었다. 마이클은 싱가포르인이 같은 짓을 저지르는 경우와 마찬가지로 남들이 지켜보는 곳에서 공개 태형(笞刑, caning)을 받아야 한다는 선고가 내려졌고, 미국의 언론은 자국의 시민이 남의 나라에서 장난 좀 쳤기로서니 그렇게 비인간적이고 굴욕적이며 야만적인 벌을 받게 내버려두어서는 안 된다고 한참 떠들썩했다. 여론에 밀린 빌 클린턴 대통령은 마이클의 처벌을 면해 달라는 편지를 싱가포르 정부로 보냈고, 싱가포르는 단호히 거절했다.

이 사건이 진행되는 동안 필자는, 미군과 똑같은 군복을 입고 전쟁에 임하는 대한민국의 정부였다면, 과연 클린턴 대통령의 그런 요구

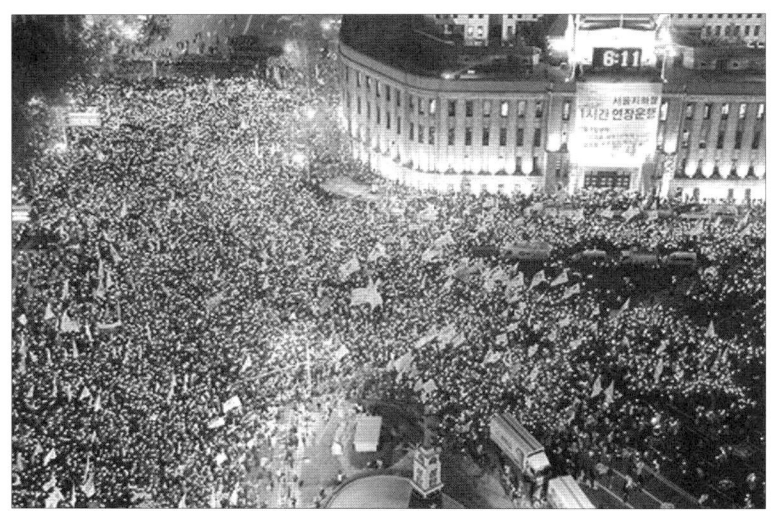

세계대전을 거쳐 한국전쟁 그리고 냉전시대에 소련을 견제하는 유일한 "국제 경찰" 세력이었던 미국은 자유진영(Free Bloc)의 맏형 노릇을 하면서 어느 정도 그들의 범죄행위에 대해서 전세계 어디서나 면죄부를 누려왔다. 하지만 소련의 붕괴와 더불어 유일한 제국주의 세력으로 확고한 위치를 굳히면서, 미국의 일방적인 독선은 반발을 일으키기 시작했다. 사진은 미군 전차에 치어 사망한 여중생들을 위해 시청 앞에서 촛불시위를 벌이며 SOFA 개정을 요구하는 서울 시민들

를 거절할 힘과 용기가 있었을지 매우 궁금했었다. 우리나라에서도 BB총의 성능이 어떤지 궁금하다면서 건너편 건물에 사는 한국인들에게 여러 차례나 총질을 했던 미국 소년이 있었지만, 태형은커녕 체포도 되지 않았고, 대단히 일방적인 SOFA 협정 때문에 대한민국은 미군 범죄에 대한 재판권은커녕 수사권도 제대로 행사하지 못한다. 이것은 제국주의적 기준에 입각한 정의와 민주주의 의식이 지닌 형평성의 붕괴에서 야기되는 현상이다.

이슬람 근본주의 폭력이건, 이스라엘의 압박 폭력이건, 미국의 국제 치안 유지용 폭력이건, 폭력은 다시 폭력을 낳는다. 이것은 세상 사람 모두 다 아는 원칙인 듯싶지만, 아직도 세상 사람들은 그런 역사 원칙을 알지 못하는 듯 행동한다. 그리고 이런 모든 폭력을 정당화하는 영화가 끊임없이 태어난다.

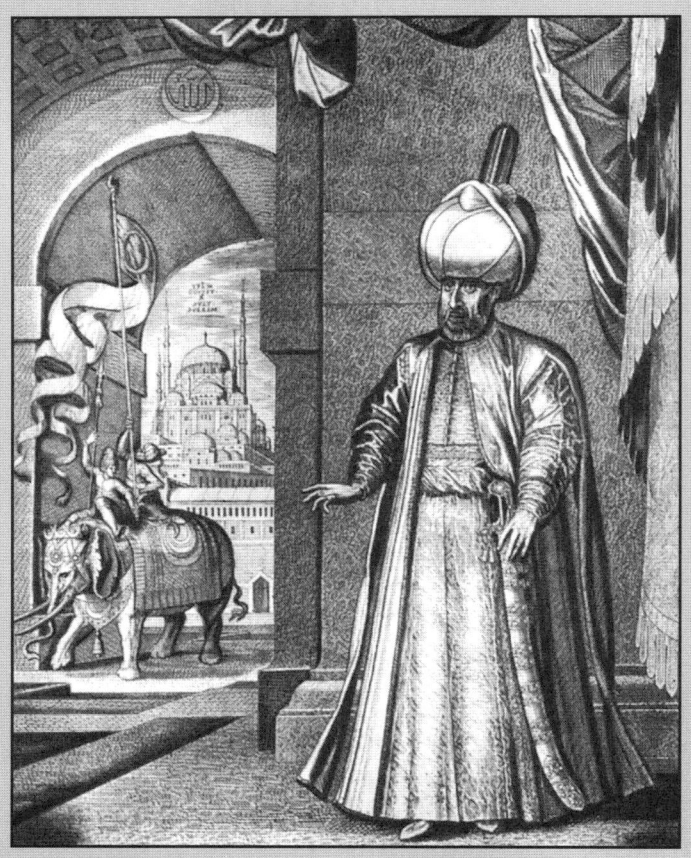

오토만 제국의 시대에는 정복자로서의 영광을 누렸던 투르크인들이 「희망의 여로」에서는 가난과
핍박의 시대를 살아간다. 그림은 오토만 제국이 가장 막강했던 시기의 술레이만 대제(Suleiman
the Magnificent)의 위풍당당한 모습이다.

터키의 여로(旅路)

감옥에 대한 악명보다도 서방세계에 훨씬 더 오래 전부터 터키라는 나라와 터키 사람들이 세계사에 각인했던 하나의 인상(impression)은 '무서운 투르크인'이었다. 하지만 터키도 세계 어느 나라나 마찬가지로 가해자와 피해자의 역을 번갈아 되풀이해 온 역사의 주인공이다. 옛날옛적 터키 땅에 위치했던 트로이아가 희랍의 침공을 받았던 전설의 시대를 거쳐, 거꾸로 오랫동안 희랍인들에게 공포의 대상으로 여겨졌던 사람들이 바로 투르크인이었으며, 알렉산드로스 대왕에게 정복을 당하는가 하면 한때 페르샤의 지배를 받기도 했지만, 14세기에는 오스만 투르크가 비잔틴을 정복하고 정복자의 위치로 역을 바꾼다. 그러나 19세기 그리스와 이집트의 독립에 이어, 지중해의 지배자는 이제 "정복의 길"이 아닌 「희망의 여로」에 들어섰다.

터키의 어느 시골 마을, 나무 한 그루 자라지 않는 황량한 비탈에서 찢어지게 가난한 삶을 살아가던 쿠르드족 가족은 스위스로 이민을 간 사람이 "이곳은 일자리를 구하기 쉬운 천국이요, 버터와 우유도 많다"

는 편지를 보내자 척박한 현실에서 벗어나 손쉬운 돈벌이를 하기 위한 희망의 여행을 떠나기로 한다. 편지를 보낸 사람은 난민 수용소에서 지내는 신세로 나중에 밝혀지지만, "살기 좋은 외국"에서 보낸 편지가 사실이 아닌 줄을 모르는 주인공은 소와 양을 팔고, 밭까지 처분한 돈으로 이민 준비를 한다. 그러나 아이들(일곱 명)을 데리고 가면 일을 못하기 때문에 부부만 떠나려다가, 걱정이 심한 아내가 불안해서 못 떠나겠다니까 아이 하나를 데리고 출발한다.

계획에 없던 아이는 여권조차 준비가 되지 않았고, 그래서 희망은 곧 좌절로 바뀐다. 아들 때문에 이스탄불에서 계획했던 배를 타지 못하고 컨테이너 속에 숨어 밀항을 한 그들은 스위스로 밀입국하기 위해 온갖 수상한 소개업자들을 만나면서 바가지를 쓰고, 돈을 뜯기고, 아내의 팔찌와 귀고리와 반지를 모두 소개업자에게 주고도 중간에서 여비가 떨어져, 모르는 사람의 신세를 지기까지 하면서 겨우 국경에 도착한다.

산 너머 초컬레트 공장에 취직을 시켜 줄 테니까 봉급의 절반을 수수료로 내놓으라는 갈취범의 서류에도 서명을 하고, 그래도 이제는 돈을 벌게 되리라는 즐거움으로 마지막 희망에 부풀었던 그들은 달밤

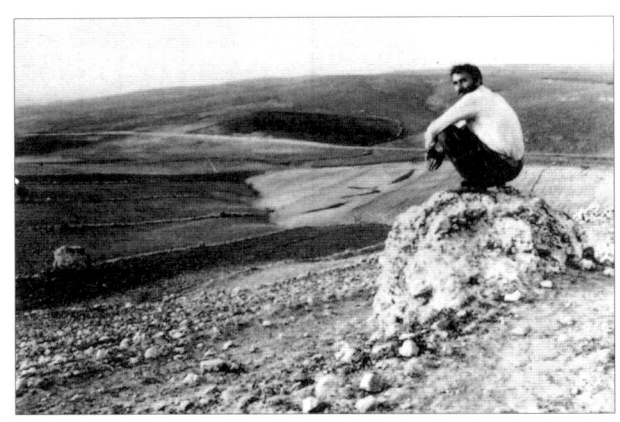

이렇게 황량한 땅에서 벗어나 보다 나은 삶을 살기 위해 「희망의 여로」에 나선 터키인 가족은 요즈음 우리나라로 밀입국해서 온갖 핍박을 받는 아시아 여러 나라 사람들의 고난을 고스란히 경험한다.

에 안내자도 없이 국경을 넘기 위해 만년설이 덮인 산을 넘고, 국경 초소 경비견에 쫓기며 도망다니다가 어둠 속에서 아내를 잃어버리고, 어린 아들 메메트는 결국 얼어죽는다. 아버지 하이다는 불법 입국과 아들의 사망을 방치한 죄로 경찰에 체포되어 조사를 받고, 그런 희생을 감수하며 "도대체 스위스에는 왜 왔는지" 궁금해하는 경찰관에게 "희망 때문에" 왔다고 대답한 주인공은 "난 아무 죄도 짓지 않았다"고 울면서 절규한다.

돈벌이를 위해 광부와 간호사가 되어 서독으로, 농사를 짓겠다고 브라질로, 접시를 닦아 가며 공부와 출세를 하겠다고 미국으로 찾아가던 '희망의 여로'와 기회의 여행은 1960년대까지만 해도 우리들 자신의 모습이었지만, 이제는 로스앤젤레스에 가면 국경을 넘어온 멕시코 사람들에게 한국인 식당 주인들이 일자리를 주게 되었다. 거기에서 그치지 않고, 동남아와 중동과 중국에서 일자리를 찾아 몰려오는 사람들의 등을 쳐먹고, 불법체류자의 약점을 이용하여 임금을 착취하고, 심지어는 길거리에서 시비 끝에 사람을 때려 죽여 놓고는 "외국인이어서 우습게 봤다"고 말하는 한국인은 이제 야만적인 가해자의 역을 맡게 되었다.

「희망의 여로」가 아카데미 최우수 외국어 영화상을 받기 10년 전, 깐느 영화제에서 대상을 받은 「욜」은 터키 감옥에서 휴가를 받고 고향을 찾아가는 다섯 죄수의 '여로'를 기둥줄거리로 삼았다. 폭력과 고문이 심하다고 세계적으로 이름난 터키 감옥은 그나마 휴가라도 있다고 하니, 같은 시대 우리나라 형무소보다는 훨씬 인간적이었던 모양이다.

"욜"이란 인생살이를 풀어 가는 길을 뜻하는데, 어쨌든 이므랄리 섬의 감옥을 벗어나서 얼마 안 되어 한 사람은 휴가증을 분실하는 바람에 계엄하의 불심검문에 걸려 미처 고향에 가지도 못한 채로 다시 구금되고, 한 청년은 약혼녀와의 짧은 만남 동안 계속해서 친척들의

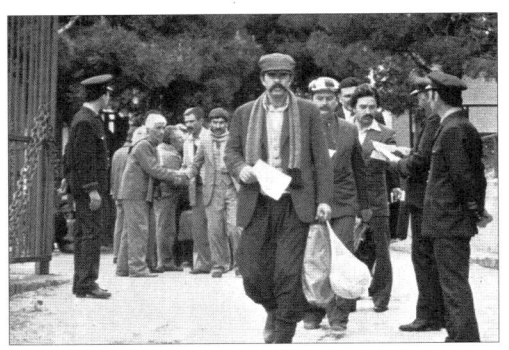

「욜」은 터키 감옥에서 휴가를 받고 고향으로 찾아가는 다섯 사람의 슬픈 여로를 추적한다.

감시를 받는다. 그래도 죄수인 신분에 여자더러 한눈을 팔지 말라느니 어쩌니 온갖 가부장적인 명령을 내리는 장면을 보면 이슬람 세계의 여권이 얼마나 비참한지 쉽게 짐작이 간다.

메메트 살리(Mehmet Salih)는 애써 고향으로 돌아가도 환영을 받지 못한다. 은행 강도로 나선 처남을 돕는다고 따라갔다가 겁이 나서 차를 몰고 혼자 도망쳤기 때문에 처남이 경찰 추적대의 총에 맞아 죽고, 그래서 처갓집에서는 그를 원수로 여긴다. 메메트는 처자식들을 빼내어 몰래 함께 도망치다가 열차 안에서 그동안 굶주렸던 성욕을 채우려고 화장실에서 일을 치르는 도중에 승객들에게 발각되어 곤욕을 당하고, "인생을 살다 보면 설명을 못할 일도 많다"는 모순된 설명을 승무원에게 하고 나서야 겨우 풀려나지만, 뒤쫓아온 어린 처남 세페르의 총에 부부가 모두 살해된다.

쿠르드족인 위메르(Ömer)의 고향은 접경지역이어서 군부 독재에 항거하는 유격대원들이 출몰하여 군인들과 밤마다 교전을 벌인다. 어릴 적에 그와 함께 말을 타고 들판을 달리며 자유를 만끽했던 형은 유격대에 들어가 군부 독재 정권과 싸우다 시체가 되어 마을로 실려온다. "알라 앞에서 우리는 모두 평등하다"고 거짓말을 하는 무장한 군인들 앞에서 그는 형의 시체를 보고도 모르는 사람이라고 거짓말을 한다. 나머지 가족이 몰살을 당하지 않게 하기 위해서이다. 과부를 만들고 싶지 않다면서 사랑하는 여인까지도 멀리하던 그는 관습에 따라 형수의 남편이 되고, 형무소로 돌아가는 대신 말을 타고 유격대에 합

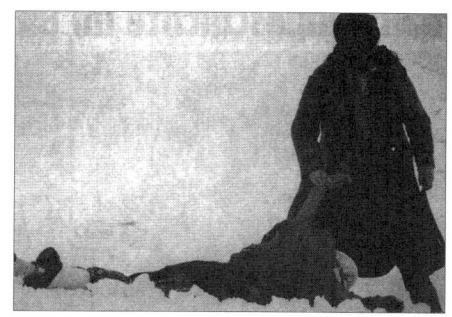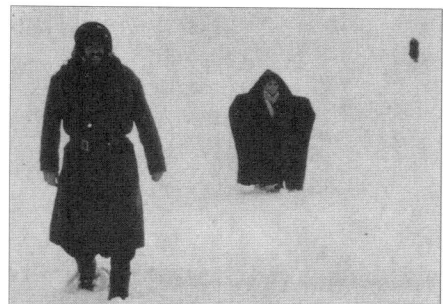

「율」에서 가장 비극적인 인물은 사랑하는 아내를 죽음으로 몰고가는 세이트 알리이다.

류한다.

가장 비극적인 인물 세이트 알리(Seyit Ali)가 돌아간 고향에는 아내가 없다. 형기를 마치고 돌아올 때까지 기다리겠다던 아내 지네는 외간 남자의 유혹을 이기지 못해서 아들을 버리고 가출한 다음 매춘까지 하다가 붙잡혔다. 어려서 오누이처럼 같은 동네에서 자란 그들 부부이지만, 전통의 계율은 지켜야 하고, 가문의 명예를 더럽힌 부정한 아내를 남편이 처단하지 않으면 시댁에서 훨씬 더 가혹하게 죽여야 한다. 그래서 세이트는 쇠사슬에 묶여 짐승의 우리 속에 갇혀 8 개월을 살아온 아내를 벌하러 눈보라가 치는 산을 넘어간다.

6 개월 만에 처음 목욕을 하고 머리를 감고는 새 옷으로 갈아입은 아내와 아들을 데리고 다섯 시간에 걸쳐 계곡을 넘으며, 세이트는 지네가 탈진해서 죽기를 기다린다. 사랑하던 시절에는 세이트가 피리를 불면 지네가 감격해서 옆에 앉아 눈물을 흘리고는 했던 그들이었고, 그래서 지네는 이렇게 죽어 늑대밥이 되는 운명만큼은 면하게 해달라고 절규한다. 그러나 남편이 돌아가 그녀를 들쳐 업었을 때는 아내가 이미 얼어죽은 다음이다.

봉건적인 사회 관습에다 1960년대에 일어난 군부 쿠데타로 한없이 경직된 암울한 분위기 속에서 살아가는 터키 사람들의 얘기가, 지리

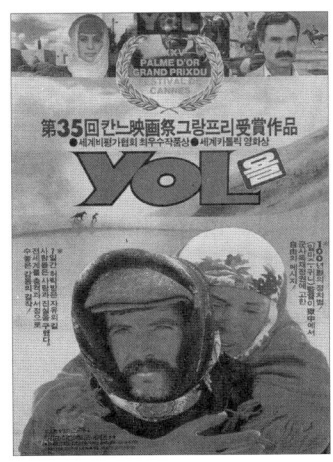

우리나라 관객에게 「욜」이 그토록 큰 호소력을 발휘했던 까닭은, 포스터에서 선전하던 "깐느 영화제 수상작"이라는 사실 못지않게, 전두환 군사 독재의 폭압에 시달려온 우리들 자신의 역사와 모습이 이 영화에서 보였기 때문이었다.

적으로 멀리 떨어졌기 때문에 비록 영상 매체를 통해서만 그들의 역사와 현실을 관찰해야 하는 우리들로 하여금 그토록 공감하게 했던 까닭은, 「미드나이트 익스프레스」의 공격적인 제국주의적 시각이 아니라 핍박받는 내부자의 고통스러운 비판이 훨씬 더 진실이라고 여겨졌기 때문이었다. 전두환 군사 독재의 폭압시대를 살아가던 우리나라 사람들에게는 「욜」에 담긴 발언이 대리 고발 노릇을 했던 것이다.

영화 「욜」이 만들어진 '역사'는 영화의 내용 못지않게 참담하다. 「욜」의 대본을 쓴 일마즈 귀니(Yilmaz Güney, 1937~84)는 본디 영화배우였으나, 좌익 정치 활동을 하다가 불온서적을 발간한 죄로 군사정권에 의해 1960년대에 처음 투옥되고, 두 번째는 수배된 운동권 학생을 숨겨 준 죄로, 그리고 다시 반공주의자인 판사를 저격한 혐의로 18년형을 받아 1972년에 감옥으로 갔다.

감금생활을 하면서 그는 각본을 쓴 다음 면회를 온 사람들을 통해, 그리고 가출옥 때마다 조감독 세리프 괴렌(Şerif Gören)을 만나 직접 영화 제작을 계속했고, 1980년 정부에서 그의 작품을 상영하지 못하도록 금지하자 이듬해 가출옥을 한 틈에 「욜」을 촬영한 필름을 가지고 해외로 망명하여 스위스에서 편집 작업을 끝마쳤다고 한다. 그가 탈출을 할 수가 있었던 까닭 역시 터키의 군사정권이 우리나라보다는 허술한 구석이 있었기 때문이었는지도 모른다.

그는 또다시 터키 감옥의 잔혹성을 고발하는 「벽(Le Mur, 영어 제목 The Wall, 1983)」을 마지막 작품으로 남기고 1984년, 47세의 나이에 암으로 세상을 떠났다.

앙카라 영화제에서 작품상을 탄 「삶의
진실」은 옥살이를 하고 나온 중년의 독신
남성 하산(Hasan)이 어려서부터 그를 엄마
처럼 돌봐 주던 누나의 죽음 이후 고양이와
단둘이 희망도 없고 기쁨도 없이 살아가는
인생의 여로를 보여 준다. 신문 구직 광고
를 통해 겨우 얻은 일자리도 이슬람과는 거
리가 먼 개신교 교회의 영구차 운전이어서,
검정 제복 차림으로 타인들의 죽음을 무료
하게 챙겨 주며 그는 혼자 살아가기도 힘들

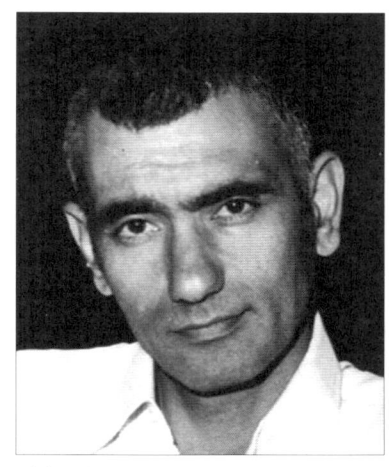

일마즈 귀니 감독

어 결혼이라고는 생각조차 못한다.

누나의 이웃이었던 과부가 적극적으로 그를 쫓아다니며, 사랑보다
는 생계를 위해서, 그리고 생리적인 욕구를 해소하기 위해서, 술김에
집까지 찾아와 옷을 벗어 던지기까지 하지만, 그럴수록 하산은 더욱
위축된다. (동물원에서 아들이 "오줌 마렵다"고 보채는 말도 못 들은
체하고 하산을 열심히 공략하는 여주인공의 이기적인 모습은 정말로
인상적이다.) 마침내 과부는 아들을 데리고 짐을 챙겨 그의 집으로 들
어와 강제 동거를 시작하고, 그래도 하산이 응하지 않자 아들만 그에
게 맡겨놓고 다른 남자와 눈이 맞아 달아나 버린다.

무엇 하나 마음대로 되지 않고 무엇 하나 마음대로 못하는 하산의
삶은 사막과 같다. 흐름도 없고 변화도 없어서 시간조차 멈춘 듯한 사
막, 그것은 「데르만」의 무대가 된 터키의 작은 마을도 마찬가지이다.

아프가니스탄 침공을 정당화하기 위한 미국측 홍보전략의 일환이
기는 했지만, 탈레반 정권하에서 그곳 여성의 삶이 얼마나 인습에 얽
혀 속박되었고, 모든 사람의 삶이 얼마나 시대에 역행하는지를 우리
는 텔레비전 방송을 통해 접하고는 적지 않게 놀랐었다. 그것은 시대

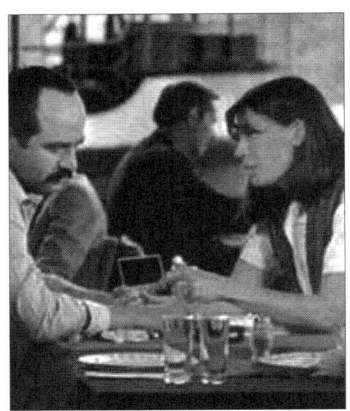

「삶의 진실」에서는 주인공들의 삶이 각박하기
만 하다.

착오적인 정도가 아니라 역사를 역행하는 사회
였다. 그리고 시간을 역류하는 삶에서는 현재
가 과거로 굳어 버린다.

「데르만」의 사회도 미래보다는 자꾸만 과거
로 흐르는 곳이다.

눈이 펑펑 쏟아져서 온세상이 하얗고, 화면
을 보면 사람들만 빼놓고는 모두가 하얗기 때
문에 아예 배경이 없어 보이는 듯한 그림의 틀
속에서, 소형 버스가 설원을 횡단하는데, 모두
가 누추한 시골 사람이고, 여주인공 뮈르베트
혼자만이 현대식 양장 차림이다. 얼굴도 두건으로 가리지 않고 담배
까지 피우는 그녀의 모습을 다른 사람들이 신기한 듯 지켜본다.

국비로 조산원 훈련을 받은 다음 임지로 향하는 뮈르베트의 존재는
단연 '첨단 여성'이다. 그리고 원시적인 자연의 힘(쉬지 않고 쏟아지는
눈) 때문에 뮈르베트는 버스에서 내린 다음 썰매를 얻어타고 어느 마
을에 도착하기는 하지만, 산을 넘지 못해 임지로 갈 수가 없다. 오도
가도 못하게 된 뮈르베트는 양치기 타신의 집에서 며칠 동안 묵어야
하고, 타신의 가족뿐 아니라 온동네 사람들이 그녀를 신기한 외부인
으로서 감상한다. 얼굴을 가린 여자들은 뮈르베트의 옷도 만져 보고,
팔찌도 만져 보고, 계집아이는 거울을 어루만지고, 소년은 호루라기
가 신기해서 계속 불어댄다. 타신은 스타킹을 신은 그녀의 다리를 보
고 아쉬워하는 시선을 돌린다.

화장실이 어디냐니까 "집 뒤로 가서 보세요"라는 외딴 마을에서,
알라에게 열심히 기도하는 사람들 속에서, 몇 가지 사건을 겪는 사이
에 타신의 아기를 받아낸 다음 뮈르베트는 임지로 가기를 포기하고
마을에 머물기로 한다. 전통 사회에서 혼자 한 방울의 기름처럼 뜬 현

대 여성 뮈르베트는 단순한 조산원이 아니라 무의촌의 의사 노릇을 하고, 오줌싸개에서부터 치아가 썩은 할머니까지 문 밖에 줄지어 늘어선 모든 사람을 돌봐 주고, 새끼를 낳지 못하는 양을 고쳐 달라는 이웃 마을 사람들에게 납치를 당해서 두 마을 사이에 총격전이 벌어지기도 한다.

그녀를 구세주로 생각하는 마을 사람들은 뮈르베트에게 집을 마련해 주고, 세간과 칠면조와 닭과 토탄 난로와 이부자리를 가져다 준다. 결혼한 몸이면서도 그녀를 사랑하게 된 타신은 그녀의 등잔에 채울 기름을 구해다 주겠다면서 마을을 떠나 설원에서 얼어죽고, 무엇인가 변하는 듯싶지만, 동네 아이들을 위해 뮈르베트가 마당에다 만들어 놓은 눈사람을 화가 나서 부숴 버리며 누군가는 이렇게 소리친다.

"사람을 만드는 것은 알라신만이 하는 일이야!"

화면에 등장하지는 않지만 뮈르베트에게는 애인이 있다. 도시에 사는 의사이다. 그러나 마을에서 그녀는 무뚝뚝하고 무서운 얼굴의 포수 셰무즈와 은근한 사랑을 나눈다.

처자를 죽인 자들을 스스로 벌하기 위해 모두 살해하고는 도망자가 된 사냥꾼 셰무즈는 처음에 멀리서 늠름히 버티고 선 모습을 보이기만 하다가 점점 더 접근하고, 경찰에게 붙잡히지 않으려고 끊임없이 이동하며 도망쳐야 하지만, 뮈르베트가 사는 마을 주변을 떠나지 못하고, 나중에는 산양을 잡아다 그녀의 진료소 문 앞에 놓고 가기도 한다. 그리고 결국 그는 체포되어 악명높은 터키의 형무소로 끌려간다.

영화가 끝날 무렵에는 터키의 작은 마을 하나가 조용한 격랑을 거친 듯싶지만, 그러나 또한 그들의 전통 사회는 아직도 전혀 변한 바가 없는 듯 보이기도 한다. 이렇듯 변화가 보이는 듯싶으면서도 그렇지 않다고 생각하는 까닭은 아마도 우리가 그 사회를 너무 몰라서 이해를 못하기 때문인지도 모른다.

▌「희망의 여로(Journey of Hope, 독일어 제목 Reise der Hoffnung, 1990, 스위스, 112분)」, 감/Xavier Koller, 출/Necmettin Çbanoğlu, Nur Sürer, Emin Sivas, Yaman Okay, Erdinç Akbaş, Mathias Gnädinger, Dietman Schönherr

▌「욜(Yol, 1982, 터키-스위스, 111분)」, 감/Şerif Gören, 출/Tarik Akan, Serif Sezer, Halil Ergun, Meral Orhonsoy, Necmettin Çbanoğlu

▌「삶의 진실(Herseye Ra men, 영어 제목 Despite Everything, 1987, 터키, 97분)」, 감/Orhan Oğuz, 출/Talat Bulut, Serif Sezer, Bülent Oran

▌「데르만(Derman, 1985, 터키, 91분)」, 감/Şerif Gören, 출/Hülya Koçyigit, Nur Sürer, Tarik Akan, Talat Bulut, Hakki Zengin, Tucany Sahin

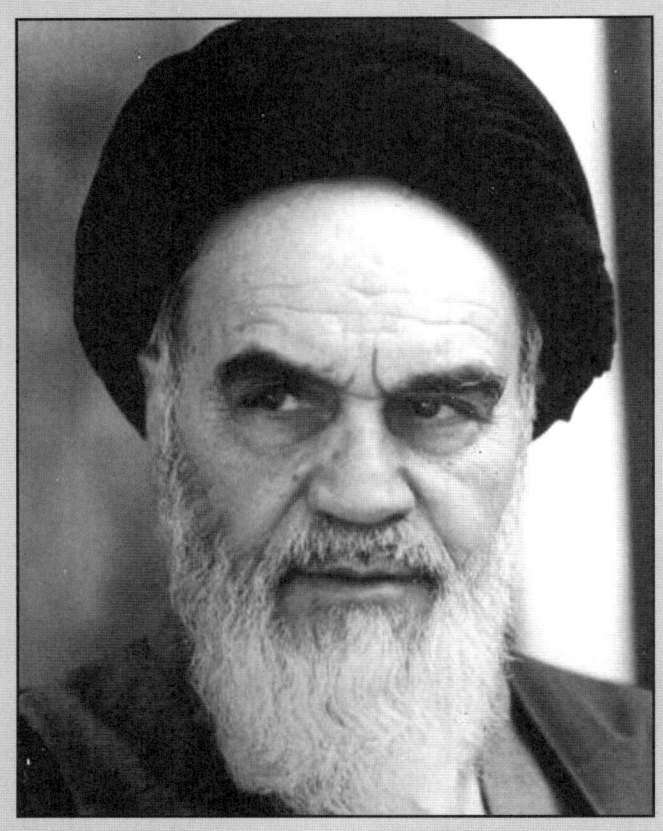

호메이니가 이끈 이란의 혁명은 서양의 제국주의적 식민사관(植民史觀)이 이상화하고 전파하던
민주적인 사회체제로부터 근본주의적인 과거로의 회귀를 의미했다.

변화와 불변성

　서양 문화와 문물을, 비록 미국을 통해서 제한된 기독교 문화적 측면이 지배적이기는 했지만, 우리가 직접 대량으로 접하게 된 계기가 한국전쟁이었듯이, 아프가니스탄 전쟁 직후 한국에서는 일시적이나마 이슬람 문화를 이해하려는 움직임이 불꽃놀이처럼 요란했었다.

　발전하려는 개인적인 욕구를 촉진시키는 장치가 결핍되었기 때문에 사회주의가 붕괴하고, 자본주의도 나름대로 결함들이 발견되면서 일방적인 이념 논리에 무리가 생겨 힘을 잃어서인지, 이제는 제3의 이데올로기가 필요하다고 여겨지는 전환기를 맞아, 사람들의 관심은 정치경제적 역학보다 종교로 분리된 문명의 충돌을 얘기하기 시작했다. 정보 통신의 급격한 발달로 혼자만의 세계를 독점하기가 불가능한 시대가 되자, 세계를 구성하는 모든 단위 문화가 스스로 변하지 않으려고 버티더라도 지배 문화의 공격을 피할 길이 없어졌고, 분리주의와 근본주의(fundamentalism) 또한 국부적인 지배력을 잃기 시작했다.

기독교적인 시각에서 궁극적인 악으로 간주하는 이슬람 근본주의 그리고 그들이 자행하는 폭력 전략(terrorism)을 규탄하는 지배 세력 또한 나름대로의 근본주의에 뿌리를 두었다. 신앙의 자유를 부르짖는 사람들이 그들만의 유일신을 내세우며 타인의 종교를 억누르기 위해 엄청난 피흘림을 자행해 온 과거의 역사에서는 어떤 종교도 믿지 않는 무신론 또한 종교의 자유에 속한다는 사실을 아무도 인정하지 않고 저주의 대상으로 삼기만 한다.

18세기까지만 해도 기독교 문명에 대해서 우월감을 유지했던 이슬람 세계는 나뽈레옹의 이집트 원정 과정에서 일시적으로 서구적인 근대화를 받아들이기는 했었다. 그러나 기독교 문명의 지배가 가져온 한 가지 비극적인 결과는 제국주의에 의한 식민통치였으며, 변화의 욕구가 위축되면서 이슬람 자유주의는 '실패한 실험'으로 끝나고, 이슬람 세계는 과거에로의 회귀를 시작한다. 이런 움직임을 가장 강력하게 보여 준 사건이 1978년 호메이니가 이끈 이란의 혁명이었다.

호메이니 혁명 때 인질로 잡힌 미국인들을 중심으로 엮은 영화 「이란의 위기」는 사실상 "미국의 위기"였으며, 미국인 정치학자(Tim Wells)와 영국 소설가(Reg Gadney)가 함께 만든 '원작' 역시, 지극히 당연한 일이지만, "로마에 가면 로마인처럼 행동하라"가 아니라, "미국인이 가는 곳은 어디나 미국이다"라는 자유 진영 기독교 문명의 시각을 대변한다.

박정희 대통령이 주창했던 '한국적 민주주의'는 전혀 민주주의가 아니었듯이, 미국적 민주주의 또한 타국에 적용할 때는 이렇듯 의미가 달라진다. 수백 명의 '원주민'과 한 명의 미국인이 공존할 때는 다수의 원주민보다 색슨인 한 명의 뜻을 따라야 민주적이라는 의식이 백인우월주의의 기초이기 때문이다. 그런 현상을 우리는 역시 실화를 기초로 한 영화 「솔로몬의 딸」에서도 발견한다.

미국인 여성 베티 마무디(Betty Mahmoody)는 딸을 데리고 남편과 함께 그의 고국 이란으로 휴가를 떠나는데, 고향 땅을 밟은 남편은 심경의 변화를 느껴 미국으로 돌아가지 않고 이란에서 살아야 되겠다고 작정한다. 여성과 아내로서의 어떤 권리도 보장받지 못하는 나라에서 살 생각이 없는 미국 여성은 이때부터 야만적인 원주민의 땅으로부터 탈출하기 위한 투쟁을 벌인다. 자신도 마찬가지이지만 딸에게 이란의 문화와 풍습에 따라 살아야 하는 인생의 굴레를 씌워 주지 않기 위해서이다.

이런 극단적인 문화 충돌에서도 시각은 화자(話者)의 소유이고, 특히 영화의 초반부에서 우리는 다수 속에서도 소수의 민주주의를 고집하는 미국인의 모습을 쉽게 확인한다. 남성 위주의 남편 나라에서 남성 집단을 앞에 앉혀 놓고도 아내는 자꾸만 다수의 잘못을 지적하기 때문이다. 일단 이란에 왔으면 미국의 논리가 '타자(他者)'임을 베티 마무디는 좀처럼 인정하려고 들지 않는다. 탈출은 그녀의 권리요 어쩌면 의무이기도 하겠지만, 여권(女權)의 사각지대에서 원주민들의 문화를 혼자 힘으로 몽땅 바꿔 보겠다는 식의 고집은 도전의 차원을 훨씬 넘어서는 힘겨운 우매함이다.

중동에서 대표적인 여권의 사각지대는 뭐니뭐니 해도 술탄의 후궁인 하렘이겠다. 본디 아랍어로 '금단의 장소(harim)'를 뜻했던 하렘은 「천일야화」류의 영화에서 관음증적인 호기심을 자극하는 요소이며, 하렘을 무대로 삼은 영화라면 아무래도 내용 또한 그런 분위기를 좇아가게 마련이다. 프

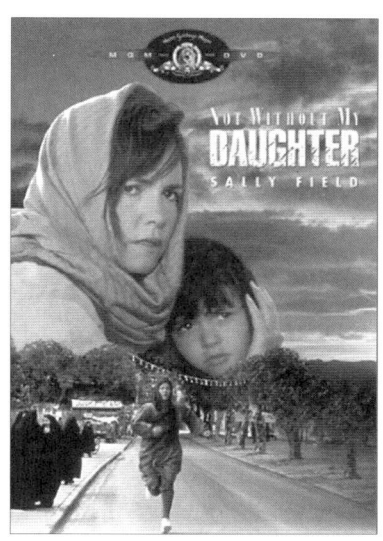

「솔로몬의 딸」은 기독교 세계와 이슬람 문화의 화해가 얼마나 어려운지를 지극히 가족적인 시각에서 보여 준다.

랑스에서 만든 「하렘」은 아랍 군주가 예쁜 여자를 납치해다 그의 후궁으로 만든다는 내용이고, 미국의 텔레비전 영화 「하렘」은 터키 술탄의 후궁으로 팔려간 미국 여성이 질투와 음모와 살인의 소용돌이 속에서 시달리다가 '기사'에게 구원을 받는다는 내용으로서, 「바람과 라이온」의 아류라고 하겠다. 「하렘의 아가씨」는 제목이 내용을 대충 설명해 주는 그런 영화이다.

「하렘의 휴일」은 헐리우드의 인기배우 엘비스 프레슬리가 중동의 사막으로 가서 왕위를 찬탈하려는 음모를 알아내고는 천일야화적 모험을 벌이는 음악극이고, 「하렘에서 길을 잃고」는 로렐과 하디(Stan Laurel, Oliver Hardy)와 더불어 대단한 인기를 누렸던 한 쌍의 희극배우 애보트와 코스텔로가 즐겁게 법석을 부리는 영화이다.

중동 영화 여행을 마치면서 마지막으로 좀 특이한 문인이었던 인물의 전기영화인 「오마르 카이얌」을 보기로 하자. 중세 페르샤(지금의 이란)의 천문학자요 수학자에 철학자이고 시인이었던 우마르 하이얌 (Umar Khaiyam, 영어 Omar Khayyam, 독 Omar Ghajjam, 프 Omar-Khayyam)은 출생년대가 알려지지 않았고, 사망한 해도 1123년인지 아니면 그 다음해인지가 분명치를 않다. 셀주크(Seljuk) 왕조의 3대 왕 말리크 샤(Malik Shah)가 설립한 천문대에서 일곱 명의 다른 학자와 함께 1079년 3월 15일에 시작된 잘라리 역(Jalali 曆)을 수정하는 일에 참가했던 그는 밤하늘을 날며 글을 썼던

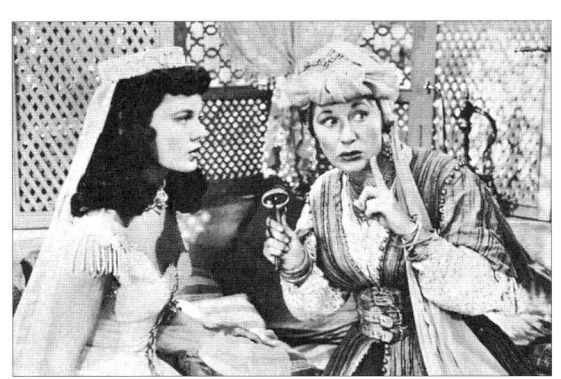

「하렘의 아가씨」는 시녀가 공주로 변장하여 나쁜 아라비아 남자들의 못된 수작을 막아낸다는 내용으로서, 흔한 '하렘 영화'에 속한다.

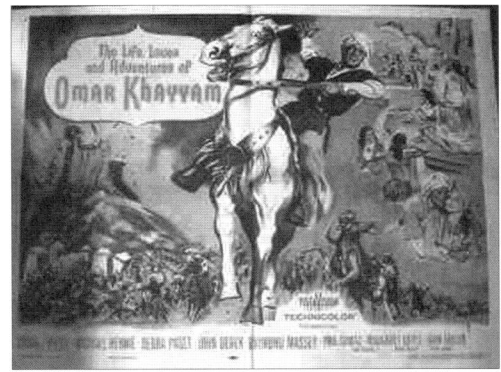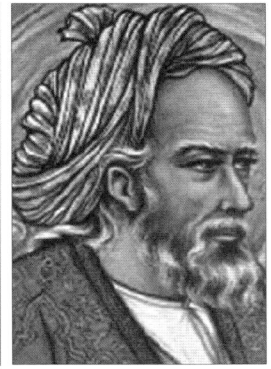

중세 페르샤의 철학자요 시인이었던 우마르 하이얌(왼쪽 초상화)의 이야기는 헐리우드 영화(오른쪽 포스터)에서 활극의 주인공이 된다.

조종사 작가 쌩떽쥐뻬리처럼 하늘의 별을 보며 시를 쓴 인물이다.

천막을 만드는 사람이었던 이브라힘(Ibrahim)의 아들로 태어난 그는 본명(Abu-'l-fat'h) 대신 아버지의 직업을 나타내는 단어를 필명으로 사용했다. 평생 고향을 떠나지 않았던 그는 유명한 스승(Imam Mowaffak)에게서 학문을 배워 이름난 천문학자가 되었으며, 천문학 우화와 수학책을 펴냈고, 4행 장시(長詩) 「루바이야트(Rybaiyat 또는 Rubayat)」를 발표했다.

생전에 그의 조국에서는 시인으로서 별로 인기가 없었던 우마르의 시는 훼손이 심한 원고 상태로 보존이 되었는데, 인도 캘커타의 영국 왕립 아시아 학회 도서관에서 거의 완전한 상태로 516 편의 루바이야트를 보존했으며, 그 가운데 101 편을 영국 문인 에드워드 핏제랄드(Edward FitzGerald, 1809~83)가 번역하여 세계적으로 널리 알려졌다.

영화 「오마르 카이얌」은 전형적인 사극의 모양을 갖추기 위해 왕을 암살자들로부터 구하는 주인공의 활약이 기둥줄거리를 이루는 통속적인 내용이지만, 여기에서는 핏제랄드가 번역한 「루바이야트」의 몇 구절을 영화 대신 감상하기로 하자. 영문 번역시 101 편 가운데 가장 유명한 제 12편은 "나물 먹고 물 마시고 팔 베고 누웠으니 대장부 살림살이 이만하면 족하다"는 내용을 연상시킨다.

　　　나무 밑에 누워 시 한 권 손에 들고
　　　포도주 한 병에 빵 한 덩어리 옆에 두고
　　　　곁에서 그대 노래를 불러주니
　　　황야라 해도 낙원이 아니겠는가.

　　그리고 다른 시에서 그는 인생을 이렇게 노래했다. 내용의 흐름을 살리기 위해 순서는 임의로 바꿔 놓았음을 밝힌다.

　　　시간의 새는 얼마 날아가지 못한다는데
　　　벌써 날개를 퍼덕이며 날아올랐도다. (제7편)

　　　삶의 포도주는 한 방울씩 흘러내리고

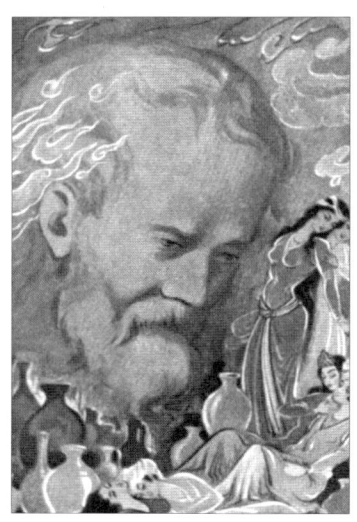
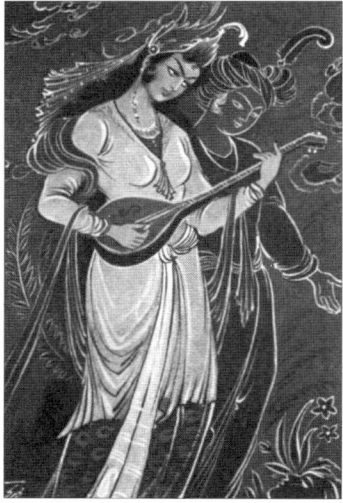
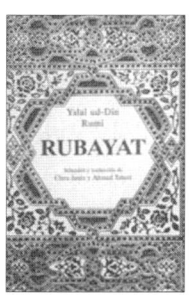

『루바이야트』의 표지와 삽화

인생의 나무 또한 낙엽이 지는도다. (제8편)

아침마다 천 송이의 장미가 피어난다지만
어제 피어난 장미의 꽃잎은 어디로 갔는가? (제9편)

아, 그대여, 과거에 대한 회한과 미래의 두려움을
오늘에서 지워 버리도록 술잔을 가득 채워라.
　　내일이 오면 아마도 나는 어제를
7천 년 전에 이미 잊었을지니. (제21편)

문은 있으나 열쇠가 없고
베일이 가려 나는 보지를 못하니
　　그대와 나는 잠시 말을 나누고
어느덧 그대와 나는 존재하지 않는도다. (제32편)

손가락이 움직여 글을 쓰고 나면
아무리 믿음이 깊고 지혜가 깊어도
　　한 줄이나마 다시 쓸 길이 없으며
단어 하나도 눈물로 지울 길이 없더라. (제71편)

그들과 함께 나는 지혜의 씨앗을 뿌렸고
내 손으로 땅을 일구어 갈았건만
　　내가 거두어들인 수확이라고는 겨우
"나는 물처럼 와서 바람처럼 가는도다." (제28편)

이렇듯 인간의 삶을 얘기하는 시어(詩語)만큼은 아무리 세월이 흘

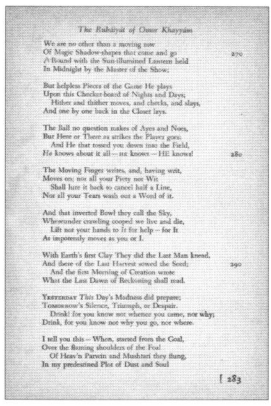

에드워드 핏제랄드가 영어로 번역한 루바이야트 68편부터 75편의 내용이다. 루바이야트는 세계역사상 최고로 손꼽히는 문학작품 가운데 하나이다.

러도 변할 줄을 모른다.

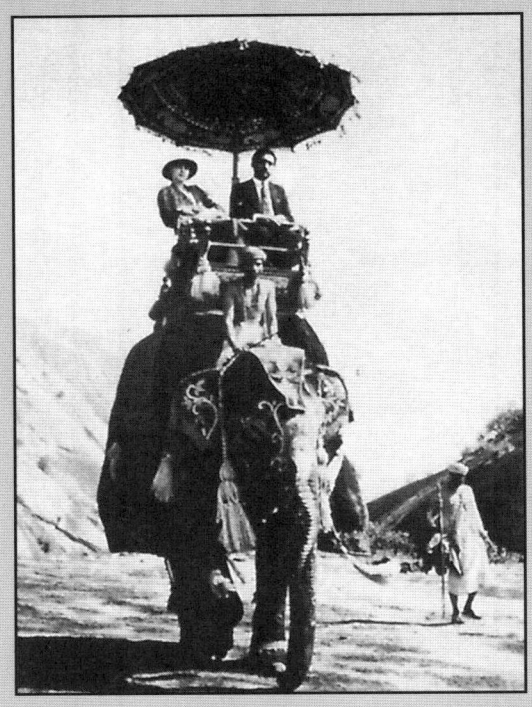

「인도로 가는 길」에서 코끼리를 함께 타고 가는 영국 여자와 인도 남자는 함께 길을 갈 수가 없는 정복자와 '미개인 원주민'의 관계 이다.

동서양 문명의 충돌

　영국 통치하의 인도에서는 다른 인종간의 우정이 이루어지기가 얼마나 어려운 문제였는지를 보여 주는 「인도로 가는 길」에서도 역시 동서양 문명의 충돌이 보인다. 마라바르 동굴(the Marabar Caves)에서 인도 청년 아지즈(Dr. Aziz)가 그녀를 겁탈하려 했다고 아델라 퀘스티드(Adela Quested)가 고발한 다음 벌어지는 재판 과정을 보면 식민지 약자의 정의가 과연 가능한가 하는 물리적 정의의 본질도 생각하게 된다.

　인종 차별과 힘겨운 정의(평등)라는 구조의 주제는 미국의 흑백 문제를 다룬 「밤의 열기 속으로」나 「알라바마에서 생긴 일」에서도 이미 부상했었지만, 「인도로 가는 길」에서는 '사건 현장'인 마라바르 동굴에서 퀘스티드 양의 어머니 무어(Moore) 부인이 공명(共鳴)을 듣고 삶의 허무함을 깨닫고 충격을 받는 또 다른 사건을 통해 정의의 불균형을 그나마 바로잡는다. 인도의 신비주의적 문명이 서양(영국)의 폭력적 문화(정복)를 무너뜨린다는 상징적 종결이다.

　워낙 오랫동안 영국의 식민지였던 인도를 배경으로 한 대부분의 서양 영화를 보면, 정복의 논리가 지배한다. 「인도로 가는 길」의 아지즈는 그래서 식민주의에 수반된 인종차별주의와 백인우월주의에 희생된다. 사실은 몽골인을 조상으로 공유하는 아메리카의 인도 사람(Indian, Indio, 印度人)을 오랫동안 우리들이 '적'이요 '야만인(savage)'으로 착각했던 까닭은 서양의 영상 교육에 지나치게 노출되었기 때문이었겠는데, 황금과 문화를 말살당한 아메리카의 인도 못지않게 동양의 인도 역시 열등한 원주민의 미개로 부각되고는 했다. 인도의 갠지스 강이 인류 문명의 발상지였다고 일찍부터 학교에서 가르쳐 온 역사적 사실을 정복자의 지배논리는 전혀 인정하지를 않는다.

인디언(Indian) 아지즈가 감히 영국의 백인 여자를 넘봤다는 착각을 두고 그토록 정복자들이 「인도로 가는 길」에서 분노했던 현상은 탈보트 먼디(Talbot Mundy)의 소설이 원작인 「카이버 결사대」에 이르면 국경과 인종을 초월한 사랑이라는 통속 활극의 배경이 된다. 영국의 통치 1백 년째인 1857년, 페샤와르(Peshawar)에 주둔한 카이버 소총대의 신임 지휘관 킹 대위는 영국 군인의 아들이지만 어머니가 인도 여자라는 사실이 밝혀지자 같은 방을 쓰던 하위 장교(중위)가 거처를 옮기는 등의 차별대우를 받는다.

주인공은 훌륭한 영국 군인임을 입증하기 위해, 고아였던 어린 시절 인도 사람의 양자로 자라면서 형으로 삼았으며 영화에서는 '적'으로 설정된 독립투사 쿠람 칸을 죽이기도 한다. 그리고 회교도 자원병들이 엔필드 소총의 탄약에 돼지기름이 묻었다는 소문을 듣고는 부정을 탔

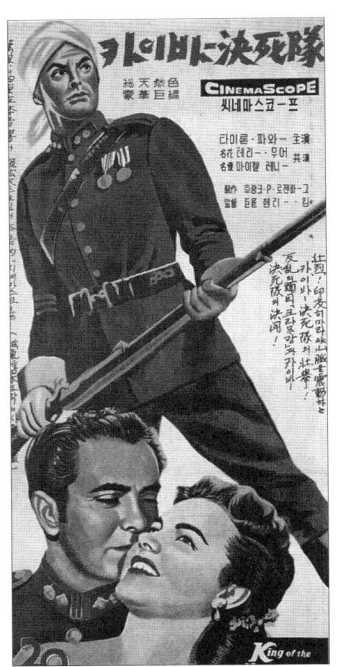

「카이버 결사대」의 킹 대위는 인도인의 피가 섞인 혼혈아로서, 백인이 될 자격을 부여받기 위해 분투한다.

다면서 신형 무기의 사용을 거부하자 혼혈 킹 대위는 직접 탄약의 끝을 입으로 물어뜯는 배교적인 시범도 보인다. "여왕을 위해 목숨을 바치라면서도 같이 살기를 싫어하는" 영국인들은 그를 장교회관의 무도회에 출입도 못하게 금하지만, "세상도 언젠가는 철이 들겠죠"라는 인내심을 보이며 킹(King)은 마침내 동족을 전멸시키는 전공을 세운 다음에야 당당한 영국인으로 인정을 받고 사랑하던 백인 여자와 맺어진다. 친일파나 매국노를 영웅으로 미화하는 작업이라고 해도 되겠다.

「정복의 길」에서 에스파냐의 꽁뀌스따도르로 나섰던 타이론 파워는 「카이버 결사대」에서 혼혈 인도 남자였으나 「비는 오다」에서는 헌신적인 인디언 의사 역을 맡아 사교계의 영국인 유부녀로부터 유혹을 받기도 했었다. 『초가을(Early Autumn, 1926)』로 퓰리처 상을 탔으며 『봄베이의 밤(Night in Bombay, 1939)』의 작가이기도 한 미국인 루이스 브롬필드(Louis Bromfield, 1896~1956)의 소설이 원작인 「비는 오다」가 다시 영화화되었을 때는 셰익스피어 연극 출신의 리처드 버튼이 그 역을 물려받았다.

백인이 아니라 인도 여자가 제2차 세계대전의 와중에서 영국 장교에 대한 사랑과 조국에 대한 애국심 때문에 갈등하는 「보와니 분기점(分岐點)」은 존 매스터스(John Masters)의 소설이 원작이다.

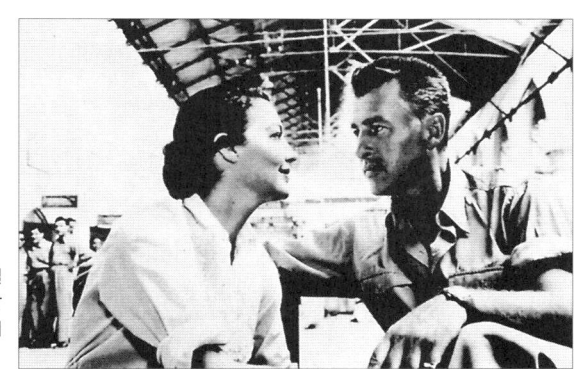

「보와니 분기점」에서는 인도 여인과 웨일스 남자의 딸인 여주인공이 식민지시대 말기에 영국인 장교에 대한 애정과 조국에 대한 애국심 사이에서 갈등한다.

인도에서 영화 활동을 시작한 제임스 아이보리의 「인도에서 생긴 일」은 친척간인 두 영국 여자가 1920년대와 80년대에 인도의 '원주민'과 사랑하여 임신하는 경험을 되풀이하면서도 끝내 신비한 그곳 문화를 이해하지 못하고 문(門) 밖에 머문다는 내용인데, 원작 소설의 시각은 인도 여성 작가 루트 잡발라(Ruth Prawer Jhabvala, 1927~)의 눈이다. 「카이버 결사대」에서 무도장에 들어가지 못하고 달빛 아래서 혼혈(인도) 남자와 영국 여자가 건물 밖으로 흘러나오는 음악에 맞춰 원무곡(waltz)을 추던 상황과는 안팎이 바뀐 시각이겠다.

아이보리 감독이 역시 잡발라의 각본으로 만든 「공주의 자서전」은 망명 중인 인도의 공주와 영국 남자가 1년에 한 번씩 만나 차를 마시고 집에서 찍은 영화를 보면서 그들이 봉건적인 인도 사회에서 살아온 모습을 음미하는 얘기이다. 독일 태생으로서 주로 머천트―아이보리 작품의 각색을 맡은 잡발라의 손을 거쳐 나온 대본으로는 「남아 있는 나날」, 「하워즈 엔드」, 「전망좋은 방」, 「맨하탄의 제인 오스틴」, 쾌락을 추구하는 영국의 작가와 인도 영화배우의 사랑을 그린 「봄베이 토키」, 서양의 가수가 시타르(sitar) 연주와 명상을 배우러 인도로 찾아가는 「구루」, 그리고 또 많다.

영국(서양)과 인도(동양)의 관계는 남녀의 사랑 이외에도 여기저기에서 백인우월주의라는 '원주민 깔보기'가 내비친다. 20세기 마지막 제국으로 군림하는 미국에서 파견한 대사가 내란과 음모로 얼룩진 나라에 찾아가서 어린 왕자를 잘 가르치고 훈련시켜 훌륭한 통치자로 만든다는 내용이 담긴 1931년 영화 「빌 대사」를 보면 한국을 식민지화하던 시절 일본 제국의 논리가 뼈아프게 새롭다.

강대국의 대사 또는 대사관이 무력하거나 어린 왕을 품어 준다는 설정은 우리 역사에서도 아관파천을 통해 비슷한 경우를 실제로 겪었다. 하지만 인도의 어린 황태자를 미국의 여성 가정교사가 열심히 보

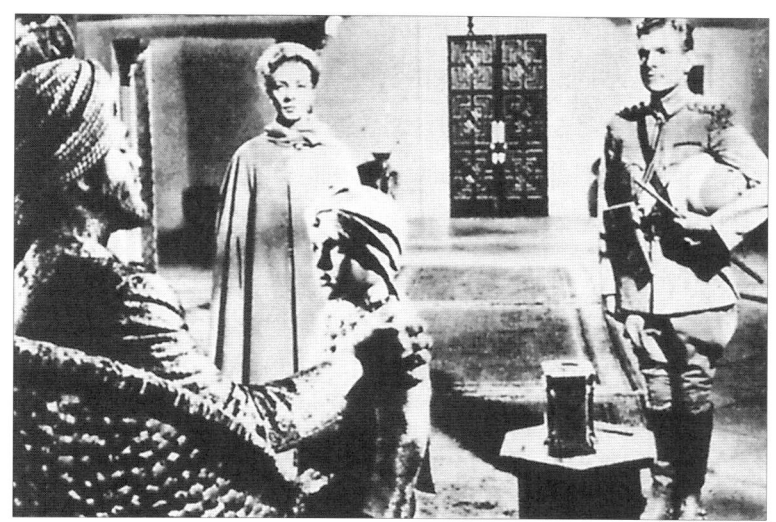

「위기 대탈출 작전」에서 인도의 어린 황태자(가운데)를 호송하는 임무를 영국군 대위(오른쪽, Kenneth More)가 맡지만, 미국인 가정교사(뒤쪽, Lauren Bacall)가 가장 영웅적인 인물로 부각된다.

살피는「위기 대탈출 작전」에 이르면 좀 심하다는 생각이 들게 된다.

1905년 후세인, 라지드, 라힘이 힘을 규합하여 일으킨 독립 투쟁은 정복자들의 눈에 '반란' 과 '폭동' 으로 설정되고, 외세에 권력을 의존하는 마하라자 국왕은 폭도들로부터 여섯 살 난 태자의 생명을 구하는 일을 영국에 부탁한다. 그래서 영국군 스코트 대위와 단 한 명의 병사가 폐차 직전의 기차 빅토리아(Empress of India) 호로 키샨 왕자를 적지에서 탈출시키는데, 이때 따라나선 미국인 가정교사 왓트 부인의 활약이 매우 눈부시다. 처음에는 "지저분하고 더러워서" 인도 사람들을 싫어했다고 실토하는 가정교사가 기관총 앞에서도 전혀 동요하지 않고, 나중에는 어머니가 인디언이고 아버지가 네덜란드인인 밴 라이든을 사살하여 용감한 주인공 대위의 목숨을 구해 주기까지 한다.

「위기 대탈출 작전」에서 왕자 구출은 제국주의의 명분을 살리기 위한 하나의 인도주의 장식품처럼 보인다. 그런 시각은 영화에서 '적' 으로 등장하는 특파원 밴 라이든이 열차로 탈출하던 난민이 학살당한 현장을 둘러보다가 "영국인들이 치안을 유지하지 않으면 어떻게 되는지 보시오"라는 스코트 대위의 오만한 말을 듣고는 "제국을 건설하려다 궁지에 몰린 나라(Empire-builder in distress)"를 비웃는 반박에서 잘 나타난다.

"치안을 유지한다고? 당신들이? 영국인들은 이슬람교와 힌두교를 분리시켜 놓았어요. 통치를 위해 두 종교를 갈라놓았단 말입니다. 그러나 인도는 곧 이슬람의 세상이 될 것이오. 그러니 어서 당신네 나라로 돌아가요."

이러한 골 깊은 종교적 대결 구조는 「카이버 결사대」에서도 킹 대위가 대원들에게 "우리는 이슬람을 무너뜨리려고 하는 것이 아니라 반란 폭도를 진압"하기 위해 싸운다는 연설, 그리고 뉴요크의 폭파 사건과 아프가니스탄 전쟁의 논리에서도 변함없이 적용된다. 그런 의미에서는 「위기 대탈출 작전」에서 빅토리아 호의 기관사 굽타에게 열차를 공격하는 폭도들과 싸우라고 총을 내주는 스코트 대위한테 "인디언(印度人)이 인디언을 죽이는 건 좋지 않아요"라고 거부하는 장면이, 「카이버 결사대」에서 돼지기름 엔필드 소총 대신 단검만으로 무장한 인디언들이 동족과 벌이는 치열한 전투 장면과 좋은 대조를 이룬다.

「위기 대탈출 작전」에서 인도의 황태자를 품어 주는 미국인 여성 가정교사의 신분은 「안나와 샴왕」에서 영국인 여성 가정교사의 지위하고는 비교가 되지

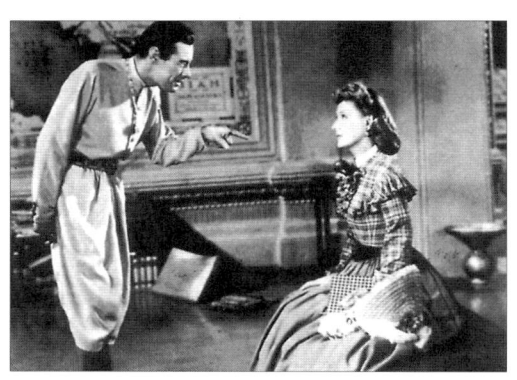

「안나와 샴왕」에서는 처음 만나는 순간부터 마지막까지 동양의 왕과 영국의 가정교사가 패권다툼을 벌이는데, 물론 영국 여성의 승리로 끝난다.

않는다. 대부분의 사람들에게는「왕과 나」라는 음악극으로 훨씬 더 널리 알려진 이 작품은 1860년대 초 빅토리아 시대에 남편을 잃고 생계가 어려웠던 안나 리온오웬스(Anna Leonowens)가 태국 왕의 아들딸 67 명을 위한 영어 가정교사 자리를 얻어 아들을 데리고 샴(Siam, 현재의 태국)으로 가서 겪은 경험을 마거리트 랜든(Margaret Landon)이 책으로 엮은 내용을 바탕으로 삼았는데, 동양과 서양의 만남이라는 시각에서 보면, 특히 서양인에게는, 대단히 신기하고 계몽적인 기회가 되겠다.

그러나 약간만 비뚤어진 시각으로 본다면,「안나와 샴왕」은 마치 수많은 한국인들이 월남전에 다녀와서 슬금슬금 과장과 거짓말까지 섞어 가며 즐겨 회고하던 무용담이나 마찬가지로, 아이들에게 영어를 가르치러 외국으로 나간 나약한 백인 여성이 왕의 외교 정책에도 참여하고 편지까지 대필하는가 하면 자문역까지 했었다는 무용담처럼 들린다. 심하게 얘기하면 동양에 가서 광대들을 만나고 돌아왔다는 여성판「걸리버 여행기」이다.

이 영화의 시대적 배경인 빅토리아 시대 잉글랜드에서는 가정교사와 창녀의 위상이 크게 다르지 않았다는 역사적인 사실은 이미「프랑스 중위의 여자」를 살펴보면서 지적한 바이고,「제인 에어」나「허영의 시장」에서도 우리는 영국 가정교사의 위상을 자세히 살펴보았다. 아마도 가정교사의 '제자리'라면「애덤과 네 아들」에서 아내를 잃은 애덤 스토다드(Adam Stoddard)의 집으로 들어가 못된 헤스터(Hester, Susan Hayward)를 포함하여 홀아비의 자식들을 보살펴 주는 프랑스인 가정교사 에밀리 갈라땡(Emilie Gallatin)의 따뜻한 마음이 아닐까 싶다.

「안나와 샴왕」에서는 인도나 마찬가지로 동양 나라인 샴을 다짜고짜 영국 가정교사 안나의 입을 통해 "반쯤 야만국(half-barbaric

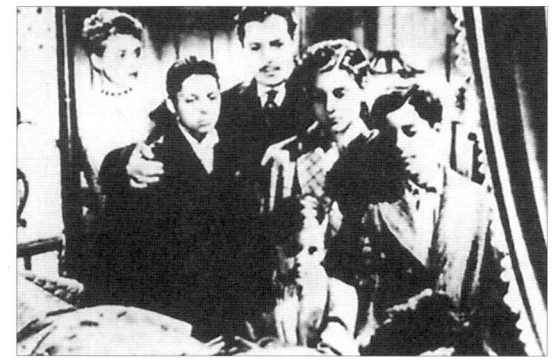

「애덤과 네 아들」의 프랑스인 가정교사는 지배자가 되려는 욕심을 부리지 않는다.

country)"이라고 자막으로 설명한다. 그리고 안나는 마중나온 재상 (prime minister) 크랄라호메(Kralahome)에게 남녀의 평등한 대우를 요구하며 서양의 문화를 오만하게 강요한다. '미개한' 동양은 당연히 서양을 흉내내야 하고, 서양은 동양을 이해하려는 노력을 전혀 할 필요조차 없다는 태도이다. 이러한 서양우월주의는 요즈음 우리나라에서도 건재한다. 치열교정이 무엇인지를 몰랐던 한국 여성들이 웃을 때 치아가 고르지 못한 입을 가리는 전통적인 예절이 서양 사람들에게는 실례가 되니까 가리지 말아야 한다고 가르치는 텔레비전 "문화센터(EBS)"의 '에티케트' 강연 내용이 그런 예가 되겠다. 우리의 좋은 관습을 서양의 시각에 맞춰서 바꿔야 한다는 한국인의 주장은 보신탕을 먹는 한국인을 "식인종 야만인(savage cannibals)"이라고 몰아세우던 늙은 여배우 브리지뜨 바르도의 편견만도 못한 문화적 착각이다.

안나의 동양 정복 연대기는 재상에 이어, 왕이 아니라 그녀가 원하는 시간에 '알현'이 이루어진, 왕과의 첫 만남에서도 "인사는 영국식으로 하겠다"는 고집으로 시작하여, 기다리기 싫다고 고집하는 가정교사에게 "당신이 오기 천년 전부터 이 나라는 여기 있었다"는 재상의 꾸지람도 아랑곳하지 않고, "당신처럼 젊은 여자가 어떻게 내 자식들을 가르치겠느냐"는 임금님의 질문에 "내 나이가 150살"이라고 대드는 오만불손으로 이어진다.

서양 관객에게는 즐겁지만 동양인에게는 다분히 모욕적인 희극의 형태를 취하며 이렇게 동양의 왕과 영국의 가정교사 사이에서 주도권 싸움이 계속되고, 사사건건 문명의 충돌이 생길 때마다 영국은 승리한다. 캄보디아가 샴으로부터 분리 독립하여 프랑스의 인준을 받자 세계 정세를 따라야 되겠다는 왕의 결정을 마

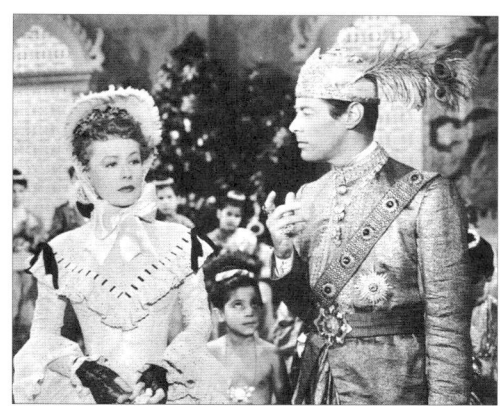

「안나와 샴왕」에서 여주인공 가정교사는 동양의 재상과 왕 위에 군림하는 데서 그치지 않고, 왕의 가족까지 자기 편으로 만드는 솜씨를 보인다.

치 대신 내려준 듯한 인상을 풍기며 안나가 서방 각국의 외교관들을 만찬에 초청하는 무척 긴 장면에서는 '포크와 나이프'의 사용법을 모르는 동양의 왕을 집중 조명하는데, "양식을 먹을 줄 모르는 야만인"에 대한 멸시는 한국인들끼리의 관계에서도 오랫동안 신분 측정의 기준 노릇을 했었다.

'포크와 나이프'의 사용법에 익숙한 안나는 임금님 길들이기에 궁극적으로 성공한다. 심지어 왕의 총애를 받던 후궁 툽팀(Tuptim)이 다른 남자와 도망치다 붙잡혀 화형을 당할 때도 안나는 왕을 비판하고 꾸짖으며 사법권 행사에도 간섭하고, 뜻대로 되지 않자 영국으로 돌아가겠다는 협박까지 한다.

동양의 기준에서 볼 때 샴의 왕은 '과학적(scientific)' 사고방식을 주창하고, 성경의 모순을 지적하며, 국가 현대화와 국제화를 도모하기 위해 서양의 문물을 열심히 연구하던 진보적이고 훌륭한 통치자이며, 물론 렉스 해리슨은 그런 면모를 대단히 잘 연기한다. 그러나 「왕과 나」의 율 브리너에 이르면 인종차별 철폐와 민주주의의 상징인 '링

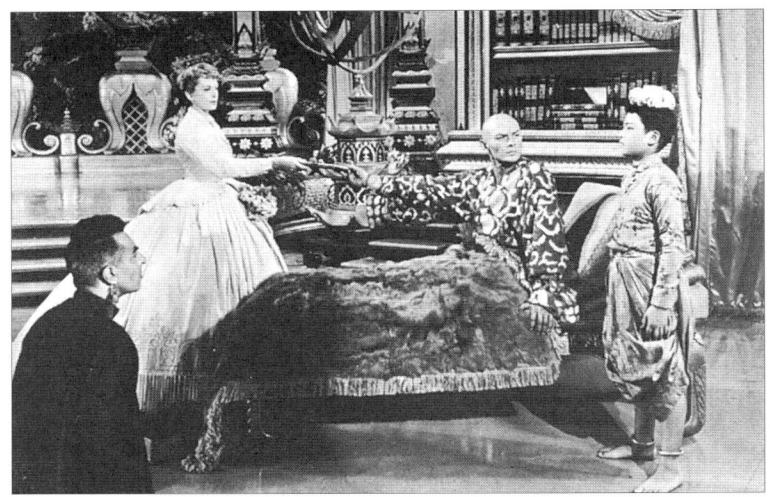

「왕과 나」에서 영국인 가정교사 안나는 샴국의 왕이 죽은 다음 어린 황태자에게도 계속해서 영향력을 발휘하는 듯한 인상을 준다.

꿍(Lincoln)' 대통령에게 코끼리를 보내주겠다는 편지쓰기에서부터 머리의 높이와 권위에 대한 촌극에 이르기까지, 동양 문화 얕잡아 보기는 더욱 심해진다.

영국의 고지식하고 콧대높은 가정교사 「미스 메어리」는 1938년, 지구의 정반대쪽에 위치한 아르헨티나의 아이들을 돌보기 위해 찾아가기도 한다.

찾아보기 ●---

▌「인도로 가는 길(A Passage to India, 1984, 영국, 163분,)」, 감/David Lean, 출/Judy Davis, Victor Banerjee, Peggy Ashcroft, James Fox, Alec Guinness, Nigel Havers, Richard Wilson, Antonia Pemberton, Art Malik, Saeed Jaffreym

▌「카이버 결사대(King of the Khyber Rifles, 1953, 미국, 100분)」, 감/Henry King, 출/Tyrone Power, Terry Moore, Michael Rennie, John Justin

▌「비는 오다(The Rains Came, 1939, 미국, 104분)」, 감/Clarence Brown, 출

/Myrna Loy, Tyrone Power, George Brent, Brenda Joyce, Nigel Bruce, Maria Ouspenskaya, Joseph Schildkraut, Mary Nash, Jane Darwell, Henry Travers

▌「비는 오다(The Rains of Ranchipur, 1955, 미국, 104분)」, 감/Jean Negulesco, 출/Lana Turner, Richard Burton, Fred MacMurray, Joan Caulfield, Michael Rennie, Eugenie Leontovich

▌「보와니 분기점(Bhowani Junction, 1956, 미국-영국, 110분)」, 감/George Cukor, 출/Ava Gardner, Stewart Granger, Bill Travers, Abraham Sofaer

▌「인도에서 생긴 일(Heat and Dust, 1983, 영국, 130분)」, 감/James Ivory, 출/Julie Christie, Greta Scacchi, Christopher Cazenove, Julian Glover, Susan Fleetwood, Shashi Kapoor, Madhur Jaffrey, Barry Foster, Zakir Hussain

▌「공주의 자서전(Autobiography of a Princess, 1975, 영국, 60분)」, 감/James Ivory, 출/James Mason, Madhur Jaffrey, Keith Varnier, Diane Fletcher, Timothy Bateson

▌「봄베이 토키(Bombay Talkie, 1970, 인도, 105분)」, 감/James Ivory, 출/Shashi Kapoor, Jennifer Kendal, Zia Mohyeddin, Aparna Sen, Utpal Dutt

▌「구루(The Guru, 1969, 미국, 112분)」, 감/James Ivory, 출/Michael York, Rita Tushingham, Utpal Dutt, Saeed Jaffrey, Madhur Jaffrey

▌「빌 대사(Ambassador Bill, 1931, 미국, 68분)」, 감/Sam Taylor, 출/Will Rogers, Greta Nissen, Marguerite Churchill, Ted Alexander, Ray Milland, Gustav von Seyffertitz

▌「위기 대탈출 작전(North West Frontier 또는 Flame Over India, 1959, 미국, 130분)」, 감/J. Lee Thompson, 출/Lauren Bacall, Kenneth More, Herbert Lom, Wilfrid Hyde-White, I. S. Johar

▌「안나와 샴왕(Anna and the King of Siam, 1946, 미국, 128분)」, 감/John Cromwell, 출/Irene Dunne, Rex Harrison, Linda Darnell, Lee J. Cobb, Gale Sondergaard, Mikhail Rasumny, Dennis Hoey, Tito Renaldo, Richard Lyon

▌「애덤과 네 아들(Adam Had Four Sons, 1941, 미국, 81분)」, 감/Gregory Ratoff, 출/Ingrid Bergman, Warner Baxter, Susan Hayward, Fay Wray, Richard Denning, Johnny Downs, June Lockhart

▌「미스 메어리(Miss Mary, 1986, 아르헨티나, 100분)」, 감/Maria Luisa Bemberg, 출/Julie Christie, Nacha Guevara, Luisina Brando, Iris Marga, Eduardo Pavlovsky, Gerardo Romano

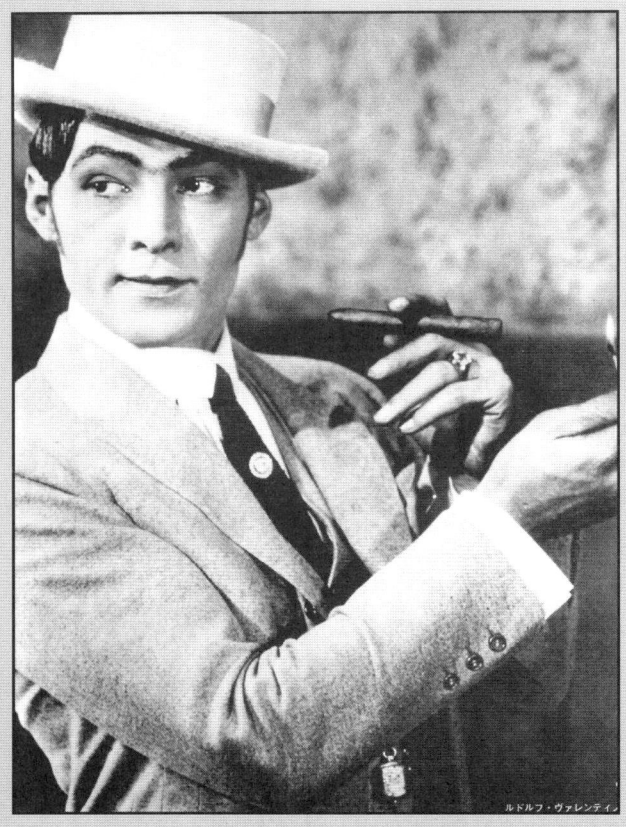

ルドルフ・ヴァレンティノ

헐리우드 영화 산업은 배우의 상품 가치를 처음에는 인정하지 않았지만, 관객은
반응이 달랐다. 대중이 열광했던 초기의 인기배우 중에서는 루돌프 발렌티노(사
진)와 같은 사람들의 상품성이 특히 두드러졌다.

인도 소년의 신분상승 신화

    상업주의 역사와 전통을 아직까지도 꿋꿋하게 지켜 나가는 헐리우드에서는 처음에, 영화를 예술이 아니라 산업으로서, 제작에서부터 판매(상영)에 이르기까지의 전과정을 경제 전략에 따라 운영했고, 고전주의시대에는 활자 매체나 마찬가지로 서술체(narrative)의 전개와 윤색에는 많은 공을 들였지만, 인적 자산인 배우(演技者)는 생산을 위한 1회용 소모품 정도로 생각했었다. 하지만 분업조립식 영화 제작이 관행으로 실천되는 중에서도 관객은 영화를 보면서 배우와 동일시하는 현상이 자꾸만 되풀이되었기 때문에 영화사들은 인기배우(star)의 상품 가치를 인정하지 않으면 안 되는 단계에 이르렀으며, '별'을 제조해 내는 새로운 전략을 채택하게 되었다. 그래서 수많은 '신데렐라'가 은막을 장식하고, 루돌프 발렌티노와 그레타 가르보의 신비주의가 태어나는가 하면, 마릴린 몬로는 전설이 되었다.

    이러한 수많은 신데렐라 전설 중에서도 신분상승의 신화 차원에 오른 배우를 찾아본다면 마이소르(Mysore)의 마구간에서 심부름을 하던

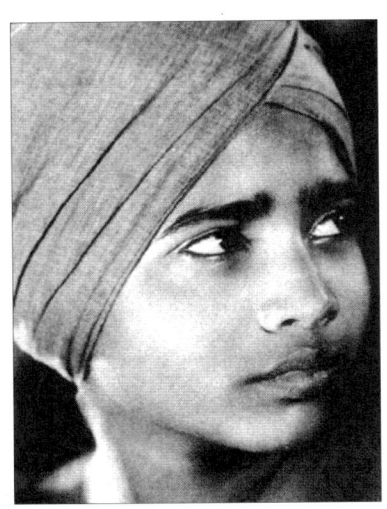
기록영화의 선구자 로버트 플래어티가 마구간에서 찾아낸 인도 소년 사부는 세계적인 인기배우로 부상한다.

인도 천민 소년이 세계적으로 유명한 인기 배우로 탈바꿈을 한 사부의 경우이다.

사부는 이름부터가 독특하다. 서양 이름은 '존 웨인'이나 '게리 쿠퍼'처럼 이름과 성으로 구성되기가 보통이며, 간혹 '조지 C. 스코트'나 '존 F. 케네디'처럼 중간에 모계(母系)를 나타내는 머릿글자가 돋보이기도 하다. 그리고는 우리나라에서 "밀양 박씨"니 "수원댁"이니 하는 명칭처럼 그까짓 이름은 별로 중요하지 않다면서 출신 연고지나 가문을 내세우고 싶은 경우에는 이름을 머릿글자로만 줄여서 'F. 스코트 핏제랄드'나 'J. 알프레드 프루프락'이라는 식으로 적는다. 그리고 더욱 좋은 집안을 뽐내려면 아예 달랑 성만 남겨놓고 모두 머릿글자로 줄여 'E. M. 포스터,' 'A. J. 크로닌' 또는 'T. S. 엘리어트'라는 식으로 적는다.

그러나 어느 영화를 봐도 사부는 성인지 이름인지조차 알 길이 없는 'Sabu'라고만 나온다. 마치 머슴이나 어린애를 '마당쇠'나 '바우' 또는 '훈이' 따위의 외자 이름으로만 부르는 식이다. 그것은 아마도 신분제도가 까다롭기로 유명한 인도 사회를 껑충 넘어 피부 빛깔이 다른 백인 정복자 관객을 정복해야 했던 어린 소년의 예외적인 존재를 잘 상징하는 전략이 아니었나 싶다. 사부는 실재하는 인도의 천민이 아니라, 동화 속에나 등장하는 그런 인물이나 마찬가지였으니 말이다.

어쨌든 사부(Sabu Dastagir, 1924~1963)는 신비한 코끼리 무리가 사는 비밀 장소를 아는 소년과 상아를 탐내는 백인들에 얽힌 타잔적인 영화 「코끼리 소년」을 만들려던 기록영화 전문 감독인 로버트 플래어티의 눈에 띄고, 그래서 그는 몇 년 사이에 참으로 특이한 전설로 자라난다.

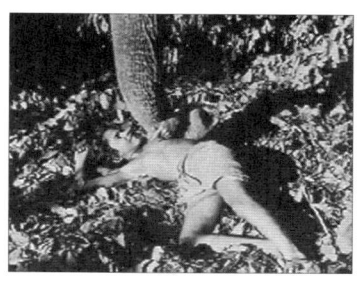

당시에 플래어티는 기록영화를 만들기 위한 소재를 구하던 중이어서 리빙스턴에 관한 작품을 만들 계획도 세웠지만 여의치를 않았고, 그래서 극영화 쪽으로 눈을 돌려 키플링의 작

키플링 원작의 「코끼리 소년」(사진)으로 배우가 된 사부는 키플링의 「정글북」으로 세계적인 명성을 얻었다.

품("Toomai of the Elephant")을 만들기로 하고 어린 배우를 찾다가 마구간에서 그를 발견한다. 영화에서가 아니라 실제로, 사부가 아기였을 때 엄마가 죽었기 때문에 아버지는 사부의 요람을 코끼리에게 흔들어 주라고 맡겼는데, 나중에는 코끼리가 아기를 코로 말아올려 흔들어 얼러 주고는 했다던 신기한 얘기도 감독의 가족(Frances)을 통해 전해졌다. 때로는 야생 코끼리가 숲에서 나와 어린 사부와 함께 놀기도 했었다는 소문까지 퍼졌다.

사부의 진가가 나타난 영화는 흑백이었던 「코끼리 소년」보다 이듬해 화려한 색채를 동원한 「북」에서였다. 「카이버 결사대」의 무대이기도 했으며, 21세기 최초의 전쟁에서는 아프가니스탄을 공격하기 위한 미군의 집결지였던 북서 변방 페샤와르 근처 어디쯤인 산악국가 토코트(Tokot)가 지리적인 배경을 이루는 「북」에서 사부는 거짓말쟁이에 장난꾸러기 왕자 아짐(Azim) 역을 맡았는데, 미국 가정교사 대신 여기에서는 아버지처럼 행동하는 영국군 대위 커러더스(Carruthers)의 보호를 받는다.

이름까지도 회교국에서 무덤을 파헤쳐 시체를 꺼내 먹는다는 '귀신(ghoul)'을 연상시키며 "종교 전쟁(聖戰)을 원하는 광신자"인 굴(Ghul)이 국왕을 암살하는 과정에서 겨우 목숨을 건져 피신해서 페샤와르 장터에 숨어 과일을 훔쳐 먹고 「바그다드의 도적」 같은 생활을 하던 아짐 왕자를 영국군 장교가 구해 주고, 한편 왕자는 권력을 포기하면서까지 무하란 축제의 암살 음모로부터 커러더스의 생명을 구해 주기 위해 목숨을 걸고 단신 적지로 들어가 낙랑의 자명고 같은 큰북을 울린다는 내용이 담긴 이 영화 역시 정복자 논리가 뚜렷하다.

인도가 싫다고 불평하는 아내 마저리에게 "당신이 생각하기에 인도는 타지 마할이 지배하는 남의 땅이지만, 나의 인도는 신세계(frontier)"라고 주장하던 커러더스 대위가 얼마 후 축제에서 무희의 춤을 구경하며 나누던 대화에서 "우리(영국)는 평등권(equality of rights)을 믿는다"고 하자 "양이 호랑이를 설득해서 서로 존중하며 살았다는 얘기 들어 봤습니까?"라던 굴 칸의 반박이 동양인의 시각에서는 오히려 더 강한 설득력을 얻는다.

1940년 「바그다드의 도적」에서 "할아버지 아부도 도둑이고 아버지 아부도 도둑이고 나 아부도 도둑(I'm Abu the thief, son of Abu the thief, grandson of Abu the thief)"이었던 사부는 영국으로 건너가 「정글 북」에서 늑대소년 "어린 개구리" 모우글리(Mowgli) 역을 맡는다. 마구간 출신답게 「북」에서 말타는 솜씨를 과시한 사부는 「정글 북」에서 코끼리와 소를 능숙하게 타고 돌아다니며 동물들과 대화를 나누고 '동양의 신비'를 온몸으로 과시한다. 새까맣고 기름진 머리카락, 검은 눈동자, 동그란 아이의 얼굴, 초컬레트 빛깔의 피부, 아랫도리만 한 장의 헝겊으로 가린 자그마한 몸집—사부의 매력을 프랜시스 플래어티는 이렇게 설명했다.

"몸에 꼭 끼는 아랫도리만 걸친 자그마하고 갈색 몸집의 사부는 완벽한 아름다움의 상징(a perfect thing of beauty)이었어요." 괄호 안에 담긴 영어 표현은 존 키츠의 시에 나오는 유명한 말이다.

헝가리 출신 코르다 3형제가 만들어낸 영상 작품 「정글 북」에서는 낭만파 시인의 표현("A thing of beauty is a joy for ever"―Endymion, John Keats)까지 동원시켰던 매혹적 소년 못지않게 사부를 둘러싼 배경 또한 눈부실 만큼 현란하고 아름답다. 맏형 알렉산더 코르다 (Alexander Korda, 1893~1956, 본명 Sandor Corda) 제작에, 둘째 졸탄(1895~1961)이 연출을 맡은 이 영화에서는 막내 빈센트(Vincent, 1896~1979)의 미술(production design)이 그림책처럼 아름다워서, 특히 새들이 날아다니는 물가의 밀림 풍경은 나뭇잎들의 색채 따위가 월트 디즈니의 만화영화를 능가한다. 그리고 인간의 탐욕을 용납하지 않는 숲에

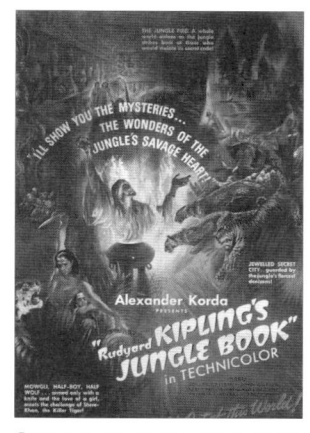

「정글북」은 사부의 모든 신비한 매력을 활용한 화려하고도 이국적인 대표작이 되었다.

다 사냥꾼 불데오의 선동으로 마을 사람들이 불을 지르는 마지막 장면은 전편에서 가장 압권이었고, 불길이 은막에 가득 차서 마포의 경보극장 객석이 온통 붉게 물들었던 순간은 헐리우드 키드의 기억에 아직도 생생하다.

　아빠 늑대 아칼라와 엄마 늑대 라크샤에게서 동물들의 삶을 배우고 코끼리 하티, 흑표 바길라 그리고 수많은 짐승들과 12 년을 살아온 모우글리는 마을 사람들에게 잡혀 인간 사회로 돌아가지만, 늙은 코브라가 지키는 '죽음의 돌(寶石)'을 탐내는 인간들의 탐욕으로 인해 한 차례 곤욕을 치른 다음 불길로부터 그가 살려낸 동물들과 함께 살기 위해 밀림으로 돌아가는데, 마음 착한 사부는 「인도의 노래」에서도 왕족이 정글의 짐승들을 해방시킴으로써 자연을 선택한다.

　「아라비안 나이트(Arabian Nights, 1942)」에서 존 홀과 마리아 몬테즈와 함께 3인조를 이룬 사부는 섬나라 공주와 상어 사냥꾼을 주인공으로 한 리처드 브룩스 각본의 「야만의 백인」, 결혼을 앞두고 납치를 당한 섬나라의 미녀와 사악한 쌍둥이 자매를 주인공으로 역시 리처드

브룩스가 각본을 쓴 「코브라 여인」에서 감초 조연으로 활약한 다음, 몬티엘의 복수와 음모가 담긴 「탕헤르」에서는 잠시 얼굴만 내민다.

모난 돌이 정을 맞는다고, 조지 C. 스코트나 율 브리너처럼 인상이나 개성이 어딘가 지나치게 독특한 경우에는 맡게 되는 배역에서 크게 제한을 받듯이, 그리고 무성영화에서 맹활약을 했던 일본계 세슈에 하야가와(Sessue Hayakawa, 1889~1973)나 도산 안창호의 아들 필립 안(Philip Ahn, 1911~78)이 헐리우드에서 고정 배역(typecasting)에 묶였듯이, 인도 소년 사부는 1940년대를 넘기면서 「탕헤르」에서처럼 단역으로 빠지더니, 나이가 든 미국의 셜리 템플이나 한국의 아역배우 김정훈처럼, 더 이상 빛나는 역을 맡지 못하게 된다.

그나마 「흑수선(Black Narcissus, 1947)」에서는 히말라야 원주민 귀족의 화려한 옷차림으로 잭 카디프의 촬영기 앞에 서고, 사람을 잡아먹는 무서운 호랑이를 잡으러 나선 사냥꾼이 주인공인 「쿠마온의 맹호」에 이어 「강이 끝나는 곳」에서는 백인 세계에 수용되기 위해 애쓰는 원주민 소년의 역을 되풀이하지만, 비슷비슷한 모습을 되풀이해서 보여 주는 사이에 사부의 전설은 서서히 빛을 잃는다.

「야만의 북소리」에서 그는 미국에서 교육을 받은 다음 고향 섬나라로 가서 전쟁에 휘말리고, 「흑표(黑豹, Black Panther, 1955)」와 「지옥의 정글(Jungle Hell, 1956)」을 거쳐 유전지대의 살인 사건을 다룬 「표범」에서도 사부는 저예산 영화의 출연을 반복하면서 이제는 빛이 나지를 않는다.

1957년에는 「표범」의 조지 블레어 감독이 「바그다드의 도적」과 「천일야화(The Arabian Nights)」의 영광을 되살려 보기 위해 납치된 처녀와 보석을 되찾으려고 도둑들과 싸우는 내용을 담고 제목에 사부의 이름까지 걸면서 텔레비전 연속물에 도전해 보지만, 「마법의 반지」 또한 효과가 별로 없었다.

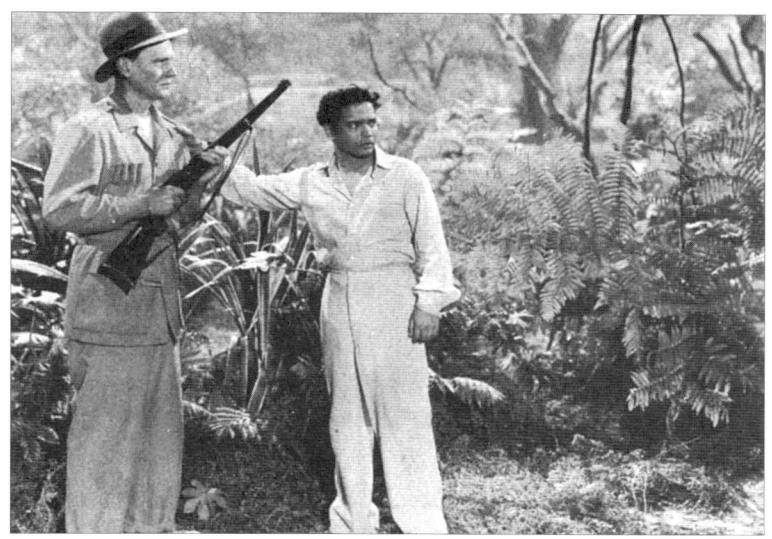

「쿠마온의 맹호」에서 제대로 옷을 갖춰 입은 사부의 모습에서는 밀림을 지배하는 모우글리가 보이지를 않는다. 나이를 먹으면서 사부는 사냥영화의 원주민 안내인 역을 되풀이하기만 한다.

    1960년 독일 영화 「위대한 여인(Herrin der Welt)」으로 원정을 나갔던 사부는 그가 세상을 떠나던 해인 1964년, 40이 다 된 나이에 두 편의 호랑이 사냥영화에 마지막 출연을 한다.

    곡마단에서 도망친 호랑이를 구하려는 어린 소녀를 둘러싼 미국 소도시 사회의 대립과 뒷거래를 그린 디즈니 영화 「호랑이와 소녀」에 앞서 그가 출연한 「광란」은 두 명의 사냥꾼과 그 사이에 낀 한 여자가 신경질적이면서도 엉성한 삼각관계를 이루면서 독일 동물원을 위해 히말라야로 호랑이와 표범을 생포하러 갔다가 돌아오는 얘기인데, 짐꾼 두목 찰리 역을 맡은 사부의 모습을 보면 전성기의 사부를 기억하는 사람들의 마음을 퍽 서글프게 만든다.

    나이가 든 사부는 그냥 흔한 '원주민'의 얼굴일 따름이다. 여기에서도 그는 붉은 헝겊(loincloth) 한 조각만을 몸에 걸쳤을 뿐이지만, 오래간만에 길에서 만나면 알아보지 못할 만큼 변해 버린 고등학교 동창생처럼, 아름다움이 사라진 그의 모습을 보면 늙어서 초라해진 첫 사랑 같기만 하다.

▋「마법의 반지(Sabu and the Magic Ring, 1957, 미국, 61분」, 감/George Blair, 출
/Sabu, Daria Massey, Vladimir Sokoloff, Robin Moore

▋「광란(Rampage, 1963, 미국, 98분)」, 감/Phil Karlson, 출/Robert Mitchum, Elsa
Martinelli, Jack Hawkins, Sabu, Cely Carillo, Emile Genest

▋「호랑이와 소녀(A Tiger Walks, 1964, 미국, 91분)」, 감/Norman Tokar, 출/Brian
Keith, Vera Miles, Pamela Franklin, Sabu, Kevin Corcoran, Peter Brown, Una
Merkel, Frank McHugh, Edward Andrews, Jack Albertson

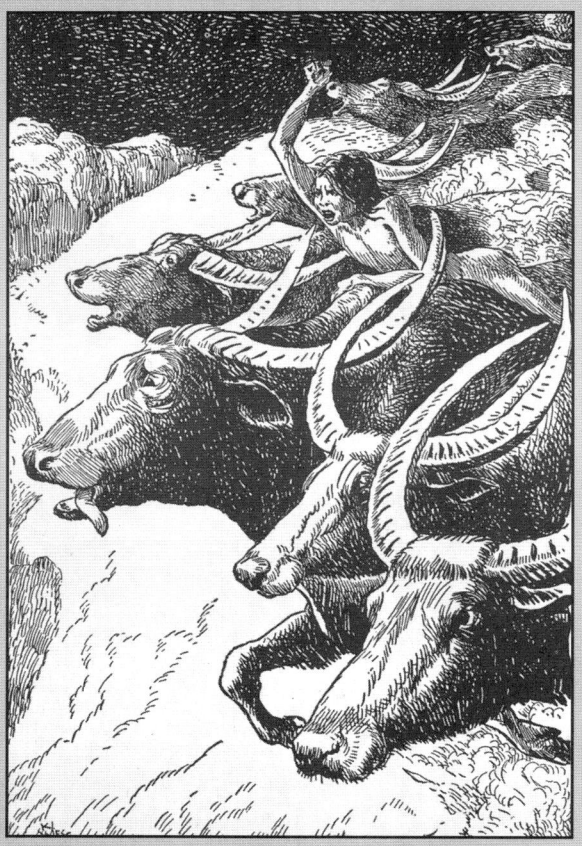

『정글북』에서 모우글리가 소떼를 몰고 호랑이 쉬어 칸(Shere Khan)을 공격하는 모습을 담은 삽화. 사진은 그의 아이들을 위해 버몬트에서 『정글북』을 집필하던 30세쯤 되었을 무렵의 키플링

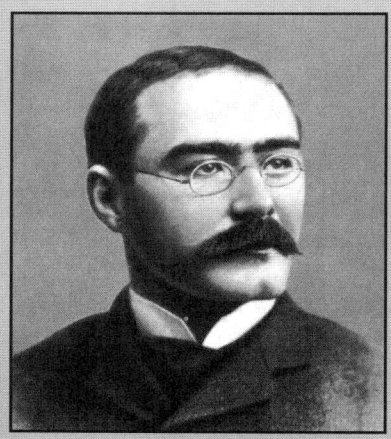

키플링의 세계

    사부의 대표작이라고 꼽아도 반박할 사람이 별로 없을 「정글 북」은 모우글리와 발루(Baloo)라는 느림보 곰을 주인공으로 삼아 노래까지 곁들인 월트 디즈니의 1967년 판 만화영화로도 나왔고, 1994년에도 디즈니사에 의해서 작가의 이름까지 제목에 달고 모우글리가 영국군 사령관의 딸을 사랑하게 되어 문명세계로 나온다는 줄거리를 갖추고 다시 영상화되었다. 1997년에는 곡마단 사람들에게 쫓기는 '정글 소년'이 위기에 처할 때마다 발루를 비롯한 동물 친구들의 구출을 받는다는 좀 모자라는 속편도 나타났다.

    어린이 독자를 위한 『정글 이야기(The Jungle Book, 1894)』는 모우글리와 동물들을 주인공으로 삼은 이야기 모음집으로서, 이듬해 속편 『두 번째 정글 이야기(The Second Jungle Book)』로 이어지는데, 원작자 러디아드 키플링(Joseph Rudyard Kipling, 1865~1936)은 인도의 봄베이에서 태어나 어린 시절을 원주민 유모 밑에서 힌두어와 영어를 함께 사용하며 성장했다. 여섯 살에 영국으로 건너가 유급(有給) 양부모와 기숙사 학교에서 교육을 받지만 공부가 신통치 않았고, 열일곱 살에 다시 인도로 돌아가 라호르(Lahore) 박물관장이었던 아버지의 주선으로 신문기자 생활을 했다. 이런 경험을 바탕으로 그는 인도, 해양, 밀림, 동물을 주제로 한 작품들을 발표했으며, 1907년 영국인으로서는 최초로 노벨 문학상을 받았다. 그는 또한 인도 주둔군을 소재로 삼아 많은 글을 썼고, 대영제국주의를 적극적으로 옹호한 작가로서도 유명하다.

이러한 키플링의 문학 세계를 단면적으로 잘 보여 주는 작품이 대영제국 병사들의 삶을 찬양하는 시집 『병영의 노래(Barrck-Room Ballads, 1892)』인데, 특히 야만적인 원주민과 싸우는 호쾌한 세 병사의 모험담을 담은 「경가 딘」은 물당번 인도 소년이 정복자들을 도와 훌륭한 '백인'이 된다는 이런 내용까지 담았다.

> An' for all 'is dirty 'ide
> 'E was white, clear white, inside…
> …You're a better man than I am, Gunga Din.

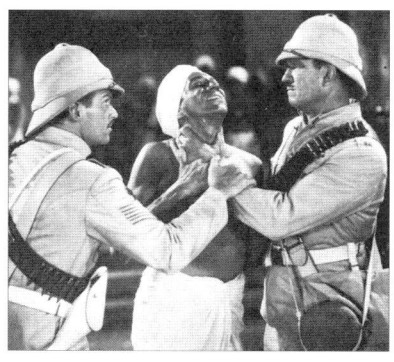

「경가 딘」에서는 인도인 주인공 경가 딘(가운데, 더글라스 페어뱅크스 주니어)이 백인을 위해 싸워서 영웅이 된다.

아무리 피부가 더럽기는 하더라도
속은 깨끗하고 하얗기만 하니
너는 나보다도 훌륭하구나, 경가 딘.

헐리우드의 대표적인 고전 활극영화로 꼽히는 「경가 딘」은 벤 헥트가 각본을 썼으며, 마지막 부분에서 경가 딘이 부는 나팔에서 "경가 딘, 경가 딘, 경가 딘 경가 딘, 경가 딘 경가 딘 경가디―ㄴ" 소리가 난다

고 서울에서는 한때 화제가
되기도 했었다.

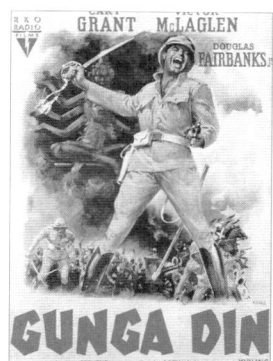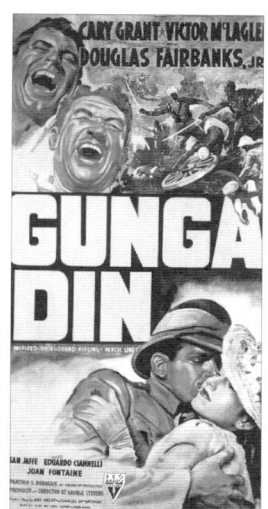

가벼운 활극을 많이 만들
었던 테이 가네트 감독은 「경
가 딘」을 「세 명의 병사」라는
제목으로 인도의 영국군 3총
사 얘기로 가꾸었고, '쥐떼
(Rat Pack)' 일당은 그들의 입
맛대로 다시 서부극 「황야의
3상사」로 변모시켰는데, 경
가 딘 역은 인디언(印度人)과

한국전쟁 얼마 후에 수입된 「경가
딘」은 나팔소리로 한때 널리 '소문'
이 나기도 했었다.

피부 빛깔이 비슷한 새미 데이비스에게로 돌아갔다.

장편소설이나 시보다도 단편 분야에서 가장 뛰어난 솜씨를 보였던
키플링이 1891년에 발표한 단편소설을 영화로 만든 「사라지는 빛」은

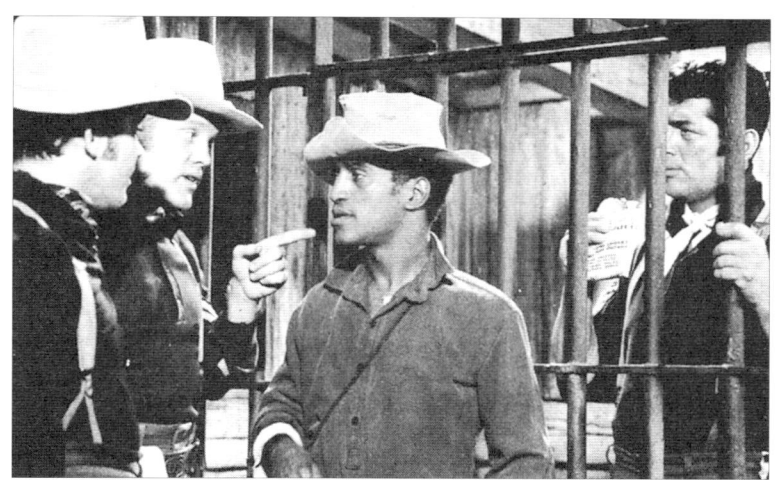

「경가 딘」을 서부극으로 다시 만든 「황야의 3상사」에서는 새미 데이비스 주니어가 '경가 딘' 역할을
한다.

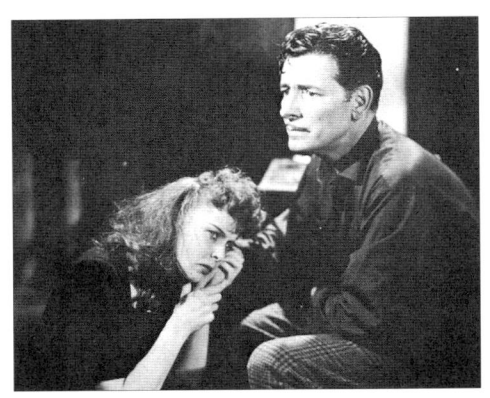

실명 위기에 처한 런던의 화가가 여인의 초상화를 완성하려고 분투하는 모습을 다루었고, 또 다른 단편소설("They Live")이 원작인 「그들」은 실명한 강신술사가 딸을 잃고 괴로워하는 남자를 도와 준다는 얘기이다.

실명의 위기에 처한 화가가 여인의 초상을 완성하려고 애쓰는
「사라지는 빛」은, 키플링의 작품치고는 특이한 내용을 다루었다.

키플링은 또한 『정글 이야기』나 『경가 딘』 이외에도 아이들을 주인공으로 내세운 작품을 여럿 발표했는데, 반란을 일으킨 원주민들과 영국군이 충돌하는 활극을 배경에 깔아 놓은 『인도의 방랑아』에서는 라호르에서 인도 아이로 자라난 에이레의 고아 킴볼 오하라(Kimball O'Hara)가 신비한 화살의 강 (the River of the Arrows)을 찾아다니는 티베트의 라마승과 어울려 인도 각지를 방랑하다가 결국 자신이 영국인임을 알아내고는 신이 나서 훌륭한 첩자가 된다는 내용이다. 「인도의 방랑아」는 두 차례 영화로

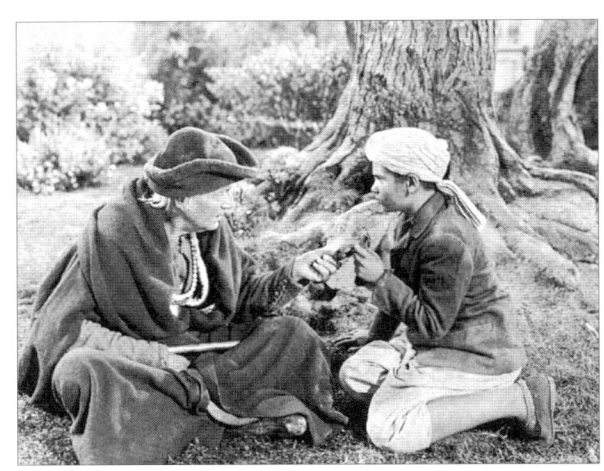

「인도의 방랑아」에서는 자신이 인도 아이인 줄 잘못 알면서 고아로 자란 아이가 나중에 백인임을 알고는 새로운 정체성에 대해서 기뻐한다.

만들어졌다.

「꼬마 윌리 윙키」는 미망인 엄마와 함께 인도의 영국군 주둔지로 살러 온 계집아이가 모든 사람에게 기쁨을 주고 사랑을 받는다는 전형적인 셜리 템플 영화인데, 원작에서는 주인공이 사내아이이다. 하지만 아이들이 모두 영화 속의 셜리 템플처럼 착하고 귀엽지만은 않아서, 「황금 연못(On Golden Pond, 1981)」에는 80회 생일을 맞는 헨리 폰다를 보고 역겨운 표정을 지으며 "할아버지 정말 되게 늙었네요"라고 말하는 버르장머리 없는 아이가 등장하기도 한다. 그리고 그에 못지않게 버르장머리 없는 아이가 키플링의 1897년 작품 『용감한 선장』에 등장하는 하비(Harvey Cheyne) 소년으로서, 『영화 주인공(Movie Characters of Leading Performers of the Sound Era, 1990, Robert A Nowlan과 Gwendolyn Wright Nowlan 지음)』이라는 책은 그를 이렇게 묘사했다.

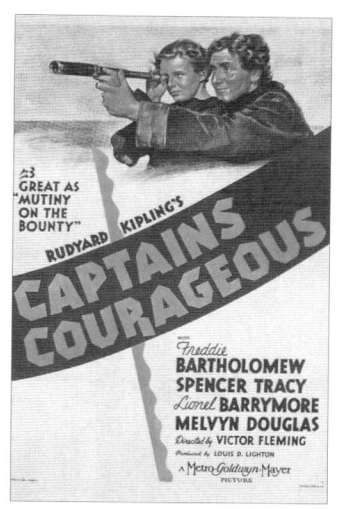

"집을 자주 비우는 부유한 아버지 때문에 버릇이 고약해진 그는 (사람들을 골탕 먹이려고 장난을 치다가) 여객선에서 바다로 빠져 포르투갈 어부에게 구조를 받고는 (여러 가지 험한 역경을 거친 다음) 남을 돕는 삶에 대한 값진 교훈을 배운다. 하지만 버르장머리를 고치기 전까지는 도로 바다에 빠뜨려 버렸으면(throw him back to the fishes) 좋겠다는 생각이 자꾸만 들 지경이다."

이 작품은 두 차례 영화로 선을 보였고, 「겅가딘」이나 마찬가지로 미국으로 건너가서는 서부극 「소몰이」로 재생된다. 「용감한 선장」에서 체

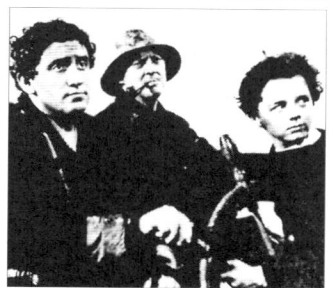

「용감한 선장」의 소년 주인공(아래 사진에서 오른쪽, 프레디 바톨로뮤)은 정말로 물에 빠뜨려 죽이고 싶을 정도로 버르장머리가 없다.

이니 역을 맡았던 프레디 바톨로뮤(1924~92, 본명 Frederick Llewellyn)와 아역배우로는 비슷한 활동 시기에 쌍벽을 이루었던 딘 스토크웰(1935~)이 「소몰이」에서 같은 역을 맡아 체스터로 나오는데, 영화가 시작되자마자 기차 안을 돌아다니며 다른 아이들을 괴롭히고, 아버지의 비서에게 구두를 엉터리로 닦았다고 잔소리를 하는가 하면, 딸기가 없다면서 투정을 부리고, 철도회사 사장인 아버지로 하여금 차장을 파면시키게 하려고 거짓말로 모함하는 꼴을 보면 정말로 당장 기차에서 던져 버렸으면 속이 시원하겠을 지경이다. 간이역에서 잠시 정차한 사이에 도마뱀을 잡느라고 쫓아가다가 기차를 놓치고 아이가 황야에 홀로 떨어져 헤매게 되었을 때도 아버지는 "어디 한 번 고생 좀 하고 정신차릴 기회나 되었으면 좋겠다"고 은근히 기뻐할 지경이다.

부잣집 망나니 아들은 결국 소몰이 카우보이들을 만나 산타 페(Santa Fe)까지 두 주일 동안 온갖 고생을 하며 공동생활이 무엇이고, 정직한 승부가 왜 중요한지, 온갖 인생의 가르침을 깨우치지만, 마지막까지도 어른들한테 대들면서 정말 악착같이 못살게 군다.

「소몰이」는 '원주민'이 전혀 등장하지 않으면서 카우보이 노래와

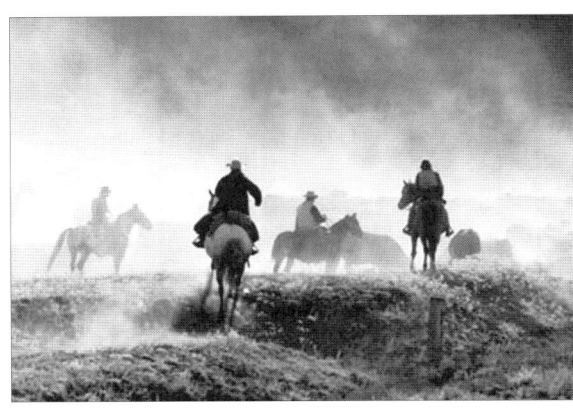

「소몰이」는 전형적인 서부극이지만, 알고 보면 「용감한 선장」을 헐리우드에서 개작한 얘기이다.

달밤의 정서, 구슬픈 방랑의 분위기까지 곁들인 정통 서부영화라고 하겠는데, 특히 "꼬르떼즈의 부하들이 끌고 온 말의 자손"이라고 여겨지는 멋지고 검은 야생마 '한밤중(Midnight)'을 밧줄 올가미(lasso)로 잡으려는 추격전과 소떼의 폭주(stampede) 장면은 정말로 압권이다. 그리고 먼지가 구름처럼 일어나는 황야의 풍경은 자연 그대로를 촬영한 그림이 「타이타닉」의 가짜(컴퓨터그래픽) 장면보다 얼마나 아름답고 박진(迫眞)하는 생동감을 주는지 다시금 깨닫게 만든다. 아마도 컴퓨터그래픽으로 자연을 완벽하게 재생하고 조립한다면, 그것은 지하도에서 늘어놓고 파는 싸구려 풍경화 비슷한 그림이 되지 않을까 하는 생각도 든다.

역시 키플링의 대표적인 단편소설 가운데 하나이며 우리나라에서도 일찍이(1966, 新丘文化社) 번역되었던 『왕이 되려던 사나이』는 제국주의적 시각이 두드러지기로 유명한 작가의 원작에도 불구하고, 존 휴스턴 감독의 해석 때문이겠지만, 읽기에 따라서는 제국주의를 대단히 통렬하게 풍자한 면모가 보이기도 한다. 사부의 「북」에서 커라더스 대위가 "세상에는 미치광이 몽상가가 많은데, 그들 가운데 절반은 제국을 건설해서 위대한 인물로 역사에 기록되고 나머지 절반은 불한당(gangsters)으로 몰려 잊혀진다"는 견해를 밝히지만, 「왕이 되려던 사나이」의 주인공인 말썽꾸러기 영국군 출신의 두 사기꾼 대니얼 드라보트(Daniel Dravot)와 피치 카너헨(Peachy Carnehan)이라면 아마도 그 중간쯤이 되겠다.

인도를 "장모도 때려 죽이고 목을 베어 가는 야만국"이라고 묘사하는가 하면 사람의 머리를 공으로 삼아 폴로 경기를 벌이는 광경도 보여 주고, 사람들이 코브라나 전갈의 동족으로 취급되는 장터 풍경에서처럼 제3 세계를 비하시키는 장면이 질펀한 이 영화에서 "하느님 다음으로 위대한" 두 영국인은 카이버 고개를 지나 아프가니스탄을

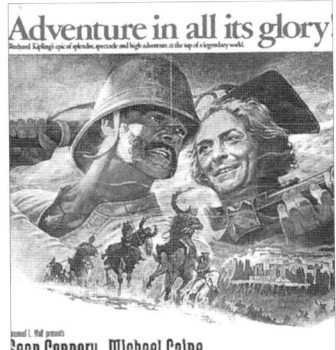

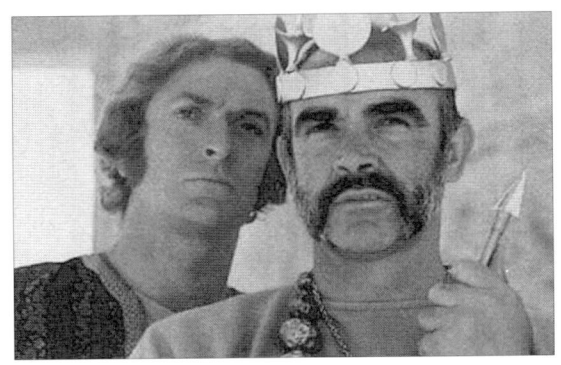

「왕이 되려던 사나이」는 백인이 오지로 가서 원주민들을 속여 그들의 왕 노릇을 한다는 풍자적인 주제를 담았다.

지나 만년설의 산맥을 넘어 "알렉산드로스 대왕말고는 살아서 돌아온 사람이 없다"는 산악국가 카프리스탄(Kafristan)으로 찾아가 그곳 원주민들을 정복하고 왕으로 등극하기 위한 모험을 실천한다.

드라보트와 카너헨은 카멜로트로 간 커넥티커트의 양키처럼 미개한 원주민을 칼(동양)과 총(서양)의 전투에서 쉽게 압도하고, 드라보트는 승려들로부터 '시칸더(알렉산더의 아들)'인 재림신(再臨神)으로 추앙을 받기까지 한다. 그들은 원하던 재물도 얻고, 카너헨은 봄이 되어 길이 터지자 문명세계로 돌아가려고 하지만, 자신이 정말로 신이라고 착각하기에 이른 드라보트는 사기극을 꾸며서가 아니라 정말 숙명적으로 왕이 되었다는 환상에 빠져 알렉산드로스 대왕이 결혼했던 공주와 이름이 같은 록산느(Roxanne)와 행복한 영생을 누리려다가, 상처를 받으면 별수없이 몸에서 피가 나는 인간임이 발각되자 비참하게 처형을 당한다.

커츠의 무너진 신화("Mistah Kurtz-he dead," Heart of Darkness)가 아프리카에서 히말라야 꼭대기에 이른 셈이다.

▌「용감한 선장(Captains Courageous, 1937, 미국, 116분)」, 감/Victor Fleming, 출/Spencer Tracy, Freddie Bartholomew, Melvyn Douglas, Lionel Barrymore, Mickey Rooney, John Carradine, Walter Kingsford, Charley Grapewin

▌「용감한 선장(Captains Courageous, 1977, 미국, 110분)」, 감/Harvey Hart, 출/Karl Malden, Jonathan Kahn, Ricardo Montalban, Fritz Weaver, Neville Brand, Fred Gwynne, Johnny Doran

▌「소몰이(Cattle Drive, 1951, 미국, 77분)」, 감/Kurt Neumann, 출/Joel McCrea, Dean Stockwell, Leon Ames, Chill Wills

▌「왕이 되려던 사나이(The Man Who Would Be King, 1975, 미국, 129분)」, 감/John Huston, 출/Sean Connery, Michael Caine, Christopher Plummer, Saeed Jaffrey, Shakira Caine

이라크로 침공하기 직전, 미국의 조지 부시 대통령을 지원하자면서 영국의 토니 블레어 총리는 미국과 영국 두 나라가 "앵글로-색슨 국가"라는 이유를 내세웠다. 아래 사진에서는 이라크의 수도 바그다드가 미국과 영국에게 침공을 당해 화염에 휩싸인다.

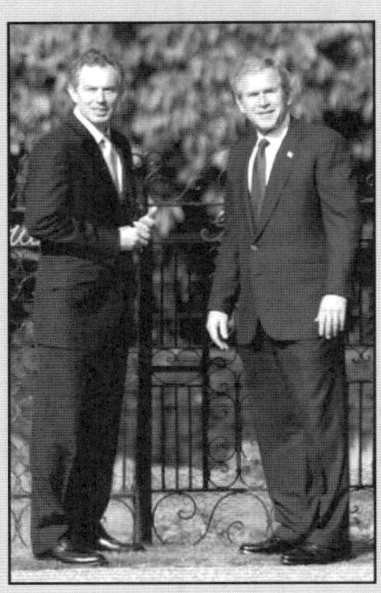

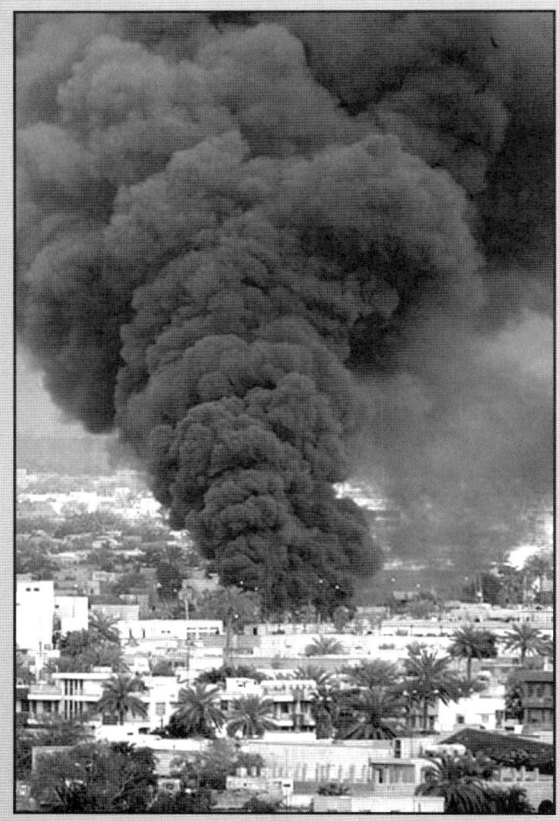

시각(視覺)의 선취권

　『왕이 되려던 사나이』에서처럼 미개한 원주민을 정복하여 제국을 세우려는 메시아 착각에 빠지는 현상은 히틀러를 위시하여 많은 권력자의 심리를 지배하는 편향적 작용이겠다. 이런 현상은 독선적인 자의식의 한 단면이다.

　키플링의 소설뿐 아니라 식민지 인도에 관한 많은 영화의 무대가 된 페샤와르와 북서 국경 지대를 중심으로 처음 군사력 배치가 시작되던 무렵, 미국의 아프가니스탄 공격을 도와야 하는 이유를 설명하면서 영국의 토니 블레어 총리는 "미국은 우리와 같은 앵글로─색슨 민족"이라는 설명을 했었다. "여럿에서 하나(E pluribus unum)"라는 표어를 앞세우고 다민족 국가임을 자랑으로 여기는 아메리카 합중국을 앵글로─색슨이라고 규정하고 싶어하던 영국 총리의 편견은 아마도 말썽을 일으켰던 일본의 국수주의적 '새로운' 역사 교과서만큼이나 시대착오적인 향수에서 나왔는지도 모른다. 영광스러운 대영제국의 과거에 대한 향수는 결국 인도 정복 영화의 문법과 수사학을 그대로 따른 셈이다.

　그러나 서양 영화의 제국주의적인 시각은 우리가 인정해 줘야만 하는 선취권일지도 모른다. 지금까지 살펴본 인도 관계 영화는 대부분 인도가 독립하던 해인 1947년보다 앞서서 제작되었고, 그러니 일제하에서 일본인들이 유관순의 시각으로 영화를 만들어 주기를 우리가 기대하기 불가능했듯이, 영국의 식민사관은 오히려 당연했다. 그들은 서양인에게 시각적인 오락을 제공하기 위해서 영화를 만들었지 인도인이나 한국인의 자존심을 충족시키기 위해서 만들지는 않았다. 미국의 인디언에 대한 시각도 수정주의(revisionism)가 도입된 이후에야 달라졌고, 그러니 1930~40년대 미국이나 영국 영화에서 양심 훈련용 주제를 기대해서는 안 된다. 따라서 외국 영화를 우리 시각으로 보자는 고집 역시 편견과 독선이겠고, 동양에서도 서양 영화는 어느 정도나마 서양인의 시각에서 봐야 '오락'이 제대로 이루어진다.

　그렇다면 「북」에서 커러더스 대위가 주장하듯, 아프리카 수단의 수도 「하르툼」에서 마흐디(The Mahdi)의 추종자들이 기다리는 함정인 줄 알면서도 진군해 들어가서, 이틀밖에 안 걸리는 거리에 주둔했던 나일 원정군 사령관 가네트 월슬리 자작(Garnet Joseph Wolseley, 1st Viscount)의 병력이 '늦게' 도착하는 바람에 10개월이나 처절한 공방전을 펴던 끝에 역사적으로 대단히 창피하고도 유명한 패배를 당하고 죽어야 했던 찰스 '중국인' 고든(Charles George Gordon, 1833~85, 별명은 Chinese Gorden 또는 Gordon Pasha) 장군은, "한 사람의 희생으로 수단을 정복하여…… 법과 질서를 잡아 40년의 평화를 누리게" 했으므로 분명히 영웅적인 군인이었다. 더구나 그는 영국군이 중국의 베이징을 함락하는 데도 크게 공헌했으며, 동양 정복의 길에서도 갖가지 혁혁한 전공을 세운 인물이다.

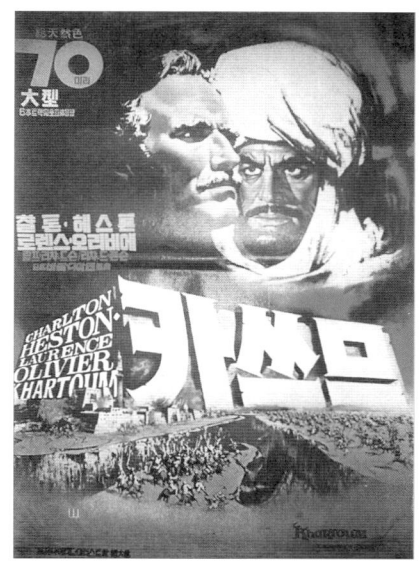

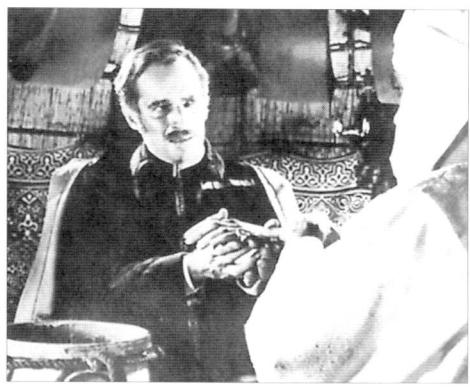

「하르툼」에서 유색 인종 '원주민'에게 패해서 죽은 찰스 고든 장군은 영국군이 중국의 베이징을 함락하는 "동양 정복의 길"에 크게 공헌했었다. 이 영화가 한국에 수입되었을 때는, 포스터에 서처럼, 지명을 영어식으로 발음하고 일본식으로 표기하여 "카쓰므"라고 제목을 붙였었다.

그리고 인도 정복의 제1 수훈자인 「인도의 클라이브」는 자신의 개인적인 행복을 희생해 가면서 영령 인도 제국(the British Empire of India)을 건설한 "운명의 사나이(the man of destiny)"였으니, 영화의 주인공이 되고도 남았다. 로버트 클라이브(Robert Clive, 1725~74, Baron Clive of Plassey) 또한 동인도 회사에 소속했던 귀족 군인으로서, 제2차 카르나타카 전쟁을 통해 남인도에서 영국의 패권을 확립했고, 1757년 플래시 전투에서 승리하여 벵골, 비하르, 오리사 3개 주의 수조권(受租權)을 받아 동인도 회사가 지배권을 잡도록 길을 터놓았다. 그는 그곳에서 지배층 내부의 적대관계를 교묘하게 활용하여 정복의 길을 다져 나갔으나, 자신은 몸을 망쳐 아편에 중독되었는가 하면 재임 중 회사 직원들의 부패와 만행 그리고 자신의 축재 때문에 의회로부터 조사를 받고는 여론의 비난 속에 자살로써 그야말로 파란만장한 생애를 마감했다.

인도 북서 지방에서 영국의 제국을 건설하느라고 맹활약을 벌이는

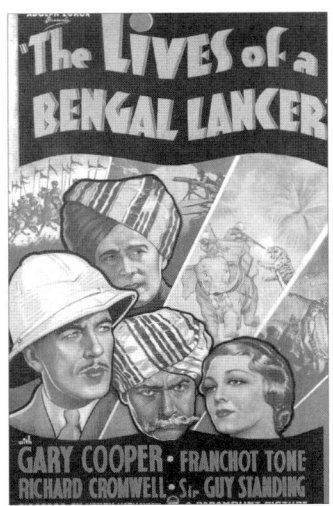

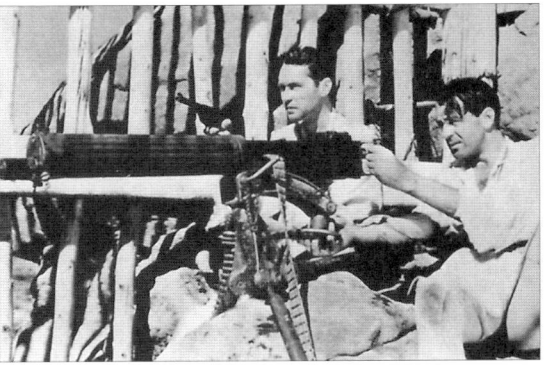

「어느 벵골 창기병의 생애」는 인도에서 복무했던 군 출신 프란시스 예이츠-브라운이 쓴 소설을 원작으로 삼은 활극이다.

유명한 창기병 연대 병사들이 주인공으로 등장하는 「어느 벵골 창기병의 생애」의 원작은 인도에서 복무했으며 1915~18년에는 터키군의 포로가 되기도 했었던 군인(Maj. Francis Yeats-Brown, 1886~1944)이었으며, 이 영화도 헐리우드로 넘어가 「제로니모」라는 서부극으로 둔갑한다.

본디 영국군의 인도 병사였던 세포이(Sepoy)의 반란(1857~9)에서 보여준 「벵골 연대」의 활약은 화려한 시대극의 기둥줄거리를 이루고, 「불명예스러운 행위」는 벵골 창기병대 소속 어느 장교의 미망인이 강간을 당한 다음 동료들 간에서 벌어지는 갈등을 다룬다. 테니슨의 시를 원작으로 삼은 「창기병대의 돌격(Charge of the Light Brigade)」은 "신화와 역사의 건널목"(263~4쪽)에서 이미 소개했다.

「친구와 연인」에서 인도에 주둔한 두 명의 영국 장교가 사랑하는 유부녀 역을 맡았던 프랑스 여배우 릴리 다미따(본명 Lilliance Carré, 1901~94)는 에롤 플린과 결혼(1935~42)했었는데, 사망진단서에는 85살에 죽었다고 했다니 정말로 여자의 나이란 믿기가 어렵다.

「칸다하르의 산적」은 1850년대에 반란을 일으키고 날뛰는 인도의 원주민들과 용감히 맞서는 수비대의 얘기이고, 「카이버 순찰대」는 전투를 벌이는 틈틈이 사랑도 나누며, 「명예로운 행군」에서는 별로 명예롭지 못한 군인이 명예를 회복하기 위해 열심히 노력한다.

일본에서 붙인 제목을 그대로 빌려다 쓴 「암흑의 대지」는 1825년 식민지 시대 인도에서 무자비하게 강도와 살인을 저지르는 비밀결사 조직에 침투하는 동인도 회사의 공작원이 등장해서 '적'의 정체를 파헤친 다음 필사적으로 탈출하는 얘기인데, 머천트(Ismail Merchant)의 제품답지 않다는 혹평을 들었다.

영국군과 반대편에서 싸우던 원주민에 대해서 동정적인 시각을 보인 영화도 꽤 여럿인데, 「기나긴 대결」은 1920년대 영국 통치에 항거하는 농민 반란의 지도자가 주인공이며, 영국군과 싸우기 위해 무법자가 된 족장 「카심」 역을 맡았던 빅터 머튜어는 「열사의 무(舞)」에서도 역시 원주민 무법자들을 이끌고 대영제국과 맞선다. 「열사의 무」는 가슴의 부피로 유명했던 스웨덴 출신의 여배우 아니타 에크버그의 첫 주연 영화로 우리나라에 소개되었는데, 이 무렵 에크버그가 영국 배우 앤토니 스틸(Anthony Steel)과 결혼하자 결혼 초야에 남편이 에크버그를 포옹했더니 두 손이 여자의 등뒤에서 닿지가 않더라는 짓궂은 외신을 어디선가 읽었던 기억이 난다.

이미 지적한 바와 같이 우리나라에서 「장군의 아들」 계열의 영화를 보면 마치 항일 독립운동은 깡패들이 도맡아 한 듯싶은 착각이 들기도 하는데, 인도 독립 투쟁 영화에서는 산적뿐이 아니라 광신적인 사교 집단이 영국인들을 몰아내려고 끔찍한 일을 벌이는 「봄베이의 살인자」도 나섰다. 드라큘라 전문 감독 테렌스 피셔의 인도 공포극 「봄베이의 살인자」와 비슷한 계열의 영화는 우상을 숭배하는 원주민들이 출몰하는 「검은 정글의 비밀」, 그리고 흉악한 사교 집단과 보리스 칼

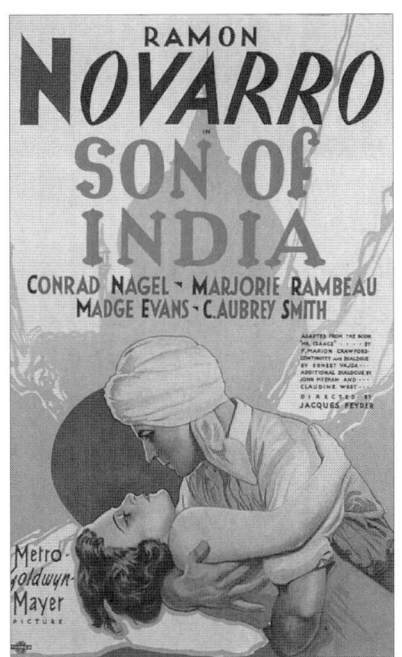

RAMON NOVARRO in SON OF INDIA

CONRAD NAGEL · MARJORIE RAMBEAU
MADGE EVANS · C.AUBREY SMITH

ADAPTED FROM THE BOOK
"MR. ISAACS" · · · BY
F.MARION CRAWFORD·
CONTINUITY AND DIALOGUE
BY ERNEST VAJDA ·
ADDITIONAL DIALOGUE BY
JOHN MEEHAN AND
CLAUDINE WEST · · ·
DIRECTED BY
JACQUES FEYDER

Metro-Goldwyn-Mayer PICTURE

인도를 무대로 한 영화 중에는 별다른 내용이나 주제가 없는 얘기가 많아서, 헐리우드의 고전주의 시대(Classical Age) 이후의 제2 세대 멍청영화가 양산되었다. 1920년대 헐리우드에서 크게 활약한 멕시코 출신 배우 라몬 노바로(Ramon Novarro)가 주연한 「인도의 아들(Son of India, 1931)」도 그런 계열의 영화였다.

로프가 등장하는 「사바카」도 꼽힌다.

제국주의와의 투쟁과는 상관없이 그냥 지리적인 무대로서만 인도를 차용한 오락영화로는 봄베이에서 동료의 살인자를 찾아다니면서 원주민 무희와도 인연을 맺는 용병의 이야기 「케너」, 위기를 맞은 기차를 주인공 혼자서 구해내는 「봄베이의 막차」, 살해당한 친구의 복수를 위해 조종사 앨런 래드가 벌이는 활극 「캘커타」, 반란의 긴장감 속에서 총을 거래하는 주인공 앨런 래드가 우아한 미녀와 인연을 맺는 「풍운의 땅」, 두 명의 보석 도둑이 주인공이고 앨런 래드는 단역으로 출연하는 경쾌한 활극 「봄베이에서 만나다」, 1750년 인도를 무대로 한 의상극 「캘커타의 정열」, 두 남자에게서 사랑을 받는 눈부신 미녀를 둘러싼 의상극 「다이아몬드 여왕」, 열정 때문에 몇 사람이 파멸을 맞는 계절을 그린 「장마」, 그리고 사람을 해치는 호랑이를 잡으러 나선 사냥꾼이 과거를 회상하는 얘기 「해리 블랙」이 목록에 오른다.

Johnny Sekka, Michael Hordern, Nigel Green, Hugh Williams, Ralph Michael

▌「인도의 클라이브(Clive of India, 1935, 미국, 90분)」, 감/Richard Boleslawki, 출/Ronald Colman, Loretta Young, Colin Clive, Francis Lister, C. Aubrey Smith, Cesar Romero, Montagu Love, Leo G. Carroll

▌「어느 벵골 창기병의 생애(The Lives of a Bengal Lancer, 1935, 미국, 109분)」, 감/Henry Hathaway, 출/Gary Cooper, Franchot Tone, Richard Cromwell, Sir Guy Standing, C. Aubrey Smith, Monte Blue, Kathleen Burke, Noble Johnson, Lumsden Hare, Akim Tamiroff, J. Carrol Naish

▌「제로니모(Geronimo, 1939, 미국, 89분)」, 감/Paul H. Sloane, 출/Preston Foster, Ellen Drew, Andy Devine, Gene Lockhart, William Henry, Marjorie Gateson, Chief Thundercloud

▌「벵골 연대(Bengal Brigade, 1954, 미국, 87분)」, 감/Laslo Benedek, 출/Rock Hudson, Arlene Dahl, Ursula Thiess, Torin Thatcher, Arnold Moss, Dan O'Herlihy, Michael Ansara

▌「불명예스러운 행위(Conduct Unbecoming, 1975, 영국, 107분)」, 감/Michael Anderson, 출/Michael York, Richard Attenborough, Trevor Howard, Stacy Keach, Susannah York, Christopher Plummer

▌「친구와 연인(Friends and Lovers, 1931, 미국, 68분)」, 감/Victor Schertzinger, 출/Adolph Menjou, Laurence Olivier, Lili Damita, Erich von Stroheim, Hugh Herbert

▌「칸다하르의 산적(The Brigand of Kandahar, 1965, 영국, 81분)」, 감/John Gilling, 출/Ronald Lewis, Oliver Reed, Duncan Lamont, Yvonne Romain

▌「카이버 순찰대(Khyber Patrol, 1954, 미국, 71분)」, 감/Seymour Friedman, 출/Richard Egan, Dawn Addams, Patric Knowles, Raymond Burr

▌「명예로운 행군(Rogue's March, 1952, 미국, 84분)」, 감/Allan Davis, 출/Peter Lawford, Richard Greene, Janice Rule, Leo G. Carroll

▌「암흑의 대지(The Deceivers, 1988, 영국-인도, 112분)」, 감/Nicholas Meyer, 출/Pierce Brosnan, Saeed Jaffrey, Shashi Kapoor, Helena Mitchell, Keith Mitchell, David Robb

▌「기나긴 대결(The Long Duel, 1967, 영국, 115분)」, 감/Ken Annakin, 출/Yul Brynner, Trevor Howard, Harry Andrews, Andrew Keir, Charlotte Rampling

▮「카심(The Bandit of Zhobe, 1959, 영국, 80분)」, 감/John Gilling, 출/Victor Mature, Anthony Newley, Norman Wooland, Anne Aubrey, Walter Gotell, Sean Kelly

▮「열사의 무(Zarak, 1957, 영국, 99분)」, 감/Terence Young, 출/Victor Mature, Michael Wilding, Anita Ekberg, Bernard Miles, Finlay Currie

▮「봄베이의 살인자(The Stranglers of Bombay, 1960, 영국, 81분)」, 감/Terence Fisher, 출/Andrew Cruickshank, Marne Maitland, Guy Rolfe, Paul Stassino, Jan Holden

▮「검은 정글의 비밀(Mystery of the Black Jungle 또는 The Balck Devils of Kali, 1956, 독일, 72분)」, 감/Ralph Murphy, 출/Lex Barker, Jane Maxwell, Luigi Tosi, Paul Muller

▮「사바카(Sabaka, 1953, 미국, 81분)」, 감/Frank Ferrin, 출/Nino Marcel, Boris Karloff, Lou Krugman, Reginald Denny, Victor Jory, June Foray, Jay Novello, Lisa Howard, Peter Coe

▮「케너(Kenner, 1969, 미국, 92분)」, 감/Steve Sekely, 출/Jim Brown, Madlyn Rhue, Robert Coote, Ricky Cordell, Charles Horvath

▮「봄베이의 막차(Last Train From Bombay, 1952, 미국, 72분)」, 감/Fred F. Sears, 출/Jon Hall, Christine Larson, Lisa Ferraday, Douglas Kennedy

▮「봄베이에서 만나다(They Met in Bombay, 1941, 미국, 93분)」, 감/Clarence Brown, 출/Clark Gable, Rosalind Russell, Peter Lorre, Jessie Ralph, Reginald Owen, Eduardo Ciannelli, (Alan Ladd)

▮「캘커타(Calcutta, 1947, 미국, 83분)」, 감/John Farrow, 출/Alan Ladd, Gail Russell, William Bendix, June Duprez, Lowell Gilmore

▮「풍운의 땅(Thunder in the East, 1953, 미국, 98분)」, 감/Charles Vidor, 출/Alan Ladd, Deborah Kerr, Charles Boyer, Corinne Calvet, Cecil Kellaway, John Williams

▮「캘커타의 정열(Flame of Calcutta, 1953, 미국, 70분)」, 감/Seymour Friedman, 출/Denise Darcel, Patric Knowles, Paul Cavanagh

▮「다이아몬 드 여왕(The Diamond Queen, 1953, 미국, 80분)」, 감/John Brahm, 출/Fernando Lamas, Arlene Dahl, Gilbert Roland, Michael Ansara

▮「장마(Monsoon, 1953, 미국, 79분)」, 감/Rodney Amateau, 출/Ursula Thiess, Diana Douglas, George Nader, Ellen Corby

▎「해리 블랙(Harry Black and the Tiger, 1958, 영국, 107분)」, 감/Hugo Fregonese, 출/Stewart Granger, Barbara Rush, Anthony Steel, I. S. Johar

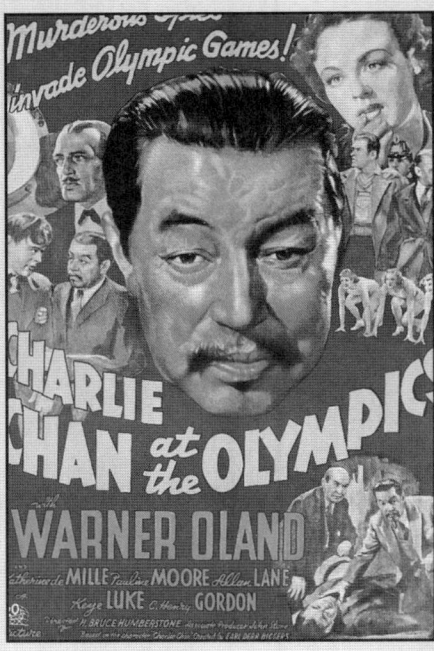

어수룩하면서도 민완한 추리력으로 맹활약을 벌이는 호
놀룰루 경찰의 중국계 찰리 챤(Charlie Chan) 형사는
헐리우드에서 가장 잘 알려진 "동양인의 전형(an
Oriental stereotype)"이었다.

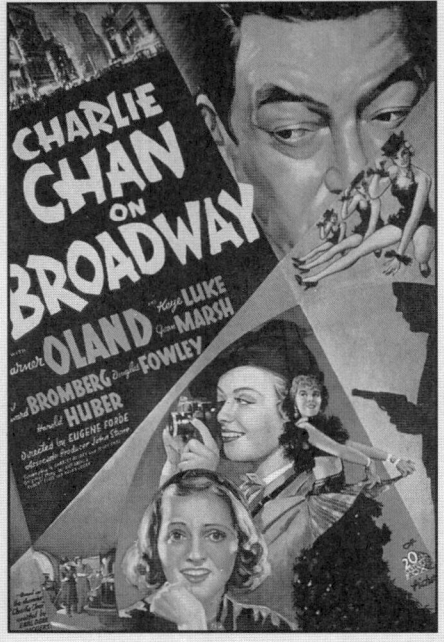

인도의 풍경화, 인도의 인물화

    꼭 식민지가 아니더라도 '동양'을 무대로 한 서양 영화를 보면 20세기 중반을 훨씬 넘어서까지도 "야만적인 원주민 깔보기"와 더불어 "이상한 나라 탐방"이라는 시각이 상당히 큰 비중을 차지했었다.

    말론 브란도가 「8·15의 찻집(The Teahouse of the August Moon, 1956)」에서 그려낸 게다 신은 일본인은 물론이요, 워너 올랜드(Warner Oland)로부터 시작하여 시드니 톨러(Sidney Toler)를 거쳐 J. 캐롤 네이슈(Carrol Naish)와 피터 우스티노프에 이르기까지 여러 서양 배우들이 그 역을 맡았던 중국인 탐정 찰리 찬(Charlie Chan), 그리고 수많은 다른 영화에서 특징도 없고 무표정한 얼굴(deadpan)이 증명사진처럼 알려진 허화적인 동양인의 모습은 헐리우드의 흑인과 인디언 깔보기 못지않게 흔한 일이었다. 이것도 역시 수정주의의 등장과 더불어 많이 개선되었는데, "이상한 나라 탐방"의 시각이라면 동양인으로서는 원주민 깔보기에 대해서처럼 무작정 반발만 할 노릇은 아닌 듯싶다.

    신기한 구경거리로서 서양 영화에 그려지는 동양의 모습은 물론 깔보기 시각에서라면 난처한 일이지만, 제대로 다루면 나름대로의 문화적인 가치를 지닌다. 이것은 마크 트웨인 같은 작가가 노골적으로 활용했던 문학의 한 기법인 향토색(local color)으로서, 비록 우리나라에서는 뒤틀린 정치 풍토 때문에 '지방색'이라면 악덕으로 분류되는 실정이지만, 어느 지방이나 나라의 특성이 영화에서는 높은 가치를 지니는 자산이 되기 때문이다. 우리나라의 영화를 국제화하고 우리 작품을 해외로 소개하고 싶어하면서도 우리들의 지방색이나 향토색, 그러니까 한국적인 특징은 별로 살리지 못하고 헐리우드 영화, 일본 영화, 중국 영화를 흉내내기에 훨씬 열심인 한국의 현실에서는 향토색 개발에 보다 진지하게 임해야 하지 않나 하는 생각까지도 든다.

인도를 배경으로 삼았거나 그곳에서 만들어진 영화들 가운데 서양인이 이해하고 받아들이기 좋게끔 향토색을 잘 가꾼 작품의 예를 들자면 단연 「강」이 아닐까 싶다. 프랑스인 감독에 영국 여성 작가의 소설이 원작임에도 불구하고, 이 영화가 제국주의 정복의 틀과 시각을 벗어난 좋은 영화로서 크게 국제적인 성공을 거두었던 까닭은 다국적 요소가 섞였음에도 불구하고 분명히 "이것은 인도의 영화다"라고 할 만한 특징이 보이기 때문이다.

산문적인 해설을 따라 벵골의 풍습과 풍경, 그리고 그곳의 사람들이 살아가는 방식이 힌두교의 등불 축제, 원숭이 사냥, 꽃, 북어처럼 야윈 나무 밑의 성자 그리고 "나뭇잎이 연못에 떨어지는 이유"와 같은 화두(話頭)를 촬영기의 눈과 귀가 차근차근 정돈하는 가운데, 서투른 동양 신비주의를 벗어나 인도 문화에

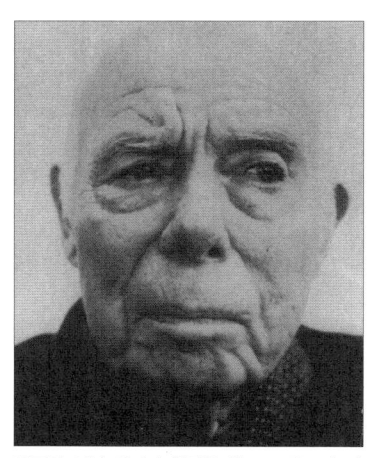

영국의 여성 작가가 원작을 썼고 프랑스의 장 르누아르(사진)가 감독한 「강」은 비록 인도 사람들 자신이 만들지는 않았지만, 토속성과 향토색의 문화에 신경을 많이 쓴 작품이었다.

대한 이해가 도모되는 덕택이겠다.

「강」이 이상한 나라 탐방의 경계선을 건너가는 또 한 가지 까닭으로는 원작이 지니는 문학적 보편성으로서, 지리적 또는 시간적 제한을 받지 않기 때문에 국적조차 장애가 되지 않는 주제를 꼽아야 되겠다. 장터의 분위기조차도 아름다워 보이는 한 폭 한 폭의 장면이 저마다 풍경화 같은데, 미신과 종교와 음악의 사이로 어느 영국인 가족의 얘기가 「푸른 화원(Little Women)」처럼 펼쳐진다.

현관의 신발털이를 만드는 삼을 생산하는 공장의 주인이어서, 제법 부유한 영국인 부부는 다섯 딸과 어린 아들을 두었으며, 해리어트(Harriet)와 발레리(Valerie)는 이미 성장의 고통을 맛보기 시작하는 나이이다. 정복의 전쟁에 나가 "비현실적인 흥분 상태"에서 부상을 당해 한쪽 다리를 잃고 이제는 후회의 삶을 살아가는 존 대위가 옆 집에 찾아오자 다른 이웃의 혼혈아 멜라니(Melanie)까지 얽히면서, 세 처녀는 염세적인 전쟁 영웅을 흠모하며 맴돌고, 영화의 화자이며 시인이 되고 싶은 해리어트는 "남자가 되어 코르세트를 벗어 버리고 모험을 떠나고 싶어"하다가 결국 "성장하는 게 이렇게 아픈 줄은 몰랐어요"라고 고백한다. 그리고 이들 모두의 모습은 저마다 하나의 인성적인 인물화를 만든다.

"인도라는 나라가 우리에게는 축복"이라고 했던 사춘기의 세 백인 및 혼혈 처녀는 코브라에 물려 죽는 남동생과 다시 떠나가는 존 대위를 겪은 다음 "강물은 흐르고 하나의 끝은

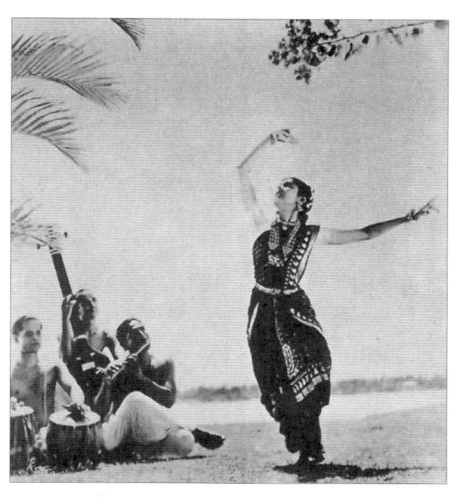

르누아르의 「강」은 인도의 삶 못지않게 예술적인 측면도 열심히 화면에 담았다.

또 다른 시작을 부른다"는 깨달음으로 성숙한다. "명상은 중노동"이라던 존 아저씨에게서 "많은 걸 가지려면 더하기보다는 빼기를 잘 해야 한다"는 지혜를 배우면서.

「강」의 원작자인 루머 고든(Rumer Godden, 1907~98)은 러디아드 키플링이나 마찬가지로 그녀가 성장한 나라 인도를 무대로 삼았으며 어린 주인공을 내세운 아동 소설을 많이 썼는데,『니콜리데스 댁에서의 아침 식사(Breakfast with the Nikolides, 1942)』와『참새들의 일화(An Episode of Sparrows, 1955)』그리고『그린게이지의 여름(The Greengage Summer, 1958)』이 이런 계열에 속한다.

두 동생과 함께 '대륙'에서 발이 묶인 아가씨가 정사의 고통을 겪으면서 여인으로 성장한다는 줄거리를 담은『그린게이지의 여름』은

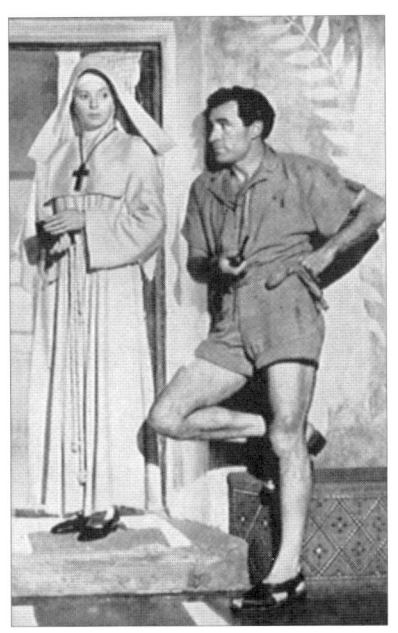

「흑수선」에서 딘(오른쪽, David Farrar)은 서양 수녀들의 정신세계가 결국 히말라야의 정신을 이기지 못하리라고 예언한다.

007 감독으로도 널리 알려진 루이스 길버트가 영화로 만들었다가 나중에「잃어버린 순결」이라는 다분히 통속적인 제목으로 바꿔 달기도 했다.

그녀의 첫 성공작인「흑수선(1939)」역시 인도가 지리적인 무대이다. 캘커타의 수녀회(Convent of the Order of the Servants of Mary, Calcutta)에서 분원장으로 임명을 받은 영국 수녀 클로다(Sister Clodagh)는 다섯 명의 동료와 함께 히말라야 산중 해발 2천4백 미터의 절벽 꼭대기에 위치한 모푸 궁전(the Palace of Mopu)으로 찾아 올라가서 그곳 주민들을 대상으로 의료 봉사를 하고 교육 활동도 겸하여 선교 기지를 마련하려고 한다.

바람소리와 원주민의 북소리가 스산하기 짝이 없어서 유형지나 마찬가지인 고적한 그곳에서 외로움과의 싸움을 끝내 견디지 못해서 필리파(Philippa) 수녀는 채소밭에 꽃을 대신 심으며 두 손이 부르트도록 열심히 일에 몰두하려 해도 "이곳 공기에는 영혼을 자극하는 이상한 기운이 감도는" 산에 마음을 붙이지 못하고, 허니(Honey) 수녀는 정신적 불안정에 불면증으로 시달리다가 결국 캘커타에서 몰래 주문해 온 사복을 갈아입고 탈출을 기도하며, 클로다까지도 의욕을 상실하고는 모두 그곳을 떠나고 만다.

그곳에 정착하여 원주민처럼 동화되어 신성모독을 일삼고 욕구불만이 가득한 딘(Dean)이 경고했던 대로, 수녀들이 치료한 마을 아이 하나가 죽은 다음 수녀들은 배척을 당하고 하산하는데, 그들이 하얀 비바람 속으로 사라지는 마지막 장면은 영국 정부로부터 세 차례나 작위를 받고 유럽 언어 몇 가지를 유창하게 구사하면서도 세상을 등지고 바위에 올라앉아 침묵의 명상을 밤낮으로 계속하는 신비한 성자의 모습과 더불어, 단순한 서양의 행동적 문화로는 동양의 정신 문화와 사상을 정복하고 흡수하기가 얼마나 어려운지를 참으로 잘 상징하는 장면이다.

산과 수도자(동양)는 이토록 불변한데, 클로다 수녀(서양)는 과거에 대한 잡념에 자주 몰입하는 나약한 모습이 무척이나 신경에 거슬렸던지, 미국에서는 회상 장면이 모두 검열에서 삭제되었다고 한다.

「흑수선」은 여러 등장인물의 묘사가

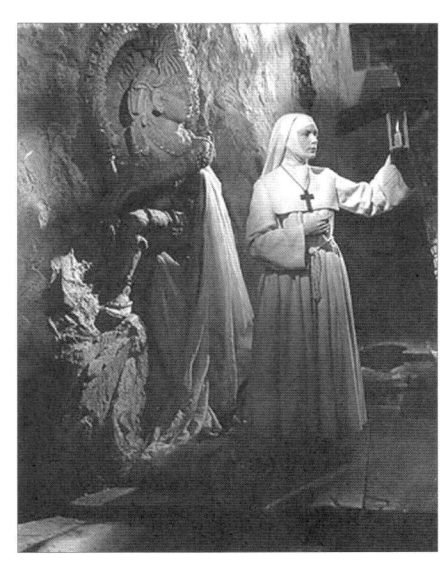

클로다 수녀는 산골 마을에 영혼의 빛을 밝히려 하지만, 자신의 내면에서는 갈등의 어둠이 소멸하지를 않는다.

뛰어난 작품이기도 하며, 특히 손수건의 향기와 공작새 같은 행태로 '흑수선'이라는 별명이 붙은 원주민 장군 사부와 그를 흠모하는 진 시몬스가 볼 만하다. 요즈음 '뚫기'를 좋아하는 젊은이들처럼 귀와 코와 온몸에 장식품을 줄줄이 매달고 파키스탄 자동차처럼 알록달록한 모습의 진 시몬스를 「성의」 이후의 모습과 비교해 보면 퍽 재미있다.

그러나 뭐니뭐니 해도 「흑수선」은 지금까지도 색채영화의 대표적인 고전으로 유명하며, 여기에서 아카데미 촬영상을 받은 카디프 (Jack Cardiff, 1914~)의 대표작으로도 꼽히는데, 벼랑 위의 종루와 히말라야의 파란 풍경과 봄철의 산꽃과 "눈꽃피는 날"의 여명과 구름 속으로 사라지는 하늘의 궁전 등등, 틀에 넣을 만한 '작품' 수준의 풍경화가 계속해서 화면 위에 펼쳐진다.

특히 흰 수녀복의 클로다 수녀와 검정 사복의 허니가 촛불을 가운데 놓고 마주 앉아서 영혼의 대결을 벌이는 장면은 압권이다. 그리고 허니 수녀가 졸도하는 순간의 색채 처리는 훗날 카디프가 연출에다 촬영 감독까지 겸한 영화 「그대 품에 다시 한 번(La Motocyclette 또는 Girl on a Motorcycle, 1969)」에서 지나칠 정도로 실험을 하게 되는 모

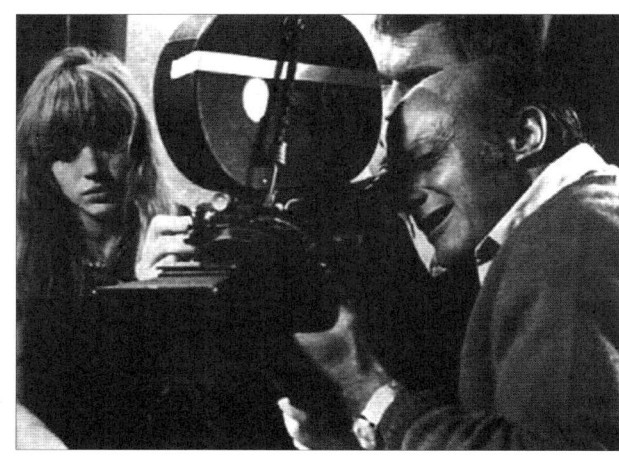

세계적인 촬영감독 잭 카디프는 「그대 품에 다시 한 번」을 연출하면서 자양한 색채 효과를 실험한다.

노크롬(monochrome) 기법으로 이어진다.

이밖에도 루머 고든 원작으로 만든 영화를 찾아보면 연애를 하는 젊은 조카딸을 지켜보면서 자신의 슬펐던 사랑을 주인공이 회상하는 눈물겨운 이야기 「매혹」, 그리고 여주인공이 홀아비와의 사랑을 계속하기 위해 이탈리아로 도망가서는 두 사람의 자식들로부터 괴로움을 당하는 「빌라 휘오리따의 대결」이 있다.

독일의 프릿츠 랑도 조국으로 다시 돌아간 다음, 「강」을 만든 프랑스의 장 르누아르처럼, 인도 영화를 만들었다. 「강」에는 여주인공 해리어트가 인도의 설화를 흉내내어 지어낸 공주 얘기가 상당히 길게 삽입되는데, 이것은 인도 영화의 한 가지 두드러진 특징이며, 동양적인 인상의 미국 여배우 데브라 파제트를 주연시킨 프릿츠 랑의 영화 「벵골 호랑이」에서도 이런 설화적 요소가 강하다.

비열한 군주(maharajah)가 욕심을 내는 아름다운 무희가 건축사를 사랑하여 삼각관계를 이루고, 혁명 얘기도 배경에 깔린 이 영화는 인도의 동양적 신비주의에 심취했던 랑 감독의 활동 초기 영웅서사시적 취향이 되살아난 인상을 주기는 하지만, 지나치게 회화적이고 색채가 화려해서 오히려 흑백시대의 작품들이 아쉽다는 기분조차 든다.

「벵골 호랑이」만 해도 동양의 정적인 흐름처럼 느리기만 한데, 이듬해에는 사랑하는 두 연인이 군주로부터 도망치다가 전설적인 종말을 맞는 「인도의 무덤」이라는 속편도 나왔으며, 결국 두 영화는 나중에 「잃어버린 도시로 가는 길(Journey to the Lost City)」이라는 제

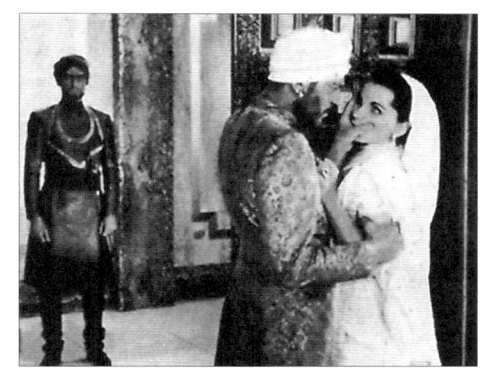

「벵골 호랑이」는 프릿츠 랑이 만든 인도 영화인데, 전설 속으로 너무 침몰하는 바람에 르누아르의 「강」만큼 예술성을 담아내지는 못했다.

목으로 95분짜리 영화가 되었다.

인도를 무대로 한 노골적인 예술영화 「인디아 송(인도 노래)」은 영화가 아니라 활인화(活人畵, tableaux vivant) 같은 특수한 시각 경험을 제공한다. "살아 움직이는 사람이 만들어내는 그림"이라는 뜻의 활인화는 무대에서 사람들이 적절한 의상을 걸치고 어떤 장면을 연출해서 한참씩 포즈를 취하는 예술 형식으로서, 해설을 위한 노래를 곁들인다.

열일곱 살에 임신하고 집에서 쫓겨나 버마로부터 흘러온 미친 여자의 넋두리가 멀리 어디선가 들려 오면서 시작하는 「인도 노래」에서는 등장인물들이 한 마디도 대사를 말하지 않고, 유령이나 몽유병자처럼, 금붕어처럼 천천히 이리저리 걸어다니기만 한다. 마르그리뜨 뒤라스를 포함한 몇 사람의 목소리가 해설을 맡고, 대화가 꼭 필요할 때도 타인들이 화면 밖에서 대신 얘기를 주고받는다.

영화의 많은 부분이 풍경화나 정물화처럼 아예 한참 동안 사람은 나타나지도 않고 아무런 움직임도 없으며, 사람이 나타나더라도 고대 희곡에서처럼 독백성 대화만 나온다. 근접 촬영(close-up)도 거의 없고 실제 모습과 거울에 비친 모습이 반복되거나 겹쳐서 비현실감이 심한데, 대단히 더디게 진행되는 장면들은 시화(詩畵)를 연상시키고,

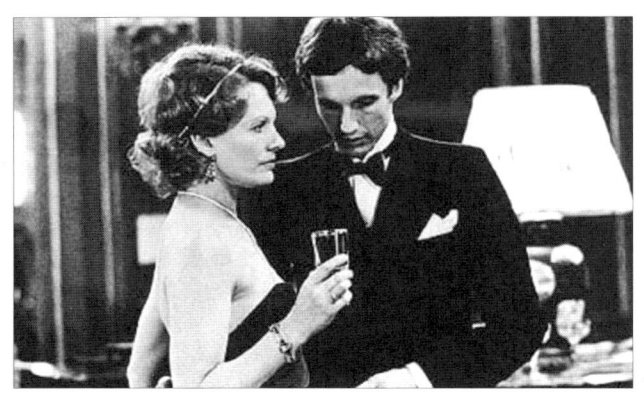

「인도 노래」는 영화라기보다 해설을 낭송하는 활인화에 가깝다.

해설 대화 또한 그런 분위기이다.

"무도회에는 사랑이 넘쳤어요. 욕망도 넘치고요."

"나는 당신을 사랑해요. 아무것도 보이지 않고, 아무것도 들리지 않을 정도로요."

"유일한 해결책은 꼼짝도 하지 않고 피의 흐름을 늦추는 것이죠."

"유럽인들이 자살하는 까닭은 고통이 없기 때문예요. 어둠이 깔리면 근심없는 서구인들이 죄책감에 빠집니다."

"만남이 불가능한 삶은 죽음입니다."

그리고 선문답(禪問答)도 나온다.

문/갑작스러운 이 죽음의 냄새는?

답/향(香)이에요.

문/꽃 냄새가 나요.

답/문둥병 환자의 냄새예요.

문/고통스러워하는 건 아니겠죠?

답/이건 마음의 문둥병(le lèpre de cœur)입니다.

그리고 '문둥병'은 처음부터 끝까지 「인도 노래」를 관통하는 집요한 화두이다.

납처럼 검푸른 강물, 어두운 보랏빛의 무더위, 메콩 강의 붉은 흙탕, 6 개월 동안 햇빛을 피해 밤에만 외출해서 하얘진 여인, 빈 방의 피아노 위에서 끝없이 피어오르는 연기, 영원한 더위에 적응을 못해서 시원한 비라도 한바탕 쏟아지기를 한없이 기다리며 힘들어하는 사람들, "문명세계에서 동떨어진" 인도를 '문둥병'에 비유한 이 영화에서는 거울이 이쪽만 비쳐 보이기 때문에 벽 뒤에서 무슨 일이 벌어지는지를 알지 못하고, 책을 읽거나 잠을 자며 주말을 보내고, 사람들은 죽을 정도로 괴로운 권태감에 빠진다.

캘커타 주재 프랑스 대사의 부인 안느 마리 스트레떼르는 17 년을 동양에서 보냈어도 적응이 되지 않고, 너무나 심심해서 사랑말고는 할일이 없다. 1937년 9월, 상하이 폭격에 이어 중국과 일본이 전쟁 중이고, 에스파냐도 내전의 와중이고, 삶에 대한 무관심 때문에 이유도 없이 죽고 싶은 안느는 그녀를 원하는 주변의 모든 남자를 애인으로 만들고, 남편은 사냥 여행을 떠나면서 아내와 애인들이 '섬'에서 같이 지내도록 기회를 만들어 주고 네팔에서 꽃다발을 보내기도 한다.

현재 젊은 영국인 외교관보 마이클 리처드슨과 정사를 진행 중인 안느에게 새로 접근하는 라호르(Lahore)의 부영사는 발작을 일으켜 광장의 '문둥이'들에게 총질을 하고, 관저에서 거울에 비친 자신의 모습에도 총을 쏘아댔던 남자이며, 안느하고는 허름한 호텔방에서 동반 자살을 하려다 실패한다.

"신화와 역사의 건널목"(185~6쪽)에서 이미 소개했던 「지브롤터에서 온 뱃사람(Le Marin de Gibraltar, 영어 제목 The Sailor From Gibraltar, 1967)」과 「해벽(海壁, The Sea Wall 또는 This Angry Age, 1958)」의 원작자이며 「인도 노래」의 감독을 맡았던 마르그리뜨 뒤라스는 소설가이면서도 영화작가로 더 유명한 프랑스 여성으로서, 1914년 프랑스 식민지였던 인도지나(베트남)의 쟈딘(Giadinh)에서 태어나 17살 때 소르본느에 입학해서 법률, 수학, 정치학을 공부했다. 1930년대를 출판사와 식민성(植民省)에서 근무하며 보낸 그녀는 첫 소설 『철면피(Les Impudents, 1943)』를 발표한 후 1952년까지 처음에는 신사실주의적인 작품을 쓰다가 추상적인 심리소설로 전환했으며, 묘사나 구성보다는 청신하고 함축적인 문체로 인간의 내면을 탐구하는 작품을 썼다.

독특한 미학적 신념에 따라 실험적인 기법을 시도하는 작품의 성격상 알랭 로브-그리예(Alain Robbe-Grillet) 등과 함께 '반소설(反小說, anti-novel 또는 新小說, nouveau roman)' 작가로 분류되기도 하지만, 뒤라스는 1970년 봄 참여문학을 지지한다는 선언과 함께, 문학과 정치를 동등하게 중시하는 입장을 취했다.

『해벽』과 1991년 영화로 만들어 프랑스에서 대성공을 거둔 『연인(L'Amant, 1985)』 등 십여 권의 소설을 발표한 그녀는 스탈린 시대 1945년부터 공산당에서 활동하다가 1955년 축출된 경험을 살려 반정치 반공 소설 『아반 사바나 데이비드 (Abahn Sabana David, 1970)』를 발표했으며, 「인도 노래」와 분위기나 구조가 대단히 비슷한 「내 사랑 히로시마(Hiroshima Mon Amour, 1959)」의 각본으로 영화 쪽에서 주목을 받았다.

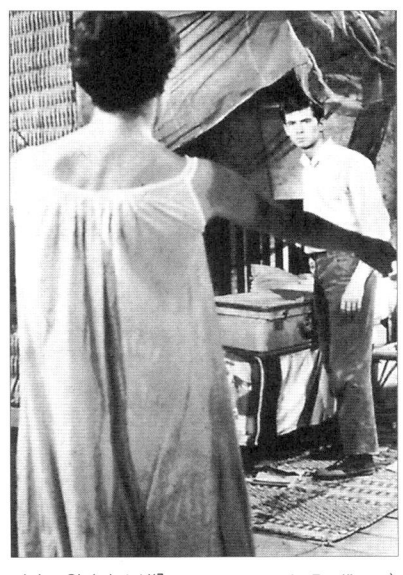

뒤라스 원작의 소설(『Barrage contre le Pacifique』) 을 르네 끌레망 감독이 영화로 만든 「해벽(본디 제목 La diga sul Pacifico)」은 가족의 무관심 속에서 인도지나의 논을 지키기 위해 투쟁하는 여인의 모습을 그렸다. 어윈 쇼(Irwin Shaw)가 각본을 썼다.

"영화 삼국지"에서 보다 자세히 소개하게 될 「내 사랑 히로시마」에서는 프랑스 여배우가 일본 남자와 불륜의 사랑을 더디고도 침울하게 즐기지만, 자전적인 소설을 원작으로 삼아 만든 「연인」의 주인공인 16살 난 프랑스 여자는 1929년 인도지나에서 나이가 훨씬 많은 중국인과의 관계를 통해서 성에 눈을 뜬다. 두 영화 모두 어쩐지 친한 사람의 침실을 몰래 엿보는 듯 조금쯤은 민망한 기분이 들게 만든다.

너무나 빤할 정도로 자전적인 내용이어서 때로는 독자와 관객이 오히려 무안해질 정도인 「연인」은 「해벽」이나 마찬가지로 뒤라스가 성장기를 보낸 인도지나(베트남)가 지리적인 배경인데, 여기에서는 정복자인 프랑스와 식민지였던 동양의 입장이나 역할이 정반대로 뒤바뀐다. 동서양 남녀의 만남이 이루어지는 대부분의 서양 영화에서는 서양의 남자(대부분 미국인)가 「남태평양」이나 「수지 윙의 세계(The

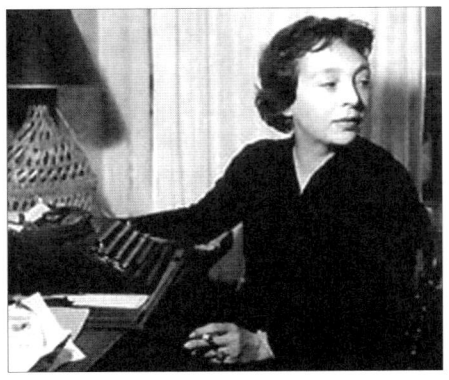
인도지나에서 성장기를 보낸 프랑스의 여성 작가 뒤라스의 작품에서는 동양 남성에 대한 갈망이 드러난다.

World of Suzie Wong)」 또는 「사요나라(Sayonara)」에서처럼 동양 여자와 "출장중의 성적인 모험"을 잠시 즐긴 다음 떠나 버리는 공식이 과거의 오랜 전통이었다. 하지만 「연인」에서는 방학을 가족과 함께 보낸 다음 여주인공이 빈롱(Vinh Long)을 출발하여 사이공으로 가는 배를 탄 다음, 먼저 접근하는 사람이 중국계 동양 남자이다.

여자보다 나이가 꼭 두 배(32살)인 동양 남자는 사이공 재벌의 상속자이며, 빠리에서 경영학을 공부한 상류층으로서, 정혼해 놓은 여자도 따로 있다. 그러나 여자는, 아버지가 사업에 실패한 다음 자살을 했고, 교사인 어머니가 근근히 생활을 꾸려가며, 아편쟁이 오빠는 어머니의 장롱에서 돈이나 훔쳐내는 골칫거리로 설정된 배경의 소유자이다. 이렇게 균형이 맞지 않는 남녀이지만, 육체적인 쾌락에서 그들은 헤어나지를 못한다. 하지만 결국 동양 남자는 미래의 삶을 위해 아버지의 충고를 받아들여 "프랑스의 어린 창녀"를 버리게 된다.

소설가, 극작가, 영화감독으로서 행동반경이 넓게 중첩된 관계로 마르그리뜨 뒤라스는 자신이 쓴 소설로 희곡이나 영화를 만들고, 영화를 소설로 엮기도 하면서, 여러 작품을 끊임없이 서로 연결한다. 예를 들어 「갠지스 강의 여인(La Femme du Ganges, 영어 제목 Woman of the Ganges, 1974)」은 『롤 V. 슈타인의 환희(Le Ravissement de Lol V. Stein,

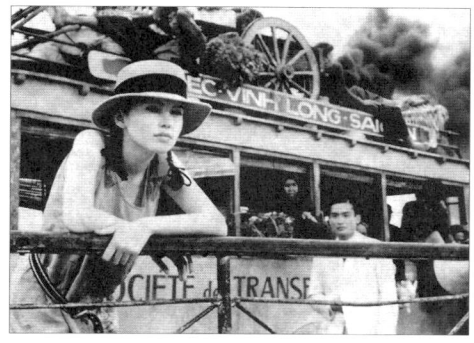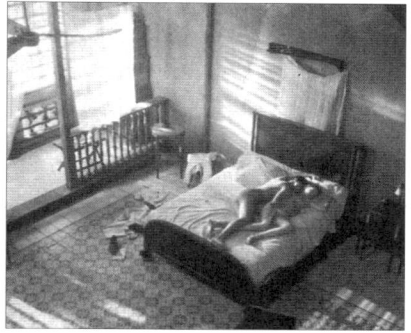

「연인」에서는 서양의 백색 정복자와 동양 식민지의 피지배자가 역할을 바꾼다. 사이공으로 가는 배(왼쪽)에서 먼저 접근하는 사람은 동양 남자이고, 무책임하게 육체관계를 즐긴 다음(오른쪽) 버림을 받는 사람은 서양 여자이다.

1964)』, 『부영사(Le Vice−Consul, 1964)』 그리고 『사랑(L'Amour, 1970)』세 편의 소설을 한 편의 영화로 엮어 놓은 작품이며, 「인도 노래」는「부영사」의 등장인물들을 다시 등장시켜 희곡으로 먼저 만들었다가영상화되었고, 영화 「인도 노래」의 '해설'은 1977년 영화 「캘커타 사막의 베네치아라는 이름(Son Nom de Venise dans Calcutta desert)」의모체가 되었다.

작품간의 복합적인 연결성은 직선적인 줄거리를 제시하기보다는여러 상황만을 통해서, 「인도 노래」에서도 그렇듯이, 관객으로 하여금스스로 서술체(narrative)를 찾아내게끔 만들고, 이런 뒤라스의 실험정신은 「화물차(Le Camion, 1977)」에서도 특이한 체험을 제공한다. 두명의 등장인물(Gerard Depardieu와 Duras)은 방에 앉아서 짐차 운전사(Depardieu)와 차를 얻어탄 여자(Duras)는 주인공으로 삼아 만들게 될영화에 관해 1 시간 20 분 동안 얘기를 나누고, 그들이 만들게 될 영화가 여기저기 삽입된다.

영상 못지않게 수사학이 중요하게 여겨지는 그녀의 영화 화법은 시적이면서도 여성적이며, 뒤라스는 그런 언어에 대해서 작가로서의 입장을 이렇게 밝혔다.

"미래는 여성의 것입니다. 남성들은 왕좌에서 물러났습니다. 그들의 수사학은 고루하고, 맥이 빠졌으니까요. 우리는 생명체 속에 닻을 내린 여성의 수사학으로 나아가야 합니다."

찾아보기 ●--

Dobtcheff, Didier Flamand, Claude Juan, 해설/Stasinh Manila, Nicole Hiss, Monique Simonet, Vivian Forester, Dionys Mascolo, Marguerite Duras

▌「연인(L'Amant, 영어 제목 The Lover, 1991, 프랑스, 110분)」, 감/Jean-Jacques Annaud, 출/Jane March, Tony Leung, Frédérique Meininger, Arnaud Giovaninetti, Melvil Poupaud, Lisa Faulkner, Xiem Mang, 해설/Jeanne Moreau

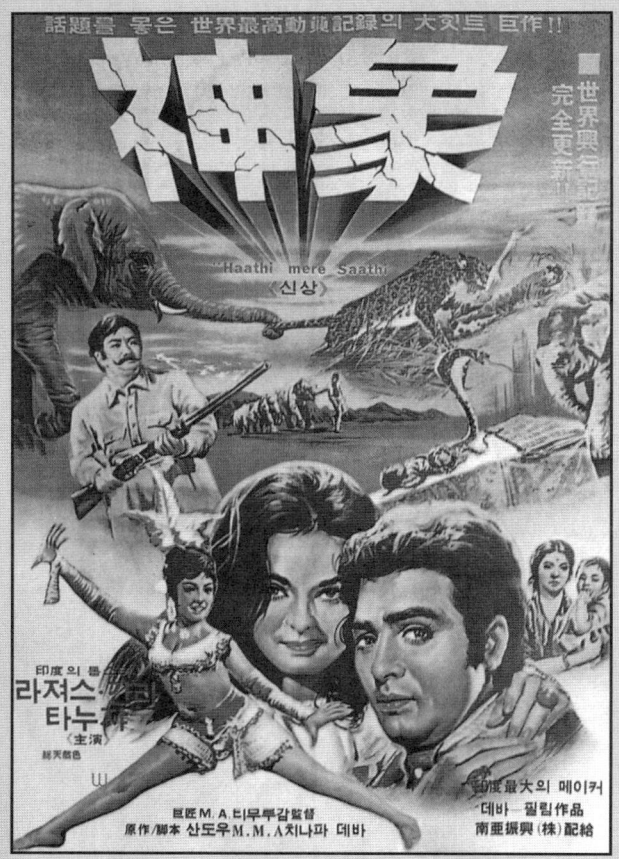

인도의 영화 산업은 제작 편수와 소비 규모에 있어서 헐리우드에 별로 뒤지지
않는다. 하지만 우리나라에는 여태까지 「신상」을 포함해서 지극히 소수의 인도
영화만이 수입되었다. 인도 영화가 자국 내의 관객만으로도 생존이 가능했기
때문에 그만큼 국제성을 갖추는 데 소홀했기 때문이었다.

인도가 만든 영화

인도는 현재 매년 9백여 편의 영화를 만들어내는 세계 최대 규모의
영화 산업 국가로 널리 알려졌지만, 대부분 엄청난 인구가 뒷받침하는
국내 시장을 대상으로 해서, 「신상(神象)」을 포함한 극소수의 작품만
이 우리나라에 소개되었다. 대단한 소비시장을 확보했으면서도 인도
영화가 국제적인 수준에 미치지 못하는 데는 그럴 만한 까닭이 있다.

많은 조잡한 통속극은 「강」의 삽입극이나, 태국을 무대로 한 「왕과
나」의 토속화한 「톰 아저씨의 오두막」 장면, 그리고 프릿츠 랑의 2부
작 인도 영화에서 춤추는 장면처럼, 줄거리의 전개나 삽입의 당위성을
고려하지 않고 즉흥적으로, 노래 따위 '구경거리'를 한참 집어넣는 경
향을 보인다. 물론 서양에도 오페라와 발레 그리고 미국의 뮤지컬 음
악극이 있기는 하나, 춤과 노래는 서술체에 밀접한 연관을 갖기가 보
통이다. 그러나 인도에서는 삽입된 노래가 마치 독립된 작품으로 간주
되기가 십상이며, 우리는 그러한 대표적인 예를 텔레비전으로 소개된
「춤추는 무뚜(Muthu, 1995, 감/ K. S. 라비크마르)」를 통해서도 확인했었

다. 이렇듯 국내 관객의 기호에 치중하다 보니 인도 영상 제품의 국제화에서는 어려움으로 작용하지 않았나 하는 짐작이 가능하다.

인도에서는 신화를 바탕으로 한 「하리시찬드라 왕(Raja Harishchandra, 1914)」이 최초의 극영화라고 알려졌으며, 사실주의 정착을 위한 노력은 독립 이후부터 본격적으로 국가 정책 차원에서 추진되었다. 1896년 이후 인도의 영화 산업은 봄베이, 캘커타, 마드라스 등의 여러 상업 극단과 파르시(Parsee) 극장이 주도했으며, 1920년대부터 주요 영화사들이 문을 열면서 신화, 역사, 민담, 환상을 버무려 그들이 만든 작품은 인기 배우 앞세우기(star system)뿐 아니라 전문적인 배급 체제를 도입하여 제2차 세계대전 이전에 이미 국내 영화 관객은 수입 영화 관객보다 훨씬 많아졌다. 이러한 국내 수요의 두드러진 확보는 인도 영화를 국제화해야 할 필요성을 그만큼 감소시킨 셈이다.

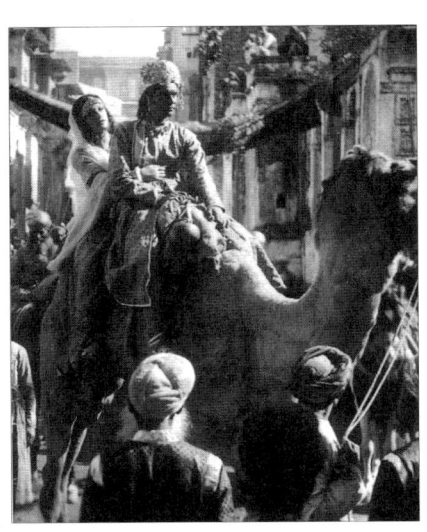

인도 영화는 인기배우 앞세우기 같은 헐리우드 산업의 공식을 받아들이기는 했지만, 신화와 역사와 민담이 서술체의 주종을 이루는 전통은 꾸준하게 지켜왔다. 사진은 봄베이 토키스에서 제작한 「주사위 던지기(A Throw of Dice, 1929)」의 한 장면

울부짖는 코끼리를 상표로 사용하면서 이 무렵 생겨난 신극장(新劇場, New Theaters Limited)의 첫 흥행작 「찬디다스(Chandidas)」는 힌두교 성직자의 삶을 그렸고, 이어서 벵골 지방의 소설을 영화로 만든 「데브다스(Devdas)」는 노래와 춤으로 이어지는 여흥거리에 불과했던 인도 영화에 본격적으로 극적인 상황을 도입하여 엄청난 성공을 거두었다.

1940년의 화재로 인한 손실을 회복하지 못하고 신극장은 1955년에 문을 닫지만, 1934년 히만 라이(Himan Rai)가 설립한 봄베이 토키스(Bombay Talkies)는 정치적인 논평 및 사회적인 감각, 신비로운 설화적 마력에 감미로운 음악을 배합하여 인도 상업 영화의 진정한 선구자가 되었는데, 봄베이 토키스가 1936년에 내놓은 「아츠후트 칸야(Achhut Kanya)」는 브라만 계급의 청년과 사랑에 빠진 천민 처녀의 비극적인 이야기를 다룬다.

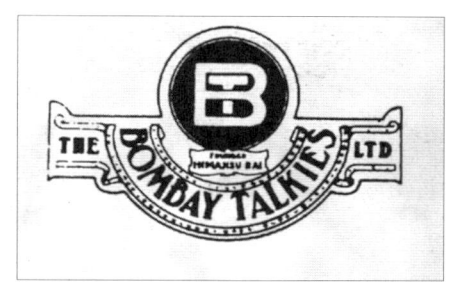

인도 영화 산업의 선구자 노릇을 한 봄베이 토키스 영화사의 표징(標徵, logo)

신분제도의 장벽과 종교의 편협함을 공격한 「아츠후트 칸야」에 이어 다음해에는 인도의 옛 서사시 「마하바라타(Mahabharata)」에서 인용한 신화적 내용을 가지고 힌두교의 가치관과 정서를 효과적으로 표출한 「사비트리(Savitri)」도 선보였다. 신분제도가 엄격한 인도에서도 영화는 '딴따라(marasi)'라는 의식이 팽배했지만, 이런 영화사들의 출현과 더불어 수많은 사람이 함께 모여 일하면서 적어도 영화계에서는 어느 정도 신분의 차별이 누그러지기도 했다.

우리나라에서 열심히 일본 영화를 베껴대던 식으로 헐리우드 영화를 읽어먹던 시대를 거쳐 1950∼60년대에는 인도 영화의 황금기가 찾아오는데, 1960년대 후반에 흔히 낭만적 사실주의로 해석되는 신 인도 영화 운동의 시작되면서 음리날 센(Mrinal Sen)의 『숌 선생(Bhuvan Shome, 1969)』과 훗날(1991년) 도스또예프스끼의 『백치』도 영화로 만들게 되는 마니 코울(Mani Kaul)의 「우스키 로티(Uski Roti, 1969)」를 비롯하여 쿠마르 샤하니(Kumar Shahani)의 전위영화가 등장했으며, 힌디어 영화의 애매한 범민족주의에 맞서 지방색 개발에 막대한 투자가 이루어지기도 했다. 힌디어 영화는 엉성한 서술 구조, 관객의 반응에 편승하려는 과장된 대화, 예식처럼 공식화한 연기에 지나치게 치우친 나머지, 등장인물의 심리 묘사나 촬영 기법의 원칙까지 무시하

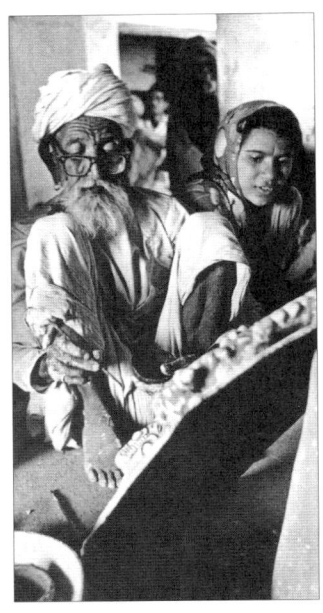
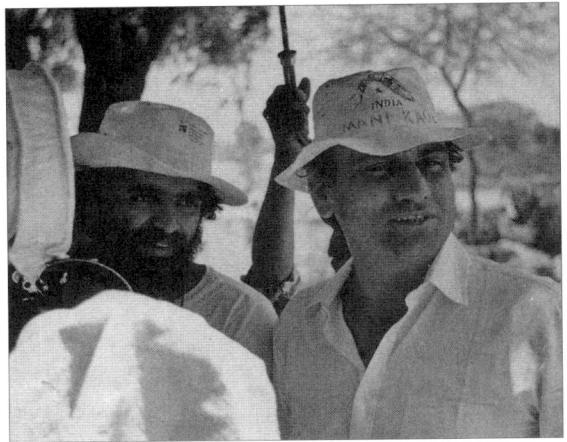

인도 영화의 전위에 섰던 마니 코울(오른쪽)이 도자기에 관한 기록영화 「흙의 정신(Mati Manas)」을 연출하고 있다. 오른쪽 사진에서 코울의 옆에 선 수염 난 남자는 촬영감독이고, 왼쪽 사진은 「흙의 정신」에 나오는 장면이다.

는 경우도 많았다.

  똑같이 오랫동안 영국의 식민 통치를 받았으면서도 완전히 국제화해 버린 홍콩 영화와 좋은 대조를 이루는 인도의 영화는 그들만의 인기 예술인도 만들어냈다. 람 라오(Ram Rao) 같은 연기자들은 그들이 맡아서 연기하는 신과 동일시되기도 할 정도로 엄청난 인기를 누렸으며, 1975년 인디라 간디의 긴급 조치를 유발한 농민과 노동자 계급의 정치 운동을 활용하면서도 그들 자신을 지켰던 영국형 '성난 젊은이(angry young man)'들은 아미타브 바크찬(Amitabh Bachchan)이라는 대형 배우를 탄생시켰고, 인도가 독립을 쟁취한 직후인 1948년 『인도 영화의 문제(What Is Wrong with Indian Films?)』라는 저서를 통해 영화의 기본적 사항인 시간성과 이동성을 파악하지 못하는 인도 영화를 비난했던 쇼티아지트 레이는 사실주의에 입각한 전개 방식을 바탕으로 한 미학을 구현했다.

화가이며 시인이었던 할아버지의 재능을 이어받고, 시성 타고르가 가끔 집에 드나들기도 했으며, 「강」을 촬영하러 인도로 왔던 장 르누아르 감독을 찾아가 심부름을 해주면서 많은 영향을 받아 다양한 예술적 경험을 쌓았다는 기록영화 작가 레이가 만든 첫 극영화는 50권이 넘는 저서를 남기며 엄청난 인기를 누린 벵골 소설가 비부티 바네르지(Bibhuti Bhusan Banerji, 1894~1950)의 최고 걸작으로 꼽히는 『길의 노래(Pather Panchali, 1928, 영어 제목 The Song of the Road, 1968)』를 영화로 만든 작품이다.

캘커타 북쪽의 작은 마을에서 가난에 찌들린 한 가족이 무능한 성직자 아버지가 집을 떠나 버린 다음 겪어야 하는 고통의 역사를 가혹하리만큼 사실적으로 그려낸 「길의 노래」는 인디르 아주머니의 얘기를 낙으로 삼고 기차에 얽힌 도회지의 꿈에 실려 살아가는 아들 아푸(Apu)와 누나 두르가(Durga)가 삶과 죽음을 배워 나가는 내용이다. 영화 「길의 노래」는 직업 배우 대신 어느 한 가족을 출연시키고 한국에서도 공연한 바 있는 샹카르(Ravi Shankar)의 음악을 담았으며, 소설의 속편 『아파르지토(1932)』 역시 아푸가 캘커타의 대학으로 유학을 떠날 때까지의 역정을 담은 「정복되지 않은 사람」 그리고 주인공 아푸가 작가로 성공하고 결혼하여 아버지가 되기까지의 슬프고도 시적인 내용으로 이어진 「아푸의 세계」로 다시 영화가 만들어져 '아푸 3 부작'을 이루었다.

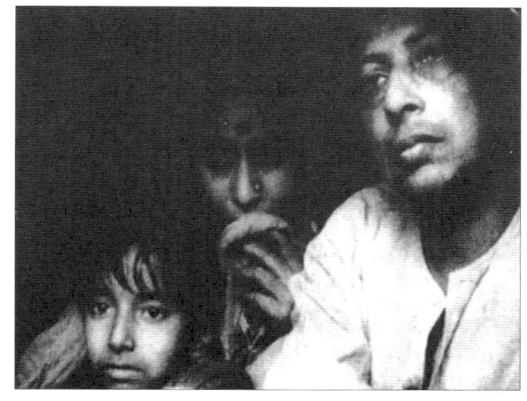

「강」을 촬영하러 인도를 찾은 장 르누아르 감독 밑에서 일했던 쇼티아지트 레이는 한 가족이 겪는 고통의 역사를 담은 서사시적 작품 「길의 노래」를 만들었다.

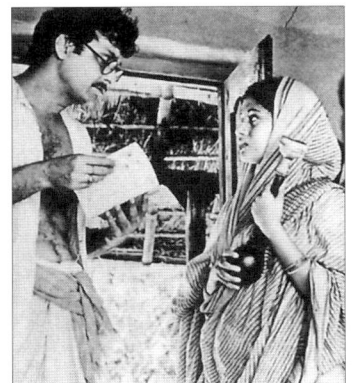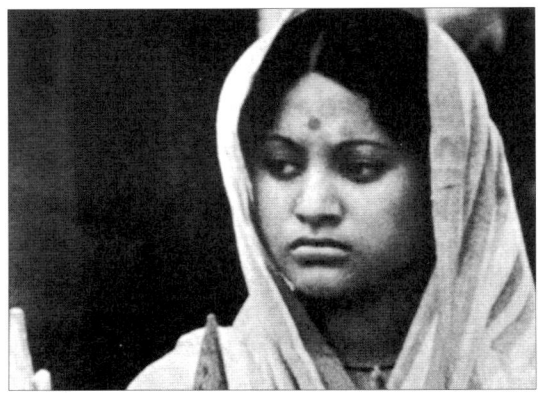

레이 감독의 「머나먼 천둥소리」는 인도 국민의 숙명적인 고난을 화면에 담아 베를린 영화제에서 대상을
받았다.

　수많은 종교 문화와 엄격한 신분제도에 여성 비하, 거기에다 포화
상태의 인구를 감안하면 우리의 정서로서는 고통과 가난이 인도라는
나라의 국가적인 주제의 일부라는 인상을 씻기가 어렵고, 그런 주제
는 레이 영화에도 자주 반영되어, 베를린 영화제에서 대상을 받은 「머
나먼 천둥소리」에서 1942년 모래 바람에 시달리는 여러 가족의 고통
이 자연 재해로만 느껴지지는 않으며, 쇼티아지트 레이의 각본을 아
들이 영화로 만든 「표적」에서 가장 낮은 신분인 사냥꾼(gangato)이 못
된 부유층의 길잡이로 나섰다가 반항하는 대목을 보면 한국의 옛날
백정이나 망나니가 생각나기도 한다.

　2대에 걸쳐 인도인에 의한 인도인의 인도 영화를 만든 레이 감독 부
자의 작품을 보면, 우선 아버지는 아푸 3부작말고도 어렸을 때 그의
집을 가끔 찾아왔다는 시성(詩聖)이며 조선을 "동방의 등불"이라고 했
다는 라빈드라나트 타고르(Rabindranath Tagore, 또는 Ravindranath
Thakura, 1861~1941)의 작품을 두 편이나 영상화했다.

　브라민(Brahminsn) 계급 명문 집안에서 태어난 타고르는 15세에 이
미 시를 썼으며, 영국에서 법률을 공부하고 돌아와, 시집 『프라바트

산기트(Prabhat sangit)』에 이어 시극 『프라크리티드 프라티쇼드 (Prakritid—Pratishad)』를 통해 "영원한 자유는 사랑 속에, 위대함은 작음 속에, 무한은 형태의 구속에서 발견된다"는 그의 근본 사상을 밝혔다. 학교를 설립하고 교육 사업을 벌이기도 했던 타고르는 벵골의 민화나 일상생활을 소재로 삼아 신비적이고 범신론적 정신이 담긴 서정시를 썼는데, 그의 이름을 세계적으로 알렸으며 예이츠(W. B. Yeats)가 서문을 쓴 시집 『기탄잘리(Gitanjali, 1912)』는 현세와 피안의 두 세계에서, 피안에 존재하는 님을 현세에서 구도하는 성자의 송가이다.

에즈라 파운드(Ezra Pound)가 "새로운 그리스(New Greece)"라고 격찬했던 타고르는 영국으로부터 1915년에 작위를 받았지만, 정복자의 억압에 항의하는 뜻으로 1919년에 그 명예를 반납했다. 같은 해 한국에서 3·1 운동이 실패한 데 대해서 동정심을 나타내기 위해 그는 최남선의 요청으로 "패자의 노래"를 지었고, "아시아의 등불"은 1929년 4월 2일 〈동아일보〉에 발표했다.

타고르와 레이 두 사람의 만남이 이루어진 영화는 두 편, 「가정과 세상」 그리고 「두 딸」이다. 「두 딸」은 두 가지 다른 얘기를 담았는데, 하나는 우체국장과 고아 소녀의 미묘한 관계를 다루었고, 나중 얘기

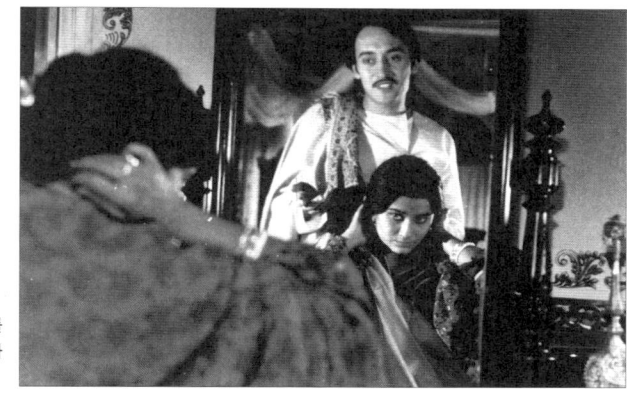

「가정과 세상」은 타고르의 얘기를 레이 감독이 영화로 만든 작품들 가운데 하나이다.

는 교육을 잘 받은 아들이 어머니가 정혼해 준 여자를 거부하고 마을의 왈가닥 아가씨를 선택한다는 내용이다. 이 영화는 본디 171분짜리 3부작으로 만들었지만, 외국에서는 두 가지 일화만 묶어서 한 편으로 소개되었다.

「가정과 세상」에서는 부유하고 개방적인 지주가 폐쇄된 삶의 전통으로부터 아내를 해방시켜 주고 났더니, 민족주의자인 그의 친구와 사랑을 하게 된다는 내용이다. 아버지 레이는 이 영화를 찍다가 심장마비를 일으켜 아들이 작품을 완성했다고 한다.

일본의 구로사와 아끼라와 더불어 서방 세계에 가장 먼저 알려진 동양의 거장이며 1991년 아카데미 명예상(the Life Achievement Award)을 받은 아버지 레이는 그밖에도 「음악 살롱(Jalsaghar, 영어 제목 The Music Room, 1958)」, 「여신(Devi, 영어 제목 The Goddess, 1960)」, 「칸첸중가(Kanchenjunggha, 1962)」, 「체스선수(The Chess Players, 1977)」, 「민중의 적(Ganashatru, 영어 제목 An Enemy of the People)」 같은 작품을 내놓았으며, 사망한 지 2년 후에 발표된 유작은 제목이 「중단된 여로(Jagoran, 영어 제목 Broken Journey, 1994)」였다.

아들 레이는 「칸첸중가」, 「돌아온 구피와 바가(Goopy Bhaga Phire Elo, 영어 제목 The Return of Goopy and Bhaga, 1990)」, 「중단된 여로」 등을 완성하여 주로 아버지의 위업을 이어가는 데 열심이었다.

최근 한국에 소개된 인도의 화제작은 인도의 잔 다르끄 또는 로빈 후드로 알려진 실존 인물 풀란 데비(Phoolan Devi)가 주인공인 「밴디트 퀸(女頭目)」이다. 1968년 자전거 한 대와 암소 한 마리에 팔려 시집을 가서는 천민 신분의 짐승 같은 생활 끝에 어려서부터의 반항적인 기질에 따라 떼도둑의 두목이 되어 사회와 남성에게 복수를 가하지만 결국 정부군에 투항한다는 줄거리이다. 데비가 감옥에서 적은 일기를 토대로 해서 만든 영화라지만, 본인은 나중에 사실과 많이 다르다고

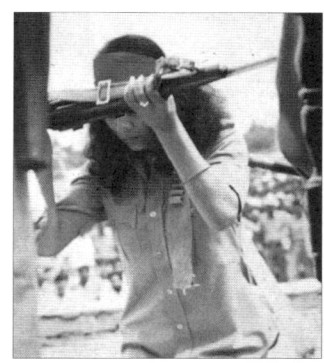
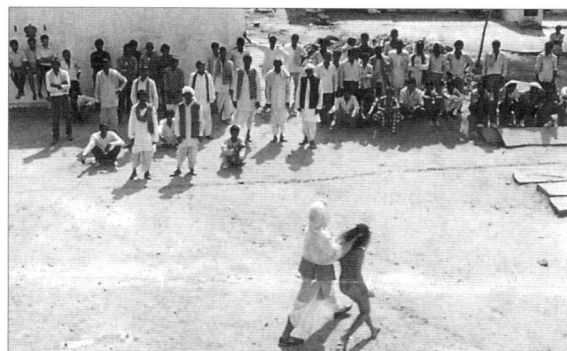

「여두목」은 인도의 천민으로 태어난 여성이 운명에 저항하여 무법자가 되어 세상에 복수를 하는 얘기이다.

밝히기도 했다. 풀란 데비는 후에 정계로 진출했는데, 얼마 전 반대파에 의해서 살해되었다는 소식이 뉴스로 전해지기도 했다.

인도의 실존 인물에 대한 전기영화로는 여덟 개의 오스카 상을 탄 대작 「간디」가 나왔고, 「라마로 가는 아홉 시간」은 마하트마 간디의 암살에 얽힌 배경 사건들을 담았다.

"국제화에 성공한 인도 영화"로는 우리나라에도 비디오로 출시된 「카마 수트라」가 엉뚱한 쪽에서 손꼽힌다. 본디 『카마 수트라』는 고대 인도의 성애 문헌(性愛文獻)으로서, 제목은 산스크리트어로 '애경(愛經, love science)'이라는 뜻이고, 일곱 편의 운문으로 구성되었는데, 1세기의 현인 바트샤야나(Vatsyayana)의 작품이라고 한다. 인도에서는 이미 기원전 3세기에도 종교적 의무를 가르치는 '법(dharma),' 처세의 길 아르타(artha), 그리고 성애의 길 카마(Kama)

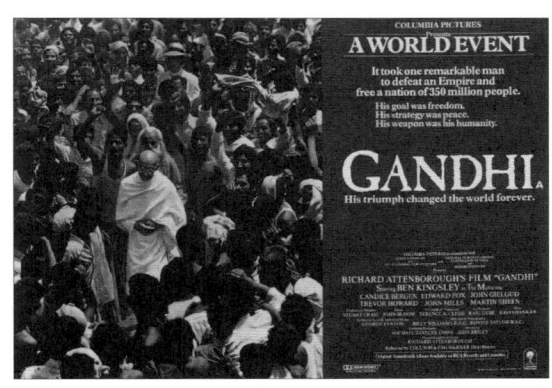

서양에서 대단히 큰 성공을 거둔 「간디」는 우리 동양인들에게 지나치게 익숙한 인물에 관한 얘기여서인지는 몰라도 참으로 감동하기 힘든 작품이다.

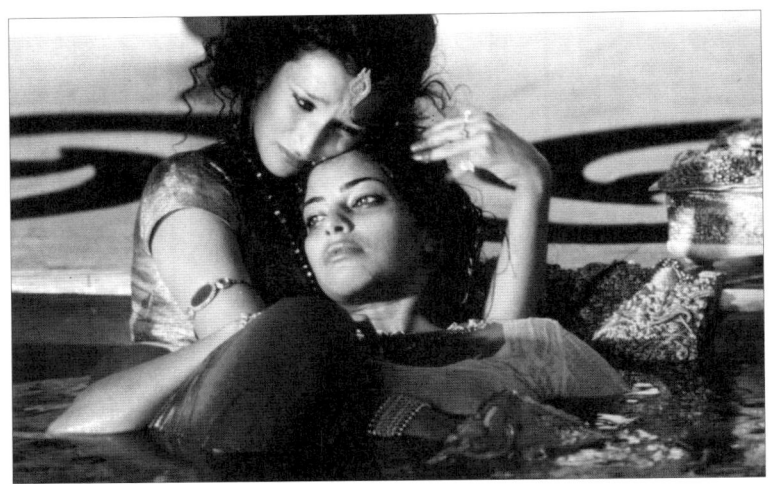

노골적인 성묘사로 인해 인도에서 재판에 회부되기까지 했던 「카마 수트라」는 실제로 보면 별로 도색적이라는 인상을 주지 않는다.

를 인생의 목적으로 배워 터득하도록 했다고 믿어진다. 『카마 수트라』는 이러한 지식을 요약해 놓았으며, 여러 성애 문헌 중에서 가장 오래되고 권위도 인정받는 고전이다. 이 책은 우선 위에서 설명한 세 가지 주제인 트리바르가(Trivarga, 人生三道)를 논한 다음, 고대 인도 도시의 생활상, 각종 기예, 남녀의 여러 상태, 성애의 기교, 미약(媚藥) 등에 관해서 상술한다.

우리나라에서도 성교육이 제대로 이루어지지 않던 시절에는 딸이 시집갈 때 초야에 놀라지 않도록 성애 방법을 그림으로 묘사한 춘화도를 혼수감에 넣어 함께 보냈다고 하는데, 인생의 지침서인 『카마 수트라』는 훗날 그런 춘화도적인 면만 주로 강조되었고, 영화 「카마 수트라」도 아마 그런 영화이리라고 생각하기가 쉽다. 신분제도에 대한 비판적인 시각과 더불어, 노골적인 성 묘사로 인해서 「카마 수트라」가 인도에서 재판에 회부되기는 했었지만, 그러나 여권주의 시각에서도 관심을 가질 만한 작품이다.

16세기 봉건시대 페르샤의 타라 공주가 인도의 젊은 왕 라즈와 결혼하게 되자, 타라의 시녀 마야(Maya)는 미천한 신분으로 늘 괄시만 받아오던 삶에 대한 보복으로서, 왕의 침실로 찾아가 적극적으로 유혹하여 타라보다 먼저 그의 육체를 차지한다. "더러운 계집"이라는 낙인이 찍혀 거리로 쫓겨난 마야는 워낙 적극적이고 독립심이 강해서, "내 운명을 내가 만들어 나가겠다"고 버티지만, 전통 사회를 이겨내려는 동양 여인의 도전은 쉽게 이루어지지를 않는다. 우여곡절을 겪으면서 왕의 후궁으로 들어가고, 그러면서도 궁중 조각가와 불륜을 계속하던 마야는 결국 "인생이 인간의 주인(life is right in any case)"이라면서, "어제까지는 아버지의 소유물이었다가 오늘부터는 남편의 소유물이 되어야 하는"(라즈 왕의 대사) 여인의 숙명을 그대로 받아들이기로("to be as supple as wind") 궤도를 수정한다.

「카마 수트라」의 여성 감독(Mira Nair)이 만든 첫 장편영화인 「봄베이여, 안녕」은 시골 소년이 봄베이의 거리에서 온갖 못된 인간 군상을 만나서 겪는 가슴아픈 경험을 한 편의 자연주의 소설처럼 엮어나가고, 「캘커타의 부부」에서는 어쩔 수가 없는 처지여서 아내가 직장생활을 하도록 허락했다가 남편의 지위(가부장적인 권위)가 무너지는 가정의 모습을 그려낸 사회비평적 영화이다.

"전설의 시대"에서 유럽을 출발한 20세기 영화 여행은 아프리카와 오스트렐리아, 러시아와 바다, 그리고 아시아와 중동을 거쳐왔고, 다음 책 "영화 삼국지"에서 한국과 중국과 일본의 역사 및 문학을 담은 작품들을 살펴봄으로써 일단락을 짓게 된다.

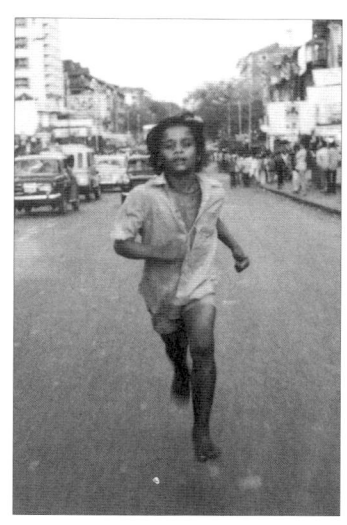

「봄베이여, 안녕」은 시골 소년이 도시의 길거리에서 만나는 삶을 자연주의적 시각으로 그려낸다.

Pearl Padamsee, Arundhati Rao

▮ 「봄베이여, 안녕(Salaam Bombay!, 1988, 인도-영국, 125분)」, 감/Mira Nair, 출
/Shafiq Syed, Sarfuddin Quarrassi, Raju Barnad, Raghhubir Yadav, Aneeta
Kanwar

▮ 「캘커타의 부부(The Big City, 1963, 인도, 122분)」, 감/Satyajit Ray, 출/Madhabi
Mukherjee, Anil Chatterjee, Haradhan Banarjee, Vicky Redwood, Jaya
Bhaduri, Shephalika Devi